二月河 大河歷史小說

帝王三部曲

건국군주 강희대제

【일러두기】
· 번역 원본은 1999년 4월 중국 하남문예출판사가 펴낸 제2판 1쇄본을 사용하였습니다.
· 본문에 나오는 인명과 지명 중 만주어를 제외한 모든 한자는 한글발음대로 표기하였으며, 독특한 관직
 명은 이해하기 쉽도록 의역한 부분도 있습니다. 그리고 소설 진행상 불필요한 부분은 축역하였습니다.

(건국군주)강희대제. 1 / 이월하 저 ; 한미화 옮김. -- 서
울 : 산수야, 2005
320p. ; 22.4cm

판권기관칭: 二月河 大河歷史小說
원서명: 康熙大帝
ISBN 89-8097-101-X 04820 ₩ 8,000
ISBN 89-8097-100-1 (세트)

823.7-KDC4
895.1352-DDC21   CIP2005000920

二月河 大河歷史小說

帝王三部曲

建國君主

강희대제

康熙大帝

1

산수야

二月河 大河歷史小說

건국군주 강희대제 ①

초판 1쇄 발행   2005년   7월 20일
초판 3쇄 발행   2011년   7월 15일

지은이   이월하
옮긴이   한미화
발행인   권윤삼
발행처   도서출판 산수야

등록번호   제1-1515호
등록일자   1993년 4월 30일
주소   서울시 마포구 망원동 472-19호
우편번호   121-826
전화   02-332-9655
팩스   02-335-0674

값   8,000원

ISBN 89-8097-101-X   04820
ISBN 89-8097-100-1(세트)

산수야의 책은 독자가 만듭니다.
독자 여러분들의 소중한 의견을 기다립니다.

스승이나 웃어른으로 모시고 싶은 강희대제!

이월하 | 二月河

3백년 전의 대서사시를 여러분들 앞에 내놓으면서 나는 정말 불안한 심정을 금할 길 없다. 마치 지옥의 문턱에 선 사람처럼 말이다. 문명의 현란함에 길들여진 현대인들이 3백년 전의 역사를 어떻게 받아들일까 궁금하기도 하다.

내가 청(淸)나라 역사에 관심을 가지기 시작한 것은 홍루몽학회에 들어가면서부터다. 1982년 상해(上海)에서 열린 홍루몽학회에서 나는 청나라를 무대로 한 제대로 된 역사소설이 아직 나와 있지 않다는 사실을 절감하곤 이 작품의 구상에 들어갔다.

처음엔 '강희(康熙)'라는 사람이 과연 장편소설감이 될까 하고 망설였다. 다른 소재도 많지 않을까 주저했던 것이다. 그러나 나는 곧 그런 생각이 대단한 오산이었음을 느꼈다.

강희제는 봉건사회의 정치가로서 걸출한 인물이다. 8세에 등극하여 15세 때 개국공신으로 권세가 대단했던 대신 오배(鰲拜)를 제거했고, 실권을 장악한 23세에 대만을 수복했으며, 흑룡강성 일대와 내몽고, 서북쪽 변방인 티벳 일대를 개척하여 광대한 통일국가를 이루었다. 그야말로 61년 동안 장기집권하면서 중국을 최후로 통일하고 찬란한 문화를 꽃피운, 가히 천자(天子) 또는 대제(大帝)라고 불러도 손색이 없는 위대한 제왕이다.

그는 또한 훌륭한 학자이기도 했다. 시사(詩詞)에 능하고 서예, 음악, 천문, 수학에도 조예가 깊었다. 지질에 관한 논문을 쓰기도 했으며, 7개 국어에 능통했다. 평상시 신하와 백성들에게도 너그러움을 베풀었던 능력있고 덕망높은 분이라고 할 수 있다.

알다시피 나는 소설 〈강희대제〉 외에 〈옹정황제〉 〈건륭황제〉도 집필했다. 그런데, 누군가가 내게 청조(淸朝)의 황금기를 이룩한 강희, 옹정, 건륭 중에서 누구를 가장 좋아하느냐고 묻는다면 나는 이렇게 말할 것이다.

"나는 강희를 스승이나 웃어른으로 모시고 싶습니다. 그리고 친구로는 건륭을 택할 겁니다. 그는 시(詩)와 사(詞)에 능하고 풍류를 즐길 줄 압니다. 마지막으로 옹정은 너무 엄숙하고 무미건조하지만 부지런한 면에서는 그를 따를 제왕이 없습니다."

나는 가장 평범한 사람들이 이 책을 읽기를 바란다. 그들이 피땀 흘려가면서 벌어들인 돈으로 내 책을 사서 본다면 그보다 더한 위안은 없을 것이다. 그리고 나는 제왕들을 칭송하기 위해서 글을 쓰는 게 아니고 역사를 시(詩)로 쓸 뿐이다. 역사를 역사로 끝나게끔 써버리면 독자들에게는 무미건조하기 이를 데 없을 것이므로.

따라서 독자와 전문가 사이에서 나는 과감히 독자를 택했다. 그런 점에서 소재의 진위라든지 취사선택의 적당함, 그리고 시적인 면에서의 허와 실에 대해서는 독자들에게 최대한의 만족을 주려고 노력했다. 가끔 내용 중에 여러분들을 '매수'하려는 노력이 엿보이더라도 양해해 주었으면 한다.

중국 문단의 일각에서는 나를 '문단일걸(文壇一傑)'이라고 부른다. 짧은 가방끈에 못생긴 외모로 치면 그럴지도 모르겠다. 그러나 문학에 대한 집착만은 최고가 되고 싶다. 실제로 나는 펜을 들면 항상 내가 최고라고 생각하며 거침없이 써내려 간다.

독자 여러분들의 즐거운 책읽기를 기대한다.

질과 양 모든 면에서 중국 4대 기서와 맞먹는 대작!

홍순도 | 소설 〈따꺼〉 작가, 문화일보 북경 특파원

　세상에는 여러 부류의 작가들이 있다. 한 해에 수십 편의 작품을 발표하는 다작 작가가 있는가 하면 평생 동안 단 한 권의 책만으로 불후의 이름을 후세에 남기는 작가도 왕왕 있다. 전자의 대표적 작가가 추리소설의 대모인 아가사 크리스티라면 후자의 작가는 아마도 〈바람과 함께 사라지다〉의 마가레트 미첼이나 〈폭풍의 언덕〉의 에밀리 브론테를 꼽을 수 있을 것 같다.

　이 뿐만이 아니다. 엄청난 판매량을 기록하면서 대중적 인기를 누렸음에도 문학적 평가에서는 언제나 논외의 대상이 되는 작가들이 있는가 하면 과작에다 독자들에게 거의 알려지지 않은 작가가 문학적으로는 대단한 평가를 받는 경우도 없지 않다. 이 부분에서는 군이 외국의 예를 빌릴 필요도 없다. 썼다 하면 베스트 셀러가 되는데도 문인 인명사전에는 이름 한 자 올리지 못하는 요즘 한국의 일부 대중소설 작가들과 과작 작가의 대명사로 불리는 조세희, 철학적 지식 없이는 페이지 한 장 넘기기 어려운 난해한 소설을 쓰는 박상륭 같은 작가들의 극명한 대조는 바로 이를 잘 설명하는 현상이 아닌가 싶다.

필자가 추천사의 모두(冒頭)에 다소 진부한 이런 사설을 늘어놓는 이유는 다른 데 있지 않다. 중앙 일간지 베이징 특파원에다 한때 꽤 팔린 소설 〈따꺼〉의 작가라는 자존심을 걸고 추천하는 이월하(二月河)의 '제왕삼부곡(帝王三部曲)' 중 1부인 이 작품 〈강희대제(康熙大帝)〉가 그러한 일반의 상식을 훨씬 뛰어넘는 작품이라는 사실을 특별하게 강조하기 위해서이다.

한마디로 이 소설은 다작 작가의 작품이면서도 문학적 가치가 대단한, 좀체 보기 어려운 희귀한 베스트 셀러이다. 이는 중국 관영 영자지 차이나 데일리(China Daily)를 비롯한 중국 언론에서 최근 〈강희대제〉를 비롯한 '제왕삼부곡'을 질과 양 모든 면에서 중국의 4대 기서(奇書)인 〈서유기(西遊記)〉〈홍루몽(紅樓夢)〉〈삼국연의(三國演義)〉〈수호지(水滸誌)〉에 버금가는 작품이라고 극찬한 사실에서도 잘 알 수 있다.

이 소설 〈강희대제〉가 얼마나 특별한 작품인지는 여러 곳에서 증명되고 있다. 우선 내용의 방대함이다. 중국 한자(漢字)로 총 1백 50만 자나 되는 점은 다작 작가라 해도 결코 만만한 규모가 아니다. 이번에 출판되는 번역본이 무려 12권이라는 점도 따라서 그리 놀랄 만한 사실이 못 된다.

소설 곳곳에서 보이는 빈번한 사서(史書) 인용은 이 작품이 문학성 외에 학술적 가치까지 있다는 사실을 말해준다. 또 그가 강희대제와 관련된 숱한 자료들을 읽어 소화해냈다는 사실의 반증이기도 하다. 실제 그는 이 작품을 쓰기 위해 〈25사(二十五史)〉와 제자백가(諸子百家)를 비롯한 숱한 고전을 독파한 것으로 알려져 있다. 일반 상식에 근거해 재미 위주로 쉽게 써나가는 일반 대중소설과는 확실히 거리가 멀다는 얘기다.

그렇다고 작품이 재미와 거리가 먼 것도 아니다. 흔히 역사소설이 범하기 쉬운 진부함을 현대적인 어법으로 쉽게 풀어 써 곳곳에서 재미를 배가시킨다는 것이 독자들의 일반적인 평가이다. 이 작품과 '제왕삼부곡'의 제2부 〈옹정황제(雍正皇帝)〉가 중국 국영방송인 CCTV에서 대하 연속극으로 만들어져 선풍적인 인기를 얻고 있는 것은 다름 아닌 이런 재미와 무관하지 않다.

중국에서 총 4권으로 출판된 소설 〈강희대제〉는 현재 해적판을 포함해 각각 1천만 권 이상이 판매된 것으로 집계되고 있다. 또 〈옹정황제〉 3권과 〈건륭황제(乾隆皇帝)〉 6권을 포함할 경우 중국 내 판매부수만 하더라도 1억 권 이상을 돌파한 것으로 알려지고 있다. 최근에 중국에서 가장 많이 팔린 〈학습혁명〉의 판매부수가 7백만 권이라는 사실을 놓고 보면 엄청난 판매량인 셈이다. 앞으로 소설 〈삼국지〉의 판매량에 도전할 만한 유일한 작품이라는 그에 대한 독자들의 평가는 그래서 별로 과장으로만 들리지 않는다.

작가 이월하가 현대에 부활시킨 강희황제는 중국 역사를 통틀어 가장 위대한 황제로 기록될 만한 인물이다. 그는 8세에 제위에 올라 무려 61년 동안 대 제국을 통치했다. 당연히 이 기간동안 일일이 언급하기 어려울 엄청난 업적을 남겼다. 우선 각종 공업을 발전시켜 대제국 청나라의 기초를 닦았고 각종 제도와 율령을 정비했다. 또 일에 몰두하느라 그 흔한 후궁조차 별로 두지 않았고, 한창 왕성하게 일할 청년 시대에는 13년 동안 무려 1천만 자 이상의 공문서를 직접 읽고 처리한 것으로 유명하다. 그가 7개 국어에 능통하고 당대의 대학자들과 비견될 만한 석학이었다는 사실이 별로 이상하게 들리지 않는 이유는 바로 여기에 있다. 이 소설이 갖는 일독의 필요성 역시 마찬가지다.

'제왕삼부곡'으로 전 중화권을 강타중인 작가 이월하는 본명이 능해방(凌解放)이며, 올해 57세의 중국 문단의 중견이다. 산서성(山西省) 석양현(昔陽縣)에서 태어나 현재는 하남성(河南省) 작가협회 부주석으로 활동하고 있다. 어릴 때부터 익힌 고전이 전문 학자에 버금간다는 평가를 받고 있기도 하다.

그는 특히 40세 이전까지는 문단에 전혀 얼굴조차 내밀지 않은 늦깎이로 유명하다. 하지만 지난 17년 동안 그가 이룩한 업적은 그보다 훨씬 오랜 문단 경륜을 가진 웬만한 작가들을 능가한다. 최근 미국 문단으로부터 받은 '아시아 작가상'이나, 중국 최고 권위의 제4회 '마오둔(茅盾)문학상'을 비롯한 수많은 상을 받은 점은 이같은 그의 중국 문단에서의 위치를 잘 반증하고 있다.

그는 원래 호주가(好酒家)로 유명하다. 앉은 자리에서 그 독하다는 중국 독주를 몇 병씩 해치웠다. 그러나 최근에는 건강 때문에 거의 술을 입에 대지 않는다. 물론 이런 결심에는 '제왕삼부곡'에 필적할 만한 또다른 대작을 남기겠다는 그의 필생의 염원도 크게 작용한 것으로 보인다. 작가의 청교도적인 생활태도만 봐도 이 작품은 충분히 읽을 만한 가치가 있다는 생각에 감히 이 소설을 강호제현들에게 추천하는 바이다.

강희대제 康熙大帝(1654~1722)

청의 제4대 황제. 재위 1661~1722. 성조(聖祖). 성은 아리신교료(愛新覺羅), 이름은 현엽(玄燁). 만주족. 세조(世祖) 순치제(順治帝)의 셋째 아들. 8세 때 제위를 이어받아 연호를 강희(康熙)라 하였으며, 오배(鰲拜) 등이 보정(輔政)했다. 강희 6년 친정했으며, 동 8년 권신 오배를 축출한 후부터 50여 년간 전제 군주로서 청왕조의 황금기를 이룩했다. 재위 20년 오삼계(吳三桂) 등에 의한 삼번(三藩)의 난을 평정하였고, 22년에는 대만을 흡수하였다. 28년(1689년) 러시아와 네르친스크 조약을 체결하여 외흥안령(外興安嶺) 산맥을 기준으로 국경을 확정했다. 동 29년부터 36년까지 3차에 걸쳐 거란을 정벌하고 티벳을 복속시켰다. 문화사업에도 관심을 기울여 박학홍유과(博學鴻儒科)를 설치했으며, 이를 통해 〈고금도서집성(古今圖書集成)〉 〈패문운부(佩文韻部)〉〈연감유함(淵鑑類函)〉〈자사정화(子史精華)〉〈강희자전(康熙字典)〉 등을 편찬했다.

청나라 역대 황제연표

1616~26	태조(太祖 : 奴兒哈赤)	1795~1820	가경제(嘉慶帝, 仁宗)
1626~43	태종(太宗 : 皇太極)	1820~50	도광제(道光帝, 宣宗)
1643~61	순치제(順治帝, 世祖)	1850~61	함풍제(咸豊帝, 文宗)
1661~1722	강희제(康熙帝, 聖祖)	1861~74	동치제(同治帝, 穆宗)
1722~35	옹정제(雍正帝, 世宗)	1874~1908	광서제(光緒帝, 德宗)
1735~95	건륭제(乾隆帝, 高宗)	1908~12	선통제(宣統帝 : 溥儀)

康熙大帝

제1부 탈궁(奪宮) 1권 | 차례

서사(序辭)

한겨울의 맹추위가 기승을 부리던 순치제(順治帝) 18년 정월. 설날 분위기가 아직 남아있는 명절 뒤끝임에도 불구하고 거리에는 거지들로 득실거렸다. 땅속에서 솟았는지 하늘에서 떨어졌는지 여기저기에서 밀려든 그들은 북경성(北京城) 합덕문(哈德門) 서쪽에 위치한 점포의 처마밑이나 곧 쓰러질 것 같은 낡은 사당(祠堂)으로 꾸역꾸역 모여들었다. 짚을 대충 얼기설기 엮어 바람가림이나 하고 삼삼오오 떼를 지어 웅크리고 앉은 그들은 더 이상의 방랑은 체념한 듯했다. 이창왕(李創王)이 패하고 북경성이 만주족(滿州族)의 침략에 아수라장이 되어 인구가 절반 이상 줄었으니 망정이지 자칫 이런 피폐하고 볼썽사나운 곳이나마 찾지 못할 뻔 했다. 시커먼 솜이 여기저기 비어져 나온 옷을 걸치고 허리에 새끼줄을 질끈 동여맨 이들은 대부분이 동북지방의 사투리를 쓰고 있었다. 하지만 그들 중에는 직예, 산동, 하남 일대에서 몰려온 남쪽 사람들도 적지 않게 섞여 있었다.

"아줌마, 아저씨들. 착한 일 많이 하셔야 죽어서 좋은 데 간다는데, 우리 불쌍한 자식새끼들과 연로한 부모님 좀 살려주세요. 죽지못해 사는 우리 피난민들은 열하(熱河)에서부터 몇 날 며칠을 굶었어요."

지나가는 행인들 중 더러는 자초지종을 모르는지 어이가 없다는 표정을 짓기도 했다.

"그 먼 열하 땅에서 북경까지 밥동냥하러 식구대로 총출동하다니! 한겨울이라 그 흔한 수재(水災)를 입은 것도 아닐 테고. 쯧, 쯧!"

그러나 대부분은 "아미타불, 관세음보살, 이렇게 딱할 수가!" 하면서도 그냥 지나칠 뿐이었다. 그런 사람들을 보다 못한 거지들 중 어깨에 납땜도구를 멘 건장한 체구의 한 사내가 황소눈을 부라리며 무섭게 으르렁거렸다.

"천자(天子) 밑에서 호의호식하며 사는 당신들이 우리 시골사람들의 처지를 알기나 하고 마구 떠드는 거야? 빌어먹을! 누군 이 짓이 좋아서 하는 줄 아냐구. 팔기병(八旗兵)들한테 땅을 빼앗겼는데, 그럼 빌어먹기라도 해야지 산 입에 거미줄 치란 말이야?"

말을 마친 사내는 길게 땋아내린 머리채를 휙 돌려 목에 감고는 횡하니 가버렸다.

만주인들이 산해관(山海關)을 넘어 북경에 입성하기 전, 팔기병은 세력확장을 위해 끊임없이 전쟁을 도발했다. 필요한 무기며, 마필들을 자급자족해야 했기 때문이었다. 당시 문무백관들은 허영과 사치를 충족시키기 위해 각 부대별로 엄청난 농장이나 목장을 소유하고 있었는데, 만주인이 북경으로 입성한 후 명나라는 이창왕에 의해 멸망하고 전 왕실의 고관대작, 충신, 황친들은 죽거나 뿔뿔이 흩어지고 말았다. 천하를 손에 넣은 누르하치는 이들의 소유였던 비옥한 땅들을 팔기병들로 하여금 무작위로 나눠가지게 했던 것이다.

이들은 끈으로 두 마리의 말을 묶은 후, 각기 자기 부대의 깃발을 꽂고 힘껏 달리게 했고, 그 말이 지칠 때까지 달린 곳까지를 소유반경으로 정했다.

이렇게 수많은 땅을 빼앗은 이들은 추호의 죄책감도 없이 원주민들을 사정없이 유린하기 시작했다. 얼굴이 좀 반반해 보인다 싶은 여자들은 가차없이 끌어다가 성적 노리개로 삼았고, 늙은이와 장정들은 반항할 틈도 주지않고 쫓아냈다. 순식간에 모든 것을 잃어버린 원주민들은 끝없는 방랑을 시작했고, 도중에 굶주리고 병들어 하나둘씩 죽어갔다. 여기저기 을씨년스럽게 널려있는 주검 위에는 간신히 살아남은 자의 힘없는 절규만 맴돌 뿐이었다. 직예, 산동, 하남, 산서의 77개 주와 현을 비롯한 2000리 대지에는 이처럼 약탈과 만행, 방랑과 주검의 연속이었다.

북경 서쪽에 위치한 영흥사(永興寺) 거리[街]에 '낙우점(樂友店)'이라는 조그마한 술집이 있었다. 비록 초라하고 보잘것없는 가게이지만 가게 이름을 통해 친구 사귀길 좋아하는 주인의 성품을 조금이나마 엿볼 수 있는 그런 곳이었다.

난리통에 찾는 이들의 발길도 뜸해졌거니와 아직은 과거시험도 멀었는지라 네 개밖에 안되는 식탁과 술, 고기며 잡화를 진열해 놓은 널판자 위에는 먼지가 켜켜이 쌓여 있었다. 일꾼들은 다들 설을 쇠러 시골로 가고 하씨 성을 가진 주인과 집도 절도 없는 몇

몇 어린 일꾼들만 입을 쩍 벌리고 연신 하품을 해대고 있었다.

정월 초여드렛날 아침. 심드렁한 표정으로 여느 때와 같이 가게 문을 열어젖히던 일꾼이 으악! 하고 외마디 비명을 지르며 황급히 주인 하계주(何桂柱)를 불렀다. 입는 둥 마는 둥 대충 바지를 허리춤에 걸치고 습관처럼 요강을 두어 번 툭툭 차서 침대 밑으로 밀어 넣고 신발을 질질 끌며 밖으로 나온 주인 하씨는 순간 등골이 오싹해졌다. 밤새 문밖에 기대어 있다 얼어죽었음직한 20대 초반의 남자가 꼿꼿하게 굳은 채로 가게 안에 큰 대자로 널부러져 있었던 것이다. 혈색이라곤 전혀 없이 누렇게 뜬 얼굴하며, 족히 2개월은 빗지도 감지도 않았을 법한 허리까지 치렁대는 긴머리며, 총탄의 세례를 받은 것처럼 여기저기 솜이 삐져 나온 옷차림……. 한눈에 보기에도 굶어서 얼어죽은 게 분명했다.

그러나 하계주는 처음에 놀랐던 표정과는 달리 이내 담담함을 회복했다. 땅이 꺼져라 한숨을 내쉬면서 "하긴 이런 일이 한두 번 있는 건 아니지만 오늘 또 재수 옴붙었네 그려. 빨리 화장터로 싣고 가지 않고 뭘해!" 하고 씹던 껌 내뱉듯 하는 하씨의 얼굴에는 묘한 어둠이 빛처럼 스쳐갔다.

일꾼들이 죽은 사람을 멍석으로 둘둘 말아 들고 낑낑대고 있을 때였다. "잠깐만!" 하는 소리와 함께 누군가가 가게문을 열고 들어섰다. 삼십대 중반 정도의 나이에 푸른 비단으로 만든 모자를 쓰고 반들반들한 검은 장삼을 입고 밑바닥이 두터운 긴 가죽장화를 신은 멋진 귀인 한 분이 뒷짐을 진 채로 산처럼 버티고 서 있었다. 뭔가 심상찮은 분위기를 느낀 하씨는 어색하게 웃으며 굽신거렸다.

"둘째 도련님, 별일 아닙니다요. 밖에서 얼어죽은 서생이……."

하씨의 말이 끝나기도 전에 귀인은 몸을 굽혀 쭈그리고 앉더니 죽은 사람의 맥을 짚어보기도 하고 코끝에 손을 대보기도 했다. 무서운 호령이 떨어진 것은 바로 그 다음이었다.

"사람의 목숨이 아직 붙어있는데 화장터라니! 어서 가서 생강즙이나 좀 내서 한 사발 끓여오게! 아니, 그것보다 먼저 따끈한 술 좀 데워오는 게 낫겠어."

일꾼들이 어안이 벙벙해 머뭇머뭇하는 사이 이내 하씨의 불 같은 닦달이 이어졌다.

"이 멍청한 자식들, 빨리빨리 못해? 도련님 분부 어겼다간 황천객이 될 줄 알어."

알고 보니 이 정의로운 귀인은 다름 아닌 오차우(伍次友)로 머리가 좋기로 명성이 자자한 수재였다. 부유하고 뼈대가 있는 가문에서 태어났고, 조상대대로 조정의 요직에 있었다. 낙우점 주인 하씨는 원래 오차우가의 하인이었다. 명나라 숭정황제(崇禎皇帝) 때 나라 안팎이 뒤숭숭하고 전란이 끊이지 않자 오차우의 할아버지는 하인들에게 살길을 찾아 떠나가길 권했다. 가지 많은 나무에 바람잘 날이 없다는 생각에서였다. 하지만 혈혈단신인 하씨의 아버지는 막막했다. 죽어도 마음씨 좋은 오가(伍家)의 귀신이 되어 미력하나마 은혜를 갚으며 살리라 마음먹었는데 가긴 어딜 간단 말인가? 평소부터 하씨의 처지를 안타까이 여겼던 오차우의 할아버지는 하씨에게 자그마한 가게를 하나 마련해 주었다. 청(淸)나라가 쳐들어오자 양주(揚州)는 피비린내가 진동했고, 하씨네는 어쩔 수 없이 북경으로 이사 와 생계유지의 수단으로 이 가게를 운영하고 있었던 것이다.

청나라가 산해관을 넘어와 북경을 점령하고 통치를 시작할 때 오차우는 죽어도 청나라를 위해선 일할 수 없다고 몸과 마음의 문을 닫아버린 할아버지와는 달리 황제폐하의 뜻을 받들어 과거에 응시할 준비를 하고 있었다. 우연히 북경성의 자그마한 가게에서 주인과 손님의 신분으로 해후한 하씨와 오차우의 기쁨은 이루 말할 수가 없었다. 비록 옛날의 영화는 사라졌어도, 그래서 더이상 도련님과 하인의 신분이 아닐지라도 하씨는 옛날 못지 않은 충성과 공경으로 오차우를 극진히 보살펴 왔다.

따끈하게 데운 술이 목구멍으로 넘어가고 얼마 지나지 않아 사람들의 술렁임 속에서 그 죽었다던 청년이 서서히 눈꺼풀을 움직이기 시작했다. 약간 떴다가 이내 힘없이 감겨버리기는 했지만 분명히 두 눈을 떠보려고 안간힘을 쓰는 것 같았다. 오차우는 안도의 한숨을 내쉬며 하씨에게 부탁했다.

"내 방 바로 위에 있는 빈 방을 청소하여 이 청년이 며칠 쉬다 가게 해주게."

하씨의 짧은 소견으론 죽은 사람 살려줬으면 그만이지 너나없이 어려운 때 지나치게 타인을, 그것도 생면부지인 사람에게 정을 베푸는 오차우가 선뜻 이해되지 않았다.

'제 코가 석자인데 남의 발등에 떨어진 코까지 닦아주려 하다니! 도련님은 너무 헤퍼서 탈이야! 에이, 나도 몰라. 어차피 내 돈 나가는 것도 아니고 도련님이 알아서 할 것이니깐.'

길지 않은 시간에 하씨는 그야말로 많은 생각을 했다. 물론 '척 하면 삼천리'라고 오차우의 예리한 시선을 피할 수는 없었다.

"사람이 다 죽어가는데 이보다 더 중요한 일이 어디 있소. 인명을 놓고 흥정하는 것은 인간된 도리가 아니라고 생각하오."

조용하고 무게있는 이 한마디에 하씨는 연신 뇌까렸다.

"예, 예. 천번만번 지당한 말씀입니다."

땅거미가 질 무렵이 되어서야 그 청년은 간신히 깊은 잠에서 깨어났다. 아직 미열이 있고 조금 어지럽긴 해도 얼굴에 발그스레 홍조가 도는 것을 보니 그 뜨끈뜨끈한 닭고기 칼국수가 단단히 한몫을 한 것임에 틀림없었다. 오차우가 초롱불을 켜들고 들어서는 것을 본 청년은 애써 몸을 일으켜 세우려고 했다. 그러나 이내 오차우에 의해 도로 뉘어졌다.

"무리하게 움직이지 말고 조용히 누워있는 게 날 도와주는 거요."

오차우의 진심어린 한마디에 청년의 눈에서는 눈물이 봇물처럼 쏟아져 두 볼을 타고 흘러내렸다. 그는 반쯤 일어나서 연신 베개에 머리를 조아리며 영원히 잊지 않고 은혜를 갚겠노라고 다짐했다. 오차우는 의자를 끌어다 앉으며 관심어린 어조로 물었다.

"어디서 온 뉘길래 이 지경이 되었소?"

청년은 베개를 등에 받치고 길게 한숨을 몰아쉬면서 말했다.

"저는 명주(明珠)라고 부르며, 팔기병 중 하나인 정황기(正黃旗) 소속입니다. 조상대대로 관록을 지녔고 가정도 부유했어요. 아버지는 예친왕(睿親王) 도르곤 소속 장령이셨는데, 도르곤이 저지른 일이 아버지에게까지 불똥이 튀어 파면 위기에 놓이면서 화병으로 몸져누웠죠. 어쩔 수 없이 숙부를 따라 몽고까지 굴러들어왔다가 운 좋게 경작지를 좀 얻었어요. 그런데 그것마저 오배(鰲拜)라는 양황기(鑲黃旗) 소속의 대갈놈한테 빼앗겼지 뭐예요? 그뿐만이 아니었어요. 그 날벼락맞을 놈이 글쎄 우리가 살던 마을에 불을 지르고 유부녀를 겁탈하고…… 참상을 이루 다 말할 수 없을 정도예요."

청년은 투박한 손으로 눈물을 쓱쓱 닦더니 흐느끼면서 말을 계속했다.

"숙부와 저는 열하에서부터 빌어먹으면서 오는 도중에 설상가상으로 강도를 만났어요. 우리더러 날강도짓을 같이 하자고 하는데, 아버님 생사도 모르는 판국에 도저히 그럴 수가 없어 도망치다 숙부께선 그놈들이 쏜 화살에 맞아 숨지고 저 혼자 북경까지 오게 되었어요. 그런데 인심이란 게 이토록 간사하고 야박할 줄 몰랐어요. 옛날 아버지가 잘 나갈 때 호형호제하던 사람들이 하나같이 절 외면하는 거예요. 그래서 굶어죽지 않으려고 길에서 붓글씨나 써서 팔아먹고 살았는데 그만…… 이 지경이 됐지 뭐예요?"

명주라는 청년은 상심이 밀물처럼 밀려오는 듯 끝내 감정을 억제하지 못하고 어린아이처럼 펑펑 울면서 말을 계속했다.

"선생님, 당신은 저의 친부모나 다름없습니다. 머리털을 뽑아 짚신이라도 삼아드리고 싶은 마음입니다."

오차우는 명주의 하소연에 마음이 찢어질 듯 아팠다.

"명주 청년, 아무말도 하지 말아요. '고래싸움에 새우등 터진다'더니 이 난리판국에 죽어나는 건 숨 죽이고 산 죄밖에 없는 백성들이 아니겠소. 듣자하니 북경에 밥동냥하는 사람들이 많다고 하던데, 그들 모두가 명주처럼 땅을 빼앗기고 쫓겨난 이들일 것이오. 그런데 북경에 친척은 없소?"

"없어요. 있다고 해도 만날 수 없는 처지예요."

"못 만나다니. 왜?"

오차우가 다그쳐 물었다.

"제게 이모(姨母)가 되는 손씨(孫氏)가 황태자의 유모라고 들었어요. 7년 전에 한 번 본 적은 있지만, 궁중의 계율이 워낙 엄하니

나 같은 사람이 감히 만날 꿈이나 꾸겠어요?"

오차우는 알겠다는 듯이 머리를 끄덕이며 잠시 침묵하더니 이윽고 입을 열었다.

"한동안 여기 머무르면서 잘 생각해 보게나. 명주는 재주가 많아서 기회가 많을 것이오. 난 양주 사람이고 오차우라고 부르는데, 도저히 살길이 막막하면 멀리 양주에 있는 아버님한테 보내줄까 하오. 내가 시험 끝나는 대로 같이 내려가도록 하세."

그야말로 호박이 덩굴째로 떨어졌다. 명주는 재빨리 오차우의 앞에 덥썩 꿇어앉더니 갑자기 소매 속에서 붓을 꺼내 '툭' 하고 분질러 버렸다. 그리곤 쿵쿵 소리가 나도록 머리를 땅바닥에 조아리며 맹세했다.

"오형의 은혜를 저버리는 날은 이 명주가 방금 두 동강난 붓자루처럼 될 것을 맹세합니다."

두 사람이 시간가는 줄 모르고 의기투합하고 있을 때 하계주가 들어서면서 목소리를 낮춰 말했다.

"둘째 도련님, 방금 십삼 아문(十三 衙門) 순찰대장 왕태감이 그러는데 순치황제가 돌아가셨대요."

'황제가 죽었다'는 소문은 날개돋친 듯 입에서 입으로 전해져 순식간에 술집이며 극장, 찻집으로 퍼져 나갔다. 하지만 궁중의 공식발표가 없는 한 다들 쉬쉬하고 자기 나름대로 추측을 할 뿐이었다.

"황제라고 해 봐야 기껏 스물네 살밖에 안되는데 갑자기 죽다니?"

"그건 몰라. 사람은 아침에 눈을 떠 봐야 안다잖아. 저녁에 벗어

놓은 신발을 다음날 아침 자기 발로 신을 수 없을지 누가 알아? 너도 예외는 아니야."

사람들이 구석구석에서 수군대는 소리는 대충 이러한 것이었다. 그 와중에도 기름 치고 조미료 뿌려 더 맛깔스레 소문을 요리하는 사람도 없진 않았다.

"모르는 소리 하덜 말어. 여자 때문이야! 그 동(董)아무개라는 여자 때문에 상사병을 앓고 있었다 하더라구. 그 화가의 이름이 뭐였더라? 오, 맞아! 진라운(陣羅雲) 말이야. 그가 동아무개의 자화상을 그려주고 떼돈 벌었대잖아. 역시 사람은 무조건 운이 좋고 봐야 해!"

"다들 말이 고파서 안달이 난 사람들 같애! 그게 아니고 며칠 전에도 황제가 수커사하 어른을 불러서 얘기를 나눴다고 들었어. 어딘가 좀 이상해!"

"조용히 해. 너야말로 네멋대로 말하지 마. 솔직히 황제가 죽고 사는 거 우리가 흥분할 일 아니잖아."

이렇듯 소문이 난무하는 가운데 한가지 분명한 사실은 내무부 사람들이 정월 초여드레부터 일제히 소복차림을 하기 시작했다는 것이다. 그리고 주마정(駐馬亭) 옆에는 시커먼 가마들이 쭉 늘어서 있고 심심하면 새조롱을 치켜들고 문턱이 닳도록 찻집을 찾던 태감(太監)들도 종적을 감췄다는 것이다. 나이가 지긋한 북경 노인들은 지난번 명나라 만력황제(萬曆皇帝)가 죽었을 때 그 거대하고 장엄했던 추모행렬을 기억하고 있기에 소리소문없이 궁금증만 자아내는 이번 일이 예사롭지가 않다고 입을 모았다.

오차우는 서생티가 다분했다. 날씨가 춥다는 핑계로 난로 옆에 앉아 책읽기에만 열중하고 있었다. 하지만 아직 소년의 호기심이

발동할 나이인 명주는 붙박혀 있질 못해 여기저기 쏘다녔다. 정양
문(正陽門) 쪽에서 사람들이 모여 술렁거리기에 가 보니 줄줄이
늘어선 가마들 가운데 맨앞에 있는 유난히 크고 호화로운 가마가
눈에 띄었다. 소복소복 내리기 시작한 눈이 한 뼘 두께로 가마 위
에 쌓여 있었다. 알고보니 정월 초사흘부터 걸서 친왕(桀舒親王)을
비롯하여 소니(蘇尼), 어삐룽, 수커사하, 오배(鰲拜) 등 대신들이 황
궁에 인사하러 온 이후 며칠 동안 밖으로 나오지 않는다는 것이었
다.

입을 헤 벌리고 호기심에 이리저리 기웃거리는데 누군가 툭 하
고 등을 두드리는 바람에 깜짝 놀란 명주는 허리춤에 칼을 꽂고
의젓하게 미소짓고 있는 청년이 누군지를 대뜸 알아볼 수가 있었
다. 그는 다름아닌 황태자의 유모로 있는 손씨(孫氏)의 외아들이자
명주의 외사촌인 위동정이었다. 5년의 세월이 바꿔놓은 것치고는
너무 대조적이었다.

위동정은 황실을 상징하는 무늬가 새겨진 제복에 비단 재질의
바지 그리고 번쩍이는 검은 장화를 신고 있었으며 허리께에는 커
다란 군도(軍刀)가 비스듬히 걸려 있었다. 척 보기에도 출세한 흔
적이 역력했다. 이에 비해 너무나 초라한 명주는 자꾸만 작아지는
자신을 추스릴 힘이 없어보였다. 명주는 위동정이 유모로 있는 엄
마의 도움으로 북경에 왔으며, 지금은 궁 밖에서 황궁을 지키는
초소에서 일한다는 걸 알았다. 새삼 자신의 처지가 서글퍼진 명주
는 고개를 떨구며 상심에 찬 어투로 말했다.

"우리집은 망했어. 보다시피 나는 떠돌이 신세고. 영 살맛이 안
나."

"형, 무슨 그런 소릴 해요? 앞길이 구만린데."

위동정은 재빨리 명주를 위로했다. 그리곤 술이나 마시며 회포도 풀 겸 합선루(合仙樓)로 명주를 이끌었다.

"형, 곧 중대한 일이 벌어질 거야. 그러니 너무 쉽게 자포자기하지 말라구."

명주는 거두절미하고 말하는 동생의 말뜻을 알 길이 없어 되물었다.

"그게 무슨 소리야?"

위동정은 주위를 힐끗 살피고 나더니 명주의 귓가에 대고 작은 소리로 말했다.

"순치황제가 돌아가셨어."

1. 순치황제의 출가

　죽었다던 순치황제는 사실 멀쩡하게 살아 있었다. 죽음 아닌 '죽음'을 택한 것에 대한 황태후와 태후의 슬픔은 이루 말할 수 없었다. 더 이상 돌이킬 수 없음을 알면서도 손자를 붙들고 한바탕 울고 난 그들이 떠나가자 순치는 금세 마음이 평온해졌다. 양심전(養心殿)에 앉아 눈을 지그시 감고 있노라니 모든 것을 버리고 떠나는 마당임에도 말로는 표현하지 못할 온갖 상념들이 서서히 가슴을 적셔왔다. 법랑(琺瑯)을 입힌 향대 위엔 여느 때와 다름없이 백합향(百合香)이 타오르고 있었다. 하지만 오늘따라 유난히 짙은 향이 숨막히게 느껴졌다. 사람을 불러 향을 치워버렸어도 명치 끝이 옥죄어오는 것 같은 갑갑함은 더해만 갔다.
　양심전을 나오니 낮게 드리운 희뿌연 하늘 아래 살을 에이는 삭풍만 포효할 뿐 기분전환에 도움되는 건 아무 것도 없었다. 세찬 바람을 맞으며 한동안 서 있노라니 내시가 조심스럽게 다가와 용무늬가 수놓인 여우털로 만든 초록색 외투를 걸쳐주었다. 순치는 이맛살을 잔뜩 찌푸리며 말했다.

"왜 또 이 외투야. 이 색깔 싫다고 했잖아."

내시는 곧 꿇어 앉으면서 아뢰었다.

"황제마마, 황태후의 분부여서 감히 거역할 수가 없었습니다. 마마께서 심기가 불편하시니 흰색은 피하라고 명령하셨습니다."

황태후의 뜻이라니 그런대로 받아들이기는 했어도 순치는 썩 내키지는 않았다. 냉랭하고 무표정한 얼굴엔 시답잖아하는 기색이 역력했다.

"곧 폭설이 닥칠 것 같은데 그때 황궁 전체가 흰눈에 덮이는 것마저 막을 수 있다는 말인가? 아무튼 극성스럽긴!"

순치 17년은 그의 통치사상 최악의 한 해였다. 정월부터 거성(莒城), 영양(寧陽) 일대에서 가뭄 때문에 연일 아우성이었는데, 6월에는 직예(直隸), 산동(山東), 섬서(陝西) 일대까지 풀 한포기 남아있지 않을 정도로 심각했다. 백성들이 일년 농사를 망치고 살길을 찾아 유랑길을 떠나고 굶어죽기도 하는 등 큰 곤욕을 치르고 있었지만 소위 일개 대국의 황제로서 할 수 있는 건 아무것도 없었다. 혹시 자신이 전생에 무슨 용서받을 수 없는 죄를 저질러 하늘이 이토록 대로(大怒)하는 건 아닌지? 순치는 가뭄지역을 순방하면서 민심을 다독이는 것을 게을리하지 않았다. 뿐만 아니라 물에 빠진 사람이 지푸라기라도 잡는 심정으로 주술사를 불러 액풀이도 했다. 그의 노력에 감화됐는지 그로부터 연이어 며칠동안 폭우가 쏟아졌다.

더이상의 재해는 면했다는 안도감에 한숨 돌리는 것도 잠시 순치에겐 더 큰 불행이 다가오고 있었다. 그해 8월, 그가 목숨보다

더 사랑하는 여인 동악씨(董鄂氏)가 병으로 급사한 것이었다. 일편
단심 민들레요, 동악씨에게서 삶의 보람을 느꼈던 순치에게 그녀
의 죽음은 살아남은 자의 슬픔, 그 자체였다. 너무나 갑작스런 죽
음 앞에서 순치는 눈앞이 캄캄했다. 짐승처럼 울부짖었으나 눈물
도 나오지 않았다.

　일곱 살 때 황제로 즉위한 이래 열다섯 살 때 지혜롭게 예친왕
도르곤의 세력을 잠재웠고 위협적으로 다가오는 명(明)나라의 잔
여세력을 소탕하는 데 성공했던 그였다. 또한 통치를 공고히 하기
위해 한족 출신의 인재를 물색하여 안팎으로 안정과 발전을 꾀했
다. 당시 나이가 스무 살밖에 안되었던 순치는 모든 일이 순풍에
돛단 듯 순조로웠지만 혼인만은 만족스럽지 못했다. 궁중에는 삼
천 미녀들이 미모와 재주를 뽐내며 '찜' 당하기를 학수고대하고
있었지만 순치는 이미 한 여인에게 마음을 송두리째 빼앗긴 상태
였다.

　아이러니한 것은 이 여인은 바로 도르곤이 강압적으로 입궁시켰
다가 저버린 동악씨라는 것이었다. 순치로서는 동악씨의 과거가
말할 수 없이 싫었지만 그럼에도 막무가내로 좋아지는 건 어쩔 수
없었다. 게다가 동악씨는 여전히 도르곤을 잊지 못하는 눈치였다.
군주의 체면이 말이 아니고 자존심이 여지없이 바닥에 내동댕이
쳐졌어도 순치는 첫눈에 반했던 이 여인을 포기할 수가 없었다.
자신보다 다섯 살이나 연상인데다 수심과 비감으로 도배된 얼굴
을 먼 발치에서나마 볼 수 있다는 것만으로도 가슴 설레는 자신을
어이없이 생각할 때도 있었지만 그 여인의 환심을 사기 위해 백방
으로 노력하던 때가 그래도 행복했었다. 그런데…… 옆에 있어주
는 것만으로도 좋았던 그녀가 죽다니! 순치는 헤어날 수 없는 슬

품에 허우적대며 삶의 의욕을 잃어갔다.

순치는 찬바람을 맞으며 밖에 서 있다가 큼직한 빗방울이 후둑후둑 떨어지기 시작해서야 겨우 추위를 느꼈다. 방으로 돌아온 순치는 산더미처럼 쌓인 상주문을 무시한 채 곧바로 서난각(西暖閣)으로 향했다. 문앞에서 공손히 기다리고 있던 궁녀 소마라고(蘇麻喇姑)가 밖에서 기다리고 있던 내시들에게 물러가라는 눈치를 주었다. 순치 8년에 입궁해서 태후의 사랑을 한몸에 받고 있는 소마라고는 시녀라고 하기엔 너무 가까운 존재였다. 약삭빠르고 충성심으로 가득찬 그녀는 궁중에서 발생하는 일들을 너무나 많이 알고 있었기에 황제답지 않게 힘들어하는 순치를 바라보며 착잡해했다.

소마라고는 여섯 살에 어머니를 여의고 팔기(八旗) 중 정람기(正藍旗) 소속 장령인 아버지가 재혼하면서 의붓엄마의 박대를 견딜 수 없어 하던 와중에 궁녀로 선발됐던 것이다. 수많은 신청자들이 조마조마하게 꿇어앉아 있는데 그 중에서도 눈망울이 유난히 초롱초롱한 여자아이가 황태후의 시선을 사로잡았다. 연민을 느낀 황태후가 손을 내밀자 소마라고는 엄마가 죽고 난 후 처음으로 느끼는 살가움인지라 이내 눈물을 글썽이며 "할머니" 하고 불렀다. 순간 황태후는 이 또랑또랑한 목소리의 주인공에게서 운명 같은 것을 느꼈다. 왠지 측은하고 보호해줘야 할 것 같은 느낌에 사로잡혔다. 황태후는 허리를 굽혀 얼굴을 가까이 갖다대며 아이를 품에 꼭 껴안았다. 그리곤 그 온화하고 자상한 얼굴에 친할머니에게서만 느낄 수 있는 미소를 띄우며 한없이 즐거워했다.

"이 아이는 이제부터 나랑 같이 살 거야. 좀 성숙하고 참한 시녀를 이 아이한테 붙여줘! 아가, 할머니한테는 맛있는 것도 많아. 어서 할미 따라가자!"

황태후는 마치 친손녀 대하듯 소마라고의 손을 잡아끌었다. 이렇게 해서 소마라고는 효장태후(孝莊太后)를 따라 황궁으로 들어와 감히 상상할 수도 없는 대우를 받으며 커갔다. 효장태후는 하루일과 중 소마라고에게 한자를 가르치고 책을 읽어주고 재미나는 이야기를 해주는 시간을 가장 즐거워했다. 간혹 전 황실과 현황실의 법도와 계율 같은 것도 곁들였다. 소마라고는 머리가 똑똑하고 영악한지라 열 살 때에 벌써 옛 시를 곧잘 읊조렸다. 열네 살때는 제자백가(諸子百家)의 문장을 줄줄 외우고 문학적 소양이 웬만한 선비를 능가했다. 태후는 자신이 심혈을 기울여 만든 '걸작'을 순치에게 선사하였던 것이다.

순치는 서난각에서 넋을 잃고 있었다. 4개월 사이 순치가 제일 많이 들렀던 이곳에서는 동악씨의 체취를 그대로 느낄 수 있었다. 모든 것이 동악씨 생전과 다름없다는 게 오히려 슬펐다. 단향나무 받침대 위에는 옥쟁반에 담긴 모과의 향이 그대로 은은하게 실내를 감돌았고, 줄 끊어진 거문고는 비스듬히 쓰러진 채로 먼지를 뒤집어쓰고 있었다. 화장대 위에 진열되어 있는 연지며 머리장식용 장신구들은 고스란히 제자리를 지키고 있건만 벽에 걸린 동악씨는 말이 없었다. 푹 빠져버리고 싶을 정도로 맑은 두 눈은 무심하게 이 못난 사내를 바라보고 있었다.

그것은 강서의 한 유명한 화가가 그려낸 수채화였다. 동악씨가 죽자 몸져 누운 순치는 연 며칠 식음을 전폐하고 침대에 누운 채 미동도 하지 않았다. 목숨이 간신히 붙어있다는 느낌이 들 정도로 몰골이 말이 아니어서 보는 이의 마음을 아프게 했다. 어의(御醫)는 백방으로 치료를 해보았으나 허사였다. 하긴 사람이 그리운데 무슨 약이 필요하고 어떤 침이 효과가 있으랴!

다행히 홍승주(洪承疇)라는 노회한 대신이 묘안을 내놓으며 시험 삼아 해보라고 했다. 얘기인즉 죽은 동악씨의 모습을 재현해 보라는 것이었다. 일리가 있다고 생각한 태후는 곧 동악씨를 황후로 추대하고 전국 각지에서 이름난 화가들을 불러들였다. 하지만 아무리 생김새를 설명해도 제대로 그려내는 사람이 없다는 게 문제였다. 그러던 어느날, 진라운이라는 사람이 그려낸 동악씨의 모습이 병상에 누운 순치를 박차고 일어나게 했다. 얼마나 비슷한지 당장이라도 걸어나와 초췌한 순치의 얼굴을 매만지며 눈물을 흘려줄 것만 같았다. 순치는 와락 그림을 끌어안으며 중얼거렸다.

"자기야, 왜 이렇게 사람을 놀라게 해? 당신이 영원히 간 줄 알고 나도 따라가려고 하던 참이야!"

이 광경을 지켜보던 황태후는 너무도 기쁜 나머지 백은(白銀) 만 냥을 진라운에게 주었다. 이 일은 훗날 미담으로 전해져 백성들에게 훈훈함을 주었다는 후문이 있다. 그리고 진라운을 소개시켜준 주국치(朱國治)는 직급이 단박에 껑충 뛰어올랐다는 것이다.

이날 이후로 순치는 점차 기력을 찾아갔으나 여전히 대신들의 상주문(上奏文) 따위에는 소극적이었다. 아침에 태후께 인사만 올리고는 진종일 자신을 서난각에 가둬두고 동악씨의 화상 앞에서 넋을 잃기가 일쑤였다. 태후의 시중을 드는 이가 어느날 기척없이 들어왔다가 깜짝 놀란 순치에게 호되게 혼난 적도 있었다. 웬만하면 태후 앞에서는 절제를 하는 순치지만 이날은 몹시 화를 내며 태후가 지켜보는 가운데 끓어앉아 자기 손으로 따귀 40대를 치게 하였다. 그 일이 있은 후로 사람들은 순치를 멀리서 슬슬 피하곤 했다.

순치는 이맛살을 찌푸리고 무심히 자신을 쳐다보는 동악씨의 수정 같은 두 눈을 바라보며 아련한 추억 속에 잠기는 것이 유일한 위안이고 희망이 돼버렸다. 금세라도 치맛자락을 나풀거리며 걸어나올 것만 같은 동악씨였다. 순치는 넋을 잃은 듯 혼잣말로 중얼거렸다.

"날 왜 그렇게 미워했소. 이렇게 혼자 남겨두고 떠나면 날더러 어떡하라고?"

그 시각, 양심전에서 멀리 떨어지지 않은 건청궁(乾淸宮) 동쪽의 작은방에서는 걸서 친왕을 비롯한 여섯 명의 대신들이 머리를 맞대고 앉아 뭔가를 상의하고 있었다. 순치황제의 사촌인 걸서와 소니, 어삐룽, 수커사하, 오배 등은 하나같이 무표정한 채 묵묵히 앉아있거나 침대에 비스듬히 기대어 애꿎은 담배만 축내고 있었다. 언제나 화제를 몰고 다니던 꾀주머니 홍승주도 오늘만은 입을 꾹 다물고 속수무책인 듯 창밖만 바라보고 있었다. 다급해진 걸서는 막무가내로 이들을 다그쳤다.

"말 좀 해봐! 다들 벙어리가 돼버리기라도 한 거야? 황제가 머리 깎고 입산한다는데 대신들이 돼가지고 그렇게도 할 말이 없어?"

그 중에서 제일 경력이 오래되고 위상이 높은 의정대신(議政大臣) 소니도 칠순 고령에 더 이상은 체력이 달리는지 비스듬히 침대 위에 몸을 기대고 있었다. 걸서의 닦달에도 불구하고 모두들 입을 철문처럼 꾹 다물고 있자 소니는 어쩔 수 없이 긴 한숨을 내쉬며 말을 꺼냈다.

"어떻게든 말려보려고 무슨 수든 안 써봤겠나. 나중에는 태후마저 울면서 끓어앉아 싹싹 빌 정도였으니 말 다했지!"

옆에 앉아 묵묵히 듣고만 있던 오배는 험상궂은 표정을 지으며 "퉤!" 하고 침을 뱉어버리며 쥐어짜듯 한마디 던졌다.

"이 놈의 나라가 어떻게 되려는 건지…… 재수없는 아낙이 하나 병들어 죽었기로서니 일개 군주가 이렇게 무책임한 결정을 한단 말인가? 참 기가 막혀서…… 여자 때문에 목매는 군주는 믿을 수가 없어!"

그 말이 끝나기가 바쁘게 의정왕 소니가 그렇지만은 않다는 듯 오배의 말에 제동을 걸고 나섰다.

"무슨 말을 그렇게밖에 못해? 이미 엎질러진 물인데 합심해서 수습책을 강구하는 게 급선무지 서로 물고 뜯고 하자고 모인 줄 알아? 시위를 벗어난 화살이 돌아오는 법은 없으니 다음 행보를 고민해 보자구!"

여러 사람 앞에서 보기좋게 당한 오배가 얼굴이 검으락푸르락해서 앉아있는 모습을 본 어삐룽이 자세를 고쳐 앉으며 말했다.

"내가 보기엔 마마께선 이미 마음을 굳힌 상태니 조만간에 뭔가 중대한 발표가 있지 않겠나 싶소. 차기 황제는 틀림없이 셋째 황태자일 테고!"

어삐룽의 말에 다들 어지간히 놀라는 눈치였다. 소심하고 입이 무겁기로 소문난 어삐룽의 말은 그만큼 신빙성이 있었다. 수커사 하는 몸을 어삐룽 쪽으로 기울이며 슬며시 물었다.

"무슨 근거라도 있는 건가?"

어삐룽은 목소리를 최대한 내리깔며 말했다.

"이것은 탕약망(湯若望)의 예언이오. 셋째 황태자는 일찍이 천연두를 앓고 났기 때문에 명줄이 길다는 것이오"

탕약망으로 말하자면 게르만인으로, 선교사로 중국에 온 지 40여 년이 지난 중국통이었다. 명나라 때 한림원에서 일할 만큼 예언에 능한 사람이었다. 서력(西曆)에 능한 탕약망은 일식과 월식을 정확하게 측정하는 천문학의 달인으로 추대받으면서 순치의 신임과 존경을 한몸에 받아왔던 것이다. 뿐만 아니라 황태후가 천주교에 귀의할 만큼 조정의 신임을 받고 있는 대단한 사람이었다. 그의 예언이라면 믿고 말고 할 것도 없다는 것을 아는 이들은 차기 황제 자리에 앉을 현엽(玄燁)을 동시에 떠올렸다.

한동안 침묵하고 있던 걸서가 뭔가 할 말이 남았는지 입을 열었다.

"그러지 말고 우리 한번만 황제를 만나나 보자구!"

구질구질하게 구는 걸서를 쩨려보던 오배가 곧 받아쳤다.

"무시무시한 철대문이 네 개씩이나 버티고 있는데 날개가 돋지 않은 한 꿈 깨게!"

오배가 말한 철대문이란 위혁(委赫) 등 네 명의, 황제 주변을 철저히 통제하고 있는 시위들을 말했다. 이들은 순치의 명령 외에는 어느 누구의 말도 무시할 수 있는 막강한 권한을 가지고 있었던 것이다.

용케도 그냥 넘어가나 싶었는데 불만을 터뜨리지 않고는 삭신이 쑤셔 어쩔 줄 모르는 오배가 또다시 빈정거리고 나섰다.

"꼴 좋다. 자기나라 황제를 오랑캐가 정해주는데도 입을 헤 벌리고 침만 질질 흘리고 있으니!"

극단적이고 공격적으로 나오는 오배에게 수커사하가 그렇지만도 않다는 듯 반대의견을 제기했다.

"오랑캐든 누구든 맞는 말이면 들어두는 것도 나쁠 건 없다고 봐!"

오배는 수커사하를 은근히 멸시하고 미워하던 터라 당장 매몰차게 몰아붙였다.

"괜히 할 말이 없으니 억지쓰지 말고 말이 되는 소릴 한번 해보셔!"

소니는 만나기만 하면 서로 잡아먹지 못해 안달이 난 두 사람이 지겨운듯 엄하게 꾸짖었다.

"보자보자하니 체통이 말이 아니군. 명색이 대국의 일개 대신이란 사람들이 사적인 감정으로 토닥거려 분위기를 망쳐서야 되겠어? 애들도 아니고!"

소니의 정문일침(頂門一鍼)에 말문이 막힌 두 사람은 씩씩대며 등지고 앉아 담배만 뻑뻑 피워댔다. 그렇지 않아도 혼탁한 공기는 갈수록 사람을 질식하게 만들었다. 괴로운 듯 머리를 두 손으로 받쳐들고 말없이 듣고만 있던 홍승주가 초췌한 얼굴에 알듯말듯한 미소를 띄우며 말했다.

"마마의 의중을 우리가 어찌 헤아릴 수 있겠소? 머리 맞대고 있어 봤자 서로 비위나 긁어놓기 십상이니 오늘은 이만 하고 무슨 소식 있을 때까지 기다려 봅시다."

한편 서난각(西暖閣)에서 동악씨 화상 앞에 서서 넋을 잃고 있던 순치는 가슴이 터질 것 같아 바람이라도 쐴 겸 밖으로 나왔다. 보슬보슬 소리없이 내리던 눈이 어느새 주위를 온통 흰색으로 단장해 놓고 있었다. 눈덮인 황궁은 피폐한 절과도 같았다. 새하얀 눈을 하염없이 바라보다가 어느새 기분이 약간 좋아진 순치는 홍승주의 예감대로 여러 가지 중대한 발표를 준비하고 있었다.

"마마, 범승막(范承莫)이 마마의 부름을 받고 왔나이다."

시위(侍衛·경호원)이자 심복인 위혁의 목소리가 들렸다. 의자에 앉은 순치는 잠깐동안 방안이 따스하다는 느낌을 받았다. 하지만 그것도 잠시 어느새 온몸이 참을 수 없을 정도로 갑갑증이 나기 시작했다. 신경질적으로 단추를 잡아뜯는 사이 눈치빠른 소마라고가 다가와 풀어주었다. 그제야 순치는 앞에 엎드려 있는 범승막을 쳐다볼 여유가 생겼다.

고작 40세 전후일 범승막은 흰머리가 듬성듬성하여 할아버지같이 초췌하고 볼품이 없었다. 게다가 탄력이라곤 없는 긴 머리채가 땅바닥까지 닿아 더욱 몰골이 말이 아니었다. 순치가 마른 기침을 하자 범승막은 머리를 쿵쿵 소리가 나게 세 번 땅에 쪼아대면서 말했다.

"마마, 노비 범승막이 어명을 받고 왔사옵니다."

순치는 담담하게 말했다.

"범선생, 어서 일어나 저기 의자에 앉게."

범승막은 꿇었던 왼쪽 다리를 조심스레 일으키며 허리를 구부정하게 숙인 채 뒷걸음질을 쳐 엉덩이를 의자에 반쯤 걸치고 앉았다.

"외람되지만 마마께서 이 저녁에 노비를 부르신 까닭은……?"

범승막의 조심스런 물음에 순치는 가벼운 한숨을 지으며 천천히 입을 열었다.

"다름이 아니고 조서(詔書) 초안(草案)을 작성해야겠기에 자넬 불렀네."

순간 범승막은 몰래 한숨을 내쉬며 속으로 궁시렁거렸다.

'간 떨어질 뻔했잖아. 근데 무슨 조서길래 이 밤에 쓴다는 걸까?

동남쪽에 군사정변이라도 일어난 걸까?'

소마라고가 붓이며 먹을 가져오자 범승막은 소매를 걷어부치고 자세를 취했다.

순치는 얼굴이 갈수록 창백하게 질리면서 목이 바싹바싹 말라 차를 한모금 마시고는 입을 열어 말을 하기 시작했다.

"해놓은 것 없이 떡하니 이 자리 차지한 지 벌써 십팔 년이 흘렀구나. 태종, 태조께서 피땀 흘려 이룬 강산 민심이 돌아서고 거지가 득실거리게 망쳐놓았으니 정말 무능한 군주로 오명이 날려도 할 말이 없구나. 하루가 다르게 한인들에게 코가 꿰어 끌려 다니게 된 것도 인재중용 면에서 실수를 거듭한 게 주된 원인이니 나라꼴을 이 모양으로 만든 장본인은 나, 순치이다."

무턱대고 써내려가던 범승막은 불에 덴 듯 화들짝 놀라며 붓을 떨어뜨리고 먹물을 엎지르는 추태를 보였다. 하지만 내용이 너무 충격적이라 자신이 보인 실수는 망각한 채 범승막은 급히 꿇어앉으며 허겁지겁 말했다.

"마마께선 어린 나이에 즉위하신 이래 오랑캐들의 창궐과 침입을 용감하게 물리치셨고 안으로는 간신들을 슬기롭게 축출하여 오늘의 영화를 이룩하셨나니, 이 어찌 후세에 길이 남을 업적이 아니옵니까? 간혹 불찰이 있었다 해도 그것은 건국 초기에 나라 안팎이 뒤숭숭한 탓이지 결코 마마의 무능함은 아니었나이다. 노비, 감히 마마의 명을 어길려고 하나이다!"

"그러지 말고 어서 일어나게!"

순치는 담담하게 말했다.

"시간이 없으니 어서 쓰게!"

그의 나지막한 목소리에 범승막은 소름이 쫙 끼쳤다. 어쩔 수 없이 자리로 돌아온 범승막은 희뿌옇게 흐려오는 눈을 부산하게 껌벅이며 써내려가기 시작했다.

"십팔 년 동안 덕을 쌓기는커녕 잃어버린 게 훨씬 많아 믿고 따른 죄밖에 없는 백성들을 굶주림과 추위에 떨게 한 것은 결코 용서받을 수 없는 죄임을 뼈저리게 느낀다. 독선과 아집으로 일관된 정치는 간신이 득세하고 충신이 설 곳 없는 현실로 바뀌었나니 정말 한심하도다."

순치는 잠시 머뭇거리더니 이내 말을 이었다.

"선제께서 붕어(崩御)하실 적에 내 나이 여섯 살, 효도를 알기엔 너무 어린 나이였지. 부친께 미처 못한 효도를 몇 배로 황태후에게 보답하려 했었건만……."

순치는 효도 한번 못 받아보고 떠나간 선친 태종(太宗)에 대한 절절한 애정과 본의 아니게 막심한 불효를 저지르고 떠나는 황태후에 대한 죄책감을 남김없이 쏟아냈다. 다른 사람을 비난하듯 담담한 순치의 태도에 범승막은 또 한번 놀랐다. 순치는 감정이 북받쳐오르자 손수건으로 얼굴을 막고 흐느끼며 말을 이었다.

"버리고 떠나기는 일부 이기적인 사람들의 소극적인 현실도피의 수단이요, 도덕군자로 자칭하는 자들의 억지스러운 자기 미화에 불과하다고 비난을 퍼부을 때가 어제 같은데 내가 이렇게 고스란히 답습할 줄은 정말 몰랐다. 어린 나를 보호하느라 심혈을 기울이다 못해 늙고 병든 황태후를 생각하면……."

마침내 순치는 감정을 억제하는 데 실패한 채 목놓아 울어버렸다. 범승막은 들을수록 황망함을 금할 길 없는지라 급히 엎드려 머리를 부서져라 땅에 짓찧으며 말했다.

"마마, 앞길이 창창하신데 무슨 그런 말씀을 하시나이까? 소인에게 분명히 왜 그러시는지 말씀하시지 않으신다면 소인은 죽어도 더 이상 써내려갈 수가 없나이다.”

겨우 말을 마친 범승막은 또다시 머리를 떨어져라 조아렸다. 이러는 범승막을 순치는 이해하고도 남았다. 하긴 불과 몇 개월 전만 해도 24살의 젊은 나이에 삭발승이 될 자신의 모습은 전혀 상상도 못했으니 말이다. 하지만 매정하게 굴지 않으면 범승막이 언제까지 그러고 있을지 몰라 순치는 단호한 어투로 말했다.

“범선생, 지금은 있는 격식 없는 격식 다 차릴 때가 아니오. 이러고 있다간 날밤을 꼬박 새워도 다 못 쓰겠네. 어서 다그치게! 사실 나는 ‘유서’를 작성중이라네. 곧 출가승이 되기로 했으니 대외적으로는 죽은 걸로 해야 되지 않겠나!”

범승막은 그야말로 기절초풍할 듯 놀랐다.

‘세상에! 황제가 출가하다니! 아무튼 이 만인(滿人)들은 별종들이야. 못 말린다니깐! 몇 년 전에는 섭정왕(攝政王) 도르곤이 태후와 정분이 나서 난리를 치더니 또 얼마나 됐다고 황제가 또 이 난리야? 정말 갈수록 가관이구만!’

겉과 속이 다른 게 아랫것들의 생리라면 범승막 역시 예외는 아니었다. 그는 속내와는 달리 아주 그럴 듯하게 말했다.

“아무리 미련없는 속세라지만 아쉬울 게 없는 마마께서 도대체 무슨 까닭으로 이 같은 결심을 하셨나이까?”

순치는 귀에 못이 박히게 들어온 말들을 곱씹고 있는 범승막이 짜증스러운 듯 큰소리를 질렀다.

“어디라고 감히 토를 달고 그래!”

이럴 때일수록 순순히 물러나면 모든 노력이 헛것이 된다고 생각한 범승막은 불호령이 떨어질 것을 예상하고 다시 말을 이었다.

"소인이 알기로는 마마께서는 동악씨에게 하실 만큼 하신 줄로 아나이다. 살아 생전에 왕비로 봉하고 사후에는 황후로 추대하셨으니 더 이상 뭘 어떻게……."

"입 다물지 못할까!"

예상했던 대로 순치의 불호령이 떨어졌다.

"누구나 살아가는 삶의 방식이 있으니 황제라고 평민들처럼 감정에 이끌려선 안된다는 법이 어디 있어?"

"사실 소인은 아무 생각없이 조서를 작성했다가 나중에 황태후께 야단맞을 일이 걱정스러워 그만……."

마침내 끙끙 앓던 속내를 드러낸 범승막의 말이 끝나기 바쁘게 순치는 탁자가 부서져라 내리치며 대로했다.

"이 맹랑한 것 같으니라구! 내가 아무리 무책임하기로서니 이런 일까지 덮어씌우고 갈까봐 그래? 황태후에게 혼나는 건 두렵고 어명을 어겨 목숨을 잃는 건 괜찮은 거야!"

범승막은 순치가 밤새 얘기한 것 가운데서 이 말이 가장 마음에 와 닿았다. 이 말이 듣고 싶어서 구질구질하게 말머리를 끌고 다닌 게 사실이었다.

순치는 처음 말을 꺼낼 때보다 훨씬 조리있고 매끄럽게 다음을 이어나갔다. 만인(滿人) 관료들을 다독이고 키워줘야 함에도 불구하고 오히려 한인(漢人)들을 중용하여 위기를 자초한 사실이며, 남의 말에 귀 기울일 줄 모르고 독주를 감행한 결과 충신을 멀리하고 간신을 키워주는 격이 된 사연이며, 13개 중요 부처에 간신이 득실거릴 정도로 명나라 말기 황제의 무능을 능가한 자신의 과실을 담담하게 진술해 나갔다. 범승막은 머리가 한없이 팽창하여 곧 터져버릴 것 같은 긴박감 속에서 부지런히 붓을 날렸다.

말을 마친 순치는 온몸을 짓누르고 있던 무거운 짐짝을 내려놓은 것 같은 후련함에 스르르 눈을 감았다. 밤새워 흘린 눈물의 하중을 이기지 못한 촛물이 마룻바닥에 방울방울 떨어져 내렸다. 갑자기, 11시를 알리는 육중한 시계추 소리가 진저리치듯 울려 퍼졌다. 범승막은 시계 소리가 이처럼 공포스럽게 다가오기는 처음인 듯 몸을 부르르 떨었다.

범승막은 순치가 뭔가 중요한 사안에 대한 발표를 앞두고 있음을 직감적으로 느끼고 붓을 잡은 손에 더욱 힘을 주고 기다렸다. 바로 그때, 순치의 약간은 지친 목소리가 조용히 들려왔다.

"소마라고!"

초조하게 방안의 소리에 귀기울이고 있던 소마라고가 갑자기 자신을 부르는 소리에 가볍게 떨며 들어섰다.

"노비 소마라고, 어명받고 왔사옵니다!"

"위혁 등을 불러오거라"

순치의 말이 끝나기 바쁘게 소마라고가 밖으로 나가 위혁(偉赫) 등을 불러들였다.

위혁을 비롯한 네 명의 시위들이 차례로 들어서자 소마라고는 소임을 다한 듯 밖으로 나가려고 돌아섰다. 그러자 순치는 급히 소마라고를 불러세웠다.

"나갈 거 없이 여기서 같이 듣도록 하라. 나중에라도 도움이 될 테니! 사실 네가 황태후를 섬기는 이 몇 년 동안 난 친여동생 이상으로 널 생각해왔다. 그러니 잘 들어두거라."

소마라고는 순치의 말에 말없이 고개를 끄덕여 보였다. 소마라고에게서 시선을 거둔 순치는 곧 습관처럼 기침을 하더니 천천히, 아주 천천히 카랑카랑한 목소리로 말했다.

"나를 대신할 황제는 셋째 황태자 현엽을 물망에 올려 놓고 있네."

잠시 좌중을 돌아보고 난 순치는 곧 말을 이었다.

"현엽은 아직 어린나이인지라 여러분의 각별한 보호가 필요하오. 그 애가 비록 나이는 어려도 유난히 똑똑하고 영악하니 조금만 지켜봐주면 하루가 다를 거요. 게다가 현엽의 생모 동가씨(佟佳氏)가 워낙 품위있고 온화하고 포용력있는 국모(國母)감이니 모전자전을 믿어도 될 거네!"

순치는 위혁을 비롯한 경호원들을 정감어린 눈매로 바라보며 계속 말했다.

"내가 보기엔 황제의 신변을 보호해주고 보필해줄 대신으로 소니, 수커사하, 어삐룽, 오배 이들 네 사람이면 충분할 것 같네."

범승막은 마치 사막에서 청량제를 얻어마신 기분이었다. 이들 네 명의 대신들이 막아주면 적어도 불똥이 튈지라도 화상은 입지 않을 거라는 계산에서였다. 그는 붓에 날개가 돋친 듯 순치의 말을 받아적어 내려갔다.

"대신 소니, 수커사하, 어삐룽, 오배를 보정대신(輔政大臣)으로 특별히 임명한다."

워낙 건강이 좋지 않았던 순치는 이날 저녁내내 흥분한 상태이다 보니 구술을 마쳤을 때는 이미 녹초가 되어 있었다. 얼굴이 발갛게 상기된 채 끊임없이 기침을 해대는 순치를 안쓰럽게 바라보던 소마라고가 급히 가래가 끓는 순치에게 요강을 가져다 주었다. 그러자 위혁이 다가가서 가볍게 순치의 등을 두드려 주었다. 감정이 북받친 순치는 와락 위혁의 손을 잡아당기며 말했다.

"자네한테 면목 없네. 못난 날 따라다니며 고생한 세월이 벌써 몇 년은 족히 되지? 이럴 줄 알았더라면 평소에 좀더 잘해줬을 텐데 하는 마음에 속세의 인연을 끊는 마당에도 많이 괴롭네! 미워도 다시 한번이라고 어린 현엽을 잘 부탁하네! 각별히 안전에 주의해야 할 것 같네!"

용케 잘 참고 있던 위혁은 순치의 마지막 한마디에 그만 어린애처럼 목놓아 울었다.

"노비, 마마를 위해서라면 이 한 몸 바칠 각오가 돼 있나이다."

순치는 위혁의 말에 감동한 나머지 눈시울이 붉어졌다.

"참고 견디면 분명히 좋은 날이 올 것이니 힘들더라도 어린 현엽을 잘 부탁하네."

말을 마친 순치는 곧 범승막에게 물었다.

"범선생, 자네가 보기엔 이들 보정대신 네 사람이 어떤가?"

범승막은 급히 붓을 내려 놓으며 순치가 원하는 대답을 하려고 안간힘을 쓰는 눈치가 역력했다.

"소인이 보기엔 네 사람 모두 황제를 보필하는데 일가견이 있는 인재들이라고 생각하나이다. 마마는 역시 사람보는 안목이 뛰어나십니다."

순치는 범승막의 뻔한 대답을 예견했다는 듯 머리를 절레절레 흔들며 말했다.

"그렇지만은 않네. 내가 보기에 소니는 경험이 풍부하고 조정에 오랜 공신이라 위상이 드높긴 하나 나이가 너무 많고, 수커사하는 성품이 곧고 정직한 건 좋은데 경험이 부족하고, 어삐룽은 매사에 침착하고 포용력이 있는 반면 좀 소심한 것 같고, 오배는 문무를 겸비하고 결단성이 강한 반면 너무 성미가 조급하고 이해심이 부족한 게 흠이라면 흠이오. 나의 지나친 욕심이긴 하지만 네 사람을 합쳐놓으면 아쉬울 게 없을 텐데……."

어느새 밤이 깊었다. 범승막은 드디어 '악의 굴'에서 벗어났다. 커다란 눈꽃이 하늘거리며 자금성(紫禁城)을 하얗게 뒤덮고 있었다. 희미한 등불이 하나둘씩 꺼지고 촛대 위에는 빨간 촛물이 덕지덕지 달라붙어 있었다.

칠흑같은 어둠을 가르고 야경꾼의 딱딱이 소리가 처량하게 울려퍼졌다.

마침내 떠날 차비가 된 순치는 이 밤을 타 떠나기로 마음을 먹고 마지막으로 눈물어린 두 눈을 들어 꿈이 있고 사랑이 있어 행복했고, 이별이 있고 싸움이 있어 아쉬웠던 황궁을 둘러보며 이승에서 황제로서의 마지막 어명을 했다.

"경사방(敬事房)에 전하거라! 곧 출궁할 것이니 대문을 열고 마차를 대어 놓으라!"

2. 여덟 살 어린 황제

　순치황제의 '장례식'은 정말 그럴싸했다. 영전(靈殿)은 양심전에 설치해 놓았다. 노란 비단 홑천에 금실로 범자경문(梵字經文)을 수놓은 이불이 관 위에 덮여 있었고, 법랑을 입힌 향대에서는 파르스름한 향이 가늘게 타오르며 궁궐 안을 감돌았다. 관속에 있는 사람이 이승의 끈을 놓았음을 시사하기에 충분했다. 사회자의 명령이 떨어지자 문무백관들은 일제히 모자에 내리드리워진 붉은 끈을 잡아당겨 끊어버렸다. 이 날은 장례식과 즉위식이 함께 있는 특별한 날이기도 했다.

　오전 9시쯤, 순치황제의 입관식이 거행됐다. 건청궁 밖에는 각 지방에서 올라온 친왕(親王)들과 군왕(郡王), 그리고 각 부처의 책임자와 궁중의 태감, 내시들이 콩나물시루처럼 서 있었다. 그 가운데는 내무부(內務府) 수석태감(首席太監) 오양보(吳良補)도 끼어있었다. 그는 현관 앞의 붉은 계단 위에 서서 목을 이리저리 비틀며 굳어진 얼굴로 서 있었다. 아래위 입술을 너무 힘줘 깨문 탓인지 그의 수염 하나없이 반들반들한 턱에는 깊은 주름이 자리잡고 있었다. 그의 표정만 본다면 그는 현재 무척이나 화가 나 있는 듯했다.

그러나 사실 지금 이 시각 오양보만큼 기분이 날아갈 듯한 사람도 없었을 것이다. 동악씨가 입궁할 때 내시 신분으로 궁중생활을 시작한 이래, 그는 동악씨의 운명에 의해 출렁이는 삶을 살아야 했다. 동악씨가 도르곤에 의해 독수공방 신세가 되자 자연히 오양보 역시 찬밥신세가 되어 있는 설움 없는 설움을 다 받고 살아왔다. 다행히 잘 나가는 오배를 양아버지로 둔 오양보는 동악씨의 죽음과 함께 쫓겨나지는 않았다. 늘 누구보다 유능한 자신을 중용해주지 않는다고 불만이었던 오양보에게 오늘 이 중대한 자리에서 사회를 맡으라는 영광이 온 건 그야말로 절호의 기회였고 호박이 넝쿨째 굴러온 그 자체였다. 황제의 죽음이 가져다준 '행운' 치고는 너무 감당하기 버거운 것이기도 했지만 아무튼 그는 한없이 들떠 있었다. 동악씨의 운명이 달라진 지난 8년 동안 자신을 쓰레기처럼 대하던 사람들, 특히 의정왕 걸서, 일등대감 소니, 수커사하 등을 오늘만이라도 자기 맘대로 호령할 수 있다는 게 그렇게 즐거울 수가 없었다.

오전 10시쯤, 예순을 넘긴 소니 보정대신이 황태후의 부름을 받고 자녕궁(慈寧宮)으로 왔다. 현엽을 데리고 순치황제의 마지막 입관식에 참가해야 했기 때문이다. 현엽의 엄마 동가씨는 워낙 말수가 적고 사람을 다뤄본 적이 없는지라 당황하여 무슨 말을 해야할지 몰랐다. 효장태후(孝莊太后)는 자신의 발밑에 엎드려 명령을 기다리는 늙고 병든 소니를 바라보며 이 나라의 아픔과 고통을 함께

여덟 살 어린 황제   49

해온 세월을 개탄했다.

　소니도 나름대로 마음이 혼란스럽겠지만 효장태후 역시 어린나이에 입궁해 온갖 고초를 다 겪으며 오늘까지 버텨왔다. 이제 겨우 한숨 돌리나 했는데 또다시 이런 일이 벌어진 데 대해 형언할 수 없는 슬픔을 느꼈다. 심지어 자신의 정조까지 바쳐가며 아들 순치의 황제자리를 지켜주려고 피나는 대가를 치러왔는데 뜬금없이 출가라니 이런 날벼락이 또 있으랴! 효장태후는 이런저런 생각에 마음이 시린 듯 눈물을 보이며 말했다.

　"소니어른, 당신은 누가 뭐래도 우리 청나라의 둘도 없는 공신이요, 내 개인적으로도 고마운 사람이오. 살다살다 별꼴 다 본다고 한탄했을 것이오. 하지만 어쩌겠소. 이미 마음 떠난 사람인데. 하루 빨리 충격에서 벗어나 셋째를 우리 한번 제대로 키워보세. 워낙 똑똑한 아이인지라 잘해낼 거라 믿소. 또 나중에라도 은혜를 저버릴 아이는 절대 아니오. 내가 장담할 수 있소! 좀 있다 가서 여러 보정대신들에게 내 말을 그대로 전하게나. 하나 덧붙일 것은 현엽이 나이가 어리다고 우습게 보는 자가 생겼다간 나도 그렇게 호락호락 당하고만 있지 않을 것이라고 따끔하게 일러두고. 노인네 목숨 걸고 덤벼들면 그것도 만만치가 않다는 걸 미리 못박아둬야 하니까!"

　말을 마친 황태후는 소마라고에게 현엽을 데리고 오라고 했다. 소마라고는 곧 여덟 살 난 현엽을 황태후의 앞에 데리고 왔다. 평소와는 다른 분위기에 현엽은 쭈뼛거리며 황태후와 태후에게로 다가가 인사를 올렸다.

　"할머니, 나 유모할멈이랑 손잡고 갈래!"

　유모할멈이란 바로 위동정의 어머니 손씨다. 손씨는 얼른 황태후의 눈치를 보며 다가가 현엽의 손을 잡고 말했다.

"황태자님, 오늘부턴 황제가 되는 건데 예전처럼 떼쓰고 장난치면 안되나이다. 유모는 하인이라 그런 자리엔 나타날 수가 없게 돼 있나이다."

그러나 현엽은 쉽게 타협하려 하지 않았다.

"소마라고가 그러는데 누구를 막론하고 마마의 명을 어기면 목이 달아날 각오를 하라고 했어요. 어명은 곧 천명이라 했다구요. 그치? 소마라고. 그러니 나 지금 명령내릴 거야. 유모할멈더러 날 데려다 주라고!"

현엽은 고집스레 몸을 뒤틀며 앙탈을 부렸다. 그 모습이 못내 귀여운 듯 소마라고가 옆에서 입을 막고 조용히 웃으며 황태후를 바라보았다.

'원님 덕에 나팔 분다'고 현엽의 엄마 동가씨는 자신이 하루아침에 태후가 되어 있다는 사실이 실감이 나지 않았다. 똑똑한 아들 덕에 국모가 되어보는 뿌듯함 또한 대단했다. 옆에 앉은 황태후의 눈치를 살피던 태후는 말없이 기특한 듯 웃고만 있는 황태후의 표정을 허락으로 받아들이고 머리를 끄덕였다. 그러자 모든 것을 빼놓지 않고 지켜보고 있던 소니가 엄하게 손씨를 나무랐다.

"어서 빨리 마마께 영광을 하사하셔서 감사하다는 인사 안올리고 뭐해!"

손씨는 소니의 말과 거의 동시에 꿇어앉아 현엽에게 큰절을 하며 머리를 조아렸다.

"노비 손씨, 마마의 은혜 가슴에 아로새기겠나이다!"

말을 마친 손씨는 현엽의 앞으로 다가가 손을 내밀었다. 현엽은 자신의 소원이 이루어지자 못내 즐거워하며 손씨와 소마라고의

손을 하나씩 잡고 뛰쳐나가려고 했다. 다급해진 소니가 큰소리로
명령했다.

"황태자 행차하신다! 가마를 대어라!"

건청궁 밖에 대기중이던 황친과 대신들은 기다리다 못해 지쳐
있었다. 두 번째 줄에 서 있던 어삐룽은 천천히 네 번째 줄에 서
있는 오배에게로 다가갔다. 그는 말보다 눈이 앞서는 특이한 습관
이 있었다. 무슨 할 말이 있으면 눈부터 부산하게 껌벅이고 나서
말을 시작하는 버릇은 궁중에서 모르는 사람이 없을 정도였다. 이
번에도 눈을 껌벅이며 오배 옆에 다가선 어삐룽은 눈길 한번 주지
않고 거만하게 서 있는 오배를 향해 열심히 두 눈을 껌벅거려 보
이고 나서야 참았던 말들을 꺼내기 시작했다.

말이 고프면 병이 나는 어삐룽이었다.

"저어기…… 오, 오 대감님께 급히 드릴 말씀이 있소. 위혁이란
자가 승덕(承德)을 둘러보고 오더니 대감님이 그 쪽의 땅을 거머
쥐고 있다고 이런 무법천지가 어딨냐며 처벌해 달라고 진정서를
냈어요. 어떻게 할 건지……"

오배는 얼굴이 험상궂게 굳어지며 입을 꼭 다문 채 여전히 말이
없었다. 어삐룽에게 왼쪽 시선 한번 주지 않던 그가 한참만에 입
을 열어 받아쳤다.

"축하하네, 마마께 점수 딸 일이 생겨서!"

어삐룽은 눈을 껌벅이며 말했다.

"그게 아닌 줄 뻔히 아시면서 또 왜 이러시나? 같은 배를 탄 거
나 다름없는데. 내가 벌써 그 진정서를 중도에서 쥐도 새도 모르
게 없애버렸다구. 이런 소인배들은 적당히 비켜가면 되니까 특별

히 신경쓸 거 없고 소니 영감도 나이가 나이니만큼 크게 관여치는 않을 것이오."

이쯤하면 오배는 알은 체를 안할 수가 없었다. 그는 머리를 돌려 정색하며 서 있는 어삐룽을 쳐다보며 의미심장하게 웃어보였다.

"금명간 찾아뵙고 인사드리겠습니다."

어삐룽은 알겠다는 듯이 머리를 끄덕여 보였다. 그리고는 한마디 덧붙였다.

"이런 일이 두 번 다시 있었다간 그땐 정말 위험하네."

말을 하면서 어삐룽은 수시로 맨 앞줄에 서 있는 수커사하를 쳐다보았다. 오배 역시 수커사하를 악의에 찬 눈으로 노려보며 입을 앙다물었다.

이윽고 "황태자님 도착하셨다!"는 오양보의 째질 듯한 목소리가 울려퍼지자 나름대로 편한 자세로 서 있던 사람들이 일제히 머리를 숙이고 두 팔을 드리운 채 공손한 자세를 취했다. 어삐룽은 누가 볼세라 급히 자신의 위치로 돌아와 아무 일도 없었던 것처럼 서 있었다.

한편 건청궁 서영(西永) 골목에서는 소마라고와 손씨가 현엽을 부축해 내렸다. 현엽은 많은 사람들이 새카맣게 같은 자세로 서 있는 게 호기심이 동해 급히 궁안으로 뛰어들어가려고 했다. 다급해진 소마라고가 현엽을 붙잡고 그의 귓가에 대고 작은 소리로 말했다.

"이제부턴 저 많은 환관들을 이끌고 가야 할 마마이십니다. 그러니 아무 데서나 껑충껑충 뛰어다니면 안되고 뒷짐지고 천천히 팔자걸음을 해야 하나이다. 처음부터 기선을 제압해야 하기 때문에 걷는 자세도 소홀히 해서는 아니되나이다!"

간절하게 당부한 소마라고는 손씨와 함께 현엽을 궁안에까지 들여보내줬다.

그 다음부터는 소니가 앞장서서 인도하고 그 뒤로 위혁을 비롯한 시위들이 보무도 당당하게 따랐다. 오양보의 곁을 지날 때 마침 서로 눈이 마주친 위혁은 매섭게 오양보를 째려보았다. 순간 하늘 높은 줄 모르고 설치던 오양보는 된서리맞은 가지처럼 후줄근해져서 몸둘 바를 몰랐다.

위혁으로 말하자면 내시대신(內侍大臣) 비양고(飛揚古)의 아들로서, 그 용맹함과 강직함을 널리 인정받아 순치의 최측근으로 일해왔다. 순치 8년에 입궁한 이래 순치의 손발이 되어주었고 하루라도 위혁이 곁에 없으면 불안해 할 정도로 순치의 각별한 총애를 한몸에 받아온 충신이었다. 몇 년 전 어느날 동악씨에게 황제가 친히 선물한 여의불상을 훔쳐내다가 위혁에게 덜미를 잡힌 적이 있는 오양보는 호되게 얻어맞고 억울함을 호소하러 순치를 찾아간 적이 있었다. 그때 순치는 "나는 위혁의 말이라면 팥으로 메주를 쑨다고 해도 믿는다"며 서슴없이 위혁의 손을 들어주었었다. 그 일이 있은 후로부터 오양보는 위혁을 눈에 든 가시처럼 여겼다.

현엽이 단상에 올라 의자에 앉자 소니를 비롯한 보정대신과 환관들이 일제히 무릎을 꿇었다. 소니가 큰소리로 "황태자께 인사 올려라" 하고 외치자 단상 아래의 인파들도 물결치듯 무릎을 꿇고 머리를 숙였다. 소니는 어느새 오배가 자신과 똑같이 앞줄에 공공연히 엎드려 있는 것을 발견하고 낮은 목소리로 엄하게 꾸짖었다

"자기 앉을 데 안앉을 데도 분간 못하나? 분수를 지켜!"

오배는 항상 소니를 경외시 해왔다. 비록 늙고 보잘것없지만 왕

년에 동에 번쩍 서에 번쩍 하며 천하를 호령했던 영웅호걸이었고, 오랑캐들과의 싸움에서 혁혁한 전공을 세운 공신이었다는 것은 모르는 사람이 없었다. 천하의 예친왕도 소니 앞에서는 다소 격식을 갖출 정도였다고 한다. 오배는 사실 의도적으로 소니를 화나게 할 생각은 언감생심 없었다. 다만 마마께 깊은 첫인상을 주고 싶었을 뿐이었다. 소니에게 미운 털이 박혀 득될 게 없다고 생각한 오배는 슬슬 가재걸음을 쳤다.

서난각에는 그 시각 더없이 숙연한 분위기가 조성돼 있었다. 흰 휘장과 병풍 사이로 옅은 향내가 감돌고, 한가운데 마련된 영전 위에는 금빛으로 반짝이는 글자가 유난히 눈길을 끌었다. '유능하고 지혜로운 임금, 자상하고 인간적인 황제 효장 영위'라고 씌여진 이곳이 바로 순치의 '영전'이었다.

소니가 사전에 귀띔해준 대로 현엽은 아홉 번 큰절을 하고 준비해둔 술을 고이 받들어 영전에 뿌리며 신에게 제사를 지냈다. 출가했다고는 하지만 죽은 거나 다름없는 순치를 떠올린 소니는 그렇게 인간적이고 의욕적이던 순치의 옛 모습을 그려보며 눈물을 흘렸다. 황제로 군림하기 이전에 인간적으로 먼저 다가왔던 순치였기에 그의 빈자리가 이토록 커 보이는 건 아닐까 하고 소니는 엉엉 흐느꼈다. 그 바람에 장내는 순간 훌쩍거리는 소리가 여기저기서 들려왔다.

이날부터 황태자 현엽은 선제를 떠나보내고 영전 앞에서 즉위한 강희(康熙)가 되어 있었다. 오양보의 손짓과 함께 진작부터 대기중이던 합창단이 축하노래를 부르고 문무백관들이 하나씩 차례로 까치발을 하고 강희 앞을 지나갔다. 떠밀리듯 하루아침에 황제가 된 현엽은 약간 어리둥절해 하다가도 호기심이 가득한 눈매로 할

아버지뻘 되는 환관들과 황친들을 바라보았다. 자그마치 18개 성(省), 수백 만 명에 달하는 백성들의 일인자가 된 현엽은 의젓하게 의자에 앉아 길고 지루한 검열을 마쳤다.

다리가 저려오고 엉덩이가 마비될 정도로 앉아있던 강희는 즉위식이 끝나자마자 천천히 몸을 일으켜 네 명의 보정대신에게로 다가갔다. 일일이 손을 잡아준 강희는 관심어린 어조로 똑같은 물음을 반복했다.

"당신이 소니대감인가?"

"당신이 수커사하이고?"

"당신은 오배라는 사람이고?"

네 명의 대신들은 머리를 숙여 대답하였다. 강희는 만족스레 웃으며 말했다.

"선친께서 유언을 남기셨네. 당신네들은 이 나라의 믿음직한 일꾼들이니 나더러 조언을 잘 들으라고 했소. 어디 한번 잘해 보세!"

네 사람은 선제가 자기네들을 잊지 않고 유서에 이름을 거명해 줬다는 사실에 감격해마지 않았다. 새로운 시작을 뜻하는 성스러운 날에 울고불고 하는 게 아니라서 그렇지 정말 목놓아 울고 싶은 심정이었다. 터져나오려는 울음을 참고 있던 소니가 풀썩 무릎을 꿇자 나머지 셋도 영문을 모른 채 엎드렸다.

소니는 갑자기 단호한 어투로 세 대신에게 물었다.

"선제의 은혜에 우리는 무엇으로 보답해야 하나? 다들 어떻게 해야 할지 알고 있겠지만 노파심에서 한마디 하네. 하늘이 두 조각 난대도 우리 넷은 하나되어 어린 군주를 성심성의껏 보필해야 한다. 개개인의 감정에 치우쳐 대사를 그르치는 자 용서 못하고 사리사욕에 혈안이 되어 딴주머니 차는 자 내 눈에 흙이 들어가기 전에는 못 본다. 자네들, 내 말에 공감하는가?"

오배는 지나치게 강조하는 소니가 못마땅했지만 어쩌는 수 없이 나머지 두 사람을 따라 대답했다.

"명심하겠나이다!"

그러나 강희는 소니의 말들을 전부 이해하지는 못했다. 방금했던 말들도 소마라고가 길에서 가르쳐준 것이기 때문이었다. 하지만 소니의 입에서 나온 말이라는 이유만으로 강희는 자신에게 유리한 말임에 틀림없음을 직감적으로 눈치챘다. 강희는 머리를 끄덕이며 말했다.

"훌륭했어! 그만하고 물러가게!"

네 명의 대신들이 자리를 비우자 강희는 참고 참았던 한숨을 크게 내쉬며 몇 시간만에 찾아온 자유를 반겼다. 엄마 품에서 놓여난 아이처럼 깡총깡총 뛰면서 밖으로 나간 강희는 어느새 여덟 살 어린아이로 돌아가고 있었다. 옆에서 아무리 타일러도 막무가내인 강희의 뒤를 위혁이 급히 쫓아갔다. 누군가 뒤따라오는 것을 눈치챈 강희는 돌아서서 손을 흔들며 말했다.

"따라오지 마!"

위혁이 이 한마디에 잠깐 머뭇거리는 사이 강희는 벌써 골목으로 사라진 뒤였다. 뛰어가다가 현관 앞에 엎드려 있는 소마라고와 손씨를 발견한 강희는 천진난만한 어린애가 되어 평소처럼 소마라고와 손씨를 향해 줄달음쳤다.

강희가 넘어지기라도 할까 봐 조마조마한 손씨가 다급하게 불렀다.

"아이고, 마마. 천천히 걸어오시지 넘어져 이빨이라도 부러지면 어떡하실려구요!"

강희는 손씨의 걱정에는 아랑곳하지 않고 깔깔 웃으며 손을 저어댔다.

"어서 일어나지 않고 뭘하는 거야? 내가 왔는데 안 엎드려도 괜찮아!"

말과 함께 강희는 어느덧 손씨의 품에 안겨왔다. 대견스레 바라보던 소마라고가 손씨의 품에 안긴 강희의 옷매무새를 바로잡아주며 말했다.

"이제부턴 마마니까 우리, 우리하고 노비들과 어울려서는 안되나이다. 뒷짐지고 무게를 잡으며 목소리도 깔고 해야 되나이다. 노비가 엎드려 있다고 해서 오늘처럼 일어나라고 소리 질러서도 안되고요."

강희는 대수롭지 않게 여기며 여전히 웃는 얼굴로 말했다.

"다시는 이런 자리 싫어! 꼼짝 않고 앉아 있느라 죽음 일보직전이었지 뭐야. 어서 황태후와 태후를 만나러 가야겠어!"

한밤중에 빽빽 울면 일어나 젖 물리고 기저귀 갈아주고 엉덩이 툭툭 쳐서 기른 아이가 어느덧 황제가 되어 돌아오자 손씨의 감회는 남달랐다. 이제는 추억이 될 인간 현엽과의 살갗 접촉을 못내 아쉽게 생각한 손씨가 마지막으로 강희의 포동포동 젖살이 오른 뺨을 살짝 비틀며 말했다.

"오늘은 마마께 좋은 날이니 노비가 안고 가겠나이다."

말을 마친 손씨는 두 팔을 벌려 달려드는 강희를 덥썩 안고 자녕궁으로 향했다. 기분좋은 웃음을 흘리며 걸어가고 있는 이들을 누군가 고래고래 소리를 내지르며 불러세웠다.

"거기 못 내려놓을까?"

깜짝 놀란 세 사람이 주춤하고 머리를 들어보니 부도태감(副都

太監) 오양보였다. 오양보는 얼른 강희를 향해 비굴하게 웃어보이고 나서 이내 돌아서더니 독기를 품은 두 눈을 부릅뜨고 호되게 야단쳤다.

"대낮에 마마를 안고 히히거리며 뭣들 하는 거야!"

겁이 많은 손씨는 얼른 강희를 내려놓으며 떨리는 목소리로 변명했다.

"마마께서 워낙 어린 데다……"

"뭣이? 아무리 어려도 황제야, 황제! 정신 차려 이년아, 동네아인 줄 알어?"

손씨가 말대꾸했다고 생각한 오양보는 아랫것마저 자신을 무시한다는 자격지심에 이성을 잃고 소리를 내질렀다. 그래도 성에 차지 않는지 오양보는 어린 태감에게 명령했다.

"가서 자녕궁 수령태감(首領太監) 이명촌(李明村)을 불러와라."

강희는 오양보가 이토록 게거품을 물고 덤비는 이유를 몰라 어정쩡한 자세로 있다가 어린 태감더러 자녕궁 수령태감을 불러오라는 말에 일단 제동을 걸었다.

"가긴 어딜가? 누구 맘대로?"

그러나 이내 할 말이 궁해진 강희는 소마라고에게 구원의 눈길을 보냈다. 눈길 하나만으로 충분히 교감이 이루어지는 강희와 소마라고였다. 소마라고는 강희에게 무릎을 꿇으며 말했다.

"마마, 이번 일은 노비가 알아서 하게 맡겨주실 수 있겠나이까?"

강희는 재빨리 "그렇게 하라"고 머리를 끄덕였다.

강희의 허락을 받은 소마라고는 추호의 거리낌도 없이 오양보를 마주보며 말했다.

"오양보, 자네 뭘 잘못 먹었나? 여기가 누구 앞이라고 감히 큰소리를 지르고 그래!"

오양보가 가만 있을 리가 만무했다.

"개돼지보다 못한 하찮은 궁녀 주제에 뭘 믿고 까불어? 이게! 죽고 싶나?"

"뭐? 궁녀 어쩌구 어째? 당신, 궁녀 우습게 봤다가 큰코 다칠 줄 알아!"

소마라고는 냉소를 머금으며 오양보를 똑바로 쳐다봤다.

"당신도 귀가 있으니 들었겠지만 지금 나는 어명을 받은 칙명대 사나 다름 없어. 지금 당장 꿇어!"

궁녀마저 자신을 깔아뭉개려고 든다고 생각한 오양보는 눈이 뒤집힐 지경이였다.

"뭐라고? 꿇어 앉으라구?"

오양보는 목을 비틀며 악을 썼다.

"네년이 뭔데……."

오양보의 말이 시작되자 마자 소마라고는 손바닥이 얼얼할 정도로 오양보의 뺨을 후려갈겼다. 엉겁결에 무방비상태에서 맞은 터라 얼굴을 감싸쥐고 있는 사이 소마라고의 말소리가 천둥처럼 들려왔다.

"순치황제가 떠난 지 며칠이나 됐다고 별 게 다 어린 마마를 업신여기고 그러네! 다시 한번 말하는데, 무릎 꿇어!"

소마라고는 마마를 부르며 강희를 바라보았다. 강희는 머리를 끄덕이며 말했다.

"꿇어앉아 뺨 오십 대 칠 것!"

강희의 말에 어쩔 수 없이 꿇어앉은 오양보는 억울하기 그지 없었다.

옆에 있던 어린 태감이 달려와 소매를 걷어부치고 내리칠 태세를 취하자 소마라고가 제지했다.

"그럴 거 없어! 괜히 힘뺄 거 없이 이 자더러 자기 손으로 자기 뺨을 때리도록 하라! 너는 옆에서 꼬박꼬박 숫자나 세고. 태황태후께서 기다리고 계시니 우린 이만 가봐야겠다!"

말을 마친 소마라고와 강희 일행은 뒤도 안 돌아보고 씽하니 가버렸다.

오양보는 소마라고가 궁녀 주제에 뭘 믿고 이토록 행패를 부리는지 쉽게 이해가 되지 않았다. 약간은 알 것 같기도 했지만 아무튼 궁녀한테 귀싸대기를 맞았다는 수치감과 모멸감에 온몸을 부르르 떨었다. 옆에서 구경거리라도 생긴 듯 손가락을 꼽을 준비를 하고 있는 태감에게 오양보는 느닷없이 다가가 있는 힘껏 귀싸대기를 후려쳤다.

"개돼지보다 못한 자식, 어서 꺼지지 못해?"

그야말로 욕을 본 데서는 말을 못하고 엉뚱한 데 가서 화풀이하는 격이었다. 오양보가 씩씩대며 애꿎은 제3자에게 분풀이를 하고 있을 때 "형, 그까짓 소인배들 좀 까불었기로서니 이렇게 화낼 건 없지" 하는 소리와 함께 오배의 양자 나모가 빙그레 웃으며 뒤에 서 있었다. 화가 치밀어 있는 오양보의 어깨를 감싸안은 나모가 껄껄 웃으며 말했다.

"오늘 저녁 오배어른이 연회를 베푸니 꼭 참석하라고 하셨어. 평소에는 얼굴 한번 보기도 힘든 지체높은 여러 고관들이 모이는 자리니 알아서 해. 분풀이하는 건 시간문제라 생각하고 훌훌 털어버리고 와!"

오양보는 나모의 말에 머리를 끄덕였다.

한편 예기치 못한 소동에 약간 기분이 잡친 강희는 말이 없었다. 찝찝하긴 소마라고와 손씨도 마찬가지였다. 특히 오늘 강희가 기분좋은 틈을 타 아들 위동정의 일자리를 부탁해 보려고 했던 손씨로서는 여간 아쉬운 순간이 아닐 수 없었다. 허구한 날 성 밖에서 순찰만 하고 있을 게 아니라 말단일지라도 황제 주변에서 일하면 운 좋게 발탁받을 기회도 생길 테고 모자간의 생이별도 면할 거라고 은근히 기대에 부풀었었는데 아무튼 오늘은 물건너 간 것 같았다. 손씨는 소마라고가 나이는 열다섯 살밖에 안됐어도 특유의 치밀함과 영악함으로 태황태후의 총애를 한몸에 받고 있으니 자신이 말하기보다 소마라고를 시켜 사정해보는 게 훨씬 효과적일 것이라 생각했다. 그래서 오늘 소마라고에게도 말을 붙여보려던 참이었으나 중뿔나게 그놈의 오양보인가 사양보인가 하는 놈이 방해를 하는 바람에 무산된 생각을 하니 더욱 속이 상했다. 손씨는 짧은 시간에 그야말로 많은 생각을 했다. 그러나 그 시각 소마라고는 나름대로 다른 생각을 하고 있었다.

"오양보가 뭘 믿고 저렇게 무법천지로 나온 걸까?"

소마라고는 돌아서서 강희를 보고 웃으며 말했다.

"마마, 오늘은 좋은 날이니 그깟 소인배 때문에 기분 잡치지 마시고 좀 있다 태황태후를 만나뵙거든 즐겁게 해드려야 해요!"

강희는 알았다는 듯이 머리를 끄덕이며 잰걸음으로 자녕궁으로 들어갔다.

한편 이제나저제나 하고 기다리다 지친 태황태후와 황태후는 의자와 침대에 각각 비스듬히 기대어 있었다. 강희가 짧은 팔다리를 씩씩하게 흔들며 들어서고 그 뒤로 노란 손수건을 들고 사뿐사뿐 걸어오는 소마라고와 손씨를 보자 두 노인은 기뻐서 어쩔 줄을 몰랐다.

"정말 그럴 듯한데? 어디 보자, 내새끼."

황태후는 강희를 가슴에 와락 끌어안고 머리를 쓰다듬으며 이것저것 물었다.

"그래, 궁안이 춥지는 않았어? 너의 엄마가 오늘 같은 날에 길하다는 음식은 다 마련했으니 어서 이것 한번 먹어 보아라!"

황태후는 탁자 위에 놓인 먹거리를 가리키며 말했다. 그리고는 소마라고에게 부탁했다.

"소마라고, 어서 가서 호피무늬 가죽을 가져다 마마에게 걸쳐주어라. 오늘 고생을 많이 했을 테니까!"

분위기가 한껏 무르익은 틈을 타 손씨가 조심스레 끼어들었다.

"역시 마마께서는 귀티를 타고나셨나 봐요! 옆에서 지켜보는 우리도 다리가 후들후들 떨리는데 마마께서는 처음부터 끝까지 의젓하게 흐트러짐없이 앉아 계시더라니까요!"

소마라고가 호피무늬 가죽을 가져와 입혀주자 강희는 어른스레 거울 앞으로 걸어가 여러 각도로 비춰보면서 말했다.

"너무 맘에 들어요. 감사합니다!"

동가씨가 그런 인사치례는 하지 않아도 좋다는 듯이 강희를 어서 와 앉으라고 불렀다. 그리고는 조심스레 태황태후에게 말했다.

"순치황제일 때문에 다들 정신이 없었는데 이제 한숨 돌리고 나니 강희도 적당한 스승을 모셔 공부를 시작하는 게 어떨까요."

태황태후는 공감한다는 듯 웃으면서 말했다.

"나도 그 생각을 했네. 예전에 소마라고에게서 배운 것과는 차원이 다른 그 무엇을 배워야 하니 좋은 스승 한 사람 물색해 봐야겠네. 하지만 무턱대고 서두른다고 될 일이 아니니 우선은 입안의 혀처럼 수족이 잘 맞는 시중들 사람이 필요하네. 그리고 여기에는 소마라고 이상 잘 할 사람이 없다고 생각하네! 소마라고, 내 말 무슨 뜻인지 잘 알겠지?"

소마라고는 급히 무릎걸음으로 다가가며 대답했다.

"태황태후의 명령을 잘 받들 것을 맹세하나이다! 하지만 노비, 드릴 말씀이 있사온데 감히 말씀드려도 될는지요?"

태황태후는 궁금한 듯 다그쳤다

"뭔데? 어서 말해 봐."

소마라고는 침착하게 말하기 시작했다.

"노비가 마마께 해드릴 수 있는 건 건강관리나 자질구레한 일을 챙겨드리는 것 외에는 없사옵니다. 자고로 사람 마음은 천층만층 구만층이라고 했습니다. 혹 어린 황제라 얕잡아보고 호시탐탐 노리는 자들이 있을지도 모르니 유능한 시위를 붙여주는 게 급선무라고 생각하나이다."

소마라고의 말에 장내에 있던 사람들은 깜짝 놀랐다. 황태후는 몸을 반쯤 일으키며 다그쳐 물었다.

"밖에 무슨 안좋은 소문이라도 돌고 있는 겐가?"

소마라고는 방금 오양보와 있었던 마찰을 소상히 말씀드렸다. 그러자 이번에는 태황태후가 급히 물었다.

"그 오양보란 자는 도대체 뭘하는 사람이야!"

그러자 웬일인지 황태후가 급히 사건을 무마하려고 나섰다.

"사실 무슨 큰일이라도 있었겠어요? 소마라고와 손씨가 괜히 호들갑을 떨어서 그렇지 별일이 있는 건 아닐 거예요. 오양보가 오배의 양자란 후광을 업고 좀 까불긴 하는 걸로 알고 있습니다만 제까짓 게 뛰어봤자 벼룩이지 뭘 어떻게 하기야 하겠어요. 위혁이 있는데 우린 걱정할 게 없어요."

황태후의 말에 태황태후는 한동안 침묵을 지키더니 조용히 입을
열었다.

"하지만 소마라고의 걱정이 기우는 아닐세. 오늘은 강희도 지쳤
고 하니 다들 돌아가게. 참 소마라고는 가서 황제의 시중을 들도
록 하거라."

강희는 일어서서 두 노인에게 허리굽혀 인사하고 손씨와 소마라
고의 뒤를 따라나서는 듯하더니 돌아서서 엉뚱하게 물었다.

"태황태후, 황태후. 대사면에 관한 소식은 공식화 했나요?"

황태후는 정색한 강희의 모습에 웃으며 말했다.

"걱정 말고 가서 푹 쉬거라. 소니가 다 알아서 할 테니!"

그제야 강희는 손씨와 소마라고를 따라 성큼성큼 걸어갔다.

3. 의리의 협객

새로운 황제가 즉위하면 대사면이 이루어지고 시험을 치러 인재를 선발하는 것은 누구나 다 아는 불문율이었다. 공식적인 발표가 있기 전임에도 벌써 권력에 목숨 건 사람들이 각 지방에서 냄새를 맡고 줄을 지어 북경으로 향했다. 꼬리에 꼬리를 문 마차들이 북경으로 가는 길목에 줄줄이 서 있었다. 봄아지랑이가 피어오르는 강가에 얼굴이 토실토실한 감자처럼 튼 동네 꼬마들이 나무를 대충 깎아 만든 썰매를 들고 뿌지직대며 녹아내리는 수면을 아쉬운 듯 쳐다보고 있었다.

겨우내내 여러모로 무척 춥게 지낸 낙우점에도 봄을 맞아 손님들이 찾아오기 시작했다. 대부분 과거시험을 보러온 서생들이었다. 혼자서 이층방을 세 개씩이나 차지하고 있던 오차우가 미안해하며 명주를 불러다 같이 한 방을 썼다. 워낙 죽이 잘 맞기로 소문난 두 사람은 밤 새는 줄 모르고 시를 읊조리거나 논쟁을 벌였다.

이 날은 절기상 용이 기지개를 켠다는 음력 이월 이일이었다. 명절은 아니지만 기분만 따라준다면 사람들은 어떻게든 놀러다닐 명분을 만들 수 있었다. 이날 오차우는 명주를 꼬셔 바람도 쐴 겸 서산으로 향했다. 봄이라곤 하지만 아직 이른 봄이라 바람끝이 약간은 차가웠다. 나뭇가지에 연초록이 움트는 거리를 산책하던 두 사람은 어느덧 서쪽 끝까지 걸어왔다.

가는 날이 마침 장날이었다. 명나라 때는 부두였던 이 곳에 지금은 가게들이 즐비하고 잡동사니들이 없는 것 빼고는 다 있는 듯했다.

역사가 깃든 붓이며 벼루, 궁중에서 누군가가 훔쳐냈을 법한 금젓가락과 은수저며, 금으로 장식한 병풍 같은 비싼 물건들이 주인을 기다리고 있었다. 또한 외국에서 들여온 갖가지 진귀한 물품들이며 유명인들의 서예작품도 전시돼 있었다.

시끌벅적한 시장이 질색인 두 사람은 간신히 인파를 헤집고 나왔다. 오차우의 기분이 별로 명랑하지 않은 걸 느낀 명주는 조용한 곳으로 가자며 오차우를 잡아끌었다.

두 사람이 어디로 갈까 생각하고 있을 때, 갑자기 왼쪽에서 왁자지껄하는 소리가 들려왔다. 수시로 사람들의 환호성과 함께 박수가 터져나오는 데 호기심이 동한 명주가 잠깐 끼어들었다. 그 안에는 40대 중반의 남자와 어려 보이는 여자아이가 유랑무예단 비슷한 옷차림을 하고 시범을 보이고 있었다. 그 남자는 웃통을 벗어던진 채 기다란 머리채를 목에 감고 두 손으로 반토막짜리 벽돌을 움켜쥐고 있었다. 사람들의 시선을 모은 남자는 표정을 일그러뜨리며 손가락에 힘을 주는 듯하더니 어느새 벽돌이 가루가 되어 손가락 사이로 쏟아져 내리는 게 아닌가! 보기 드문 볼거리인지라 사람들은 가던 길을 멈추고 서서 환호성을 터뜨렸다.

그 남자는 구경꾼들의 탄성을 듣자 신이 난 듯 말했다.

"먹고 사는 게 뭔지 앉아서 굶어죽긴 그렇고 배운 게 도둑질 뿐이라 이 짓을 하고 있으니 서툰 동작일지라도 재미있게 봐주신다면 감사하겠습니다!"

말을 마친 사내는 옆에 있는 여자아이를 가리키며 말을 이었다.

"애는 저의 딸 사감매(史鑑梅)이고, 올해 열일곱 살입니다. 아직 시집은 안 갔습니다만 오늘 이 자리에서 누구든 이 아이와 겨루어서 이긴다면 그 사람에게 첩이라도 좋으니 보낼 것을 약속 드립니다."

명주는 이 여자아이가 이상하게 낯이 익어서 오차우더러 좀 구경하고 가자고 졸랐다.

오차우는 명주를 따라 그 여자아이를 주의깊게 살펴 보았다. 수줍고 어려 보이지만 어딘가 감히 범접 못할 위엄이 있고 예쁜 얼굴은 아니어도 여간 매력적이지 않았다.

아버지의 말이 끝나자 소녀는 가운데로 나와 두 손을 맞잡고 좌중을 둘러보며 깍듯이 인사를 한 후 준비동작을 하기 시작했다. 한줌밖에 안될 가느다란 허리를 가볍게 움직이며 여러 가지 기초동작을 보였다. 무예에 일가견이 있는 사람이라면 몸풀기 동작 몇 개만 보더라도 소녀의 무예가 이만저만이 아님을 알 수 있었다. 오늘 겨룰 내용은 누군가 모든 수단을 동원해서라도 땅바닥에 꿈쩍 않고 서 있는 이 소녀를 한 발짝이라도 움직이게 하면 이기는 것이었다. 몸풀기를 마친 소녀가 장내를 돌며 상대를 기다리는 사이 서로 밀치고 당기며 한바탕 요란하게 떠들던 남자들 가운데서 한 건장하게 생긴 남자가 떠밀려 나왔다. 소녀와 마주 선 사내는 얼굴을 붉히며 한번 겨뤄 보겠노라고 말했다.

　사람들의 아우성 속에서 힘겨루기는 시작되고 젖 먹던 힘까지 다해 소녀를 잡아당겨보는 사내의 얼굴은 갈수록 일그러졌다. 땅에 못박힌 듯 버티고 선 채 꼼짝도 하지 않는 소녀를 막무가내로 잡아당겨 보아도 허사였다. 소녀는 여전히 방실방실 웃고 있고 남자는 얼굴이 붉으락푸르락 말이 아니었다. 한참을 승강이를 하고 난 소녀가 더 이상 재미가 없다고 판단하고 한 손으로 그녀의 옷자락을 거머쥐고 있는 남자의 가슴팍을 확 밀어냈다. 그러자 그 남자는 두어 번 허우적거리는가 싶더니 육중한 몸을 가누지 못하고 먼지를 일으키며 쓰러졌다. 구경꾼들의 박수가 터져나오자 남자 체면이 구겨질 대로 구겨졌다고 생각한 사내가 얼굴을 찡그리며 일어서서 항의했다.

　"약은 수를 써서 사람을 밀어뜨리면 안되지!"

　옆에서 말없이 지켜보던 소녀의 아버지가 입을 열었다.

　"아쉬우면 다시 한번 붙어봐요."

　그 남자는 악을 바락바락 쓰며 또다시 남자의 체면을 만회해 보려고 덤볐다. 하지만 이내 후회가 뒤따랐다. 아무리 당겨봐도 소녀는 꿈쩍도 안했으니 말이다. 또 한번 엉덩방아를 찧느니 깨끗이 물러나려고 생각하고 있을 때 보다 못한 소녀의 아버지가 한마디 했다.

　"청년, 친구들이 같이 왔으면 합심해서 한번 당겨보게."

　그러자 남자는 구경꾼들 사이에서 자기의 친구 몇 사람을 불러냈다. 30대 초반의 건장한 남자 세 사람이 걸어나오자 구경꾼들은 은근히 소녀의 운명을 걱정하고 손에 땀을 쥐었다.

　그러나 소녀는 태연하게 노끈 두 개를 꺼내더니 한 손에 하나씩 들고 네 끝을 네 명의 건장한 사내들 손에 쥐어주었다. 네 명이 한 사람을 끌어당기는 것이다. 그러자 사내들 가운데 한 사람이 이의를 제기했다.

"만약 이 여자가 손을 놓아버리면 우리 엉덩이는 시퍼렇게 멍들 텐데."

소녀의 아버지는 껄껄 웃으면서 말했다.

"누가 손을 먼저 놓으면 그것은 반칙이야."

어찌보면 불보듯 뻔한 게임이 또다시 시작되었다. 그러나 남자들이 눈앞이 캄캄해지도록 잡아당겨도 허사였다. 괜히 객기를 부린 자신들을 탓하고 있는 순간 소녀가 갑자기 노끈을 안으로 잡아당기는 척하면서 느닷없이 힘을 주어 두어 번 세차게 흔들었다. 엉겁결에 놀란 남자들이 노끈을 놓아버리고 벌렁 뒤로 넘어가기 시작했다. 아슬아슬하게 지켜보던 관객들은 연신 환호를 보냈다. 소녀의 아버지는 이때다 싶어 그릇을 들고 다니며 동전 몇 냥이라도 주면 감사하겠노라고 했다.

바로 이때, 한바탕 요란한 말발굽 소리가 들려오는 듯하더니 험상궂게 생긴 사내 몇 명이 채찍으로 사람들을 내리치며 길을 비키라고 고함쳤다.

"꺼져! 꺼져! 목리마(穆里瑪) 어른이 행차하셨다."

사람들은 목리마라는 말에 혼비백산하면서 순식간에 뿔뿔이 흩어졌다. 명주도 목리마의 행패를 귀따갑게 들었는지라 오차우의 옷자락을 잡아당기며 말했다.

"형, 있어봤자 좋은 꼴 못 보니 어서 자리를 떠요."

그러나 이런 일이 있을 때 자리를 뜨면 오차우가 아니었다. 목리마는 말 위에서 내리자마자 채찍을 졸병에게 던져주곤 몇 가닥 안

되는 턱수염을 만지작거리며 징그럽게 다가섰다.

"노인네, 당신 딸인가?"

노인은 이 사람을 건드려 득될 게 없다고 생각하고 공손한 어투로 말했다.

"어르신께 아뢰나이다. 애는 저의 딸 사갑매라는 아이외다."

"그래? 잘 빠졌는데?"

목리마는 기름기 번드르르한 얼굴에 유들유들한 웃음을 떠우며 말했다.

"몇몇 장정들이 이 아가씨와 겨뤄서 엉덩방아만 찧었다는데 그게 사실인가?"

소녀의 아버지는 급히 변명을 했다.

"아니외다. 하도 생계가 막막해서 무작정 데리고 나왔을 뿐이지 무예라고 할 수도 없는 것들이외다."

목리마는 뱁새눈을 치켜뜨고 사갑매를 음흉한 눈빛으로 훑어봤다. 그리고는 졸병들에게 말했다.

"애 좀 쓸만한 거 같잖냐? 아무튼 한번 겨루어볼 참이다!"

말을 마친 목리마는 무작정 소녀를 거칠게 잡아당겼다. 그렇다고 무서워할 사갑매는 아니었다. 그녀는 몸을 약간 움츠리며 품에서 비단 조각을 꺼냈다. 그러자 목리마는 음흉하게 웃으며 손으로 잡아당기려고 하였다. 그런데 자신만만하던 소녀가 손을 움츠리더니 가볍게 몸을 한 옆으로 비키면서 말했다.

"헛수작 부리지 말고 실력으로 승부하세요!"

구경꾼들은 영문을 몰라 서로 마주보며 무슨 일이냐고 떠들어댔다. 사태가 심상찮음을 간파한 소녀의 아버지가 얼른 목리마에게로 다가가 말했다.

"어르신, 우리가 졌으니 한번만 봐주세요."

"봐달라구? 뭘?"

목리마는 너털웃음을 지으며 말했다.

"내가 무슨 수작을 부렸다는 건지 한번 말해 보게. 이 아가씨는 내가 좋아서 따라가고 싶어 일부러 진 척하는 것 같은데 뭘 그래!"

소녀의 아버지는 목리마의 팔을 잡으며 간절하게 말했다.

"어르신, 솔직히 방금 독침을 사용한 건 사실이잖아요."

목리마는 귀찮다는 듯이 손을 가로 저으며 뇌까렸다.

"쓸데없는 소리 말고 길이나 비켜, 뒈지고 싶지 않으면."

목리마의 손짓에 의해 두 명의 졸병은 어느새 사감매를 잡아 말 위에 앉혔다.

바로 이 위기일발의 시각, "잠깐만!" 하는 소리와 함께 보다 못한 오차우가 길을 막고 나섰다. 오차우는 먼저 두 손을 잡고 공손히 인사를 건네고 카랑카랑한 목소리로 말했다.

"목리마 어른, 나는 무예엔 전혀 문외한이고 이 처자와 아무런 관련이 없는 사람이오. 하지만 아까부터 쭉 지켜봤는데 지체높은 어른이 너무 막무가내로 나오는 것 같아서 이렇게 어른의 앞길을 막아나섰소. 어른이면 어른답게 굴어야지 이게 뭐요? 백주에 노약자나 힘없는 여자를 괴롭히는 게 무슨 어른이오."

목리마는 기가 막히다는 표정으로 오차우를 훑어보더니 너털웃음을 쳤다.

"이건 또 어디서 굴러온 개뼈다귀야! 제 앞가림도 못하는 서생인 주제에 뭘 믿고 까불어, 까불긴."

오차우는 방귀낀 놈이 성낸다고 오히려 자신을 무시하는 목리마를 보며 화가 있는 대로 치밀었다. 명주가 괜히 벌집을 쑤셔 득될 게 없다고 잡아끌었지만 오차우의 눈에는 이미 뵈는 게 없었다.

"여기는 황제가 계시는 북경이라는 곳이오. 당신 같은 무자비한 인간이 맘 놓고 설쳐도 다리 쭉 뻗고 잘 수 있는 데가 아니라구! 누가 이기나 어디 한번 끝까지 해보자구!"

오차우의 말이 끝나기 바쁘게 목리마는 오차우를 향해 힘껏 채찍을 날렸다.

"죽고 싶어 환장을 했구만! 이 년이 너의 마누라라도 되느냐? 네놈이 죽을 둥 살 둥 모르고 덤비게?"

오차우는 팔의 통증을 참으며 입을 앙다물고 말했다.

"너 같은 미꾸라지가 이 세상을 온통 흙탕물로 만드는 거 알아?"

명주는 사태가 커질까 두려워 오차우를 잡아당기느라 여념이 없었다.

"형, 그만해. 똥이 더러워 피하지 무서워 피하는 건 아니잖아!"

두 사람이 서로 눈을 치켜뜨고 노려보고 있을 때, 사람들을 비집고 한 소년이 걸어나와 사감매 앞으로 가더니 말없이 손을 잡아당겨 손바닥을 살펴보는 것이었다. 소녀의 손에는 독침에 맞은 흔적이 역력했다. 소년은 목리마를 향해 돌아서며 말했다.

"목리마 어른, 이런 야비한 방법으로 누굴 이기려 들면 안되죠."

목리마는 궁중제복을 차려입은 소년을 쩨려보며 말했다.

"호적에 먹도 안 마른 놈이, 감히 누구보고 야비하다 말다야!"

목리마는 아까부터 궁중복 차림에 유난히 신경이 쓰이긴 했지만 화를 억누를 수는 없었다. 오배의 친동생인 목리마는 이번에 형인 오배의 부름을 받고 북경에 오게 됐던 것이다. 지방에서 썩지 말고 황제의 주변에서 얼쩡거릴 수 있는 그 무엇이라도 하면 자신에게 도움이 될 것이라는 계산에서 오배는 이 무식한 목리마를 끌어들였던 것이다. 평소에 형의 도움을 수없이 많이 받은 터라 여자를 유난히 밝히는 형에게 좀 특이한 선물을 해주려고 목리마는 사감매 부녀에게 접근했던 것이다. 그런데 오늘따라 하나같이 거지같은 놈들이 기분을 잡치게 하니 도저히 참을 수가 없었다. 제복입은 소년을 잘못 건드렸다가 괜히 형에게 폐를 끼칠까 우려한 목리마는 36계 줄행랑을 꾀하고 있었다.

그의 속셈을 미리 간파한 위동정(魏東亭)은 사감매를 납치하고 있는 두 졸병을 순식간에 걷어차 말 위에서 떨어뜨리고 소녀의 손을 부여잡고 냅다 뛰었다. 목리마는 다른 졸병을 급히 불러들여 위동정과 사감매 부녀를 쫓아갔다. 뒤에서 악착같이 달라붙는 목리마의 졸병들을 본 위동정은 가슴 속에서 뭔가를 한줌 가득 꺼내더니 잽싸게 날려보냈다. 그러자 기세등등해 따라붙던 졸병들이 하나둘씩 비명을 지르며 쓰러졌다. 위동정은 만일의 경우를 대비해 늘 독침을 주머니에 넣고 다녔던 것이다.

겨우 목리마를 따돌린 위동정은 숨을 헐레벌떡거리며 숲속으로 피신했다가 가자고 했다. 숲속으로 들어가 땅바닥에 주저앉은 위동정은 그제야 자신이 구출해낸 소녀를 정면으로 쳐다볼 수 있었다. 너무 당황한 김에 손을 잡고 달리기만 했지 얼굴을 뜯어볼 경황은 없었던 것이다. 그런데 세상에 이런 일이! 위동정과 소녀는 마주 보며 입만 실룩거릴 뿐 한동안 말을 할 수가 없었다. 그야말로 기막힌 인생유전이 아닐 수 없었다.

이 둘은 고향 열하에서 살 때 서로 이웃해 살았었다. 그러니 매일 시간만 나면 머리를 맞대고 장난치며 놀았던 이들은 나름대로 소꿉놀이에 순수를 담았고 영원히 친하게 지내자고 흙장난으로 시커멓게 된 손가락을 걸었었다.

사감매는 얼이 나간 사람처럼 멍하니 서 있더니 눈물이 그렁그렁 맺힌 눈을 들어 위동정을 바라보며 애틋하게 불렀다.

"동정오빠? 동정오빠 맞죠? 이렇게도 만날 수 있는 거구나!"

감매는 눈물이 비오듯 흘러내렸다. 위동정도 눈가가 촉촉이 젖어 있었다. 그는 손수건을 꺼내 감매에게 쥐어주며 말했다.

"거짓말 같아. 아까부터 같이 있었으면서 서로 못 알아봤다는 게!"

실컷 울고 난 감매는 어리둥절해 있는 노인에게 위동정을 소개시켰다.

"아버지, 이 분이 제가 항상 얘기하던 위동정 오빠예요. 열하에서 이웃해 살았었는데……."

말을 잇지 못한 감매는 위동정에게 돌아서며 말했다.

"이 분은 내가 재작년에 만나 양아버지로 모시기로 한 사용표(史龍彪)란 분이야. 이번에 북경에 온 것은……."

거기까지 말한 감매는 의부 사용표의 눈짓에 순간 말을 바꿨다.

"이번에 동정오빠 만나러 북경에 온 거야, 실은."

"사용표라?"

위동정은 어디서 많이 들어본 이름인 것 같아 머리를 갸웃했다. 그러다 갑자기 뭔가 생각난 듯한 위동정이 소스라치듯 놀라며 물었다.

"혹시 강호(江湖)에 그 이름도 유명한 철나한(鐵羅漢) 사대협(史大俠)이 아니에요?"

사내는 쑥스럽게 웃으며 말했다.

"사실 괜히 사람들이 그렇게 불러서 그렇지, 아무 능력도 없어요."

위동정은 궁금한 게 너무 많았다.

"그럼 두 사람이 어떻게 만나게 된 거예요?"

사내는 땅이 꺼져라 한숨을 내쉬며 말했다.

"말하자면 몇 날 며칠동안 밤새도록 해도 다 못하네. 자네 한 사람 믿고 왔으니 이야기 보따리는 나중에 천천히 풀기로 하고 먼저 어디 사는지나 가르쳐주게."

위동정은 얼른 "호방교(虎坊橋) 동쪽 세 번째 집"이라고 알려주고는 갈 길이 급하니 먼저 차량이라도 대절해야겠다고 생각하고 주위를 살피며 일어서면서 말했다.

"움직이지 말고 여기 그대로 계세요. 제가 얼른 가서 가마를 불러 올 테니깐요."

말을 마친 위동정은 숲속을 헤치고 밖으로 나왔다. 하지만 공교롭게도 오늘 이 일대는 그런 난리통에 시장도 일찍 파하고 가마들조차 자취를 감춰버린 뒤였다. 한참을 기다려서야 겨우 가마 하나를 얻어탄 위동정은 급히 감매네가 있는 곳으로 향했다.

가마꾼더러 잠깐 기다려 달라고 부탁하고 위동정은 숲으로 돌아왔다. 하지만 아무리 살펴보고 소리 질러도 감매 부녀의 자취를 찾을 수가 없었다. 그들이 앉았던 자리에서부터 그 주변을 샅샅이 뒤지던 위동정은 감매의 것으로 추정되는 옥팔찌 하나를 발견했다.

순간 사태의 중요성을 실감한 위동정은 자신이 자리를 비운 틈에 목리마가 사람을 풀어 여기까지 쫓아와 잡아갔다고 확신했다. 그는 자신이 아무리 넋놓고 서 있어봐야 달라질 게 없다고 판단하고 곧바로 가마에 올라타며 가마꾼에게 소리쳤다.

"어서, 자금성으로 가요!"

위동정은 황궁의 내무부로 들어온 지 불과 2개월밖에 안됐는지라 이런 일을 부탁할 마땅한 사람이 없었다. 엄마 손씨에게 부탁하면 제일 빠를 것 같았지만 아무리 머리를 쥐어짜도 엄마를 만날 수가 없었다. 내무부 앞에서 고민고민하고 있을 때 저 멀리서 약간 안면이 있는 어차방(御茶房)의 심부름꾼 순돌이가 세월아 네월아 하며 걸어오는 게 보였다. 순돌이의 사촌형이 내무부에서 일하고 있는 것을 아는 위동정은 갑자기 순돌이를 이용해보면 어떨까하는 생각이 뇌리를 스쳤다. 내궁에서 차심부름을 하는 순돌이가 이 시간에 사촌형을 찾는 건 뻔할 뻔자였다. 놀음을 좋아하는 순돌이가 또 분명히 쥐꼬리만한 월급을 통째로 날리고 형을 찾아 빈대 붙으러 오는 것 같았다. 위동정은 스쳐지나가는 순돌이를 급히 잡으며 물었다.

"순돌이, 사촌형한테 가는 거야?"

순돌이는 "그렇네만" 하고 대답하면서 머리를 들어 위동정을 쳐다보며 물었다.

"우리 형 안에 있어요?"

위동정은 마음이 콩밭에 가 있는지라 어떻게든 순돌이를 잡아두려고 거짓말을 했다.

"너의 형은 지금 무지무지 바빠. 무슨 일인지 모르지만 지금 가봤자 좋은 소리 못 들을 걸?"

순돌이는 그 말에 풀이 죽어 어깻죽지를 내리드리운 채 발길을 돌리려고 했다. 기회는 이때라고 여긴 위동정은 다급히 물었다.

"무슨 일인데 그래? 나한테 말해 봐. 너의 형과 평소에 호형호제하는 막역한 사이라 들어보고 웬만한 일 같으면 내가 도와줄 수도 있어."

순돌이는 인상을 있는 대로 구기며 말했다.

"쑥스러워 말이 안나오네요! 어제 집에 가 보니 엄마가 심하게 앓아누우셨더라구요. 근데 월급날은 아직 멀었고 어쩔 수 없이 별소리 다 들을 각오를 하고 형을 찾아왔지 뭐예요."

엄마 약 지을 돈까지 다 날리고 할 말이 궁해서 꾸며대는 줄 잘 아는 위동정은 가슴팍을 툭툭 치며 말했다.

"순돌아, 너 오늘 대박 터진 줄 알아라. 난 원래 부모님에게 효도한다면 빚이라도 내서 도와주는 성격이야! 말해 봐, 얼마면 되겠니? 넉넉하게 계산해서 잘 말해야 해, 약도 짓고 맛있는 것도 해드려야 하니까!"

순돌이는 엊저녁 돼지꿈을 꾼 것도 아닌데 웬 횡재람 하고 속으론 그지없이 좋아하면서도 겉으론 짐짓 점잔을 뺐다.

"위형도 넉넉친 않을 텐데, 미안해서 어쩌죠? 사실 한 냥 반이면 충분해요."

위동정은 하하하 큰소리로 웃으며 말했다.

"그것 갖고 뭘 해? 이걸 가져 가. 다섯 냥이니까, 맛있는 것도 사드릴 수 있을 거야!"

순돌이는 호박이 넝쿨째로 떨어졌는지라 입이 귀에 걸렸다.

"위형 한 달 봉급이라고 해봤자 이 정도일 텐데, 나에게 다 주시면 나중에는 어떡할려고 그러세요?"

위동정은 아무렇지도 않다는 듯 웃으며 말했다.

"형제나 다름없는데 이 정도 가지고 뭘 그래."

돈을 받아든 순돌이는 자세를 갖춰 인사를 하더니 은혜를 잊지 않겠노라고 맹세하고 떠나려 했다. 그제서야 위동정은 넌지시 물었다.

"지금 어디 가는 거야?"

"안에 들어가 봐야 해요. 오늘 당직이니까 내일 아침은 돼야 다시 나올 수 있어요!"

순돌이가 말한 '안'이란 바로 위동정의 어머니가 일하는 궁중이었다. 위동정은 배고플 때 호떡이 하늘에서 떨어진들 이보다 더 기쁠까 싶었다. 그는 아무렇지도 않은 듯 "그래?" 하고 말하며 은근슬쩍 물었다.

"안에서 일하면 혹시 황제의 유모로 있는 손씨 알아?"

순돌이는 당연한 걸 가지고 왜 그러냐는 듯한 표정을 지었다.

"손씨 모르면 간첩이죠. 손씨와 소마라고는 그냥 하인이라고 볼 수는 없는 인물들인 셈이죠! 근데 그건 왜요?"

위동정은 그제야 웃으며 실토를 했다.

"사실 그 손씨가 우리 엄마야."

"그래요?"

순돌이는 눈이 화등잔만해지며 무릎을 꿇었다.

"어쩐지 위형은 몸에서 귀티가 철철 흐른다 했어요. 그리고 이렇게 큰 돈도 쾌척하실 줄 알고! 알고 보니 위형은 귀족혈통을 가졌네요!"

위동정은 듣기가 거북한지라 순돌이의 수다를 막아버렸다.

"허튼소리 하지 말고 어서 가서 우리 엄마더러 서쪽에 있는 쪽문까지 잠깐 나왔다 가라고 전해줘. 내가 급한 일이 있어 그러니 꼭 나오라고 해야 해!"

순돌이는 웃으며 할 말은 다 했다.

"하늘이 무너져도 꼭 전하고 오겠나이다. 무조건 형한테 잘 보이고 봐야 하니까."

말을 마친 순돌이는 회오리바람처럼 사라져 버렸다.

위동정은 서쪽 쪽문 밖에서 족히 반나절은 기다렸다. 거의 점심때가 다 돼서야 엄마인 손씨는 모습을 드러냈다. 황실의 규정상 황제의 유모는 가족을 자주 못 만나게 돼 있었다. 집안일로 괜히 신경쓰고 나면 젖의 품질이 떨어지기 때문이다. 순치 때부터 이 규제는 어느 정도 완화됐지만 여전히 가족을 마음대로 만날 수 없는 게 현실이었다.

옷깃을 여미며 서둘러 서대문 모서리로 나온 손씨는 오래간만에 보는 아들인데도 반가운 기색은 커녕 일하는데 불러냈다고 나무라기부터 했다.

"어서 말해 봐, 급한 일이라는 게 뭔지. 지금 마마의 시중을 들고 있는 중이니 어서 가봐야 해. 별 것 아니었단 혼날 줄 알어!"

위동정은 어머니의 진짜 속내를 아는지라 욕을 먹으면서도 여전히 웃으며 말했다.

"엄마 생각엔 엄마 아들이 그것밖에 안돼? 엄마 처지 뻔히 알면서 아무 일도 아닌 것 가지고 엄말 불안하게 만들게? 그게 아니라 감매가 놈들에게 붙잡혀가서 그래!"

느닷없이 감매 얘기가 나오자 손씨는 어리둥절해져 다급히 물었다.

"뭐라고 했냐, 지금. 감매가 어떻게 됐다구? 너, 감매는 어디서 만났는데? 걔는 어쩌다가 잡혀갔어?"

위동정은 그제야 한숨을 내쉬며 자초지종을 얘기하기 시작했다. 눈물을 머금고 아들의 말을 다 들은 손씨는 한동안 침묵하더니 혼자말처럼 중얼거렸다.

"불쌍한 기집애지. 그 애 엄마가 죽으면서 내 손을 붙잡고 그렇게 울더라구. 저 어린 거 이 살벌한 세상에 내버려두고 차마 못 가겠다고. 나보고 잘 봐주라고 했는데 너나없이 살기가 힘들다 보니 내가 입궁하고부터 관심을 전혀 못 가졌지 뭐야. 그나저나 이 일을 어쩌면 좋아?"

위동정은 오히려 엄마를 위로해야 했다. 그는 어쩔 수 없다는 듯이 한숨을 쉬며 말했다.

"이렇게 될 줄 알았더라면 좀더 상세하게 물어봤을 텐데."

손씨는 대책없이 눈물만 흘리며 도움을 받으러 온 아들을 허탈하게 만들었다.

"지금 당장 뾰족한 수가 나올 리 없으니 우리 시간을 갖고 찾아보자. 그 기집애는 어릴 적부터 유난히 영악해서 무슨 봉변은 안 당했을 거다. 기회를 봐서 나도 마마께 한번 여쭤나 볼게."

위동정은 아무 것도 얻은 것 없이 마음만 더 무거워져서 어머니를 뒤로 하고 발걸음을 옮겼다. 그가 몇 발짝 걸어갔을 때 손씨가 불러세웠다.

"얘야, 듣기만 하거라. 마마께서 널 궁안에 들어와 자신을 섬기는 일을 시켜주신다고 하셨어. 별로 눈에 띄게 좋아질 건 없지만 신분상승의 기회는 얼마든지 있단다. 너만 열심히 한다면. 그런데 만약 이 에미 얼굴에 똥칠하는 일을 저질렀다간 그때는 너 죽고 나 죽어, 알았어?"

말을 마친 손씨는 곧장 궁내로 들어가 버렸다.

봄을 타는지 괜히 기분이 울적해서 바깥 바람을 쏘이려고 나갔다가 오히려 불쾌함만 뒤집어쓰고 돌아온 뒤로 오차우는 늘 기운이 없었다. 연 며칠을 독방에 자신을 가둬놓고 신경질만 바락바락 내고 있던 오차우는 목리마의 안하무인과 자신의 무능에 화가 났던 것이다.

명주는 뭔가 해줄 말이 없을까 고민하다가 겨우 한마디 했다.

"형, 과거시험이 곧 있을 텐데 왜 소식이 없지?"

오차우가 대답하려고 할 때 죽렴(竹簾)이 걷히며 하계주가 웃으며 들어섰다. 왼손에 찬합을 들고 오른팔로 커다란 항아리를 껴안은 하계주는 찬합을 탁자 위에 올려놓고 항아리는 조심스레 밑에 내려놓았다. 그리고는 오차우에게 인사를 올리며 말했다.

"둘째 도련님, 올해는 봄철 과거시험이 없다네요. 대신 새로운 황제가 즉위했으니 각 부처에 인재를 대량 선발할 거라고 해요. 둘째 도련님은 눈 감고 왼손으로 써도 입격하실 텐데 걱정할 거 없어요!"

말을 마친 하계주는 사람좋게 웃으며 찬합을 열었다. 3단으로 된 찬합에는 김이 모락모락 나는 거북이요리와 떡이 들어 있었다. 그리고 두 번째 층에는 6가지의 찜요리가 구미를 당겼다. 삽시간에 방안에는 향내가 감돌았다. 하계주는 음식을 꺼내 탁자 위에 놓으며 말했다.

"인재등용 시험을 앞두고 소인이 둘째 도련님을 위한 기도를 담아 정성껏 마련한 음식이니 변변찮더라도 둘째 도련님께서 많이 드셔주셨으면 해요. 물론 독실한 유교가정이니만큼 이런 미신 같은 건 안 믿겠지만 그냥 유치하더라도 받아주세요!"

말을 마친 하계주는 붓과 먹, 그리고 여의주를 꺼내놓았다. 며칠 동안 침체됐던 분위기는 하계주에 의해 말끔히 씻겨내려갔다. 오차우는 자리에서 일어서서 웃으면서 말했다.

"수고했네. 그리고 고맙고. 하지만 격식차릴 거 없이 어서 뱃속이라도 든든하게 채우고 보자구! 명주, 계주. 쓸데없는 격식 차리지 말고 어서 다 같이 앉게."

하계주는 오차우의 기분이 좋아지자 더없이 즐거운 눈치였다. 게다가 평소에는 어림도 없었던 동석을 하게 되었으니 갑자기 신분이 상승된 착각에 휩싸일 정도였다. 그는 오차우의 옆에 부담스럽게 엉덩이를 붙이고 앉으며 일꾼에게 부탁했다.

"어서 술을 덥혀놓고 가흥루(嘉興樓)에 가서 비취(翡翠) 아가씨 좀 빨리 데려와라."

비취와 가흥루라는 이름만 듣고 오차우는 질색을 하며 하계주를 말렸다.

"그만, 그만. 그냥 마시는 건 좋은데 그런 건 싫어. 게다가 지금은 국상(國喪) 땐데!"

하계주는 오차우가 뭘 오해하고 있다고 생각하고 웃으며 말했다.

"아무튼 둘째 도련님은 알아줘야 한다니까. 비취 아가씨는 술집 여자가 아니에요. 그날 그날 기분에 맞춰 좋은 노래말과 곡을 만들어 주흥을 북돋워주기로 유명한 아가씨지 술 파는 애들이랑은 차원이 달라요. 그리고 선제의 장례식이 있기도 하지만 새로운 황제가 등극하기도 했는데 적당히 먹고 마시고 논다고 해서 누가 뭐라고 하겠어요? 어제 오배네 집에서는 가흥루의 막내를 데려갔다는데, 오늘은 우리도 한번 둘째 도련님을 위해 비취 아가씨를 불러 즐겁게 놀아보는 것도 좋은 일을 앞두고 필요할 것 아니에요?"

한번 고집 부릴라치면 뿌리를 뽑고야 마는 하계주의 성격을 잘 아는지라 오차우는 못 이기는 척하고 말았다.

뜨끈뜨끈한 술 석 잔이 연거푸 넘어가자 오차우의 찌푸렸던 미간은 활짝 펴졌다. 약간 알딸딸한 기분에 오차우는 술잔을 탁자 위에 내려놓으며 마음 속에 품었던 애기를 꺼내 놓았다.

"명예란 정말 통 종잡을 수 없는 것이야. 한없이 좋은 것이라서 쫓아가다보면 어느새 신기루가 돼 있고 오물 같이 외면하면 또 짓궂게 뒤쫓아다니는 게 아닌가 싶어."

오차우의 말에 머리를 갸웃하던 명주가 웃으며 물어왔다.

"그럼 형, 명예가 좋다는 게 뭘 뜻하는 건가요?"

오차우는 하계주에게 공을 넘겼다.

"자네는 말해도 아직 몰라. 계주한테 물어보면 잘 가르쳐줄 거야."

하계주는 오차우가 자신의 이름을 거명하며 명주의 선생님 노릇을 하라고 하자 으쓱해져서 입을 열었다.

"나라에 쓸모있는 관리가 되어라! 이 말은 양주(揚州)에 계시는 우리 오대감님의 좌우명이었어. 자네는 모르겠지만 오차우 도련님네 가문은 칠대에 걸쳐 네 명이 과거시험에 급제하고, 서른 명이나 되는 진사(進士)를 배출한 어마어마한 가문이라구. 양주 일대에서 오대감님네를 모르면 간첩일 정도니까 어느 정도 뼈대있는 가문인지는 자네의 상상에 맡기지. 이런 면만 보면 권력과 명예는 누구나 한번쯤은 탐낼 만한 거지!"

말을 마친 하계주는 누구에게 권할 새도 없이 술잔을 연거푸 입에 털어넣었다. 오차우는 하계주의 말이 싫지는 않은지 박수를 치며 맞장구를 쳤다.

"명예란 집나설 때 수레 백대가 줄을 잇고, 일백칸 궁궐에 열두

첩 거느리고, 마른 기침 한번에 백관들이 엎드리는…… 뭐 그런 거 아닐까? 나도 누군가에게서 귀동냥해온 말이야. 잘은 모르겠지만 대개 이런 것이라고 봐야지."

명주는 오차우의 가문이 그토록 대단한지는 몰랐었는지라 진심으로 기뻐하며 술 한 잔을 쭉 들이켰다. 권커니 작커니 술자리가 무르익어가고 있을 때 "비취 누나, 여기예요"라는 하계주네 일꾼의 목소리와 함께 죽렴이 걷히며 비취아가씨가 들어섰다. 하계주는 급히 일어서며 비취를 반겼다.

"비취 아가씨, 그간 안녕하셨어요? 여기 우리 둘째 도련님이 계신데 먼저 인사나 하세요!"

비취는 수줍게 웃으며 오차우와 명주를 향해 큰절을 올렸다. 아가씨라고 하기보다는 말괄량이 소녀라는 호칭이 더 어울릴 법한 비취를 보며 오차우와 명주는 하마터면 웃음을 터뜨릴 뻔했다. 고작해야 18, 19살쯤 됐을 비취는 화장기 없는 청순한 얼굴에 전혀 장신구를 하지 않은 생머리를 하고 있었다. 오차우는 약간 어색하긴 했어도 다행히 활달하고 순진한 비취가 싫지는 않은 눈치였다. 비취는 술좌석을 둘러보고 나서 오차우에게 말했다.

"오늘은 오 도련님을 위해 마련된 자리라고 들었어요."

오차우는 급히 손을 내저으며 말했다.

"그런 것에 구애받지 말고 모처럼 기분좋게 만난 자리이니만큼 이것저것 골치 아프게 격식 따지지 말고 놀기나 합시다."

오차우의 말에 이들은 이 날 이 자리에서만큼은 지위고하, 연배와 학력…… 수많은 벽을 허물어버리고 마음대로 망가지고 흐트러져 있었다. 바로 그때, "다들 너무 하네. 나만 쏙 빼놓고"하는 소리와 함께 누군가 문을 열고 들어섰다.

4. 용공자(龍公子)

소탈하게 웃으며 들어선 사람은 다름 아닌 위동정이었다.

"이봐요, 명주 형, 얼굴 보기가 이렇게 힘들어서야 되겠나?"

명주를 찾아온 손님임을 확인한 오차우네는 한결같이 자리에서 일어나 인사를 했다. 오차우는 지난번 시장통에서 목리마와 싸울 때 용감하게 나섰던 청년임을 알아보고 반가워했다.

"어서 오게, 지난번 영웅을 보고 정말 다시 뵙고 싶었었는데 우린 아무래도 범상치 않은 인연이 있나 봐요! 오늘은 여러모로 좋은 날이니 잔칫날이 따로 없네."

말을 마친 오차우는 위동정을 자리에 눌러앉히며 술을 권했다. 그러나 어느 누구도 위동정 뒤에 따라들어온 10살 가량의 소년에 대해선 관심을 기울이지 않았다. 화려하게 차려 입지는 않았지만 어딘가 모르게 귀티가 철철 흘러넘치는 소년을 유심히 살펴보던 비취가 궁금증을 참지 못하고 위동정에게 물었다.

"위동정 어르신, 같이 오신 이 귀공자는 누구예요?"

위동정은 웬만하면 모르는 척하고 지나치려고 했으나 굳이 의문만 증폭시킬 필요가 없다고 생각하고 미리 짜여진 각본대로 말했다.

"우리집 어르신의 늦둥이인데, 용공자(龍公子)라 부르오. 같이 바람 쐬러 나왔다가 어느새 여기까지 온 김에 데리고 들어왔죠. 용공자, 좀 놀다 가도 되죠?"

그제야 용공자는 일어서서 손을 맞잡고 여러 사람에게 차례로 인사를 올리며 말했다.

"모처럼 만났으니 오래 놀다 가도 괜찮아요."

10살 난 어린아이라고 보기엔 너무 어른스럽고 곱살한 데다가 위동정이 함부로 대하지 않고 깍듯이 예의를 갖추는 모습을 보고 사람들도 소년에게 각별히 신경을 썼다. 오차우는 "같이 자리하자"며 용공자를 불렀다. 위동정은 용공자를 맨 위의 손님석에 앉히며 말했다.

"지위로 보면 용공자가 제일로 높으니 상석에 앉는 건 당연합니다."

그러자 소년은 급히 손을 저으며 말했다.

"집에서라면 모를까 이런 장소에서는 그게 오히려 불편하게 느껴지네."

그렇게 말한 용공자는 비취의 옆자리에 털썩 주저앉았다. 자신들이 들어옴으로 해서 이들의 좋은 이야기가 끊겼다고 생각한 용공자가 입을 열었다.

"방금 들어올 때 듣자니 오차우 선생께서 명예에 대해 열변을 토로하시는 것 같아 재밌게 들었어요. 우릴 의식하지 마시고 계속

하세요."

다시 자리에 앉은 오차우는 점차 술기운이 오르기 시작했다. 술을 마셔서 그런지 유난히 말이 고픈 하루였다. 용공자의 주문을 받은 오차우는 또다시 말을 이었다.

"나는 그 말이 참 맘에 들더라고. '모든 관리는 백성들의 노예여야 한다'는 말인데, 류하동(柳河東)이라는 사람이 한 말이야. 진정이 말이 사실이라면 백성들을 위해서라면 분골쇄신(粉骨碎身)도 각오해야 한다는 뜻인데, 어찌된 일인지 요즘은 그렇지가 않다는게 문제야."

용공자는 웃으면서 물었다.

"백관들이 황제의 노예라는 말은 들어봤어도 백성들의 노예란 말은 처음 들어봅니다."

오차우는 자신의 말에 귀기울이는 꼬마가 기특해 웃으며 말을 이었다.

"천자와 백성의 관계는 바로 입술과 이빨의 관계와 같다고 보오. 순망치한(脣亡齒寒)이란 말이 괜히 나온 게 아니지. 자고로 민심을 얻는 자는 흥하고 민심을 역행하는 자는 망하게 되어 있소. 이것은 우주의 법칙과도 같은 것이오."

위동정은 여과없이 마구 튀어나오는 오차우의 말을 조마조마하게 들으며 용공자의 눈치를 살폈다. 그러나 용공자는 아무렇지도 않은 듯 바싹 당겨앉으며 귀를 쫑긋 세웠다. 그제야 위동정은 한숨을 돌렸다.

누군가 한 사람이라도 자신의 말을 들어주는 사람이 있으면 했던 말을 열두 번 곱씹는 한이 있어도 말문을 닫기 아쉬워하는 게 술 취한 사람의 기본생리라면 오차우 역시 예외는 아니었다. 용공자가 두 눈을 반짝이며 들어주자 신이 난 오차우는 또다시 시키지도 않은 말을 하기 시작했다.

"자고로 인재를 선발하는 시험제도는 오늘의 과거시험에 이르기까지 수도 없이 바뀌었지. 옛날의 선비들은 그래도 자존심이라는 게 있었어. 아니다 싶은 건 칼이 명치 끝에 닿아도 아니었어. 줏대가 있어 군주라도 맘에 들지 않으면 섬기길 거부했을 정도였으니. 하지만 지금의 선비들은 발 뒤꿈치도 못 따라가. 허영심만 가득한 골 빈 선비들이 돈보따리나 싸들고 관청을 기웃거리는 게 고작이니 나라 돌아가는 꼴 불보듯 뻔한 거 아니겠어?"

하계주는 술이라면 오금을 못 쓰는 위동정이 처음부터 술을 입에 대다말다 하는 것을 눈치채고 이상한 듯 웃으며 물었다.

"둘째 가라면 서러워 할 주량이라고 명주가 늘 입버릇처럼 말하고 다니는데, 위어른께서 오늘은 술이 잘 받지가 않나 봐요?"

위동정이 급히 말했다.

"전 술 끊은 지 한참 됐어요. 건강이 좀 안 좋아서요. 오늘은 기분좋은 날이라 에라 모르겠다 하고 몇 잔을 마셨을 뿐이에요."

그러자 용공자가 웃으면서 말했다.

"그러지 말고 오늘 사나이 자존심 걸고 저 분이랑 한번 겨뤄 봐요!"

명주는 위동정이 거짓말을 한다는 것을 알고 술을 따라주며 말했다.

"술꾼이 술 마다하는 경우는 없어! 용공자가 괜찮다고 했으니 이젠 발뺌을 할 수 없겠지?"

위동정은 용공자와 잠시 시선을 주고받고는 어쩔 수 없다는 듯이 말했다.

"목숨 걸고 해보는 수밖에 없네요."

이미 거나하게 취한 하계주는 빙그레 웃으며 자리를 뜨더니 한참 후에 뭔가를 가지고 왔다. 그냥 마시기보다 놀음놀이를 통해 진 사람에게 술을 마시게 하는 것도 남다른 재미가 있다는 것을 누구나 공감하는 터라 제비뽑기를 하기 위해 하계주가 대나무 조각에 글씨가 쓰여져 있는 제비통을 가져왔을 때 다들 좋아라 했다. 흥이 도도하게 오른 오차우가 자리를 박차고 일어나며 말했다.

"찬물도 위아래가 있다는데 내가 제일 형이니 먼저 시범을 보일게."

말을 마친 오차우는 제비 하나를 뽑아 손에 거머쥐었다. 도대체 뭐가 쓰여있는지 모두들 궁금해 어서 펴보라고 했지만 오차우는 한참을 뜸들인 후에야 손을 펴보이며 명주더러 읽어보라고 했다. 쪽지에는 '오얏과 자두는 말이 없어도 그 밑에는 저절로 길이 생긴다' 라는 글귀가 쓰여 있고, 그 옆에는 '여태껏 술을 전혀 입에 대지 않은 사람 빼고 벌술 석 잔'이라고 쓰여 있었다. 그렇다면 비취와 용공자만 빼고 술이 이미 거나한 사람들은 또다시 술을 마셔야 했다.

경쟁이라도 하듯 술 석 잔을 단숨에 비운 명주와 오차우, 하계주는 슬슬 혀가 돌아가기 시작했다. 술 취한 사람이 자기는 괜찮다고 뻐기듯이 오차우는 아무렇지도 않다는 듯이 걱정스런 표정을 하고 있는 비취와 용공자를 바라보며 말했다.

"이 정도는 약과야. 왕년에 양주에서 형이랑 마실 때는 날이 새는 줄도 모르고 세상 돌아가는 얘기하면서 그야말로 떡이 되게 마셨었어. 목에 핏대를 세워가며 시사(詩詞)를 논하다보면 마셨던 술이 확 깨고, 그러면 또 마시고…… 그게 술 마시는 참맛이야!"

오차우는 신바람이 나서 손사래까지 저으며 열변을 토했다. 눈을 지그시 감고 졸듯이 머리를 끄덕끄덕하던 명주가 갑자기 탁자를 부서져라 내리치며 말했다.

"우리는 불쌍한 술꾼이야, 시사를 논해도 할 말이 전혀 없으니. 그 늑대가 뒈지지 않는 한 이 나라는 희망이라곤 없어! 안 그래?"

"늑대란 누구예요?"

용공자가 호기심이 가득한 두 눈을 깜빡이며 물었다.

"늑대 한 마리가 이 나라를 어떻게 쥐락펴락 한다는 거예요?"

다급해하는 건 나름대로 조마조마하게 앉아 용공자의 눈치만 살피던 위동정이었다. 그대로 방치했다간 명주의 입에서 무슨 말이 어떤 식으로 나올지 몰랐다. 위동정은 급히 명주의 팔을 잡으며 말했다.

"형, 오늘 너무 취한 것 같아. 지금 무슨 말이 나오는지도 모르고 막 하는 거지? 내일 아침 다시 들으면 기절할 거야, 그만해!"

그러자 오차우가 위동정을 밉지 않게 째려보며 말했다.

"자넨 뭘 모르면 가만 있어! 명주가 틀린 말을 한 게 아니야! 오배 그 놈이 청나라의 화근이란 말이야!"

위동정이 흥분한 오차우를 부축해 자리에 눕히려고 하자 용공자가 급히 말리며 오차우에게 물었다.

"오배는 오랑캐를 물리치고 청나라를 세우는 데 혁혁한 전공을 세웠다고 알려진 사람이 아니에요? 그런데 갑자기 늑대라뇨?"

오차우는 술기운에 몽롱해진 눈을 게슴츠레하게 뜨고 유난히 자신의 말에 호기심을 갖는 이 소년이 귀여운 듯 웃으며 말했다.

"자고로 권력가들 치고 공로를 세우지 않은 자가 있소? 그런데 나라를 쑥대밭으로 만들고 사리사욕에 혈안이 된 자가 옛날의 공

로가 있다고 해서 면죄부를 받을 수 있겠소? 백성들을 죽음으로
내몰고도 추호의 반성은커녕 여전히 만행을 감행하고 있는 자가
버젓이 활개치고 다니니 이 놈의 세상 말세지!"

말을 마친 오차우는 명주를 가리키며 위동정에게 말했다.

"멀리 갈 것도 없이 여기 산 증인이 있어. 자네 형 명주 좀 봐.
단란하던 가정이 풍비박산이 나고 거지가 되어 북경을 떠돌다가
얼어죽을 뻔했었지. 이게 다 그 놈 때문이라구! 어디 한번 두고 보
자구. 이번 시험에 내가 아주 그냥 그 놈의 만행을 낱낱이 구구절
절 폭로할 거야."

말을 마친 오차우는 생수를 마시듯 술병을 들어 꿀꺽꿀꺽 들이
부었다. 자신의 처지가 한스럽게 생각된 명주는 이미 눈물투성이
가 되어 어깨를 들썩이고 있었다.

위동정은 더 있어봤자 기분전환을 기대할 수 없게 될 것 같아
자리에서 일어서며 말했다.

"날도 저물었으니 우리 마님 조급해 하실까 봐 전 그만 돌아가
야겠어요. 용공자도 내일 수업을 받아야 하니까요."

말을 마친 위동정은 용공자의 손을 잡고 서둘러 나왔다.

낙우점을 나섰을 때, 주변은 어느새 어두워져 있었다. 위동정은
습관처럼 칼집에 손을 갖다대며 주위를 휙 둘러보았다. 이상한 기
미가 없어 보이자 그제서야 위동정은 웃으며 용공자로 변장한 강
희에게 말했다.

"오늘 혀 깨물고 술을 안 마셨으니 망정이지 마마를 뫼시고 나
와 괜히 무슨 실수라도 있었더라면 엄마한테 뒈질 뻔했어요. 소어
투 어른께서 절 잘 보셔서 이렇게 중임을 맡겨주셨는데 그 분한테

도 실망을 끼쳤을 테고요!"

강희는 위동정의 말은 듣는 둥 마는 둥 하고 웃으며 말했다.

"좋은 친구들을 둔 자네가 부럽네. 많은 시간을 같이 하도록 노력하게나. 배울 게 많은 친구들인 것 같던데. 특히 그 오차우 선생은 박식한 정도가 아니고 조만간 크게 될 인재였네."

위동정은 머리를 끄덕이며 대답했다.

"오선생은 정말 대단하죠. 가끔 지나치다 싶을 정도로 외곬으로 빠져서 그렇지."

강희는 그런 건 흠이 되지 않는다는 듯 말했다.

"내 눈엔 그 사람의 약점도 장점으로 보이던 걸. 아무튼 난 그이가 너무 맘에 들었어!"

한참을 말없이 걷고만 있던 강희는 내내 오차우 생각을 하고 있었는지 다시 조용히 입을 열었다.

"자네, 오차우 저 사람을 다른 데서 만난 적 있나?"

위동정은 곧 지난번 시장에서 불의를 못 참고 뛰쳐나왔던 오차우에 대해 소상히 설명했다. 강희는 얘기를 듣는 내내 얼굴에 미소를 띠우며 만족스레 머리를 끄덕였다. 사감매의 처지를 안타까이 여긴 강희는 발걸음을 멈추며 물었다.

"나중에 그 여자의 행방에 대해 들은 바 있나?"

위동정은 두 번 다시 없는 기회라 생각하고 단숨에 말해버렸다.

"오배에게 붙잡혀 갔을 확률이 큽니다. 마마께서 관심을 가지시니 소인이 조속한 시일 내에 잘 알아보고 말씀 올리겠나이다."

강희는 머리를 끄덕이며 뭔가를 말하려는 듯 하더니 곧 머리를 저으며 입을 다물었다.

두 사람이 이야기를 나누며 걸어오는 동안 벌써 정양문(正陽門)

까지 도착했다. 아침에 출발할 때 수행했던 경호원들이 초조하게
서성이고 있다가 황제가 무사히 나타난 걸 보고 기뻐하며 우르르
다가와 강희를 에워쌌다. 누구보다 마음을 졸였던 손씨는 급히 강
희에게 옷을 걸쳐주며 위동정을 호되게 나무랐다.

"지금이 어느 땐데 이제야 와? 마마께서 감기라도 걸리는 날엔
너, 내 손에 죽을 줄 알아!"

위동정은 허리를 굽히고 선 채 웃으면서 머리를 숙였다. 이 모습
을 지켜보던 강희가 위동정이 안쓰러워 거들고 나섰다.

"너무 그러지 말아요. 내가 노느라 정신이 없어서 그런 거니까."

가마에 앉아 거의 도착해가는 듯하자 강희가 내려서 걷고 싶다
고 했다. 그러자 내내 속이 벌렁벌렁해 있던 손씨가 간절한 어조
로 말렸다.

"마마, 너무 어둡고 바람도 찬데 오늘은 그냥 들어가는 게 좋겠
나이다. 노비가 태황태후와 황태후께 혼나지 않게 좀 봐주세요, 마
마."

항상 가슴을 옥죄고 기를 못 펴고 사는 하인들의 처지를 잘 아
는 강희는 웃으며 머리를 끄덕였다.

이윽고 궁에 당도한 강희 일행은 기다리고 있던 소마라고와 만
났다. 말없이 강희를 부축해내린 소마라고는 강희를 곤녕궁(坤寧
宮)으로 데리고 들어갔다. 여느 때와는 달리 안색이 좋지 않고 말
이 없는 소마라고를 힐끔 쳐다본 강희는 자신이 늦게 와서 기다리
다 못해 화가 난 줄 알고 급히 말했다.

"높은 곳에 앉아 내려다만 볼 게 아니라 낮은 곳으로 가서 서민
들의 애환을 직접 체험하라 했으면서, 내가 한번 늦게 왔다고 해
서 그렇게 화난 거야?"

소마라고는 차를 따르며 다급히 부정했다.

"그래서가 아니에요, 마마."

강희는 자세를 고쳐앉으며 머리를 갸우뚱하고 물었다.

"그럼 왜? 점점 더 궁금해지는데?"

소마라고는 머리를 가볍게 흔들며 말했다.

"노비도 잘은 모르겠사옵니다만 오늘 오후에 오양보(吳良輔)가 사람을 풀어 위혁네들을 붙잡아 갔나이다. 뭣 때문에, 왜 그러는지 전혀 알 수가 없사옵니다!"

자신이 자리를 비운 반나절 동안 이렇듯 심각한 일이 벌어지다니! 강희는 경악을 금치 못했다. 막 들이마시려던 뜨거운 찻물이 튕겨나와 손등을 따갑게 했지만 강희는 아랑곳하지 않고 소마라고에게 다그쳐 물었다.

"위혁은 선제 때부터 인정받은 충신인데, 누가 무슨 이유로 그를 잡아들인단 말인가?"

"노비도 자세한 것은 모르겠지만 몇몇 보정대신들의 소행이라고 들었나이다."

소마라고가 대답했다.

강희는 화가 치밀어 도저히 참을 수가 없었다. 황제가 아끼는 인물을 잡아들이면서도 한마디 사전통보도 없단 말인가? 이런 무법천지가! 강희는 벌떡 자리를 박차고 일어서더니 부산하게 방안을 거닐며 격하게 말했다.

"의정왕(議政王) 걸서(杰書)는 뭘하고 있었다는 거야! 이거 허수아비 아냐! 그리고 수커사하는 처박혀 무슨 짓거리를 하느라 이런 행패도 못 막은 거야! 병신들!"

소마라고는 냉정하게 말했다.

"수커사하는 겁이 나서 숨기에 급급하죠. 하긴 상대도 안되겠지만. 소니는 몸져 누웠다고 하죠. 걸서는 덜덜 떨며 금세 오줌이라도 쌀 것처럼 끽소리 못하고 섰죠. 어삐룽은 교활하게 자기 앞가림만 하느라 정신 없고! 소위 대신이라는 위인들이 나 죽었소 하고 있으니 빈집털이범이 신이 났죠! 어땠는지 아세요? 가관이 따로 없었어요. 나모란 자가 거들먹거리며 앞장서고 오배가 너털웃음을 지으며 그 뒤를 따라다니며 궁중을 이 잡듯 뒤졌다니깐요!"

강희는 침착하기로 소문난 소마라고가 이처럼 흥분하는 모습을 보고 사태의 심각성이 자신의 상상을 초월함을 직감적으로 느꼈다. 설사 위혁이 정말 무슨 큰 죄를 지었다고 해도 그렇지 자기 맘대로 궁내를 무상출입하고 충신을 잡느라 궁중을 쥐 잡듯 헤집고 다녔다는 것은 도저히 용납할 수가 없었다.

"당장 가서 경사방(敬事房) 책임자를 불러오게!"

강희가 소마라고에게 명령했다. 머리가 지나치게 달아올라 오히려 일을 그르칠까 봐 걱정한 소마라고가 이번에는 오히려 강희를 위로하고 나섰다.

"오늘은 늦었고 경사방도 잘 모르긴 해도 마찬가지일 테니 내일 아침조회 때 물어보는 게 어떨까요? 무슨 대답이 나오나 보게요."

5. 안하무인

이튿날 이른 새벽, 밤새 뒤척이며 잠을 제대로 못 이룬 강희가
일찍 자리를 박차고 일어났다. 손씨와 소마라고가 갈아입을 옷이
며 필요한 준비를 마치고 대기중이었고 밖에는 차량이 대령하고
있었다. 강희는 소금으로 대충 이빨을 닦고 세수를 한 다음 빵을
한 입 떼어먹고는 건청궁으로 향했다. 순치황제 때부터 황제가 일
어나서 일 보는 시간에 황태자들도 반드시 일어나 책을 읽고 공부
를 해야 했기 때문에 강희는 이른 새벽에 일어나는 게 습관이 돼
있었다.

잠을 설쳤는지라 머리가 흐리멍텅한 강희는 여느 때와 같이 시
원한 아침공기를 마시며 몸을 풀었다. 정원에 서서 가벼운 몸동작
에서부터 제법 격렬한 몸놀림을 한바탕 하고 나니 머리가 약간 맑
아지는 듯했다.

그제야 건청궁으로 들어간 강희는 걸서를 비롯한 오배, 어삐룽,

수커사하가 차례로 엎드려 있는 것을 한눈에 알아보았다. 그들 뒤로는 자정대신(資政大臣) 소어투가 무슨 서류를 한가득 안고 서 있었다. 현관 붉은 계단 위에 두 줄로 나눠선 시위들은 눈에 확 띄는 색상의 제복을 입고 검(劍)을 허리에 차고 숙연하게 서 있었다. 위동정도 맨 끝에 머리를 숙이고 서 있는 게 보였다. 하지만 아무리 살펴보아도 위혁 등 네 명은 자리에 없었다.

그 순간 더욱 화가 치민 강희가 수행을 따돌리고 성큼성큼 궁전에 들어가 앉았다. 그러자 수커사하, 오배, 걸서, 어삐룽과 소어투가 차례로 들어와 엎드렸다.

조회를 주관하는 소어투가 예전처럼 각 지방에서 올라온 상주문들을 읽거나 현안들에 대해 황제에게 아뢰기 시작했다. 시험 때마다 있던 팔고문(八股文·명나라 초기 과거시험 답안작성을 위해 만든 문체의 일종)을 폐지하고 정책시사문제로 대체하기로 한 결정이며, 순치 15년 전에 미납한 토지세를 면해 달라는 백성들의 상주문이며, 600리 밖에서 이창왕 부대를 독안에 가뒀으니 증원병을 보내 달라는 급보도 있었다. 강희가 이런 현안에 아직 밝지가 못한 것을 염려한 소어투가 읽으면서 해석을 하다 보니 시간이 꽤 많이 흘렀다.

그러나 위혁네 일로 마음이 콩밭에 가 있는 강희는 소어투의 말은 듣는 둥 마는 둥 탁자 위에 놓인 청옥(靑玉)으로 만든 여의주(如意珠)만 만지작거리며 어떻게 위혁을 잡아간 사건을 자연스레 화제에 올릴까 고민하고 있었다. 밑에서는 수커사하가 숨죽이고 엎드려 있고 어삐룽은 오배의 눈치를 살피느라 여념이 없는 듯했다. 같은 말을 여러 번 반복하는 소어투를 불만스레 째려보던 오배가 짜증스레 소어투의 말을 끊었다.

"수다스러운 건 알아줘야 한다니깐. 제대로 읽기나 할 것이지 해석은 왜 해요? 마마가 그것도 못 알아듣는 바보예요?"

소어투는 오배의 성격을 잘 아는지라 벌집을 쑤시기가 부담스러워 비굴할 정도로 웃으며 말했다.

"오배 어른, 이것은 아직 이쪽 실정을 잘 모르시는 마마를 염려한 태황태후의 특별지시라……."

오배는 귀찮다는 표정을 보이며 소어투의 말허리를 잘랐다.

"귀에 못이 박힐 정도로 들은 얘긴데 새삼스레 들고나와 뭘 어떻게 하겠다는 거야!"

강희는 일방적으로 당하기만 하는 소어투가 안쓰러운지 끼어들어 말머리를 돌렸다.

"소어투, 자네 아버지 병세는 좀 어떠신가?"

황제가 여러 사람들 앞에서 자신의 아버지 소니의 병세를 걱정해주자 소어투는 황송해서 어쩔 줄 모르며 머리를 조아렸다.

"마마께서 염려해 주시는 덕분에 오늘은 좀 호전이 된 것 같았나이다."

"좀 있다 가서 나의 안부를 전해주게."

"마마의 은혜 가슴에 새기겠나이다."

소어투는 먹이를 쪼아먹느라 정신없는 닭처럼 머리를 끊임없이 조아렸다.

강희가 일과는 무관한 사적인 얘기를 꺼내자 오배가 입을 열었다.

"마마께서 달리 지적할 사항이 없으시면 저희들은 이만 물러날까 하옵니다."

말을 마친 오배는 곧 몸을 일으켰다. 거만함이 하늘을 찌르는 오배를 조용히 지켜보던 강희가 여의주를 내려놓으며 말했다.

"뭐가 그리 급한가? 좀 쉬어가면서 하지 그래? 내가 궁금한 건 위혁네들이 일을 너무 잘해서 특별보상을 해주려고 어디다 따로 모신 건지, 아니면 뭘 잘못해서 붙잡아들였으며 어떻게 처리할 건지 하는 거네."

조정의 관례대로라면 강희처럼 아직 정식으로 참정(參政)하지 않은 황제는 당분간 모든 일을 직접적으로 관여할 권한이 없었다. 보정대신들이 하는 대로 적당히 따라가는 게 상식이었다. 그런데 강희가 느닷없이 대신들이 알아서 한 일에 토를 달고 나서자 어지간히 당황한 어삐룽이 머리를 조아리며 말했다.

"마마, 실은 어제 위혁네들이 건방지게 어원(御苑)에서 어마(御馬)를 타고 소란을 피우고 화살로 사슴사냥을 하였나이다. 이런 불경스런 자를 그냥 놔둘 순 없어 어제 우리 보정대신들이 합의한 결과 엄중문책하기로 했사옵니다. 일단은 직무해제로 해놨습니다만 차후에 어떻게 처리할지는……."

어삐룽은 한참 생각하더니 말을 이었다.

"역시 보정대신들이 상의한 결과를 조속한 시일 내에 마마께 아뢰도록 하겠나이다."

오배는 짧은 말을 길게 하는 어삐룽이 맘에 안 들었지만 두 사람은 이미 입안의 혀처럼 떨어질래야 떨어질 수가 없고 너무나 많은 비밀을 공유하고 있기에 함부로 할 수가 없었다. 화를 참고 있던 오배가 머리를 쳐들고 차갑게 말했다.

"마마께선 아직 어려서 일을 그르치기 십상이니 앞으로도 이런 일은 보정대신들에게 맡기고 보정대신들이 알아서 하게끔 배려해 주시면 좋겠나이다."

오배의 말에 도저히 참을 수가 없었던 강희가 한마디 쏘아붙였다.

"그래서 내가 물어서도 안된단 얘긴가?"

강희의 말에 여러 대신들은 숨을 들이키며 당황해서 어쩔 줄 몰라했으나 그렇다고 해서 쉽게 물러날 오배가 아니었다.

'이번에 아주 깔아뭉개지 않으면 사사건건 간섭하려 들 거야. 보정대신이란 이름은 그냥 멋으로 붙여놓은 건가!'

속으로 이런 생각을 한 오배는 한참 후에 서서히 머리를 들며 말했다.

"역사적으로도 정식으로 참정하지 않은 황제는 보정대신들이 한 일에 대해서 꼬치꼬치 캐묻지 못한 줄로 아나이다. 하지만 이번 일은 워낙 파장이 큰지라 한번만은 예외일 수도 있겠나이다."

"이번만이라?"

강희는 냉소를 머금으며 물었다.

"다 좋은데, 말끝을 흐리지 말고 제대로 대답해 봐. 위혁이 대체 무슨 죄를 지었다는 거지?"

"다시 한번 말씀드리면 자금성 내에서 어마를 타고……."

오배는 입술을 깨물며 머리를 들고 말했다.

"마마를 우습게 보지 않고서는 이런 일을 저지를 수 없으니 처형함이 마땅하나이다. 그리고 그의 아버지 비양고(飛揚古)도 그런 자식을 말리기는커녕 우리에게 거칠게 대항했으니 같이 죽여야 하나이다!"

처형까지 거론하는 오배의 말에 강희는 기절초풍할 듯 놀랐다. 그는 정신을 가다듬으며 되물었다.

"위혁네들은 선제가 아꼈던 충신들이고 비양고 또한 차분한 대신인데 좀 거만했기로서니 처형한다는 것은 말도 안돼! 곤장 몇 대 안기고 끝내도록 하거라!"

"한발 늦었나이다!"

오배는 차가운 어투로 말을 이었다.

"마마, 사적인 감정 때문에 법전을 뜯어고칠 순 없지 않나이까? 안됐지만 비양고와 위혁 등은 어제 벌써 처형해 버렸나이다!"

마른 하늘의 날벼락이라도 이런 충격보다는 덜했을 것이다. 강희가 놀란 것은 말할 것도 없고 어삐룽과 수커사하 역시 깜짝 놀라 얼굴이 백지장처럼 하얗게 질렸다. 사태의 심각성을 느낀 수커사하가 머리를 조아리며 말했다.

"위혁네를 죽인 것은 오배 혼자서 감행한 것이지 결코 우리 대신들의 의사가 아니었나이다. 마마의 충신을 처형한 건 죄를 물어 마땅하나이다!"

수커사하를 노려보던 오배가 갑자기 껄껄 웃으며 입을 열었다.

"수커사하 어른, 왜 이렇게 치사하게 나오나. 건방진 자식이라며 없애버려야 한다고 못박을 때는 언제고. 정말 죽여버리니 이제야 가슴 아픈가 보네!"

수커사하는 순간 말문이 막혀버리고 말았다.

바로 이때, 얼굴이 무섭게 일그러진 태황태후가 시녀들의 부축을 받으며 들어섰다. 화가 나면 무서운 태황태후의 성격을 잘 아는 오배는 가슴이 덜컹했지만 이내 추스리며 속으로 생각했다.

'뛰어봤자 벼룩이고 으르렁대봤자 이빨 빠진 호랑인데 제까짓게 뭘 어쩔 거야!'

한동안 침묵하고 있던 태황태후가 천천히 입을 열었다.

"늙으면 이 꼴 저 꼴 보지 말고 죽어야 하는데, 늙은 게 죽지 않고 살아있으니 일이 꼬이기만 하는 건 아닌지 모르겠소. 이젠 헛된 욕심 같은 건 없고 그저 나라가 평화롭고 태평성세가 오랫동안 지속됐으면 하는 게 바람이라면 바람이오. 천방지축인 어린 황제를 잘 보필하는 여러 보정대신들이 있어 별 걱정을 안했었는데……."

들어서자마자 불호령이 떨어질 거라고 생각했던 대신들은 태황태후가 이렇게 약한 모습을 서슴없이 보여주자 어지간히 놀라는 눈치였다. 그런데 갑자기 태황태후의 태도가 돌변하면서 분위기는 180도로 바뀌었다.

"그런데 믿는 도끼에 발등을 찍혀도 유분수지. 너희들이 어쩌면 이렇게 사람을 배신할 수 있어? 미친 개를 데리고 있으니 없애버리는 게 낫지. 내가 너희들을 죽여버릴 거라는 생각은 안해 봤어?"

흥분한 태황태후는 느닷없이 탁자를 부셔져라 내리쳤다. 태황태후의 성격이 대단하다는 말은 걸서를 통해 여러 번 들었어도 자신에게는 마냥 자상하기만 했던 할머니였기에 강희는 놀라움을 금치 못했다. 세 명의 보정대신들은 연신 머리를 조아리며 위기를 모면하려고 안간힘을 썼다. 그 중 수커사하가 떨리는 목소리로 뭔가 자기변명을 하려 하자 태황태후가 "여기 자네 볼일은 없네" 하며 막아버렸다

"내가 이해할 수 없는 건 어삐룽과 오배의 행각이야. 도대체 뭘 믿고 함부로 황제의 측근을 잡아가서 죽이기까지 했냐는 거야! 내가 몇십 년을 별의별 꼴 다 보고 살았어도 이런 경우는 처음 본다!"

누군가 나서지 않으면 일이 쉽게 풀리지 않을 거라고 단정한 어삐룽이 나서서 분위기를 바꿔보려고 목소리를 가다듬었다.

"태황태후 만세 만세 만만세! 사실은 저희들이 직접 궁으로 들어가 잡은 게 아니고 오양보가 밖으로 유인을 해줘서 밖에서 결박한 것이옵니다."

그러자 소어투도 재빨리 끼어들었다.

"마마와 태황태후께선 그만 화를 푸셨으면 하나이다. 이미 엎질러진 물인데 옥체의 건강을 생각하셔야겠나이다!"

말을 마친 소어투는 강희에게 그만 끝내라고 눈짓을 보냈다. 그러나 강희는 소어투의 눈짓을 정확히 읽지 못했다. 다행히 태황태후가 자리에서 일어서며 강희에게로 다가가 강희의 손을 잡으며 말했다.

"이미 엎질러진 물이라니 더 묻지는 않겠다만 황제가 어리다고 얕보지는 말게. 내 건강 걱정일랑 말고 여러 보정대신들의 귀하신 몸을 잘 살피도록 하게."

말을 마친 태황태후는 강희를 데리고 휑하니 나가버렸다. 동시에 강희가 만지작거리던 여의주가 바닥에 떨어져 산산이 부서졌다.

강희와 태황태후가 떠나가자 궁전 안은 쥐 죽은 듯 고요하고 대신들의 얼굴은 백지장처럼 질려 있었다. 유독 오배만은 아무렇지도 않게 툭툭 털고 일어나 웃으며 말했다.

"다들 일어서지 않고 뭘해! 가자구! 수커사하 어른한테는 오늘 미안했소."

건청궁을 떠난 태황태후는 수행들에게 부탁했다.

"황제는 양심전으로 돌아가고 소마라고가 잘 시중들도록 하게."

그리고는 돌아서서 강희에게 말했다.

"오늘 오후쯤 해서 소어투를 자녕궁(慈寧宮)으로 보내도록 하게."

말을 마친 황태후는 곧 가마를 타고 떠나갔다. 위동정 등 시위들
이 강희를 바싹 따랐다. 손씨와 소마라고가 마중나와 있었지만 심
기가 불편한 강희는 본 척도 하지 않고 걷기만 했다.

월화문(月華門)까지 왔을 때, 강희는 몇몇 태감들과 희희낙락거
리며 팔보(八寶) 유리병풍을 나르고 있는 오양보와 정면으로 맞닥
뜨렸다.

강희를 발견한 오양보는 앞으로 다가서더니 무릎을 꿇어 인사를
했다. 가뜩이나 화가 가라앉지 않은 데다 무슨 좋은 일이 있는지
입이 귀에 걸린 오양보를 바라보던 강희는 더욱더 참을 수가 없었
다. 얼굴이 붉으락푸르락해서 인사도 받지 않는 강희를 훔쳐본 오
양보 일행은 땅에 엎드린 채 숨죽이고 있었다.

강희는 간신히 화를 참으며 소마라고에게 말했다.

"모처럼 날씨도 기막히게 좋은데 여기 좀 앉았다 가게 의자를
가져오라고 하게."

소마라고가 미처 뭐라고 명령하기도 전에 누군가 잽싸게 의자를
가져다 놓았다. 자리에 앉은 강희는 엎드려 낑낑대고 있는 오양보
에게 물었다.

"자네 지금 이 팔보병풍을 어디로 가져가고 있는 중이야?"

드디어 강희가 입을 열자 오양보는 이제야 살았다는 듯 "휴우!"
하고 한숨을 쉬며 대답했다.

"지난 번에 태황태후께서 오배 어른에게 하사하신 줄로 알고 있
나이다."

강희는 그런 말은 들어본 적이 없는지라 되물었다.

"그럼 그때 가져갔어야지 왜 이제야 옮기는 거야."

"그 당시는 오배 어른이 사양하신 줄로 아나이다."

"그러면 더 이상한데? 여태 필요없다고 안 가져갔었는데 지금에야 가져가야만 하는 특별한 이유라도 있는 건가?"

강희는 오양보의 얼굴표정을 하나도 빠뜨리지 않고 주시하면서 고삐를 조였다. 무슨 일이 있을 거라는 생각은 전혀 하지 않은 무방비상태라 단순세포로 소문난 오양보는 강희의 심리전에 걸려들고 말았다. 오배 때문에 강희가 심기가 불편한 줄을 전혀 모르는 오양보는 머리를 조아리며 실토를 했다.

"실은 소니 어른이 병석에 누운 이후로 오배 어른의 권력이 커지는 것 같아 이 기회에 좀 잘 보일려고……."

"죽고 싶어 환장했구만!"

강희는 오양보의 말을 더 이상 들을 것도 없다는 듯 대로하여 소리쳤다.

"그래서 그 자한테 잘 보이고 싶어 궁중의 재산인 팔보병풍을 훔쳐가는 거야? 그 자한테만 잘 보이면 다른 사람은 우습다 이거야? 묻겠는데, 위혁은 누가 잡아들인 거야?"

위혁 문제까지 거론하자 뒤늦게 사태의 심각성을 안 오양보는 오배를 끌어들이지 않으면 도저히 수습할 수가 없다고 생각했다.

"노비는 위에서 시키는 대로 했을 뿐입니다. 오배 어른의 권한쯤이면 이런 무법천지 불량배들을 처치하는 건 당연하다 생각하고 따랐을 뿐인데 노비가 무슨 죄가 있겠사옵니까?"

말을 마친 오양보는 오배를 등에 업었는지라 간덩이가 서서히 부어올랐다. 머리를 뻣뻣이 쳐들고 눈을 똑바로 치켜뜬 채 자신을 바라보는 오양보를 보는 순간 강희는 절대로 용서할 수 없다고 굳게 마음 먹었다. 괘씸죄라는 게 아무것도 아닌 것 같으면서도 이와 같이 간과할 수 없는 것임을 강희는 철저히 깨달았다. 그는 머리를 돌려 소마라고에게 물었다.

"이 자가 자기 잘못은 없다는데 과연 그렇다고 생각하나?"

강희의 눈빛만 봐도 마음을 읽어낼 수 있는 소마라고였다.

"다른 건 제쳐놓고라도 방금 전의 하늘을 찌르는 거만함 하나만으로도 이 자는 절대로 용서할 수 없나이다. 하지만 잘 나가는 오배 어른의 끔찍한 양자라니 한번만 고쳐 생각하시는 것도 나쁘진 않을 것 같나이다."

"오배의 양자라서 한번만 봐주라고?"

강희는 생각지도 않았던 소마라고의 두루뭉실한 대답에 더욱더 화가 치밀었다. 그는 의자를 박차고 일어나면서 말했다.

"당신 부자가 부당하게 나의 최측근을 쥐도새도 모르게 없애버렸는데 그래도 잘못한 게 없어? 여봐라, 경사방 조병정(趙秉正)을 불러라!"

오양보는 평소 거들먹거리며 주위의 미움을 많이 샀는지라 아래위를 막론하고 이를 부드득 갈고 있는 이가 많은 터였다. 오늘 천하무적 오양보를 황제가 친히 손보겠다고 하자 사람들은 그야말로 한바탕 춤이라도 추고 싶은 심정이었다. 태감 한 사람이 조병정을 부르러 간 사이, 오양보의 가슴은 여느 때와 다른 강희의 앙다문 입술을 훔쳐보며 가슴이 쿵닥쿵닥 뛰기 시작했다.

'혹시 오늘중으로 날 쫓아내는 건 아닐까?'

갈수록 불길한 생각이 뇌리를 스치기 시작하자 오양보는 등골이 오싹해지며 머리칼마저 쭈뼛쭈뼛 일어섰다. 지금이라도 꼬리를 내리고 싹싹 빌어보기로 한 오양보는 무릎걸음으로 강희에게로 기어가 오만상을 찌푸려보이며 울먹였다.

"마마, 노비가 죽을 죄를 지었사옵니다. 아까는 이 눈깔에 뭐가 씌었었나 봅니다. 개돼지보다 못한 인간 손 봐주느라 귀하신 옥수(玉手) 더럽히지 마시고 처음 저지른 잘못이니만큼 한번만 용서해 주십시오!"

"뭐? 처음이라고?"

소마라고가 매몰차게 한마디 쏘아붙였다.

"지난 번에 마마께서 귀싸대기 오십 대 치라고 명령하셨는데 어떻게 됐어?"

오양보는 곧 죽는 마당에도 거짓말을 했다.

"쳤어요, 쳤구 말구요. 얼굴이 퉁퉁 붓고 멍이 들어 몇 날 며칠을 바깥 출입조차 제대로 못했어요. 믿어지지 않으시면 절 감시한 사람한테 물어보셔도 돼요!"

소마라고는 오양보의 뻔뻔스러움에 코웃음을 치며 차갑게 몰아붙였다.

"이 사람이 누굴 바보로 아나? 당신 같은 사람을 상대로 싸우는데 그 정도의 뒷조사도 안해 봤을 거 같아? 나도 꽤 치밀하거든. 그날 그 태감이 비록 아랫사람이라도 그날만은 어명을 받은 몸인데 당신 감히 그의 뺨을 후려쳤다며?"

소마라고의 말을 들은 강희는 화가 치밀다 못해 온몸이 주체할 수 없을 정도로 떨렸다. 이 자가 처음부터 작정을 하고 자신을 무시했다고 판단한 강희는 죽을 죄를 지었노라고 사정없이 머리를 조아리려대는 오양보를 이를 악물고 노려봤다.

"줄곧 날 우습게 여겼다 이거지! 한번 무서운 맛 좀 보여줘야 되겠어! 조병정은 아직 도착하지 않았어?"

사실 조병정은 이미 와 있었다. 오배나 황제나 둘 다 조병정에게 있어서는 감히 범접할 수 없는 존재였다. 어떻게 하면 자신에게 불똥이 튀지 않고 일을 잘 처리할 수 있을까 고민중이던 조병정은 강희의 말을 듣고 소스라치듯 놀라며 무릎을 꿇었다.

"마마, 노비 조병정 어명 받고 도착했나이다!"

강희는 무슨 일을 결정할 때 습관처럼 주위의 의견을 물어보곤 했었다.

"뭣 때문에 불렀으며 어떻게 처리할지 감이 왔을 텐데 어디 한번 말해 보게."

다급해진 조병정은 오배의 흉악무도한 얼굴을 떠올렸다. 순간의 실수가 평생 한을 자초할 수도 있다는 생각에 소름이 끼친 조병정은 순간 나름대로의 묘안을 떠올렸다. 그는 다급히 머리를 조아리며 말했다.

"호되게 곤장을 안기겠나이다!"

사실 결정을 내리지 못하기는 강희도 마찬가지였다. 되다면 되고 가볍다면 가벼운 형벌이라고 생각한 강희는 머리를 끄덕이며 말했다.

"그렇게 하도록 하게! 손 한번 쌈빡하게 봐주게. 되도록 무겁게!"

자리에서 일어난 조병정이 손사래를 지어보이자 대기중이던 형부(刑部) 태감들이 우르르 몰려와 혼비백산한 오양보를 짐짝 끌듯 질질 끌고 갔다. 뭘 어떻게 해야할지 난감한 조병정이 잠깐 머뭇거리는 사이 곧 강희의 불호령이 떨어졌다.

"어서 가서 감시하지 않고 뭘 얼쩡거려!"

조병정은 순간 무릎을 꿇으며 말했다.

"곤장은 얼마나 안겨야 하는지 마마께서 명령하시옵소서."

강희는 그것도 모르느냐는 듯이 귀찮게 손을 내저으며 퉁명스레 말했다.

"누가 그런 걱정 하래? 내가 분이 풀릴 때까지 패면 돼!"

30대까지 내리쳤을 때, 오양보는 이미 피투성이가 되었고 죽은 개구리처럼 쭉 뻗어 버렸다. 그러나 여전히 사정없이 내리꽂히는 몽둥이 세례에 죽음을 느낀 오양보는 연신 살려달라고 돼지 먹따는 소리를 냈다.

"오배 어른, 나의 아버지, 살려주세요! 나 죽어요!"

화가 어느 정도 풀려가던 강희는 순간 사그라들던 화가 다시 있는 대로 치밀어 오르는 것을 느꼈다. 죽음의 변두리에서도 오배의 이름을 부르며 살려달라고 비명을 지르는 오양보에게서 강희는 아둔한 자의 비극적인 결말을 보는 듯했다. 그 잘난 오배에게도 한계가 있다는 것을, 오배가 아니라 죽은 오배의 아버지가 살아돌아온대도 속수무책이라는 것을 강희는 보여주고 싶었다. 여기까지 생각이 미친 강희는 대뜸 창밖을 향해 소리를 질렀다.

"더 때려! 힘껏! 황야에 버려져도 들개들조차 더러워 쳐다도 안 볼 쓰레기 같은 놈을!"

강희의 말이 끝나자마자 매질소리가 멈추는가 싶더니 조병정이 헐레벌떡 달려와 아뢰었다.

"마마, 오양보가 기절했나이다."

강희는 말없이 옆에 있는 소마라고를 쳐다보았다. 소마라고는 알 듯 말 듯한 웃음기를 드러내며 말했다.

"잘 하시고 계신 것 같사옵니다. 하지만 방금하신 말씀은 안하셔도 좋을 듯 했사옵니다."

그러나 손씨는 생각이 달랐다. 그까짓 소인배 때문에 피비린내를 풍길 순 없다는 것이었다. 다급해진 손씨는 강희를 간절하게 바라보며 말렸다.

"아미타불! 마마, 그만 하시옵소서."

강희는 마음이 유난히 약한 손씨를 보고 웃으며 말했다.

"내가 다 알아서 하는 거니까 걱정 말고 들어가세요!"

손씨의 등을 떠민 강희는 널부러져 있는 오양보를 경멸스레 쳐다보고는 또다시 명령했다.

"계속해! 뒈지도록!"

기절했던 오양보가 서서히 실눈을 뜨며 조병정과 시선이 마주친 것은 바로 이때였다. 조병정은 살기등등해서 있는 형부(刑部)의 집행관들에게 잠깐 기다리라는 듯 눈치를 주며 오양보에게로 다가가 인사를 하며 말했다.

"오 어른, 내가 몰인정하다고 원망하지는 마오. 마마가 오늘 끝끝내 결말을 보고야 말겠다니 누구 하나 도와줄 수 없는 지금, 최후를 준비하는 게 좋을 듯 싶소. 생판 모르는 남도 아니고, 내가 평소 우리의 우정을 생각해서 고통 없이 빨리 좋은 세상 가게 해줄 테니 할 말이 있으면 해보게나."

오양보는 올 것이 오고야 말았다는 것을 실감했다. 그는 조병정의 말을 알아듣겠다는 듯이 머리를 힘없이 끄덕이더니 맥없이 눈을 감으며 띄엄띄엄 말을 시작했다.

"나의 양아버지… 오… 어른에게… 내가… 억울한 죽음을… 당했다고… 그를… 위해……"

오양보의 넋두리가 끝나기도 전에 조병정이 말없이 주먹을 휘둘러 오양보의 최후를 앞당겼다. 뒤통수를 심하게 얻어맞은 오양보는 피를 토한 채 다리를 두어 번 버둥대더니 곧 숨을 거두었다.

오양보의 죽음을 확인한 강희는 그제야 분이 조금 사그라들어 궁으로 돌아가려고 하는데, 태감 한 명이 달려와 아뢰었다.

"마마, 오배 어른이 마마를 만나 뵙고 싶다고 전했나이다."

"누구 맘대로? 안 봐!"

강희는 차갑게 쏘아붙이며 위동정에게 말했다.

"어서 소니어른 댁에 가서 태황태후의 명령을 전하지 않고 뭘 해?"

6. 탈지난국(奪地亂國)

　순치황제가 양심전에서 '붕어(崩御)'하고, 위혁이 억울하게 목숨을 잃고, 태감 오양보가 맞아죽는 등 강희 즉위 초기에 세상을 온통 시끌시끌하게 했던 굵직굵직한 사건들도 시간이 흘러감에 따라 차츰 사람들의 기억 속에서 멀어져 갔다. 가끔 '구관이 명관'이라는 타령이나 하는 사람들이 가끔씩 들춰내 심심풀이 땅콩으로 삼을 뿐 그 시절의 일에 대해 새삼 왈가왈부하는 사람은 별로 없었다. 사실, 웬만한 일은 할 일 없이 새장이나 들고 다니며 시간만 죽이는 태감들의 입방아에도 못 오를 정도로 궁중에서는 하루가 다르게 여러 사건이 터지고 있었다. 소니의 병세가 갈수록 악화일로를 치닫는 게 그중 큰 것이었다. 소니의 병세는 조정의 분위기를 좌우할 만큼 중요했기 때문이다.

　워낙 안하무인이었던 오배는 소니가 드러눕자 날개달린 호랑이처럼 더욱 창궐하여 날뛰었다. 어삐룽은 진작에 구워삶아 놓았고,

수커사하는 물 위의 갈대라 요리하기에 달렸고……. 세 명의 보정대신 가운데서 제일 걸림돌이 됐던 소니는 죽음을 코앞에 두고 있으니 오배에게는 더 이상 두려울 게 없었다.

그는 강희가 아직 세상물정에 어두운 틈을 타 톡톡히 한몫 챙기려고 했다. 20년 전 팔기병들이 땅을 나눠가질 때, 예친왕이 정백기(正白旗)의 손을 들어줌으로써 공정한 분할이 이뤄지지 않았다는 것을 문제 삼아 자신의 열넷 째 아들이 지배하던 정백기의 소유였던 땅을 지금이라도 자기 손아귀에 넣으려고 꿍꿍이를 꾸몄다. 하지만 손만 뻗으면 닿을 것 같던 땅들이 예기치 않은 인재등용시험 때문에 물건너 갈 위기에 놓였다.

어느새 세월은 흘러 강희 6년, 그러니까 친정(親政)을 시작한 해가 되었다. 이날, 시험이 끝나 밖으로 나온 오차우는 긴장이 풀리며 온몸이 나른해졌다. 하나같이 병에 걸리거나 부황 든 사람들처럼 창백한 얼굴로 거리에 쏟아져 나온 이들 수재들을 길가던 사람들은 유심히 살펴보았다. 포악하고 저질스러운 관리들에게 신물이 난 백성들은 청렴하고 정직한 '포청천'을 기대하고 있었던 것이다. 저 사람들 가운데 누군가는 조만간에 자신들의 운명에 막대한 영향을 끼치리라는 생각에 더욱더 유심히 살펴보는 것이었다.

오차우가 지친 몸을 이끌고 낙우점으로 돌아왔을 때는 이미 점심 때가 지난 시간이었다. 이제나저제나 초조하게 기다리던 하계주가 반색을 하며 맞아주었다.

"둘째 도련님, 눈 감고 왼손으로 써도 그까짓 거 문제 없겠죠? 그런데 왜 가마를 타지 않으시고 걸어오셨어요?"

한바탕 수다를 떨던 하계주는 일꾼을 시켜 더운 물과 수건을 가져오게 했다. 오차우더러 손발을 닦고 푹 쉬라는 것이었다. 오차우는 피곤이 역력한 얼굴에 억지웃음을 지어보이며 말했다.

"좋은 말만 해줘서 고맙네. 며칠동안 골방에 갇혀 있었더니 시원한 공기가 마시고 싶어 다리품을 좀 팔았을 뿐이니 괜찮아."

오차우의 말이 떨어지기 바쁘게 명주가 사람 좋은 웃음을 웃으면서 등 뒤에서 나타났다. 같이 시험보러 갔다가 혼자 먼저 나온 오차우가 웃으면서 말했다.

"시험 잘 봤어? 논문은 자신 있고?"

명주는 괜히 이맛살을 찌푸려 보이며 익살맞게 말했다.

"대충 몇 글자 적어서 냈어요. 워낙 글솜씨가 없어서 턱걸이나 할지 모르겠어요."

오차우는 털털하게 웃으면서 말했다.

"나는 연이어 두 번씩이나 미역국을 먹고 나니 뵈는 게 없더라구. 그래서 이번에는 좀 파격적인 걸 써 봤어. 지난 번 술김에 괜히 한 소리가 아니었어. 진짜로 오배놈을 한번 찔렀어. 제목부터 끝내 주잖냐, 탈지난국(奪地亂國)!"

장난처럼 말하는 그의 태도에 듣던 사람들은 모두 넋이 나가고 말았다. 하계주는 당장 무슨 큰일이라도 일어날 것처럼 당황해하며 오차우의 팔을 잡고 울상이 돼서 말했다.

"둘째 도련님, 무슨 배짱으로 벌집을 쑤셨나요. 제세(濟世)라는 그 시험관이 오배의 왼팔이란 말이에요! 칼날잡은 사람이 이기는 법은 없는데 뭣하러 잠자는 사자의 코털을 건드렸어요?"

명주도 두 발을 동동 구르며 안달이 나 했다.

"형, 손이 근질거려도 이 악물고 참지 그랬어?"

여러 사람들이 호들갑을 떨었지만 오차우는 아무렇지도 않게 더운 수건으로 얼굴을 쓱쓱 문지르며 말했다.

"제대로 된 임금이라면 직언을 하는 사람에게 물을 안 먹여! 오히려 중용하지. 만약 바른말을 한 게 죄가 된다면 그런 관리는 시켜준대도 안 해! 그리고 내가 무슨 못할 말을 했냐!"

하계주는 오차우의 강경함에 걱정이 태산 같았다.

"지금은 오배가 황제보다 더 힘이 있어요! 오배에게 잘못 보여 득될 게 뭐 있어요? 하긴 주시험관이 수커사하라는 사람이니까 이런 답안지는 알아서 걸러내겠지만!"

오차우는 두 발을 더운 물에 담그고 눈을 감으며 냉소했다.

"그 놈이 읽어보라고 쓴 건데 안 읽어보면 내 노력이 헛거지. 화가 나 죽이네 살리네 하겠지만 적어도 인간이라면 어느 정도쯤은 반성하지 않을까 싶네!"

계속 말해봤자 대화가 꼬이기만 하자 오차우는 서서히 표정이 굳어지기 시작했다. 솔직히 처음부터 작정을 하고 쓴 건 아니었다. 이름을 거명하지 않고 에둘러서 적당히 꼬집으려고 했던 것이 쓰다 보니 감정이 격해져 그만 직견탄을 날렸던 것이다. 대책도 없으면서 괜히 벌집부터 쑤셔놓은 게 아닌가 하고 걱정이 되기도 했는데, 낙우점 형제들이 밥통을 싸들고 공격을 해오니 오차우는 처음과는 달리 마음이 점점 스산해지기 시작했다.

한참을 말없이 먼산만 바라보던 오차우는 훌훌 털고 일어나며 아무렇지도 않다는 듯이 웃으며 말했다.

"운명에 맡기는 거지 뭐! 진인사대천명이니깐!"

조정에서 잡으러 오지만 않으면 다행이라고 여기는 오차우와는 달리 명주는 은근히 기대에 부풀었었는데 며칠동안 아무런 소식도 없자 슬슬 조급해지기 시작했다. 전날 저녁에 이리 뒤척 저리 뒤척하며 잠을 못 이룬 명주는 아침 일찍 몸을 정갈하게 하고 집을 나섰다. 가게에 가서 향을 사들고 돌아온 명주는 향불을 피워 놓고 거울을 내려 앞에 놓고 경건하게 기도하기 시작했다. 뭔가 중얼거리며 중이 염불하듯 앉아있던 명주는 손거울을 호주머니에 집어넣고 집을 나섰다. 명주는 지금 속칭 '거울점'이라는 것을 보고 있었던 것이다. 다음 순서는 집을 나서자마자 처음 들려오는 말을 분석하여 운세를 점 찍는 것이었다. 그 말 속에는 '거울신'의 계시가 있다는 것이다.

아직 이른 아침이라 거리에는 사람이 거의 없었다. 가끔 가다 새벽잠 없는 노인네들이 거리바닥을 쓸거나 몸을 풀고 있을 뿐이었다. 명주는 발길을 새벽시장 쪽으로 돌렸다. 마침 거기에는 부추장수와 어떤 아낙이 입씨름을 벌이고 있었다.

"한 근에 삼 원이라더니 왜 갑자기 말을 바꾸고 그래요? 시들어 빠진 부추 가지고!"

아낙이 세모눈을 부릅뜨며 말했다.

"안 사면 그만이지 남의 부추는 왜 발로 툭툭 차고 그래요? 재수없게! 그리고 눈 똑바로 박혔으면 보라구. 여기 아침이슬까지 맺힌 걸."

사내는 화를 발끈내며 쏘아붙였다. 아낙은 우락부락한 사내의 모습에 기가 질렸는지 말도 않고 획 토라져 가버렸다. 사내는 아침부터 재수 옴붙었다며 씩씩거리며 아낙의 등뒤에서 씨벌렁거렸다.

"풀이나 처먹고 사는 주제에 고상한 척은! 집에 가 토끼 먹일지 언정 네년한테는 안 판다, 안 팔어!"

이런 말들을 곱씹어보던 명주는 곧 낙심하는 눈치였다. 아침부터 악을 바락바락 쓰고 싸우는 모습이며, 거친 욕설들을 맞닥뜨린 명주는 해석하고 말 것도 없이 풀이 죽어 낙우점으로 돌아왔다.

낙우점에는 아침 일찍 마실 나온 위동정과 하계주도 오차우의 방에 함께 있었다. 명주를 발견한 위동정은 급히 일어나 자리를 내주며 말했다.

"이렇게 일찍 무슨 급한 일이라도 있는 거야?"

명주는 웃으면서 방금 있었던 일들을 상세하게 들려주었다. 맨 먼저 웃음을 터뜨린 하계주가 어이가 없다는 듯이 말했다.

"거울점이니 뭐니 하는 건 다 골 빈 아낙들이나 하는 짓이지 고추 달린 남자가 어찌 거울 들고 나가 남의 말이나 엿듣고 그럴 수 있겠어? 초조하고 불안한 건 충분히 이해가 가는데 조금만 더 기다려 보자구. 무슨 좋은 소식 있겠지."

하계주의 말에 머리를 끄덕인 명주는 말없이 자리에 앉았다. 잠시 할 말이 궁해진 이들이 침묵하고 있는 사이, 위동정이 웃으며 오차우에게 말했다.

"제가 이렇게 지켜본 바에 의하면 오선생님은 별로 출세에 대한 욕심이 없는 것 같아요."

그러자 오차우는 그렇지만은 않다는 듯이 웃으며 입을 열었다.

"목을 매지 않을 따름이지 나도 소위 출세라는 것으로부터 완전히 자유로운 건 아니오. 두 번씩이나 연신 와장창 깨지면서도 이 바닥을 못 떠나는 걸 보면 알 수가 있지. 하지만 곧게 뻗은 대나무처럼 살고 싶지 물 위에 뜬 갈대로는 하루도 살지 않을 거요."

오차우의 진심어린 눈빛을 존경어린 눈매로 바라보던 위동정이 웃으면서 말했다.

"오선생님은 정말 소문대로 강직하시고 박식하십니다. 근데 이번 시험에 써내신 그 논문 정말 괜찮을까요?"

오차우는 초연한 웃음을 보이며 말했다.

"명예란 집착만 하지 않으면 쓰레기 취급을 할 수 있는 것이오! 해봤자 목이 달아나는 거 이상이겠소?"

오차우의 비장한 말에 모두들 머리를 숙이며 입을 다물고 말이 없었다. 농담으로 들어넘기기엔 너무 무거운 것이기 때문이었다. 한참 동안 침묵을 지키던 위동정이 말을 이었다.

"그럼 다음 행보는 어떻게 준비하고 계신지요?"

오차우가 막 입을 떼려고 할 때, 한바탕 왁자지껄한 소리와 함께 징소리, 꽹과리 소리가 요란한 가운데 '거리의 소식통'이라 불리는 이들이 손에 빨간 봉투를 들고 들어서며 떠들어댔다.

"어떤 분이 명주어른인지 축하드리나이다. 입격하셨나이다!"

명주는 허겁지겁 달려가 빨간봉투를 낚아채듯 손에 들고 정신없이 훑어봤다. 관계 부처의 빨간 도장이 선명하게 찍힌 통지서를 확인한 명주는 순간 두 다리가 후들거려 주저앉고 말았다. 오차우는 명주의 어깨를 힘주어 잡아주며 신바람이 나서 상기된 얼굴로 주방을 향해 소리 질렀다.

"어서 술상 차리게! 명주하고 한잔 해야겠네!"

위동정도 자기 일처럼 기뻐하며 명주를 축하해 주었다. 하지만 하계주는 처음 가게 앞에 쓰러져 있던 명주를 떠올리며 괜스레 자책감에 휩싸여 죄인처럼 머리를 푹 수그리며 말했다.

"정말 죽을 죄를 지었습니다. 둘째 도련님이 아니었더라면 귀인을 잃을 뻔했으니!"

말을 마친 하계주는 무릎걸음으로 명주 앞에 다가오더니 머리를 조아렸다.

"명주 어른, 소인 용서해 주시는 거죠?"

그제야 제정신이 돌아온 명주는 급히 하계주를 일으켜 세우며 말했다.

"다시는 그런 소리 마세요. 당신은 누가 뭐라 해도 나의 은인이니 우리 괜히 서먹서먹해지게 이러지 말아요."

하계주는 감격하며 머리를 끄덕였다.

한편 그 주인에 그 일꾼이라고 분위기 파악에 이골이 난 하계주의 식구들은 어느새 푸짐한 술자리를 마련해놓고 기다리고 있었다. 누가 무얼 즐겨 먹는지조차 잘 아는 이들은 각자가 좋아하는 음식을 한 가지씩 마련하는 노련함까지 보였다.

역시 오차우가 상석에 앉고 위동정, 명주가 차례로 나란히 앉았다. 하계주는 맨 끝자리에 엉덩이를 붙이고 앉아 있었다. 순식간에 술 석 잔이 목구멍을 타고 넘어가자 오차우가 흥분을 못 참고 입을 열었다.

"안 그래도 오늘 여러분을 불러 술 한잔 하려고 했었어. 낼 모레 명주를 데리고 고향 양주에 내려가려고 했었거든! 근데 명주 아우가 떡 입격을 하니 정말 기분 끝내주네. 며칠 더 놀다가 가도 되겠다."

오차우의 말을 듣고 있던 명주가 어리광 부리듯 오차우에게 말했다.

"저에게 이런 영광스런 오늘이 있기까지 형의 공로가 절대적이었어요! 아무튼 전 복이 많은 놈인가 봐요!"

명주는 정감어린 눈매로 오차우를 바라보며 말을 이었다.

"형의 문장실력은 자타가 공인하는 것이니 이번에 안되면 다음에 한 번만 더 봐봐요. 이상한 것만 쓰지 않으면 형은 백발백중일 테니까."

오차우는 그저 말없이 웃고만 있을 뿐이었다. 옆에서 말없이 듣고만 있던 위동정이 느닷없이 입을 감싸쥐고 웃음을 참는 걸 보던 오차우가 물었다.

"자네, 왜 웃지?"

위동정은 얼른 대답했다.

"다름 아니라 명주 말이 맞는 것 같아서요. 오선생님, 정말 한 번만 더 도전해 보시는 게 어때요?"

오차우는 담담한 목소리로 말했다.

"명주는 될 줄 알았어. 워낙 실력이 있고 침착하니까. 며칠 동안 소식이 없어 궁금했었는데 지금 보니 호사다마였어!"

끝까지 다시 한번 도전해 보겠다는 대답을 회피하는 오차우에게 명주가 끈질기게 달라붙었다.

"형, 한 번 칼을 뽑았으면 결과를 봐야지. 형답지 않게 왜 그래요?"

사실 마음의 결정을 마치고 일부러 명주네를 놀리고 있던 오차우는 술잔을 들어 천천히 입안에 부어넣고 웃으며 말했다.

"좋아, 자네 소원 들어주지!"

이튿날 아침 당직을 서던 위동정이 강희를 찾아왔다.

"마마, 오선생의 답안지를 빼내 왔나이다!"

싱글벙글 웃으며 강희 앞에 다가선 위동정은 옷소매 안에서 둘둘 감긴 종이뭉치를 꺼내 강희에게 넘겨주었다. 강희는 오래 기다렸다는 듯이 거친 손동작으로 겉봉을 뜯어내고 답안지를 펴보았다. 순간 두 눈이 화등잔만큼 휘둥그래진 강희는 며칠 굶은 사람이 갓 구운 식빵 앞에 선 느낌을 풍기며 연신 "좋았어!"를 되뇌었다. 그도 그럴 것이 용이 기지개를 켜는 듯, 봉황이 날갯짓을 하며 날아가는 듯한 멋진 글씨체가 두 눈 가득 확 안겨왔던 것이다.

"첩보전을 방불케 했사옵니다. 수커사하 어른이 부시험관을 따돌리고 겨우 빼돌렸나이다."

강희는 문장을 읽어보기에 급급한지라 위동정의 공치사 따위는 신경도 쓰지 않고 정신없이 답안지에만 골몰하고 있었다. 찻잔을 집어든다는 게 뜨거운 찻물에 닿아 손가락을 데었는데도 아무 일도 없는 듯 웃으며 말했다.

"인재는 인재야! 자, 어서 와서 자네도 읽어보게!"

위동정은 조심스레 다가가 허리를 굽히고 낮은 목소리로 읽어나갔다.

"땅은 삶의 기본이고 생명의 원천이다. 고관대작들이 몸에 감고 다니는 비단이며 먹고 마시는 음식 모두가 땅을 떠나서는 있을 수 없다. 백성들에게 땅은 곧 자식이고 목숨과도 같은 것이다. 눈만 뜨면 흙과 씨름하고 그것을 유일한 삶의 위안으로 살아가는 백성들에게서 땅을 빼앗고 삶의 터전을 박탈한다는 것은 곧 죽음으로 내모는 것과 뭐가 다른가? 숨죽이며 산 죄밖에 없는 양민들의 굶어죽은 시체가 거리를 뒤덮고 있나니 나라 꼴이 이게 뭔가! 땅을 빼앗았으면 농사나 지을 것이지 황폐하게 내버려두니 식량이 부족한 군부대 병사들 투지가 떨어지고 나라 안팎이 온통 뒤숭숭하여 도망갔던 오랑캐들 또다시 얕보고 덤비지 말란 법 어디 있단 말인가!"

여기까지 읽은 위동정은 한숨 돌리는 척하며 얼굴이 벌겋게 상기돼 있는 강희를 힐끔 쳐다보았다. 뒷짐을 지고 부산스레 방안을 거니는 강희가 화난 줄로 알고 계속 읽어야 하나 말아야 하나를 고민하고 있던 위동정에게 강희의 불호령이 떨어졌다.

"뭐 해! 목숨 걸고 이렇게 좋은 글을 써낸 사람도 있는데, 어떤 사람은 그걸 읽는 것도 제대로 못해?"

위동정은 목소리를 가다듬고 다시 읽어내려가기 시작했다.

"…… 불행 중 다행으로 지금의 천자가 현명하여 즉위하고서부터 여러 차례 땅을 풀어주라는 명령을 내렸다고 한다. 하지만 사악한 간신이 득세하여 황제의 말을 무시한 채 여전히 만행을 자행하고 있으니 지방의 흡혈귀들은 살판났다고 설쳐대는구나! 천오백년 역사에 이같은 무법천지는 처음이자 마지막이어야 한다!"

위동정은 식은땀을 훔치며 겨우 다 읽었다. 강희는 언제 위동정에게 화를 냈더냐 싶게 흐뭇하게 웃으며 혼자말처럼 중얼거렸다.

"틀린 말이 없어! 누군가 내게 스승을 물색해 준다고 하는데 이보다 더 훌륭한 스승이 어디 있겠어?"

위동정은 강희의 말뜻을 완전히 알아듣지 못했으나 강희의 눈길이 넘어오자 어쩔 수 없이 대답했다.

"정말 대단한 용기이나이다."

"자네 말이 맞네."

강희는 답안지를 위동정에게 넘겨주며 말했다.

"난 이런 스승이 필요하니까, 무슨 수를 써서라도 자네 오선생을 잡아두게."

위동정이 알겠노라고 다급히 대답했다.

"마마, 소인에게 맡겨 주십시오! 아까도 낙우점에서 만났었나이다."

"좋아."

강희는 기분좋게 말했다.

"먼저 이 답안지를 수커사하 어른더러 한번 보라고 그래. 그리고 잘 보관해 두라고 전하게. 만약 비밀이 새나가면 어떻게 되는지는 잘 알고 있을 테니!"

두 사람이 주거니받거니 하고 사이좋게 이야기를 나누고 있을 때, 태감 장만강(張萬强)이 뭔가 서류를 한가득 안고 다급히 걸어와 무릎을 꿇었다.

"마마, 소니 어른의 병세가 악화되어 간다고 하나이다."

그때까지도 얼굴에 웃음기가 다분히 남아있던 강희는 갑자기 얼굴이 굳어지며 자리에서 벌떡 일어섰다.

"어떻게 안좋은 건데?"

"임종을 앞둔 걸로 전해 들었나이다!"

"어서 가서 직접 확인하고 나한테 소상히 알려주게."

옆에서 조용히 듣고 있던 위동정이 조심스레 한마디 끼어들었다.

"마마, 소인 생각엔 마마께서 친히 다녀오시는 게 어떨까 하옵니다."

위동정의 말에 일리가 있다고 생각한 강희는 직접 가보기로 하고 차를 대라고 명령했다. 그러자 엎드려 있던 장만강이 머리를 번뜩 쳐들며 말했다.

"마마, 안되나이다!"

"왜 안된다는거야?"

강희가 물었다.

"마마께서 친히 다녀가시면 소니 어른이 지나치게 흥분하셔서 병세에 오히려 도움이 되지 않을 줄로 아나이다!"

소니의 병세가 악화됐다는데 충격을 받아 미처 생각을 못했으나 장만강의 말을 듣는 순간, 강희는 선조들이 지켜오던 가법(家法)이 떠올랐다. 아끼던 대신들이 몹시 아플 때면 오히려 발길을 금하는 게 선제들의 방식이었던 것이다. 황제가 친히 병문안을 하면 환자로선 부담스러울 수밖에 없는 것이기 때문이다. 강희는 풀이 죽어 자리에 주저앉으며 생각에 잠겼다.

'옆에 있어주는 것만으로도 힘이 됐던 산 같은 존재였다. 오배를 견제하는데 한몫을 톡톡히 해주리라 믿었었는데 저렇게 병들어 누웠으니.'

자신의 방문이 오히려 해가 된다면 가지 말아야지 하며 강희는 힘없이 손사래를 저어 장만강을 보냈다.

시계바늘이 어느덧 낮 11시를 가리키고 있었다. 보정대신 수커사하가 만나뵈옵겠다는 소식을 전해왔다. 마음이 엉킨 실타래처럼 복잡해 안절부절 못하던 강희는 위동정에게 말했다.

"양심전으로 같이 한번 가볼래?"

위동정은 자신의 귀를 의심하며 다급히 말했다.

"노비같은 천한 육품(六品) 시위(侍衛) 신분에 어찌 단독으로 마마를 뫼시고 대신(大臣)을 만나겠나이까."

정색한 위동정의 말에 강희는 웃으며 말했다.

"문제될 거 없어! 수커사하더러 상서방(上書房)으로 오라고 해. 양심전까지 갈 거 없이 여기서 만나게. 그리고 굳이 자리를 안 피해도 되니 알아서 하라구. 근데 이 시간에 웬일이지?"

얼굴이 창백한 수커사하는 휘청거리며 들어서자마자 바닥에 엎드려 머리를 조아렸다.

"마마! 오배를 처단하라는 어명을 내려주시옵소서!"

거두절미한 이 한마디에 자리에 있던 사람들은 기절초풍할 듯이 놀랐다. 강희도 가슴이 쿵! 하고 내려앉았지만 애써 감정을 억제하며 물었다.

"무슨 일인데 흥분하는 거야! 보정대신들이 충분한 합의를 봤느냐!"

수커사하는 두려운 기색이 전혀없이 옷소매에서 종이 한 장을 꺼내 훑어보며 아뢰었다.

"땅을 무작위로 나눠가지게 한 것은 선조(先朝)의 말도 안되는 이상한 소유방식이 틀림없음이 백일하에 드러난 줄로 아나이다. 그런데 우리가 대중화(大中華)를 이룩한 지금에 와서도 그 악습이 여전하옵니다."

강희는 수커사하의 말이 끝나기 바쁘게 말했다.

"작년에 내가 정식으로 참정하지 않고 있을 때, 보정대신들이 머리를 맞대고 이 문제를 고민한 줄로 아는데?"

강희의 말에 수커사하는 머리를 조아리며 말했다.

"마마께서 알고 계신 대로입니다. 여러번 금지령을 내렸지만 오배가 눈 하나 깜빡 안하고 더 창궐하게 나가니 정말 대책이 없사옵니다. 오배의 정황기(正黃旗)는 여전히 후룬뻬이얼 서쪽과 커얼친 남쪽의 비옥한 땅을 손아귀에 움켜쥐고 있나이다. 요즘에는 열하(熱河)지역 황제의 장원(莊園)에마저 손을 뻗쳤나이다. 웅사이(熊賜履) 지방관이 철저한 조사 끝에 올린 상주문이니 노비는 그 진실을 믿어마지 않나이다! 오배 같은 놈을 그냥 놔둬서는 아니되나이다!"

수커사하는 나름대로 자신있게 말했지만 듣고 있던 강희는 의외로 탁자를 부서져라 내리치며 자리를 박차고 벌떡 일어나 수커사하에게 화를 내려고 했다. 심하게 혼내주려고 했던 강희는 '만사에 침착하라'던 소마라고의 말을 되새기고는 천천히 다시 제자리에 주저앉으며 물었다.

"정말 증거가 충분한가?"

수커사하는 급히 머리를 조아리며 말했다.

"마마께서 제 말을 못 믿으시면 친히 신하를 파견하셔서 사실 여부를 확인하시는 게 좋을 듯 하나이다. 얼마나 많은 사람들이 하루아침에 거지가 되어 북경성을 떠돌고 있는지 모르나이다! 소인의 집에도 얼마전 나이든 하인을 들였는데 땅을 잃고 쫓겨나 살길을 찾아 북경까지 왔다가 목리마에게 딸까지 빼앗겼다고 합니다. 그 딸은 오배의 노예로 끌려 갔다고 하나이다. 이 노인도 그나마 무예를 좀 익혔으니 망정이지 하마터면 비참하게 객사할 뻔했다고 하였나이다!"

옆에 서 있던 위동정은 순간 가슴이 철렁했다. 모든 상황으로 미루어 그것은 사감매 부녀가 틀림없었다. 몇년 동안이나 그렇게 죽어라 찾아 헤맸는데 이렇게 생사를 확인하게 되다니! 위동정은 당장 수커사하를 붙잡고 자세한 상황을 묻고 싶었지만 처지가 처지니만큼 입 다물고 있을 수밖에 없었다.

강희는 여전히 "흥!" 하고 코방귀를 뀌면서 뒷짐진 채 방안을 왔다갔다 했다. 숨소리마저 크게 들릴 정도로 침묵이 흐르는가 싶더니 이내 강희의 목소리가 귀청을 때렸다.

"수커사하 어른, 혹시 당신 땅도 빼앗긴 건가?"

수커사하는 강희가 뭘 알고 있는 줄로 믿고 즉시 대답했다.

"백성들이 겪는 고초에 비하면 약과이나이다!"

수커사하의 대답에 처음으로 만족감을 나타내는 듯 강희는 머리를 끄덕였다. 그러나 이 자리에서 수커사하의 요구를 즉시 들어줄 수는 절대로 없다고 생각한 강희는 일부러 쌀쌀하게 말했다.

"자네의 말은 내가 직접 조사해 보고 결정할 생각이네. 한 배를 탄 사람끼리 맘이 맞아야 배가 목적지에 다다를 수 있는 것이지 서로 헐뜯고 서로 뱃사공이 되겠노라고 싸운다면 어떻게 되겠는가? 당신과 오배는 둘 다 선제의 인정을 받은 공신들이니 어떤 일이 있더라도 합심해야 하네. 알았으니 그만 가보게."

수커사하가 물러가자 강희는 주변을 물리치고 위동정만 남겨놓고 물었다.

"자네가 보기에 수커사하 이 사람은 어떤가?"

위동정은 급히 허리를 굽히며 대답했다.

"노비가 감히 뭐라고 말씀드릴 수는 없어도 어쨌든 북경성이 거지들 때문에 몸살을 앓는 것만은 사실이나이다."

강희는 머리를 끄덕이며 말했다.

"내가 왜 모르겠나? 저번에 웅사이의 반년 봉급을 지불정지시킨 것도 안된 줄 알면서 어쩔 수 없이…… 에이, 속상하니까 그만 말하세."

강희는 무슨 말을 하려다 깊은 한숨을 내쉬며 입을 다물었다. 한참 후에야 비로소 강희는 다시금 입을 열었다.

"수커사하의 충성심을 내가 몰라서 그런 게 아니었어. 그에게 찬물을 끼얹을 수밖에 없었던 것은 다 그를 위해서야. 아직 실권도 없는 사람에게 괜히 바람만 넣어서도 안될 것 같아서 말이야. 힘이 너무 없어, 수커사하는!"

강희가 드디어 진심을 드러내 보이자 위동정은 그제야 웃으며 말했다.

"그럼 마마께서 수커사하에게 실권을 부여하시면 안 되나이까?"

강희는 쓴웃음을 지으며 말했다.

"내가 무슨 마마긴 한가? 종이 호랑이에 불과하지."

"그렇다면 조정에 산 조조(曹操)가 생겼다는 말씀인가요?"

위동정이 의연하게 물었다. 위동정의 느닷없는 말에 강희의 두 눈은 별처럼 빛났다. 약간 흥분한 상태로 잠시 창밖을 내다보며 생각에 잠기던 강희는 그러나 갑작스레 태도가 돌변하며 엄하게 위동정을 나무랐다.

"허튼소리 말아. 조조는 무슨 조조야. 아닌 밤에 홍두깨 내밀 듯! 오냐오냐 했더니 마마 앞에서 못하는 소리가 없네!"

강희의 목소리는 컸지만 악의는 없었다. 위동정은 뭐가 잘못됐는지도 모르고 연신 머리를 조아렸다.

"노비, 죽을 죄를 지었나이다! 노비, 죽을 죄를 지었나이다!"

사실 위동정의 무심코 내뱉은 이 한마디가 강희에게는 커다란 신호로 작용했다. 갑자기 뭔가 깨달음을 얻은 듯한 느낌을 받았기에 눈이 반짝반짝 빛났던 건 사실이었다. 하지만 군주의 체면에 준다고 덥석 받을 수는 없었던 것이다. 6살 때부터 읽은 〈제왕심감(帝王心鑑)〉에서는 군주의 존엄에 대해 이와 같이 적고 있었다.

'자고로 군주의 위엄은 해바라기 세력들의 무조건적인 숭배와 추대로 지켜지기도 하지만 군주 자신의 의리와 지혜에 의해서도 지켜질 뿐더러 닿을 듯 말 듯한 신기루 같은 거리감에서도 나타난다. 적당한 거리가 가져다주는 신비함과 거리감이 없다면 황제일지라도 존엄성은 보장받기 어렵다는 것이다.'

강희는 유능한 군주로 잘 알려진 선제들이 처세술에 많이 적용했다는 이 대목을 오늘 수커사하와 위동정에게 제법 잘 써먹은 것 같아 기분이 좋았다. 그는 어서 소마라고에게 자랑을 하고 싶어졌다. "마마, 정말 잘 하셨사옵니다!" 하고 소마라고가 칭찬을 아끼지 않을 것 같았고 또 새삼스레 그런 칭찬이 듣고 싶어졌다. 그야말로 어린 군주다운 발상이었다.

강희가 이런저런 생각에 휩싸여 있을 때 갑자기 태감 장만강이 두 손을 내리드리우고 서 있는 게 보였다. 소니의 병문안을 갔다 온 것이었다. 강희는 다급히 물었다.

"그래 가 보니까 어때?"

장만강은 곧 허겁지겁 대답했다.

"마마, 소니어른 병세가 악화일로를 치닫고 있어서 잘해야 며칠밖에 남지 않았다고 태의(太醫)가 말했나이다. 생각보다 정신이 맑아보여서 여쭤봤더니 서산에 꼴깍 하고 넘어가기 직전의 저녁노을이라고 비유하시더라구요. 그리고 죽기 전에 소원이 마마를 한번만 만나보는 거라고……."

말을 잇지 못한 장만강은 눈시울을 붉혔다. 강희는 길게 생각할 것도 없이 위동정에게 명령했다.

"사복을 갈아입고 소니어른 댁에 다녀와야겠으니 마차를 대놓고 기다려!"

소니의 관저(官邸)는 옥황묘(玉皇廟) 거리에 자리잡고 있었다. 아늑하고 한적한 곳에 위치한 이 으리으리한 저택은 조상대대로 조정에 기여한 공로를 인정받아 선제가 친히 하사하셨던 것이다. 네 사람이 가마를 메고 그 뒤로 위동정과 다른 한 명의 경호원이 말을 타고 뒤따랐다. 반 시간은 걸려서야 소니 자택 앞에 이른 이들을 하인 한 명이 막고 나섰다.

"우리집 소니 어른이 많이 편찮으셔서 손님을 맞을 수 없사옵니다!"

생각지도 않았던 하인의 행동에 깜짝 놀란 강희가 뭐라고 하기도 전에 위동정이 재빨리 가슴 속에서 여의주를 꺼내어 보이며 말했다.

"이걸 소니 어른에게 보여주면 무슨 말씀이 계실 테니 가져가게."

얼마 지나지 않아 소니의 집 대문이 활짝 열리더니 소어투가 급히 걸어나와 엎드리며 머리를 조아렸다.

"마마께서 행차하셨는데 이같은 불경을 저질러 소인 죽을 죄를 지었사옵니다!"

강희는 곧 소어투를 일으켜 세우며 말했다.

"오늘 사복차림으로 바람쐬러 나온 김에 생각나서 와본 거니 너무 부담갖지 말게나. 말이 새나가지 않게 아랫사람들 입단속 잘 시키고!"

말을 마친 강희는 곧바로 안으로 들어갔다.

장만강의 말대로 소니는 미라처럼 바싹 마른 채 침상에 누워 있었다. 소어투가 귓가에 대고 "마마께서 병문안 오셨다"고 하자 소니는 어디서 힘이 솟구쳤는지 갑자기 눈을 크게 뜨고 사방을 둘러보며 강희를 찾았다. 강희가 급히 다가서며 말했다.

"지나가던 길에 들렀으니 부담갖지 말고 편히 누워 계세요."

소니는 강희가 거짓말을 하는 것을 잘 아는 듯 머리를 절레절레 흔들며 눈을 감았다. 쭈글쭈글한 눈가로 희뿌연 눈물이 소리없이 흘러내려 베갯잇을 적셨다. 혼신을 불태워 앞길을 훤히 비춰주고 싶었던, 강희가 조금 클 때까지만이라도 살아있게 해달라고 간절히 빌고 빌었던 소니였다. 강희를 볼 때마다 강가에 내놓은 아이처럼 불안해서 손에 땀을 쥐었던 적도 많았다. 호시탐탐 노리는 늑대들이 설쳐대는 이곳에 강희를 혼자 버려두고 길을 떠나야 하는 소니의 마음은 칼로 도려내는 아픔 그 자체였다.

말없이 하염없는 눈물을 쏟고 있는 소니를 바라보던 강희의 눈에도 눈물이 한가득 찼다. 눈물도 마음대로 흘릴 수 없는 처지를 한탄하며 강희는 용케도 여러 사람들 앞에서 눈물을 흘리진 않았다.

시간이 얼마나 흘렀는지 소니가 서서히 실눈을 뜨며 입술을 실룩거렸다. 뭔가 말을 하려고 안간힘을 쓰는 모습이 역력했지만 끝내 실패한 소니는 겨우 손가락을 들어 장롱 위에 놓인 검은 나무 상자를 가리켰다. 소어투가 급히 상자를 가져와 보니 빈틈없이 봉해져 있었다.

소니는 아주 힘겹게 상자를 봉한 종이를 뜯어내고는 좀처럼 열어보일 생각을 하지 않았다. 그리곤 위동정만을 물끄러미 쳐다보았다. 눈치 빠른 위동정은 소니가 자신을 의식하고 있음을 알아차리고 풀썩 그 자리에 꿇어앉으며 말했다.

"오늘 일은 하늘이 알고 땅이 알고 마마와 여러 대감님이 아시고 소인 위동정이 아는 걸로 돼 있나이다. 비밀이 탄로되는 날에는 노비가 화살 세례를 받아 죽을 것을 각오하나이다!"

위동정의 맹세를 들은 소니는 그제야 상자를 위동정에게 넘겨줬다. 상자 안에는 노란 종이와 흰 종이가 들어있었다. 각각 황제와 아들 소어투에게 쓴 유서였다. 위동정의 시선을 받은 강희는 아무거나 빨리 읽어보라고 재촉했다.

위동정은 무릎을 꿇고 앉아 노란색 종이에 쓰인 유서부터 읽기 시작했다. 소어투도 공손히 꿇어 앉아 들을 준비를 했다. 이윽고 나지막하고 또랑또랑한 위동정의 목소리가 들려왔다.

"명색이 좋아 보정대신이지 마마를 위해 해놓은 일은 아무 것도 없는 늙은이가 죽음의 변두리에서 뭐라고 말을 꺼내기조차 부끄럽기 그지 없사옵니다. 한줌의 흙으로 돌아가는 마당에 할 말은 많지만 한 가지만은 꼭 해둬야 할 것 같아서 필을 들었나이다. 오랜 시간을 두고 깊이 지켜본 결과 오배라는 자는 역시 무서운 간신임이 입증됐나이다. 대학사(大學士) 웅사이, 범승막 둘 다 의리의 충신이니 이들을 잘 활용하여 오배의 목을 서서히 죄어가는 게 필요하다고 생각하나이다. 소인의 아들 소어투도 배운 것 없고 다소 맹랑한 아이지만 마음만은 한결같으니 제 아비의 뜻을 잘 받들어 성심성의껏 마마를 위해 싸울 거라고 믿어마지 않나이다."

여기까지 들은 소어투는 눈물을 비오듯 흘렸다. 황제 앞이라 울음을 참던 그의 입에서 피가 흘러 내렸다. 소리를 내지 않으려고 혀를 깨물었던 것이다. 한편 흰색 종이를 받쳐든 위동정은 깨알 같은 글씨를 계속해서 읽기 시작했다.

"아들 소어투 잘 듣거라. 애비가 평소에 했던 얘기들을 가슴 깊은 곳에 간직하고 있으리라 이 애비는 믿어마지 않는다. 황제를 위하고 나라를 위한 일이라면 불바다에 뛰어들고 칼산에 오르는 한이 있더라도 절대로 몸을 사리지 말아야 하느니라. 이 부탁을 어기는 날에는 저승 그 어디에서든 이 애비 만나볼 생각 말아라!"

소어투는 어린아이처럼 목놓아 울었다. 강희 또한 소니 부자의 충성심을 한층 더 깊이 확인하고 임종을 맞은 소니 앞에 진심을 토로했다.

"우리나라에, 나한테 이런 충신이 있다는 게 얼마나 다행스런 일인지 새삼 느끼게 하는 당신이 내 곁에 있어주었기에 얼마나 큰힘이 되었는지 모르오. 부디 빠른 시일 내에 툭툭 털고 일어나 우리 곁에 돌아오길 간절히 바라오."

강희의 말을 듣고 난 소니는 깊은 한숨을 몰아쉬더니 서서히 두 눈을 감고 의식을 잃었다. 강희는 바늘로 찔러버리는 것 같은 가슴을 달래며 상심에 잠긴 소어투의 두 손을 힘주어 잡았다.

"이럴 때일수록 마음을 다잡고 고정하게. 아버지 시중 잘 들고 무슨 약이 필요하면 즉시 태의원(太醫院)에 가서 필요한 대로 가져오도록 하게."

말을 마친 강희는 서둘러 자리를 떠 궁으로 향했다.

7. 충신의 죽음

　이튿날 이른 새벽, 건청궁에 나온 강희는 분위기가 심상치 않음을 온몸으로 느꼈다. 의정왕 걸서가 얼굴에 당황한 기색을 감추지 못하고 안절부절하며 서성이고, 그 뒤로 어삐룽, 수커사하가 나란히 현관 계단 앞에 엎드려 있었다. 그 자리에 있어야 할 오배가 없다는 사실이 무슨 일이 일어난 게 틀림없고 그 장본인이 오배라는 것을 암시하고 있었다. 경호원들은 평소의 두 배나 되었고 어딘지 모를 살벌함을 잔뜩 풍기고 있었다. 아침해가 떠오르는 이른 아침에 살랑살랑 부는 봄바람이 숨막히는 정적을 더해갔다.

　격식을 갖춰 인사를 올린 어삐룽이 헛기침을 하며 입을 열었다.

　"마마, 소납해(蘇納海), 주창작(朱昌作), 왕등련(王登聯) 세 대신이 올린 상주문(上奏文)을 열람하셨나이까?"

　"어제 저녁에 한번 보고 넣어 놓았어."

　강희가 대수롭지 않게 대답했다. "넣어 놓았어"란 뜻은 서랍 속에 넣어버렸다는 것이다. 말하자면 아직 상주한 건에 대하여 처리할 단계가 아니니 좀 시일을 갖고 천천히 처리하겠다는 뜻인 줄을 모르는 사람은 없었다.

어제 저녁에 소마라고가 읽어줄 때만 해도 이번에는 반드시 짚고 넘어가야 할 사건의 심각성을 순간적으로 느꼈지만 그것도 잠시, 강희는 생각을 달리할 수밖에 없었다. 낮에 수커사하가 같은 문제로 찾아왔을 때도 보기좋게 면박을 놓았었는데 이번에는 그 제자인 왕등련마저 호들갑을 떨고 나서는 걸 봐서 혹시 두 사람이 무슨 다른 속셈이 있는 건 아닐까 하고 생각했던 것이다. 소마라고가 조속한 대책을 마련할 것을 제안했지만 강희는 빨간색으로 동그라미를 가득치면서 말했다.

"서두를 일이 아니야."

그런데 여러 대신들이 한결같이 문제의 심각성을 강조하고 나서자 강희는 다소 의아스럽다는 듯이 물었다.

"내가 즉위한 후에도 여러 차례씩 금지령을 내렸으나 완전히 좋아지지 않고 있다는 건 알고 있다. 그러나 이 정도로 심각하진 않을 텐데?"

어삐룽은 강희가 이 사건에 대해 이처럼 무지하다는 게 놀랍다는 듯이 어정쩡한 표정을 지으며 또박또박 말했다.

"마마께서는 정말 현명하시고 사람을 통찰하는 혜안이 대단하십니다. 소인의 짧은 생각에도 이 세 사람은 별것도 아닌 걸 가지고 괜히 호들갑을 떠는 게 분명하나이다. 주변이 혼란한 틈을 타 뭔가 자기들의 꿍꿍이를 현실화시키려는 게 확실하나이다!"

억지로 꿰맞춰도 이런 억지가 어디 있으랴? 강희는 어삐룽이 필요이상으로 흥분하고 나서는 게 석연치가 않다는 듯 이상한 눈빛으로 힐끗 쳐다보더니 그때까지 한 마디도 하지 않고 있던 수커사하에게 물었다.

"수커사하, 자네 생각은 어떤가?"

수커사하는 강희가 어제 자신을 몰아붙이던 생각을 떠올렸다. 그래서 강희가 속으론 어삐룽을 지지하면서 괜히 자신을 찔러보는 줄로 알고 맘에 없는 말이라도 기분을 맞춰주려고 했다.

"왕등련은 저의 제자……."

수커사하가 입을 열려는 찰나 갑자기 밖에서 와자지껄하는 소리와 함께 육중한 발걸음 소리가 들려왔다. 땅이 꺼져라 쿵쿵거리며 다니는 건 오배뿐이라는 걸 모르는 이는 없었다.

오늘따라 오배의 옷차림새는 유난히 시선을 끌었다. 여러 맹수의 가죽을 붙여 만든 긴 예복에 학무늬를 수놓은 마고자를 걸치고 눈처럼 흰 옷깃을 곧추 세운 모습은 정말 그럴싸했다. 머리에는 두 마리의 공작새가 자태를 뽐내는 것 같은 관모(官帽)를 쓰고 뒷짐진 채 주위를 두리번거리며 걸어오는 오배는 전혀 거침이 없어 보였다. 현관에 허리를 구부정한 채 서 있는 병부시랑(兵部侍郞) 태필도(泰必圖)의 손에 빨간 겉봉의 서류뭉치가 들려있는 것을 본 오배는 걸음을 멈추고 넌지시 물었다.

"손에 든 건 뭐야?"

태필도는 얼굴 가득 비굴한 웃음을 지어보이며 무릎을 꿇더니 목소리를 낮춰 말했다.

"평서왕(平西王) 오삼계(吳三桂) 어른이 보내온 급보이나이다."

오배는 진작부터 알고 있었다는 듯이 일부러 너털웃음을 지으며 주위가 떠나가라 큰소리로 말했다.

"그만 일어나거라!"

오배가 입을 다시며 뭔가 말하려고 할 때 안에서 강희의 목소리가 들렸다.

"누구야, 밖에서 소란을 피우는 자가?"

그제야 오배는 기다렸다는 듯이 성큼성큼 궁 안으로 들어섰다. 그는 주위 사람들은 철저히 무시한 채 가볍게 무릎을 꿇어보이며 강희에게 인사를 했다. 강희가 어서 일어나라는 말을 하기도 전에 오배는 툭툭 털고 일어나며 여유작작하게 말했다.

"나이가 나이니만큼 삭신이 쑤시고 아파서 그냥 일어서겠나이다!"

강희는 아무렇지도 않게 엷은 웃음을 흘리며 말했다.

"안될 건 없지. 수커사하, 어삐룽, 걸서 자네들도 그만 일어서지."

말을 마친 강희는 얼굴을 돌려 오배를 바라보며 오래 기다렸다는 듯이 물었다.

"소납해, 주창작, 왕등련 세 사람이 상주한 내용을 읽어봤겠지?"

오배는 턱을 슬며시 쳐들며 조금의 표정변화도 없이 대답했다.

"소인, 이미 읽어 보았나이다. 소납해, 주창작, 왕등련 이 자들은 명색이 국토방위를 책임지는 관리이면서도 감히 거짓말을 일삼아 마마를 혼란에 빠뜨리고 흑백을 전도하였으므로 그 죄를 물어 처형함이 마땅하다고 생각하나이다! 마마께서는 이런 얼토당토 않은 거짓보고가 무슨 일고의 가치가 있다고 그 상주문을 서랍 속에 넣어놓고 계신지요?"

그의 목소리는 실내가 쩌렁쩌렁 울리도록 컸고 당당했다. 황제에 대한 노골적인 도전을 그는 목소리와 몸짓으로 표현했다. 장내에 있던 대신들과 여러 신하들은 너무 놀란 나머지 서로 얼굴을 마주보며 어쩔 줄을 몰라했다. 강희 역시 곧 자신의 코앞에서 삿

대질을 해댈 것 같은 오배의 무례함에 놀란 나머지 대뜸 얼굴색이 변하며 숨을 들이마셨다. 이럴 땐 어떻게 해야하는 건지 도무지 감이 잡히지 않는 강희는 분노보다는 어떤 위협을 먼저 느꼈다.

'평소에 겁난 구석 없이 설쳐대는 건 알았지만 이렇게 대놓고 건방을 떨 줄은 몰랐는데, 혹시 소니가 병석에 누워있으니 이제 더 이상 겁나는 구석이 없다는 뜻인가?'

여기까지 생각이 미친 강희는 불쾌감을 감출 수가 없었다. 생각 대로라면 다 뒤집어엎고 길길이 날뛰며 화를 내보이고 싶었지만 주위를 돌아보니 시위들 가운데는 그나마 나모와 목리마만 약간 안면이 있을 뿐이었다. 생명의 위협마저 느낀 강희는 한발 뒤로 물러나는 수밖에 없었다. 이럴 때 위동정이라도 곁에 있어 줬더라면 훨씬 위안이 됐을 텐데……. 강희는 피부 속까지 파고드는 살벌함에 온몸을 부르르 떨었다.

어떻게든 상황 수습에 나서야 하는 강희는 애써 진정하며 천천히 입을 열었다. 물론 억양도 어느 정도 부드러워짐을 스스로도 느낄 수가 있었다.

"만족(滿族)과 한족(漢族)이 각 기(旗)에 섞여서 나름대로 별다른 분쟁없이 이십여 년을 잘 살아왔는데 지금에 와서 무작정 쫓아내는 건 아무래도 좀 무리가 아닌가? 소납해 등이 무슨 악의가 있어서 그런 상주문을 올린 건 아니라고 생각되네."

오배는 거침없이 말을 잘하는 강희를 보며 어느새 몰라보게 는 강희의 말솜씨에 놀라워하며 말했다.

"만족이 한족과 같이 붙어다니면서 자기의 신성한 정체성을 잃어가는 것은 심히 우려할 만한 현상이 아닐 수 없나이다. 여러 선제들께도 면목없는 일이옵니다!"

강희가 속시원히 입을 열지 않자 내내 말이 없던 수커사하가 냉소를 머금으며 말했다.

"오 어른, 그럼 한인은 딴 나라 사람이란 말이오? 선제들에게 그렇게 잘 보이고 싶은 사람이 고작 자기 동생을 시켜 한족 여자를 납치해 하인으로 부려먹는단 말이오? 게다가 열하의 여러 민족을 이간질시켜 혈투나 벌이게 하고? 당신, 그것밖에 안 되는 사람이었소?"

두 사람의 한치 양보도 없는 입싸움에 강희가 발끈 화를 냈다.

"지금 뭣들 하는 거야? 싸우고 싶으면 나가서 싸워!"

사실 황제를 사이에 두고 이런 무례함을 빚었다면 장본인인 오배가 나서서 무마하려는 노력을 보이는 게 지극히 상식적인 것이었다. 그러나 상식 같은 건 염두에도 두지 않은 지 오래된 오배는 강희를 만나러 오기 전 들은 소니의 결코 가볍지 않은 병세만 머릿속에 맴돌 뿐이었다. 소니만 죽으면 두려울 게 없다고 생각한 오배는 턱을 있는 대로 치켜들고 강희의 말꼬리를 물었다.

"글쎄, 뭣들 하고 있는지 모르겠네요. 소납해 등의 죄행은 절대로 용서할 수 없나이다! 진작에 지방자치를 실행했더라면 이런 소인배들이 감히 나에게 기어올라 똥을 싸는 일은 없었을 텐데!"

처음 생각과는 달리 문제가 점점 복잡해지자 강희는 단호하게 오배의 말허리를 잘랐다.

"이 일은 내가 알아서 처리할 테니까 그만 접는 게 좋겠네."

오배는 방금 수커사하가 드러내보인 맞불작전에 잔뜩 화가 치밀어있던 터라 강희가 자기의 말을 먹어버린다고 생각하고 마구 삿대질까지 해가며 고래고래 소리를 질러댔다.

"황제를 기만한 죄는 능지처참당해 마땅한데 마마께서 주저하는 이유가 궁금하나이다. 이렇게 우유부단해서 어찌 기강을 바로 잡을 수 있겠나이까?"

강희는 얼굴이 무섭게 일그러진 채 의자에 앉아 침묵하고 있었다. 곧 잡아먹기라도 할 듯 으르렁대는 오배와 수커사하의 두 눈에서는 불꽃이 튕기고 살기가 번뜩이고 있었다. 한참 침묵하고 있던 강희가 입을 꾹 다물고 서 있는 의정왕 걸서를 보며 물었다.

"오래오래 많이 생각했을 텐데 어디 한번 말해보게. 이 일을 어떻게 처리하는 게 좋을지? 그리고 어삐룽 자네도."

걸서는 부담스러운 시선으로 살기등등해 있는 오배를 훔쳐보며 생각에 잠긴 듯한 표정을 지어 시간을 벌어보려고 했다. 과연 그의 예상대로 화살은 어삐룽에게로 날아갔다. 어삐룽은 부산스러울 정도로 눈을 껌벅이더니 곧 무릎을 꿇으며 말했다.

"아무래도 오배 어른의 처리방식이 현명하지 않을까 하나이다."

말을 마친 어삐룽이 소리를 낮춰 한숨을 내쉬는 사이 걸서도 기다렸다는 듯이 말했다.

"소인도 같은 생각을 하고 있었나이다."

오배는 갑자기 껄껄 웃으며 수커사하에게로 다가가 그의 어깨를 툭툭 치며 말했다.

"수커사하, 제자 왕등련이 안쓰럽겠지?"

수커사하는 등골이 오싹해짐을 느끼며 가만히 앉아있는 강희를 바라보았다. 혹시나 했지만 강희는 아무런 응답도 없이 무언의 결정을 내렸음을 알려줬다. 자신의 입만 뚫어져라 쳐다보고 있는 오배와 어삐룽의 시선을 의식한 수커사하는 한참 후에야 깊은 한숨과 함께 신음과도 같은 소리를 토해냈다.

"어쩌면 이럴 수가?"

수커사하의 반응은 곧 복종이었다. 오배는 득의양양해서 강희를 향해 두 손을 맞잡고 인사를 하며 말했다.

"마마, 우리 보정대신들의 의사가 일치하니 이제 명령을 내려주십시오!"

강희는 입술을 깨물고 시선을 밖에다 고정시킨 채 말이 없었다. 의자의 손잡이를 으스러지게 붙잡고 있는 그의 손은 가볍게 떨렸다. 강희의 이런 일거수일투족은 결코 노련한 오배의 두 눈을 피할 수 없었다. 오배는 불안에 떠는 강희의 마음을 읽고도 남았던 것이다. 오배는 여유작작하게 웃음을 지으며 말했다.

"아, 이 정신 좀 봐. 마마께서는 아직 조서를 꾸밀 줄 몰라 난감해하시는 줄도 눈치 못 채고 말이야. 그러게 늙으면 죽으라고 했지. 그렇다면 어쩔 수 없이 못난 재주라도 한번 부려야 되겠구만."

혼자말처럼 그렇게 중얼거린 오배는 곧 옷소매를 쓱쓱 걷어올리더니 황제의 책상 앞으로 다가가 붓을 꺼내 들고 미리 외워두기라도 한 듯 거침없이 써내려가기 시작했다. 눈 깜짝할 사이에 붓을 놓은 오배는 강희의 눈치를 보지도 않고 즉석에서 읽어내려갔다.

"어명 : 소납해, 주창작, 왕등련 등은 감히 군주를 기만한 죄를 지었으므로 이에 처형한다!"

침까지 튕겨가며 큰소리로 읽은 오배는 갑자기 '탁!' 하는 소리와 함께 종이를 접어 태필도에게 건네주면서 말했다.

"이걸 형부(刑部)에 전해주도록 하라."

처음부터 끝까지 오배의 이같은 '독주'가 이어졌다. 이렇게 하고도 성에 차지 않은 오배는 느닷없이 강희에게 웃어보이며 말했다.

"이 늙은이가 오늘 좀 무례한 언행을 보이긴 했지만 이 나라를 위해선 어쩔 수 없었나이다! 마마께서 너그럽게 이해해 주시리라 믿어마지 않나이다. 소인이 다소 걱정스러운 것은 마마께서도 마냥 노는 데만 탐닉할 것이 아니라 스승을 모셔 책도 읽고 공부도 좀 해야 하지 않겠나이까. 스승감으로 적당한 사람이 한 명 있는데, 제세(濟世)라고 무척 박식한 서생이니 내일 한번 와 보라고 할까 하옵니다."

그의 말이 끝나기 바쁘게 강희는 벌떡 일어서며 병 주고 약 주고 하는 오배와 덩달아 춤추는 보정대신들을 차갑게 노려보며 말했다.

"내 주제에 스승은 무슨 얼어죽을 스승이야!"

말을 마친 강희는 휑하니 나가버렸다. 그 뒤로 장만강 등 몇 명의 태감들이 종종걸음으로 뒤따라갔다.

걸서, 어삐룽, 수커사하는 마치 한차례 악몽을 꾸고 난 것처럼 정신이 아찔했다. 오배의 안하무인에 질겁을 하고 혼신의 신경을 쓰고 난 터라 그럴 법도 했다. 그러나 정작 당사자인 오배는 아무렇지도 않은 듯 떡 버티고 서서 열 손가락 마디를 차례로 딱딱 소리내며 꺾고 있었다.

오배가 대필한 어명엔 '직무해제'란 말이 없었기 때문에 결박당한 채 사형장으로 향하는 소납해를 비롯한 세 사람은 관복을 그대로 입고 있었다. 송(宋)나라 말기의 문천상(文天祥) 사건 이후로 이렇듯 충신들을 마구잡이로 한꺼번에 처형하는 경우는 없었던 것이다. 멀리서 지켜보고 있던 백성들은 이것이 오배의 조작인 줄은 모르고 아까운 사람을 잃는다는 안타까움에 두 발만 동동 구르고 있었다.

형을 집행하기 전에 마련해준 술자리도 거의 끝나갈 무렵, 소납해는 서글픈 웃음을 보이며 주창작에게 말했다.

"상주문을 올릴 때 여기까지 생각지 못한 건 아니니까, 우리 너무 상심하지 맙시다."

그러나 옆에 앉은 왕등련은 갑자기 몸을 일으키더니 술잔을 들어 땅바닥에 내동댕이쳐 산산조각을 내버렸다. 그의 웃는 듯 우는 듯한 얼굴에는 억울함과 비감함이 가득했다.

"제발 나 죽은 후에 악귀로 변해서 저놈들을 하나도 남기지 않고 데려가게 해주시옵소서…… 하하…… 하하……."

하늘을 우러러 이같이 빌고 난 왕등련은 몸을 돌려 소납해의 손을 잡으며 단호한 어투로 말했다.

"자, 배불리 잘 먹고 마셨으니 어둡기 전에 길을 떠납시다!"

자리에서 일어나 사형장으로 떠나려고 주섬주섬 챙기고 있을 때, 수커사하가 사람들을 데리고 들어섰다. 소납해는 급히 한걸음 다가서며 두 손을 맞잡고 예를 올리며 말했다.

"수커사하 어른, 그래도 우릴 바래다 주러 와 주시니 정말 고맙습니다!"

왕등련은 어쩔 수 없이 자신을 보낼 수밖에 없는 수커사하의 아픔을 이해한다는 듯 눈물을 펑펑 쏟으며 수커사하 앞에 쓰러지듯 꿇어앉았다.

"제자, 죽어도 아쉬울 건 없습니다. 칠순노모 외에는… 은사님… 제발 부탁합니다. 저의 불쌍한 노모를……."

말을 마치지도 못하고 땅에 그대로 쓰러진 왕등련을 일으켜 세운 수커사하 역시 눈물을 비오듯 흘렸다. 한줄기 눈물에 수많은 애절함을 담은 사내들의 비장한 이별의 순간이었다. 수커사하는 투박한 손등으로 눈물을 쓱 닦으며 하얗게 질린 얼굴에 참담한 미소를 지으며 말했다.

"자네들을 구해주지 못하는 이 못난 스승을 용서하게나!"

부들부들 떨리는 손으로 술병을 들어 술 석 잔을 따른 수커사하는 세 사람에게 일일이 술잔을 건네주며 또 눈물을 보였다.

"자, 청풍(淸風)을 벗 삼아 한잔 술로 설움을 씻어내세. 멀다면 멀고 가깝다면 가까운 게 그 길인데 이 한잔 술로 몸을 훈훈하게 덥히고 길 떠나게, 추울지 모르니까……"

서로 옷자락을 부여잡고 울고 웃으며 작별 인사를 나누고 있을 때, 집행관으로부터 어서 자리를 치우라는 명령이 전해졌다. 수커사하는 눈을 감고 어서 떠나라고 손사래를 지어 보였다.

한편 형부시랑(刑部侍郎) 오정치(吳正治)는 나름대로 걱정이 태산같았다. 죄지은 사람 처형하는 집행관으로 일해오며 수많은 죽음을 지켜봤어도 이같이 뻔한 억울한 죽음은 처음이었다. 상황을 잘 모르는 백성들에 의해 쥐도새도 모르게 맞아죽을지도 모른다는 생각에 오정치는 은근히 걱정이 앞섰다. 집행시간이 육박해오도록 재촉을 하지 않고 있었던 것은 이 때문이었다. 행여라도 관청으로부터 다른 명령이 내려지는 건 아닐까 하고 기대해 보았지만 시간이 다 되도록 아무런 소식도 없었다.

이때, 하늘도 이들의 억울함에 동감한 듯 회오리바람이 몰아치더니 황사와 먼지를 시커멓게 일으켰다. 곧 울음을 터뜨릴 것 같은 시꺼먼 하늘에 희미한 태양이 맥없이 걸려 있었다. 오정치는 천천히 몸을 일으키더니 손을 들어 신호를 보냈다.

"집행하라!"

8. 탈궁(奪宮)을 모의하다

오배가 집앞에 당도하자 하인이 기다렸다는 듯이 달려와서 아뢰었다.

"반부얼싼, 제세(濟世), 태필도(泰必圖) 어른들과 둘째, 넷째 도련님이 동화청(東花廳) 난각(暖閣)에서 대감님을 기다리고 있나이다."

오배는 알았다는 듯이 마른기침을 하며 목소리를 내리깔며 물었다.

"어삐룽은? 어삐룽은 안 왔어?"

하인은 비굴하게 웃어보이며 대답했다.

"어삐룽 어른은 몸이 아파서 다음에 대감님을 만나뵈러 오시겠다고 했나이다."

"교활한 놈 같으니라구!"

오배는 속으로 이같이 욕하고 손을 휙 내저으며 곧바로 동화청으로 향했다. 긴 복도를 지나면서 오배는 팔자걸음으로 느릿느릿 걸어가며 생각에 잠겼다. 가묘(家廟)를 에돌아가다 보니 멀리 수사방(水榭房) 난각에서 한바탕 웃고 떠드는 소리가 바람을 타고 은은히 들려왔다. 왁자지껄 먹고 마시는 소리에 그는 미간을 찌푸리며 발걸음을 재촉했다. 반부얼싼, 목리마, 새본득(塞本得), 태필도, 나모, 제세 등 측근들과 가족이 여기저기에 앉거나 서 있었다. 두 명의 기생이 비파 악기를 안고 온갖 아양을 떨어대며 노래를 부르고 있었다. 노래가사는 하나같이 듣기만 해도 유치찬란한 그런 것들이었다.

당신은 왜 이리 내 마음을 몰라주나요.
당신없는 이 세상 생각해 본 적이 없어요.
당신 말고 그 누가 날 울릴 수 있겠어요.

온몸을 간지럽히는 노랫소리가 그치는가 싶더니 또다시 이어졌다.

사랑하지도 않는다면서 문은 왜 두드리나요.
원수 같은 당신 바늘로 찔러주고 싶어요.

그녀는 요염하게 주위를 둘러보며 바늘을 들고 누군가를 찌르는 시늉을 해보였다. 다들 그 모습이 우습다고 흐드러지듯 웃어댔다. 목리마는 이상야릇한 웃음을 흘리며 그 기생에게 얼굴을 바싹 갖다대며 징글맞게 말했다.
"그래, 알았어! 넌 내 거야. 여기다 한번만 찔러줘!"
목리마의 하느작거리는 몸동작에 사람들은 배꼽을 잡았다. 제세와 반부얼쌴은 서생 출신이라 이런 장면이 생소한 듯 입을 막고 조용히 웃었다. 할 일은 태산 같고 바깥은 시끌시끌한데 무사안일하게 모여앉아 웃고 떠드는 것에 화가 난 오배가 씩씩대며 눈을 부릅뜨고 들어와 고함을 치며 두 기생을 다짜고짜 쫓아냈다.

"지금이 어느 때라고 이짓들 하고 있어? 한가하게 기생년 껴안고 술이나 처마시고 있을 때냐구?"

목리마는 형 오배의 얼굴에 '불쾌'라는 두 글자가 쓰여있는 걸 보고 앞으로 나서며 기분을 돌려 보려고 안간힘을 썼다.

"형, 엊그제 소납해네를 하늘나라로 보내줬다면서요? 거 정말 잘 됐다. 앓던 이 빼버린 것 같이 통쾌하네!"

오배는 "흥!"하고 콧방귀를 뀌며 내뱉었다.

"겁대가리 없이 까불지 마, 좀. 세상 일은 모르는 거야! 이러고 있다가 어느날 밤에 우리 가족 모두가 쥐도새도 모르게 없어질지 누가 알아! 죄값을 톡톡히 치르는 거지 뭐! 이게 다 너 때문이야. 네가 쏘다니며 저지른 일들이 좀 적어? 그걸 무마하려니까 억울한 원혼도 만들고, 그래서 꿈자리가 사나운 거 아니야!"

거두절미하고 무작정 화만 내는 오배의 포효에 목리마는 오리무중에 빠진 듯 어정쩡하게 되물었다.

"나? 나 때문이라니?"

오배는 뭐 하나 제대로 하는 일 없는 목리마가 눈꼴이 시었던 터에 말대꾸까지 해대니 화가 나서 참을 수가 없었다.

"뭣이? 잘못한 게 없다구? 윗대가리가 바뀌니 한동안은 떡이나 먹고 굿이나 보자고 했어, 안했어? 그 새를 못 참고 정홍기(正紅旗)와 양황기(鑲黃旗)를 이간질시켜 쌈박질이나 시키고 열하에 있는 황제의 장원(莊園)은 왜 손댔어? 황제의 눈앞에서 그따위 짓을 하는 게 무모한 불장난이 아니고 뭐야! 또 뭐? 하필이면 황제 유모의 친척되는 여자를 건드리다니!"

말을 하면 할수록 감정이 격해진 오배는 손에 들고 있던 상주문을 목리마 얼굴에 홱 집어던지며 말했다.

"눈깔 똑바로 박혔으면 어디 한번 읽어 봐! 황제한테 불려가서 얼마나 혼쭐이 났는지 네놈이 알기나 해?"

목리마는 이 두 가지 일 때문에 형이 그토록 길길이 날뛴다는 데 대해 이해가 가지 않는다는 듯 머리를 갸우뚱하며 속으로 중얼거렸다.

'젠장, 말을 풀어 소유반경을 정하는데, 그럼 말이 황제의 땅인 줄 알고 건너뛰기라도 했어야 한단 말이야? 유모의 친척인가 뭔가 하는 여자만 해도 그렇지. 처음엔 좋아서 침을 질질 흘리더니 이제 와서 뭐가 맘대로 안되나 보지? 나한테 화풀이나 하고 말이야!'

그러나 이런 말들은 속으로 궁시렁대는 것만으로 만족해야 할 뿐 하늘이 두 동강 나도 입밖으로 내보낼 순 없었다.

"어떤 놈이 간덩이가 부어터졌구만! 감히 우리 오 대감님을 물먹이다니!"

오배는 허물어지듯 의자에 주저앉은 채 말이 없었다. 정신적으로나 육체적으로나 그는 오늘 너무 지쳐 있었다. 눈치빠른 제세가 오배의 마음을 풀어주려는 노력을 보였다.

"다 지나간 일인데 목리마 형도 잘못을 충분히 뉘우치는 것 같으니까 그만 화 푸십시오. 몸 생각도 하셔야죠."

오배는 제세를 힐끔 쳐다보더니 무덤덤하게 입을 열었다.

"다 끝난 일 가지고 내가 새삼스레 화를 내겠나? 저 자식이 여자를 겁탈하는 날 현장에 있었던 사람 가운데 위동정이라고, 황제 유모의 아들이 있었어. 괘씸죄라는 게 아무 것도 아닌 것 같으면서 슬그머니 목을 조이는 건데 개가 호락호락 넘어갈 것 같아? 정말 후환이 두렵네!"

"뭔데 후환까지 거론하고 그래?"

갑작스레 들려오는 목소리에 깜짝 놀란 이들이 뒤돌아보니 오배의 부인 영씨(榮氏)가 팔자걸음을 하며 걸어들어오고 있었다. 40세 전후로 보이는 그녀는 곰방대를 뻑뻑 빨고 있었고, 뒤로는 시녀가 따르고 있었다. 그 시녀가 바로 목리마가 납치해온 사감매였다.

오배는 마누라 앞에서 쩔쩔매는 공처가였다. 언제 한번 마누라의 말에 토를 달아본 적이 없는 오배가 오늘은 많은 사람들 앞이라 일부러 "흥!" 하고 코방귀를 뀌며 씩씩대고 앉아 있었다. 후환이 두려운 목리마가 비굴한 웃음을 지어보이며 자리에서 일어났다.

"형수님, 다름이 아니고요, 형은 감매의 일 때문에 저한테 화를 내는 겁니다."

영씨는 귀이개를 꺼내어 담뱃대에 끼어있던 담뱃재를 후벼내어 '후!' 하고 입김으로 날려보내며 말했다.

"감매가 아니지. 이젠 소추(素秋)라고 불러. 이름을 바꾼 지가 언젠데!"

목리마에게 면박을 안긴 영씨는 오배에게 돌아서며 대뜸 이같이 빈정거렸다.

"당신 나이가 몇인데 아직도 그 모양이에요. 어른답게 좀 건설적인 생각이나 할 것이지 아직도 유치찬란한 꿍꿍이나 꾸미고 그래?"

영씨의 말이 끝나자 반부얼싼이 무섭게 입을 꾹 다물고 있는 오배에게로 다가가 조심스레 입을 열었다.

"오 대감님, 대책없이 고민만 할 게 아니라 어디 좋은 방법 없나 머리를 맞대고 생각해 봅시다."

이 반부얼싼은 황실의 유명한 대신이었던 탑배(塔拜)의 아들로서 강희의 먼 친척뻘 되는 사람이었다. 아버지인 탑배가 죽고 나서 가세가 차츰 기울고 나중에는 생활고마저 겪게 된 반부얼싼은 못 이기는 척하고 오배의 도움을 많이 받아왔다. 툭하면 자신에게는 천문학적 거금이나 다름없는 돈을 던져주는 오배에게 반부얼싼은 늘 감지덕지했고, 아이디어 창고로 불리우는 자신의 뛰어난 머리로 오배에게 조언을 해주거나 오배의 일이라면 신발 벗고 뛰는 최측근이 되어 있었다.

사감매를 돌려보내는 것으로 무성한 소문을 잠재워보자는 새본득의 제안이 있었다. 그러나 반부얼싼은 그것이 만전지책은 아니라고 반대하고 나섰다.

"그건 안돼! 지금 돌려보내면 오히려 약점을 잡힐 게 뻔해. 그리고 소추가 가겠다고 생떼를 쓰는 것도 아니고 부인께서도 소추를 무척이나 맘에 들어하시는 눈친데 억지로 떼어서 보낼 것까지는 없다고 생각하오."

"보내긴 어딜 보내요. 난 죽어도 안갈 거예요!"

어느새 불쑥 나타난 사감매가 단호한 어투로 말하고 나섰다. 사람들은 소녀의 당돌함에 어지간히 놀랐다.

"마님께서 얼마나 잘해 주시는데 그런 소굴로 다시 들어가겠어요? 허구한 날 얻어터지고 돈 벌어 오라고 쫓아내기나 하고, 나도 사람인데 이제부터라도 인간대접 받으며 살고 싶다구요!"

사감매는 거침이 없었다. 오배 역시 사감매의 반응이 의외라는 듯 물었다.

"황제의 유모로 있는 손씨가 친척이라며? 잘 안해 줘?"

오배의 말에 사감매는 갑자기 격분하며 차가운 얼굴로 말했다.

"친척? 난 그런 거지 같은 친척 없어요. 제가 열 살 때였어요. 돈 좀 꿔주고 사흘이 멀다 하고 빚 재촉을 하는 통에 아버지가 협박과 갖은 모욕을 못 이겨 투신자살을 했고 엄마도 충격에 목을 매 돌아가셨다구요! 어디 그뿐인 줄 아세요. 그렇게 해서 가정이 풍비박산 났는데도 위동정의 아버지는 빚도 대물림을 해야 한다며 저를 떠돌이 장사꾼 아저씨에게 팔았지 뭐예요. 근데 지금에 와서 갑작스레 친척이라니? 삶은 돼지 대가리가 웃을 일이네. 어르신과 마님께서 굳이 절 내쫓지만 않으신다면 전 죽어도 여기서 죽고 싶어요."

말을 마친 소추는 구슬프게 울기 시작했다. 영씨가 다급히 다가가 소추를 껴안으며 말했다.

"소추, 괜찮아. 내가 있는데 누가 감히 널 털끝 하나 건드릴 수 있겠어!"

영씨는 횅하니 소추의 손을 잡고 나가버렸다. 두 사람의 모습이 멀어져가자 오배가 별일도 다 있다는 듯이 웃으며 말했다.

"그럼 수커사하가 나중에라도 이 일을 문제삼고 나서면 어떡하지?"

반부얼쌴은 곰방대를 꺼내어 냄새를 맡으며 말했다.

"오 어른, 네 명의 보정대신들 가운데서 소니는 오늘내일로 가게 돼 있고, 어삐룽은 잘 달래면 간이고 쓸개고 다 빼줄 위인이고, 수커사하야 있으나마나 한데 무슨 걱정이에요. 황제라면…… 글쎄,

굳이 걱정거리로 치자면 이 어린 황제한테 있다고 해도 과언이 아니죠. 지난 번 보니까 애라고 얕잡아 봤다간 큰일 나겠더라구요. 위혁을 제거하자마자 바로 오 대감의 심복인 오양보를 처참하게 때려 죽이질 않나, 그럼에도 법에 의해 처단하는 만큼 오배 어른이 발끈 하고 나설 명분조차 없게 만든 것도 대단한 수완이 아니겠어요? 위동정도 자신의 주변에 옮겨 심고, 듣자하니 두 사람이 사복차림으로 여러 차례나 밖에 나갔다 왔다는데요? 그런데 한숨 돌리기도 전에 소납해네들의 사건이 터져버리니…… 사태가 꽤나 긴박하게 돌아가는 거 같네요!"

그는 잠깐 말을 멈추고 귀기울이는 사람들을 둘러보며 느릿느릿 입을 열었다.

"하지만 걱정할 건 없어요, 칼자루는 여전히 오배 어른이 잡고 있으니. 소납해네가 잘못 까불어 끽소리 못하고 죽는 걸 본 사람들이 많으니 눈치빠른 이들은 어느 줄을 서야 할지 잘 알 테고……"

무슨 말을 하려던 참이던 반부얼싼이 그러나 갑자기 목구멍까지 올라온 말을 꿀꺽 삼켜버리며 아리송한 한마디를 던졌다.

"아무튼 쉬운 일은 아니니 오 어른께서는 신중을 기하시는 게 좋을 듯 하네요."

반부얼싼의 말은 항상 지침서같은 힘을 발하는지라 자리에 앉았던 사람들은 하나같이 얼굴 표정이 예사롭지가 않았다. 새본득은 순간 속으로 자리에 없는 어삐룽에 대해 탄복했다.

"아무튼 냄새 하나는 기가 막히게 잘 맡는다니까."

목리마는 넋나간 사람처럼 듣고 있더니 물었다.

"반부얼싼 어른은 정말 대단한 선견지명이 있으십니다. 이번 일은 그렇다 치고, 그러면 다음에는 어떻게 해야 될까요?"

반부얼싼은 웃으면서 대답을 회피하며 오배를 힐끔 쳐다보았다. 섬세하고 눈치빠른 오배는 반부얼싼이 더 이상 입을 열려고 하지 않자 뭔가 낌새를 알아채고 급히 말을 돌렸다.

"아무튼 황제의 은혜는 영원히 잊을 수 없지. 자, 그만하고 술이나 마시자구."

바로 이때, 하인이 노란 상자를 들고 들어섰다. 그날그날 강희가 대신들이 상주한 내용을 읽어보고 의견을 첨부해서 한 곳에 차곡차곡 넣어둔 것이다. 순치 때부터 내려온 관례에 의하면 이런 상주문들을 대신들이 함부로 집에 가져오지 못하게 되어 있었다. 그런데 소니에게만 특혜를 베풀었던 것이 소니의 병이 악화되어 병석에 누운 이후부터 오배가 소니의 업무까지 맡게 된 것이었다.

심드렁한 표정으로 상자를 열어 잡히는 대로 아무 거나 꺼내든 오배는 이맛살을 찌푸리며 어안이 벙벙해졌다.

"이건…… 이건……."

사람들은 오배의 심상찮은 표정을 보고 궁금한 나머지 오배의 주위로 다가들었다. 오배는 손에 들고 있던 상주문을 태필도에게 넘겨주며 말했다.

"수커사하가 선제의 능(陵)을 지키러 가겠다고 상주를 올렸는데 옆에 황제가 빨간 글씨로 뭐라고 적어놓았는지 한번 읽어보게."

태필도는 가슴 속에서 외국에서 들여온 안경을 꺼내 쓰고는 목소리를 가다듬고 크게 읽어 내려갔다.

"수커사하는 나라가 인정하는 공신이고 선제의 측근으로 총애를 한몸에 받아온 걸로 알려졌는데, 보정대신으로서 황제를 힘껏 보필하여 위업을 달성하여야 마땅한 이 마당에 무슨 이런 해괴한 말을 꺼낸단 말인가! 의정왕 걸서를 시켜 수커사하에게 묻고 싶다. 내가 군주로서 무슨 용서 못할 잘못을 저질렀길래 대신이 보정을 거부하고 조정을 떠나 선제릉이나 지키려 드는지? 배제할 수 없는 다른 하나의 가능성은 도대체 누가 무슨 이유로 온갖 협박을 가하고 있길래 떠날 수밖에 없는 것인지?"

태필도는 여기까지 읽고는 안경을 벗고 오배와 다른 사람들의 눈치를 살폈다. 오배는 손에 들었던 부채를 신경질적으로 접으며 물었다.

"반부얼싼 어른, 이걸 듣고 무슨 생각 안 드는가?"

반부얼싼은 뭔가 할 말은 있는 듯하면서도 이내 머리를 절레절레 저으며 입을 다물었다. 반부얼싼의 심중을 헤아린 오배가 주위 사람들을 밖으로 내보내고 태필도, 나모, 제세, 목리마 등 최측근만 남게 했다. 목리마는 늘 자기주장이 강한 반부얼싼을 시덥잖게 생각하는 터라 정색을 하고 있는 그를 째려보며 속으로 '잘난 척은!' 하며 욕을 퍼부었다

주변에 특별히 신경 쓰이는 사람이 없자 그제야 반부얼싼은 자리에서 일어나 젓가락으로 술을 찍어 탁자 위에 줄 하나를 그으며 말했다.

"첫째, 수커사하는 분명히 뭔가 쌓인 게 많은 사람이오. 궁중에서 은퇴하고 선제릉을 지키러 가겠다고 나서기까지 고민에 고민을 거듭했을 거라는 상상도 가고. 내가 알고 있는 것만 해도 지난번 황제 앞에서 오배 어른을 찔러보다가 보기좋게 물 먹었지, 게다가 소납해네들이 끽소리 못하고 죽어가는 걸 보고 무섭기도 하고 속상하기도 했을 거야."

반부얼싼의 이 한마디에 다들 머리를 끄덕였다. 충분히 그럴 만

한 까닭이 있다는 것이다. 한참 후에 반부얼싼은 다시 말을 이었다.

"그건 그렇고 황제는 또 나름대로 이 상주문을 이용하려 든 것이 분명해요. 왜냐하면 군이 걸서더러 가서 물으라고 하는 이유가 뭐냐는 거지. 오배 어른이나 다른 사람은 안 되고? 그리고 자신이 무슨 용서 못 받을 잘못을 저질렀기에 떠나려 하느냐고 물었는데, 이것 또한 함정이 틀림없어 보여. 즉위하고 여태껏 직접 참정도 하지 않은 황제가 잘못을 저지를 게 뭐 있겠어. 그러니 이것은 오배 어른을 빗대어 하는 말임에 틀림없어요."

반부얼싼은 자신있게 자기의 주장을 펴면서 또 다시 술을 찍어 탁자 위에 두 번째 줄을 그었다.

"여기서 가장 주목할 점은 두 번째 하고 세 번째 질문이오. 누가 무슨 협박을 하느냐고 물었는데, 이것은 수커사하의 목을 졸라 오배 어른의 흠을 보게 하자는 속셈이고, 따라서 걸서가 앞장 서서 오배어른을 탄핵하게끔 부추기는 거라고 볼 수 있소. 열세 살 어린애가 생각한 것치곤 정말 대단한 수완이 아닐 수 없소. 섬뜩할 정도로 말이오. 잘하면 자신은 손 하나 까딱하지 않고 우환을 제거할 수 있는 것이고 밑져 봐야 있으나 마나한 수커사하를 잃는 것이니……"

꼼꼼하게 분석을 해나가던 반부얼싼은 여기까지 말하고 잠시 생각에 잠긴 듯 머뭇거리더니 머리를 저으며 말했다.

"태황태후까지 이 일에 관여하지는 말아야 하는데……"

반부얼싼의 치밀한 분석은 모든 사람들의 간담을 서늘하게 하고도 남았다. 듣고만 있던 제세가 마지막으로 한마디 했다.

"왼쪽을 치는 척하며 오른쪽을 공격하고, 앞을 바라보며 뒷발질을 해대고, 큰 것을 위해서는 작은 것을 버릴 각오가 되어 있다는 건데, 넋놓고 있다가는 무슨 봉변을 당할지 모르겠네요!"

제세의 말은 오배를 제외한 이들의 마음을 대변하는 것이기도 했다. 그러나 오배는 유난히 태연자약한 자세를 보이며 길고 짧은 건 대봐야 한다는 듯이 냉소를 지었다.

"흥! 웃기고 있네! 아무리 날고 긴다고 해봤자 내가 선수를 칠 텐데!"

오늘 술자리가 우연히 만들어진 게 아니라는 걸 알고는 있었지만 얘기가 이토록 노골적이고 깊이 진행될 줄은 누구도 몰랐다. 태필도는 이들 축에 끼지도 못하다가 반부얼싼 덕분에 처음으로 자리를 같이 했는데, 이처럼 피비린내나는 분위기가 조성되자 저도 모르게 소름이 끼쳤다. 겉으론 지극히 정직하고 충성을 다하는 사람들이 뒤로 이런 호박씨를 까고 있다는 게 무서웠다. 그는 다음에 어떻게 전개될지가 못내 궁금한 듯 오배에게 조심스레 시탐조로 물었다.

"오 어르신, 처음부터 세게 나가지 말고 일부러 지는 척하며 한 발 물러서서 관망하는 게 어떨까요?"

척하면 삼천리라고, 오배는 태필도의 마음을 읽고도 남았다. 그는 껄껄 웃으면서 태필도의 어깨에 손을 얹으며 말했다.

"왜? 무서운가? 걱정 말고 날 따라다녀. 제까짓 게 날 호락호락하게 여겼다간 혼쭐이 나지! 생각해 봐. 뭘 믿고 큰소리 칠 거야. 거동도 제대로 못하고 열만 받으면 기절해 버리는 그 늙은 효장(孝莊) 할멈과 젖내도 안 가신 소마라고 기집애, 그리고 눈치가 무디기로 썩은 호미날 같은 위동정인가 뭔가 하는 새파란 녀석, 해봤자 애네들밖에 더 있겠어? 내가 보기에 수커사하도 살 날이 며

탈궁을 모의하다   157

칠 안 남았어!"

오배는 몸을 일으켜 뒷짐을 진 채로 몇 발자국 옮겨 디디더니 갑자기 단호한 어투로 말했다.

"반부얼싼 어른, 어서 준비하게. 나랑 같이 걸서를 만나러 가세. 제깟 놈이 내 등쌀에 배기나 보게! 기부터 죽여버려야 해! 나모는 얼른 가서 오늘 저녁 당직 서는 애들을 제외한 나머지 건청궁 시위들을 모조리 불러오도록 해. 내가 맛있는 밥도 사주고 내일 끝내주는 연극도 보여준다고 하고!"

말을 마친 오배는 머리를 번쩍 쳐들고 밖을 향해 소리를 질렀다.
"가마를 대어라!"

9. 황제의 스승

한편, 그 시각 의정왕 걸서는 머리가 깨질 듯 복잡했다. 서재에서 〈삼국연의(三國演義)〉를 뒤적이며 뭔가 머리를 가뿐하게 해줄 깨달음 비슷한 계시가 없을까 하고 때아닌 요행을 바라고 있었다. 골치 아픈 현안들을 별무리없이 소화해낼 수 있는 방법을 찾는 게 걸서에게는 그만큼 피말리는 다급한 과제였다. 아침에 강희한테 불려갔던 일을 생각하니 마음이 뭐라 형언할 수 없이 착잡하고 초조했다. 목구멍에 불이 날 것 같아 물을 벌컥벌컥 들이키는가 하면 명치 끝이 옥죄어오는 아픔에 가슴을 부여잡기도 했다.

오전 9시경, 태감 장만강이 자택으로 찾아오더니 어명을 받고 왔으나 소리소문없이 행해야 한다며 대문도 못 열게 하고 뒷문으로 들어왔다. 이어서 숨돌릴 새도 없이 선 채로 어명을 읽었다.

"어명 : 의정왕 걸서는 의논할 일이 있으니 속히 류경궁(柳慶宮)으로 오도록 하라!"

단숨에 어명을 전한 장만강은 차도 마시지 않고 한마디 말도 없이 말을 타고 사라져 버렸다.

절대로 비밀에 붙여야 할 만큼 중대한 일이 무엇인지 모르는 걸서는 곧 튀어나올 것만 같은 가슴을 부여잡고 류경궁으로 향했다. 아까와는 전혀 달리 장만강이 만면에 웃음을 띄우며 맞아주었다.

궁전 안으로 막 발을 들여놓은 걸서는 깜짝 놀라 멍하니 서 있었다. 강희가 허리춤에 보검(寶劍)을 차고 서쪽을 향해 앉아 있었고, 그 뒤로 일남일녀가 서 있었다. 남자는 새로 진급한 6품(六品) 어전시위(御前侍衛) 위동정이었고, 여자는 여의주를 손에 든 숙연한 얼굴을 한 소마라고였다.

뭔가 이상한 느낌에 서서히 머리를 쳐든 걸서는 더욱 놀라서 뒤로 넘어갈 뻔했다. 단상에 다리를 꼬고 앉은 태황태후가 근엄한 표정으로 자신을 내려다보고 있었던 것이다.

걸서는 몸둘 바를 모르며 사시나무처럼 떨리는 두 다리를 모아 조심스레 무릎을 꿇고 큰절을 올렸다.

"노비, 걸서 어명받고 왔사옵니다!"

태황태후는 가볍게 손을 저으며 말했다.

"일곱 째 숙부, 어서 일어나세요!"

눈치 빠른 장만강이 의자를 가져왔다. 걸서는 황송한 몸짓을 보이며 엉덩이를 의자의 모퉁이에 살짝 붙이고 앉았다.

이렇게 다섯 명 뿐인 궁전 안은 고요하다 못해 삭막하기까지 했다. 말하는 소리가 윙윙 메아리를 울리는 궁전에서 강희가 오랜 침묵을 깨고 입을 열었다. 걸서가 깜짝 놀라 몸을 흠칫 떨 정도로 목소리는 카랑카랑했다.

"일곱 째 숙부, 오배의 행패가 더 이상 못 보아줄 지경에 이르렀는데 알고 있었나요?"

그제야 걸서는 머리를 들어 강희 쪽을 바라보았다. 소마라고의 날카로운 시선과 위동정의 흐트러짐없는 표정에 기가 질린 걸서는 급히 시선을 피하며 머리를 숙였다.

"노비, 알고 있었나이다."

그러자 이번에는 태황태후가 무겁게 입을 열었다.

"태종황제(太宗皇帝) 살아 생전에 입에 침이 마르도록 칭찬을 했었지. 순치황제도 그 충성심을 높이 사 별다른 고민없이 의정왕 자리에 당신을 앉힌 거구. 하지만 이 의정왕이 도대체 왜 필요한지 알고 있는지 모르겠네. 힘없는 여자들과 어린 황제를 업신여겨 나쁜 마음 품는 자가 생길 가능성을 배제할 수 없기에 우리에게 울타리가 돼 주라고 다른 사람도 아닌 당신을 의정왕으로 책봉했지. 이제 소니도 방금 전에 이승의 끈을 놓았다고 하니 오배란 자가 무서운 구석없이 자기의 세상이 된 것처럼 설쳐댈 텐데 어찌하면 좋단 말이오. 강희가 참정한 지 일년이 넘었는데도 아직 실권을 거머쥐고 놓아주지 않는 놈의 속셈이 뻔할 뻔자 아니겠소?"

여기까지 말한 태황태후는 말소리를 낮추며 말을 이었다.

"지금 남쪽에서는 전쟁이 계속되고 있고, 대만(台灣)은 아직 정성공(鄭成功)의 손아귀에 들어있고, 북으로는 나찰국(羅刹國·지금의 러시아)이 침을 질질 흘리며 우릴 넘보고 있으니 심히 걱정스러운 일이 아닐 수 없소. 우리 조정 내부에서도 오배라는 미꾸라지가 흙탕물을 일으키며 자기 나설 자리, 나서지 말아야 할 자리를 모르고 오히려 주인행세를 하려고 덤비니 도대체 말이 되는 소리요? 이게 뭐가 잘못 돼도 한참 잘못 되어가고 있는 거지!"

말을 마무리하며 태황태후는 재빨리 시선을 걸서에게로 옮겼다.

태황태후의 말에 강희가 느닷없이 한마디 거들고 나섰다.

"오늘 상의코자 하는 일도 다름이 아니라 오배의 병권(兵權)을 빼앗고 군부 내에서의 위력을 약화시키려는 거요!"

이같이 말한 강희는 자신의 의사를 충분히 전달했다고 느끼고 입을 다물었다.

걸서는 잠깐 침묵하더니 꿇어앉으며 말했다.

"오배를 저대로 방치했다간 무슨 화를 불러올지 모르는 건 사실이나이다. 그가 시한폭탄과도 같은 존재라는 걸 모르는 사람은 없사옵니다. 하지만 이미 군부를 손아귀에 틀어쥐고 있은 지 오래되고 순찰이나 초소, 그리고 궁내 핵심 부서에 자기 사람을 확실하게 심어놓았기 때문에 잘못하면 오히려 반격을 당할지도 모르겠나이다!"

"그러기에 당신을 부른 게 아닌가!"

태황태후가 걸서의 말꼬리를 잡았다.

"파버릴려면 한 삽에 뿌리까지 파 내칠 수도 있어. 오랜 대신이라는 점을 감안해 차마 마지막 험한 얼굴을 보이고 싶지 않아서 그렇지!"

"걸서 어른."

강희 뒤에 서 있던 소마라고가 갑자기 걸서를 향해 입을 열었다.

"걸서 어른은 사건의 단편적인 면만 본 거예요. 이 고름을 지금 짜버리지 않으면 결과는 수습할 수 없을 거예요. 옛날의 공로는 그야말로 지나간 세월의 흔적일 뿐이에요. 지금은 자신이 공신이라는 이유만으로 만행을 저질러도 면죄부를 받을 거라고 생각할 것이니 우리는 더 이상 방관해서는 안돼요. 그가 병부를 호령할 수 있는 실권을 가진 건 사실이지만 그만큼 인심을 잃고 원한을 산 일도 많아 오배 이름만 들어도 칼을 가는 사람들이 수도 없이 많다구요. 치밀한 전술과 틀림없이 제거할 수 있다는 확신만 가지면 별로 어려울 것도 없는 일이라고 생각해요. 게다가 마마께서는 병권만 빼앗을 뿐이지 다른 위협은 주지않을 거라고 하셨으니깐요."

궁녀가 이같은 장소에서 이런 대담한 발언을 할 수 있는 건 사전에 태황태후와 황제의 허락을 받았기 때문에 가능하다는 것을 걸서는 누구보다 잘 알고 있었다. 궁녀가 자신의 말에 토를 단다는 사실에 약간 황당하고 기분이 언짢았지만 그래도 한편으론 그녀의 당당함과 의연함에 탄복을 금치 못했다.

"과연 듣던 대로 똑똑하구나!"

이때, 태황태후의 목소리가 위에서 들려왔다.

"난감할 거라는 걸 아오. 우리도 막무가내는 아니니까. 하지만 워낙 발등에 떨어진 불이 뜨겁고, 또 언젠가는 우리가 오배의 독무대에 사냥감이 되어 나타나야 할지도 모른다는 거요. 물론 일만 성사되면 우리가 어련히 알아서 잘해 주겠지만."

태황태후는 걸서에게 미끼를 던지고 있었다. 의정왕 자리를 빼앗길 위험은 전혀 없고 잘하면 그 이상의 자리도 넘볼 수 있다는 것이었다. 자손에게 의정왕 자리만이라도 세습시킬 수 있었으면 하는 걸서의 간절한 마음을 제대로 읽었던 것이다. 태황태후와 황제에게 이 기회에 점수를 따 평소의 부진을 만회함으로써 일석이조의 이득을 볼 수 있다는 계산이 선 걸서는 갑자기 머리가 뜨거워지며 지나친 흥분으로 가슴이 울렁거렸다. 그는 다급히 머리를 조아리며 말했다.

"태황태후와 마마의 뜻은 충분히 알겠사옵니다. 일단 주위에서

납득을 할 수 있도록 오배를 제거하는 이유를 만들어야 하니 태황태후와 마마의 지시가 계셨으면 하나이다. 이 몸이 부서져 가루가 되는 한이 있더라도 최선을 다할 것을 맹세하나이다.”

이미 흔쾌히 대답한 거나 다름없는 걸서의 태도에 분위기는 갑자기 부드러워졌다. 강희는 위동정에게 눈짓을 해 수커사하의 상주문을 걸서에게 넘겨주게 했다. 영문도 모르고 상주문을 받아든 걸서는 한 글자라도 빠뜨릴세라 천천히 황제의 주홍글씨부터 읽어 내려갔다. 그동안의 경험으로 황제의 뜻을 충분히 알아들은 걸서는 급히 상주문을 접으며 머리를 조아렸다.

“마마께서는 정말 현명하옵니다. 노비, 이삼 일 내에 상주문을 처리하겠나이다.”

이처럼 아침에 강희를 만났던 일들을 생각하며 걱정에 잠겨 있을 때, 하인이 들어와 아뢰었다.

“오배 어른과 반부얼싼 어른이 내방하셨나이다.”

걸서는 잠깐 생각하더니 하인에게 말했다.

“내가 몸이 안 좋아서 그러니 내일 만나자고 해.”

걸서의 말이 끝나기 바쁘게 등 뒤에서 떠나갈 듯한 너털웃음 소리가 들려왔다.

“우리 의정왕께서 어디 많이 안 좋으신가 보네요! 자나깨나 나라 걱정, 앉으나서나 간신축출이니 병이 날 수밖에! 하하하……:”

간담을 서늘케 하는 웃음소리와 함께 오배가 죽렴(竹簾)을 걷어 젖히며 들어섰다. 그 뒤로 반부얼싼이 웃으며 따라 들어왔다. 두 사람은 그럴 듯하게 격식을 갖춰 걸서에게 인사를 하며 말했다.

“의정왕님, 인사 받으십시오! 소인이 의술에 대해 몇 가지 기본을 익혀둔 게 있으니 대대로 물려받은 비방으로 어르신의 병을 봐

드릴까 하옵니다."

말을 마친 두 사람은 곧바로 자리를 찾아 앉았다. 걸서는 마치 겁에 질린 아이처럼 두 눈을 화등잔처럼 뜨고 그들을 멍하게 바라보았다. 한참 후에야 제정신이 들어 급하게 표정관리에 나선 걸서는 못 말린다는 듯이 씁쓸하게 웃으며 말했다.

"어제새벽 찬바람을 쐬고 좀 무리를 했던 모양이니 온 김에 한번 봐보는 것도 나쁘진 않겠네."

반부얼싼은 확실히 의술에 대해 문외한은 아니었다. 그는 걸서 옆으로 다가가 두 눈을 지그시 감고 걸서의 맥을 짚어보더니 웃으며 일어섰다.

"소인이 감히 의정왕님의 증세를 말씀드릴 것 같으면 혈맥이 창통하지 않아 기운이 쇠잔하고 과도한 심적인 부담으로 소화불량과 영양불균형을 일으켜 머리가 어지러운 것이 마치 배멀미를 하는 것 같을 테고, 정신적인 과부하가 주범인 것으로 보이는 악몽이 지속되니 우울과 두려움에 시달리게 되는 것입니다. 안팎으로 너무 노심초사하시어 일으킨 증세이니 만큼 특효약은 따로 없나이다. 마음을 깨끗이 비우고 욕심을 버리면 곧 심신이 기력을 회복하여 건강을 되찾을 것이니 안정을 취하는 게 제일 중요하지 않을까 하옵니다."

옆에서 내내 얼굴에 웃음을 잃지 않고 지켜보고 있던 오배가 입을 열었다.

"맥 한번 제대로 본 것 같은데? 마음을 깨끗이 하지 아니하면 명철한 판단이 있을 수 없고, 심적인 평온이 없으면 저 멀리 내다볼 수 없다. 예나 지금이나 성현들은 행함에 있어서 모두 이 진리를 받들었다구. 어르신은 워낙 명석하신 분이니까 이 몇 글자에 담긴 진정한 의미를 깨우치고도 남을 테지요?"

반부얼싼이 뭘 알고 말했는지 아니면 지레짐작으로 찍었는진 모르지만 아무튼 족집게처럼 걸서의 증세를 집어냈다. 오배가 방종을 떨며 궁전을 휘젓고 다니는가 싶더니 마침내 소납해네를 능지처참한 사건이 발생한 이후로 걸서는 늘 왠지 모를 불안감에 가슴을 졸여왔다. 더욱이 태황태후와 강희를 비밀리에 만난 이후부터 안하무인이고 막강한 오배와 한판 대결을 벌일 것을 생각하니 가슴은 또다시 형언할 수 없는 번민의 소용돌이에 빠진 것이다. 반부얼싼이 자신의 속에 들어갔다 나온 것처럼 간사한 웃음을 흘리며 증세를 정확하게 집어내는 거며, 오배가 뭔가 냄새를 맡은 듯 애매모호한 말로 스산한 분위기를 만들어가는 눈치를 온몸으로 느낀 걸서는 된방망이에 맞은 기분이었다.

'큰일 났다. 비밀이 샌 게 틀림없어!'

그러나 마음 속에는 강풍이 불어도 겉으론 웃어보이지 않을 수 없는 처지에 놓인 걸서는 억지웃음을 비틀어내며 말했다.

"오배 어른은 어떻게 하는 게 마음을 깨끗이 비우는 것이고 안으로 평온을 찾는 거라고 생각하시는지?"

오배는 아무 말도 없이 술병이 놓여 있는 탁자 앞으로 걸어가더니 술잔을 들고 그 옆에 놓인 술병을 가리키며 물었다.

"어르신, 이 술 이름이 뭔지 물어도 되겠나이까?"

걸서가 웃으며 말했다.

"마마께서 하사하신 술인데, 사천성(四川省)의 명주(名酒) 옥루경(玉樓傾)이라고 하네."

"옥루경이라? 이름 이쁘네요!"

오배는 건성으로 이같이 말하며 걸서에게 눈길 한번 주지 않고 자기 혼자 술을 따라 입술을 적실 정도로 홀짝 마시며 말했다.

"반부얼싼 어른, 좋은 술인 것 같은데 이 기회에 맛이라도 보지 그래?"

이상야릇한 웃음을 흘리며 반부얼싼을 쳐다보던 오배가 단숨에 술을 입안에 털어넣더니 술 한 잔을 따라 반부얼싼에게 건네주었다. 반부얼싼 역시 술을 한꺼번에 쏟아넣더니 웃으며 말했다.

"맛 좋네. 좀 독하긴 하지만."

말을 마친 반부얼싼은 술잔을 오배에게 넘겨주었다.

"이 정도 가지구 독하다고 하면 어떡해? 안 독해, 전혀. 근데 옥루경이란 술도 마셨는데 왜 옥루(玉樓)가 기울어지지 않지?"

오배는 이같이 자문자답하며 아무렇지도 않게 술잔을 만지작거리며 걸서를 쳐다보았다.

"어떻게 하는 게 마음을 비우는 거고 평온을 찾는 거냐고 물으셨죠? 예를 들자면 수커사하의 상주문을 처리하는 문제 같은 것도 혼자서 고민하기보다 나랑 함께 지혜를 모으면 훨씬 가벼워질 거 아니겠어요? 백지장도 맞들면 가볍다는데, 제 말 어때요?"

오배의 이같은 단도직입적인 말에 걸서는 순간 모든 계획이 수포로 돌아갔음을 직감하고 쓰디쓴 웃음을 지으며 말했다.

"오 대감, 다 알고 오신 것 같은데, 오 대감이라면 수커사하 건을 어떻게 처리하실 건지요?"

오배는 걸서의 말엔 아랑곳하지 않고 얼굴을 굳히며 냉랭하게 말했다.

"어떻게 처리해야 할 일이면 어떻게 처리하는 거죠. 반부얼싼 어른, 우리가 온 지 한참 된 것 같은데 할 일도 많으니 어서 돌아가봐야겠소. 의정왕께서도 조용히 생각해보셔야 할 일들이 많을 테니깐."

　말을 마친 오배는 반부얼싼을 데리고 휑하니 나가버렸다.

　오배와 반부얼싼을 대문까지 바래다 주고 다시 방으로 돌아온 걸서는 탁자 위에 놓여 있던 유리 술잔의 손잡이가 떨어져 나간 것을 발견했다. 오배의 손힘에 의해 부러진 게 틀림없었다. 탁자에는 술이 낭자하게 엎질러져 있었다. 처음에는 영문을 모르고 서둘러 수습하려고 떨어져나간 손잡이를 주워들었다. 그런데 그 순간, 걸서는 뭔가 벼락처럼 뒤통수를 내리치는 섬뜩한 느낌에 사지에서 힘이 쭉 빠지며 맥없이 의자에 쓰러지고 말았다.

　시험발표가 있은 후부터 몇 개월동안 명주는 하루도 쉴새없이 바삐 돌아다녔다. 친구를 만나 술 한잔 하랴, 진심으로 축하해줄 만한 사람들을 찾아다니며 인사를 하랴, 아무튼 이런저런 이유로 집에 들어오는 날이 거의 없었다. 하지만 이런 명주에게 찬물을 끼얹은 것은 주어진 자리가 고작 어느 지방의 말단 관리라는 것이었다. 적어도 북경에서 중간 정도는 넘어가는 직급을 받을 줄로 철썩같이 믿고 있던 명주는 실망을 금치 못했다. 그러지 말고 북경에서 다른 자리를 찾아보자는 오차우의 말에 행여나 하고 기다려 보았지만 여전히 이렇다 할 기쁜 소식이 없었다.

　오차우는 명주의 일로 마음을 쓰며 갑자기 찬바람을 쐬고 산책을 한 탓인지 몇 개월 동안을 몸져 누웠었다. 병세가 완쾌된 후에도 몸은 여전히 허약했다. 다행히 명주와 하계주의 진심어린 간호가 있었기에 조금씩 차도가 보이기 시작했다.

　인재등용시험에 합격한 이후로 왠지 건방을 떠는 것처럼 보여 괜스레 명주를 부담스럽게 생각하던 하계주도 오차우의 병세 때문에 마음 아파하는 명주를 보며 생각을 고쳐먹기로 했다.

이날 아침, 날씨가 잔뜩 흐려 있어 어디 나갈 수도 없게 된 오차우는 무료함을 달래보려고 하계주를 불렀다.

"명주는 보아하니 또 내무부 황아무개를 찾아갔나 본데 가게 손님이 없으면 우리 장기나 한판 두는 게 어때?"

하계주가 웃으며 말했다.

"둘째 도련님, 오늘 기분이 괜찮으신가 봐요. 그런데 워낙에 장기엔 자신이 없어서 도련님의 기분을 잡치게 할까 봐 걱정이 되네요."

하지만 말은 그렇게 하면서도 어느새 안방에 들어가 장기판을 들고 나온 하계주는 무조건 차(車), 포(包)를 떼고 하자고 졸랐다. 겨룬다기 보다는 시간을 죽인다는 표현이 어울릴 법한 이들이 막 자리를 하고 앉았을 때, 갑자기 밖에서 누군가 마른기침을 요란하게 하며 들어섰다.

깜짝 놀란 이들이 머리를 들어보니 위동정이 우비를 걸치고 빙그레 웃으며 서 있었다.

"아이구, 이게 뉘신가? 어서 오게, 위 어른."

하계주가 급히 몸을 일으키며 수다를 떨었다. 그러자 오차우도 반갑게 웃으며 말했다.

"밖에 비가 내리나 보죠? 감기 드실라 어서 비옷을 벗고 여기 따끈따끈한 아랫목으로 올라오세요."

위동정은 웃으며 손을 가로저을 뿐 우비도 벗지 않고 선 채로 말했다.

"오늘은 맘 놓고 앉아서 놀 여유가 없네요. 어르신의 부탁을 받고 오 선생님을 찾아뵙고자 왔으니깐요."

하계주와는 달리 오차우는 여전히 장기판에서 눈을 떼지 못한 채 귀만 열어놓고 있던 터라 웃으며 말했다.

"무슨 급한 일이라도 있으신가 보죠?"

하계주는 위동정의 표정에서 예사롭지 않은 일이 있음을 느끼고 재빨리 일어서며 말했다.

"제가 가서 차라도 끓여올 테니 두 분 천천히 얘기 나누십시오."

그러자 위동정은 하계주가 일부러 자리를 피하는 줄 알고 그의 팔을 잡으며 말했다.

"아니, 그럴 거 없소. 같이 들어도 괜찮으니까."

위동정은 가슴 속에서 조심스레 청첩장으로 보이는 종이를 꺼내 보이며 말했다.

"오 선생님, 이것 좀 보세요!"

오차우가 어리둥절해 하며 받아보니 멋진 해서체로 '말로만 듣던 유명한 오 선생을 한번 만나보는 영광을 주셨으면 합니다! 괜찮으시다면 저의 집에서 한번 뵈었으면 합니다' 라는 한마디가 눈에 확 안겨왔다. 맨 밑에는 소어투라는 이름이 적혀 있었고, 궁금한 사항은 청첩장을 들고 간 사람이 말해줄 거라고 했다.

오차우는 엄격히 말하면 초대장 같지도 않고 명함 같지도 않은 내용에 머리를 갸웃했다. 게다가 소어투라면 대단한 사람인데 그가 직접 면담을 요청할 일이 뭐가 있겠느냐는 것이었다.

오차우의 마음을 헤아린 위동정이 장기판을 물끄러미 쳐다보며 입을 열었다.

"사실은 소어투 어른에게 아주 어린 동생이 하나 있어요. 열네 살밖에 안된 늦둥이인데 태부인께서 금이야 옥이야 하는 아이인지라 어려서부터 박식한 스승 한 분을 찾아주려고 했던 거예요."

여기까지 말한 위동정은 오차우의 표정을 한번 살피고 말을 계속했다.

　"소어투의 아버님 소니 어른이 돌아가시기 전 이 아이의 교육문제를 특히 강조하시고 무슨 수를 써서라도 덕망높고 박식한 스승에게 아이를 맡기라고 유언을 남기셨기 때문에 오 선생님의 지식 수양을 흠모해온 소어투 어른으로서는 오 선생님에게 집착할 수밖에 없는 줄로 압니다. 그런데 품성이 고결하고 강직하기로 소문난 오 선생님이 거절하실까 봐 일부러 안면이 있는 저를 보내신 겁니다."

　말을 마친 위동정은 격식을 갖춰 오차우의 발밑에 꿇어앉으며 큰절을 했다.

　"평소에 오 선생님도 저한테 나쁜 인상을 받아오신 건 아닌 줄로 확신하오니 이 동생의 체면을 생각해서라도 한번 같이 다녀오셨으면 합니다."

　위동정은 간절하게 부탁했다. 위동정의 말을 다 듣고 난 오차우는 웃으면서 머리를 끄덕였다.

　"정 그렇다면 어디 한번 만나나 보세. 이렇게 서로 알고 있다는 것도 인연인데!"

　위동정은 의외로 쉽게 대답하는 오차우에게 감사한 나머지 어린 아이처럼 즐거워하며 말했다.

　"정말 남다른 인연이 있는 게 분명합니다. 이 학생은 오 선생님께서도 만난 적이 있으니까요."

　만나봤다는 얘기에 오차우는 흠칫 놀라며 위동정을 쳐다보며 머리를 절레절레 저었다.

　"만난 적이 있다고? 북경에 온 이래 바깥출입을 거의 안해 아는 사람이라곤 별로 없는데! 아, 알겠다. 혹시 지난번 데리고 왔던 그 용공자 아니야?"

위동정이 웃으면서 맞다는 듯이 박수를 보내며 말했다.

"맞아요! 바로 그 용공자예요. 지난번 오 선생님이 열변을 토로하는 모습에 반한 용공자가 태부인에게 하도 졸라서 예정을 앞당긴 걸로 알고 있습니다."

오차우는 웃으면서 말했다.

"그 용공자라면 한번 잘 가르쳐 볼 욕심이 있소. 자질이 놀라운 아이가 틀림없소! 영재를 잘 가르쳐 옥돌로 만드는 것도 큰 행운이고 보람이 아닐 수 없지. 하지만……."

오차우는 잠깐 머뭇거리더니 이내 입을 열었다.

"지난번 고향에 계신 연로하신 부친으로부터 편지를 받았소. 사람이 그리운지 한번 왔다 가라고 하시길래 마침 적적하던 차라 양주로 내려가려던 참이었는데……."

오차우의 걱정어린 말이 끝나기도 전에 위동정이 끼어들었다.

"그런 걱정은 조금도 하지 마세요. 이번에 저의 친구 몇 명이 그쪽 양주에 물건하러 가니 한번 오 선생댁에 들러 어르신을 만나뵙고 허락하시면 북경으로 모시고 오면 되잖아요. 이번 기회에 북경 구경도 할 겸!"

이때, 옆에서 듣기만 하던 하계주가 분위기가 좋은 틈을 타 한마디 끼어들었다.

"둘째 도련님이 으리으리한 보정대신 댁에 스승으로 초대받아 간다고 하면 어르신께서도 기뻐하실 거예요. 그런데 도련님은 아무리 높은 곳에 계시더라도 명주 어른처럼 우릴 멀리하면 안돼요!"

하계주의 진담반 농담반에 위동정이 웃으며 말했다.

"명주는 누굴 얕볼 사람이 아니에요. 지난번 길에서 만났었는데 식구들과 자리를 같이 할 시간이 없다며 툴툴대던데요, 뭐. 두 분이 자기가 거만해졌다고 따돌리는 건 아닐까 하고 걱정이 태산 같더라구요!"

여기까지 말한 위동정은 곧 몸을 일으키며 말했다.

"오 선생님, 밖에 차가 대기하고 있으니 괜찮으시다면 지금 저랑 함께 떠나시는 게 어떨까요?"

오차우도 이미 마음의 결정을 한 듯 자리에서 일어서며 말했다.

"소어투 어른께서 별볼일없는 나를 그토록 잘봐주셨다니 커다란 영광으로 생각하고 움직이겠소. 자, 갑시다!"

오차우가 위동정더러 먼저 나가라고 손짓을 하자 위동정이 급히 몸을 피하며 말했다.

"오늘부터 오 선생님께서는 용공자의 스승이자 제가 모셔야 하는 어른이니 만큼 예전처럼 스스럼없이 대할 순 없습니다!"

위동정이 정색하며 말하자 오차우는 걸음을 멈추고 말했다.

"스스럼없던 사이가 그런 이유로 온갖 격식차려야 하는 어색한 사이로 변한다면 난 용공자와 사제간이 아닌 나이 차이가 좀 나는 형제간으로 지내는 게 오히려 편하오. 겉으로 생색내는 건 딱 질색이오. 틀에 옴짝달싹 못하게 가둬놓는다면 창의력이 어디서 나오겠소!"

사실 위동정은 강희가 용공자 행세를 하면 오차우와의 첫인사를 어떤 식으로 치러야 할지 걱정했었던 차라 오차우 측에서 쓸데없는 인사치레에 질색을 하고 나서자 은근히 잘 됐다는 눈치였다. 이런 생각에 미치자 오차우의 본심을 다시 한번 떠보기로 한 위동정이 넌지시 물었다.

"소어투 어른도 이렇게 터놓고 지내는 걸 허락하지 않을 걸요!"

그러나 오차우는 아무렇지도 않다는 듯이 말했다.

"스승삼아 벗삼아 지내는 게 제일 좋을 것 같으니까 소어투 어른 쪽은 내가 알아서 하겠소."

한편 소어투는 상다리가 휘어지게 차려져 있는 음식 앞에서 안절부절 못하고 초조하게 기다리고 있었다. 위동정이 제대로 일처리를 못해 오 선생을 노여움게 해 물건너가는 건 아닌지, 오 선생을 모셔왔다고 해도 괜히 기분을 언짢게 하면 큰일인데 하는 걱정이 이만저만이 아니었다.

태황태후가 친히 자신의 이름을 거명하며 내려주신 임무인데 무슨 차질이라도 생기면 곤란하다고 생각했기에 고민은 좀처럼 사라지지 않았다. 자고로 군주는 멀고 깊은 곳에서 메아리를 보내옴으로써 그 위상과 존엄을 지켜왔는데, 황제가 공부를 한답시고 서생을 집으로 들이다니? 소어투는 사실 썩 내키는 건 아니었다. 그러나 태황태후는 이 문제에 있어서 대단히 단호했다.

"황제는 무엇이든 척척 알아서 할 수 있는 성인도 아니고, 그렇다고 물불을 못 가리는 어린애도 아닌 나이니 더 이상 지체하지 말고 공부를 시작해야 해요. 오배가 말하던 그 제세란 사람은 안 되고 소마라고가 가르치는 건 한계가 있으니 나도 어쩔 수가 없었던 거야!"

태황태후는 소어투의 걱정을 미리 짐작을 했던 것이다. 그러나 소어투는 걱정이 가시지 않았다. 이 일이 밖으로 새나가 오배의 귀에까지 들어가면 그렇잖아도 호시탐탐 기회만 노리던 오배가 살판났다고 여기저기 휘젓고 다니며 찾아나설 게 뻔했다. 오랫동 안 누추한 별채에 눌러앉아 있게 하는 것만 해도 그런데 보안도 허술한 곳에 혹시 오배가 냄새를 맡고 들이닥치면 그 후과를 어떻 게 감당하며 세인들에게 뭐라고 해명할 것인가 하는 걱정이 태산 같았다.

또 그건 그렇다 치고 당장 이 사제간의 상견례를 치를 일부터가 만만찮은 압력으로 다가왔다. 아무리 사제간이라도 황제더러 무릎 을 꿇어 인사를 하게 하는 것은 지나치다고 생각됐기 때문이다. 아무런 사고없이 잘 치러내면 당연한 것이고 추호의 차질이라도 빚어지면 고스란히 자신의 몫으로 돌아온다는 것을 아는 소어투 는 얼굴이 붉었다 창백했다를 반복했다.

옆에 앉아 소어투의 이런 속내를 짐작한 강희가 웃으면서 농담 반 진담반 입을 열었다.

"우리가 각본과 연출을 맡은 만큼 들통나지 않게 잘 해야지 차 질이 생기면 곤란해! 이제부터 당신은 형, 나는 동생이야. 그리고 나는 비록 황제지만 그는 엄연히 나의 스승이니 쓸데없는 걱정은 하지도 마. 내가 그런 것도 모를까 봐?"

소어투는 강희의 의젓함에 한결 마음을 놓으며 급히 대답했다.

"마마, 잘 알겠나이다."

"서재는 어느 방을 쓰기로 했어?"

강희가 물어왔다.

"뒤쪽 화원에 있는 방을 쓰기로 했나이다. 선제께서 부친께 하사 하신 건물인데 조용하고 아담하기 이를 데 없나이다."

소어투가 급히 허리를 굽신거리며 대답했다.

강희는 곧 형, 아우 사이로 지낼 소어투가 아직 분위기에 적응하려면 한참 멀었다고 생각하고 웃으며 말했다.

"나는 지금부터는 용공자니까 자네도 내 앞에서 말투를 고치도록 각별히 신경을 써야 하네. 툭 하면 노비니 마마니 하지 말고 자연스레 굴어야지. 자꾸 어설프고 지나치게 조심스런 행동을 보이면 곧 눈치채게 되니까, 알았지?"

소어투도 강희의 말에 웃으며 말했다.

"주인공이 아직 도착하지 않았으니 감히 벌써부터 그럴 순 없사옵니다."

두 사람이 기분좋게 대화를 나누고 있는데, 하인이 들어와 아뢰었다.

"마마, 어르신, 위 어른이 오 선생을 모시고 도착하셨나이다."

강희는 급히 의자에서 몸을 일으키며 즐거워했다.

"내가 직접 나가 맞이하지!"

소어투는 손에 땀을 쥐고 뒤따랐다.

위동정과 오차우가 나란히 중문까지 걸어왔을 때, 마중 나선 용공자와 소어투랑 정면으로 마주쳤다. 위동정이 걸음을 멈추며 오차우 옆에 비켜서자 오차우가 한발 앞으로 나서며 한쪽 무릎을 꿇어 정중하게 인사를 올렸다.

"어르신의 자자한 명성 익히 들어오다가 이렇게 만나뵈니 소인의 일생일대 최고의 영광이 아닐 수 없나이다!"

소어투가 보기에 오차우는 일거수일투족에서 품위와 수양이 흘러 넘치고 자신감과 패기로 똘똘 뭉친 진짜 사내였다. 가끔 서생들한테서 풍기는 어쩔 수 없는 속물근성과 물컹거리는 좆대 같은 건 전혀 상상할 수도 없었다. 소어투는 급히 다가가서 오차우의 손을 으스러지게 잡으며 말했다.

"오 선생님 같은 스승을 모실 수 있는 건 정말 행운이 아닐 수 없습니다."

간단하게 속마음을 표현한 소어투는 강희의 손을 잡고 웃으며 말했다.

"애가 동생 용공자입니다. 용아, 얼른 선생님께 인사 올려야지."

말을 마친 소어투는 아까와는 달리 오히려 마음이 편해졌다. 강희가 다 알아서 한다고 했으니 도대체 어떤 반응을 보일지 궁금하기까지 했다.

강희는 어느새 천진난만하고 장난끼가 다분한 소년으로 돌아가 있었다. 익살스레 맑은 두 눈을 깜박거리던 강희는 소어투를 바라보고 웃으며 말했다.

"형, 오 선생님과는 구면인 줄 몰랐지?"

소어투는 알면서도 일부러 가볍게 나무라는 듯 말했다.

"실없는 소리 자꾸 할 거야! 스승님한테 어서 깍듯이 인사 올리지 않고 뭐해?"

강희는 다급히 "네!" 하고 대답하며 무릎을 꿇으려고 했다. 하지만 그보다 먼저 오차우에 의해 도로 일으켜졌다. 오차우는 용공자의 팔을 잡으며 자상하게 웃어보이며 말했다.

"나와 위 어른이 사전에 강화조약을 맺었다네. 우리 두 사람은 사제간이라도 형과 아우처럼 편하게 지낼 것이고, 호칭이나 예의범절에 있어서도 너무 세속에 얽매이지 않기로 말이오."

예견치 못했던 오차우의 답변에 소어투, 강희, 위동정은 동시에 놀란 표정을 지으며 마주보았다. 정말 특이한 발상이고 겸허한 서생임이 입증되는 순간이었다. 소어투는 못내 흡족한 듯 껄껄 웃어보이며 오차우를 방으로 안내했다.

오차우가 손님석에 앉고 강희는 맨끝 자리에 앉았다. 즉위한 이후로 태황태후나 황태후와 자리를 같이 했을 때만 상석을 양보했을 뿐 이런 경우는 처음이었다. 그러나 기분이 상하기는커녕 오히려 새롭고 즐거웠다. 오차우는 용공자 뒤에 조심스레 서 있는 위동정을 바라보며 말했다.

"같이 자리하지 그래요?"

소어투가 급히 나서서 뭐라고 말하려고 했으나 용공자가 서둘러 입을 열었다.

"오 선생님이 같이 앉아도 괜찮다고 하셨으니 이리로 와. 허물없는 친구사인데 인사치례만 하다보면 멀어지는 수가 있으니 어서 오라구."

위동정은 어쩔 수 없이 어색한 대로 자리를 함께 하며 말했다.

"오늘만 실례하겠습니다."

사실, 위동정은 황제의 시위로서 소어투와는 현저한 직급 차이가 있었다. 그러나 실제로는 공개석상에서나 사적인 자리에서나 아래윗석일 뿐 별다른 차이는 없었다. 그러나 오늘은 강희가 같이 자리한 만큼 도저히 소어투 옆에 앉을 수가 없어 강희 뒤에 서 있었던 것이다. 오차우에게는 용공자가 심심해할까 봐 같이 공부하는 학생으로 말해 두었기 때문에 워낙 눈치가 무딘 오차우는 이상하다는 생각을 전혀 하지 못했다.

이런저런 이야기를 나누던 중, 오차우가 소어투에게 궁금했던 질문을 해왔다.

"동생분은 입 다물고 있을 때도 뭔가 범상찮은 기질을 타고 난 것 같은데 입 벌려 말을 할라치면 줏대가 바르기를 대나무 같고 나이에 비해 당당하고 의젓하니 필히 크게 될 사람입니다. 따로 공부를 하지 않더라도 스스로 잘 깨우칠 만큼 똑똑하고 영악한데 왜 굳이 스승이 필요한지 궁금하나이다."

오차우의 말에 소어투는 말했다.

"용공자는 가문 대대로 이어온 권세나 명예 같은 것에 관심이 없어요. 태부인께서는 용공자가 스승을 따라 역사공부나 하고 시(詩)나 글공부를 하여 문학적 수양을 키우길 원하십니다. 팔고문같은 것은 그만두고 말이오."

팔고문(八股文·명나라 초기에 과거시험의 답안 작성을 위해 만들어진 문체의 하나로 청나라 때까지 성행했다. 체제가 엄격한 데다가 사상적 속박을 가져와 학문으로서의 폐해가 심했다.)을 가르치지 말라는 소어투의 말에 오차우는 어지간히 놀랐다. 뭔가 반대의견을 말하려는 오차우의 표정을 읽은 강희가 갑자기 입을 열었다.

"팔고문은 정말 싫어. 몇백 년 동안 변함없이 했던 말을 하고 또 하고 구닥다리 같아서 싫증난단 말이야. 그래 놓고도 무슨 성인군자의 필수과목이라고?"

강희의 말에 오차우는 잠시 침묵하더니 입을 열었다.

"용공자의 말도 백번 맞는 말이오. 하지만 서민들한테는 아무 짝에도 쓸모없는 팔고문이 천자(天子)나 천자를 꿈꾸는 사람들에게는 꼭 필요한 거요."

오차우가 정색을 하고 이같이 말하자 강희가 천진난만하게 웃으며 바싹 다가앉아 물었다.

"왜요?"

오차우는 술 한모금을 마시고 웃으며 말했다.

"자고로 유능한 천자들은 인재를 대거중용해야 하는데, 팔고에는 인재를 잘 고르고 적재적소에 등용하는 방법을 가르쳐주고 있거든."

팔고문에 대해 이렇게 이해하는 것은 정말 금시초문이었다! 오
차우의 이 한마디가 강희에게는 가히 신선한 충격으로 다가왔다.
강희는 얼굴색이 약간 변하면서 속으로 생각했다.

'소마라고 말이 맞아. 스승은 감히 못하는 말이 없을 정도로 자
기 주장이 강해야 해! 스승이랍시고 온갖 만용을 부리는 자는 사
실 알고 보면 빈 깡통인 수가 있는데, 이 오차우는 나와 궁합이 딱
맞는 것 같아.'

소어투 역시 오차우의 말에 어지간히 놀라움을 금치 못하면서도
겉으로는 전혀 내색을 하지 않으며 말했다.

"우리는 천자와는 거리가 먼 사람들이니 인재를 중용하든 말든
술이나 마십시다."

강희도 웃으며 말했다.

"그래요. 우리와는 상관없는 일이니 그 놈의 팔고는 끝까지 쓸모
없게 됐어요."

이야기 중에 시녀가 차를 받쳐들고 들어와 조심스레 차를 따라
주고는 돌아서 나가려고 했다. 그러자 소어투가 얼른 그 시녀를
불러세웠다.

"완냥, 오늘부터 완냥도 용공자가 공부하는데 함께 있어줘야 한
다고 태부인께서 말씀하셨으니 어서 스승님에게 인사부터 올리도
록 해."

완냥이라고 개명한 소마라고는 머리를 숙이고 "네" 하고 대답하
며 사뿐사뿐 다가와 몸을 굽혀 인사를 올리고 나서 오차우를 찬찬
히 뜯어보았다. 전혀 무방비상태였던 오차우는 느닷없는 시녀의
거침없는 눈길에 어색함을 감추지 못하고 머리를 돌려 술을 빨리

마시라며 애끓은 위동정을 재촉했다. 어진 서생의 속마음을 읽은 완냥은 수줍게 웃으면서도 물러설 생각은 않고 오히려 한발 더 다가서며 말했다.

"스승님은 워낙 유명한 수재신데 평소에 궁금했던 거 한가지 여쭤봐도 돼죠?"

"물론이죠, 뭐든지."

오차우가 웃으며 대답했다.

"대단한 자신감인데요!"

소마라고는 그렇게 말하며 손을 가리고 웃었다.

"스승께서는 맹자(孟子)가 여러 나라로부터 주목받지 못하고 득도하지 못한 이유가 어디에 있다고 생각하시는지요?"

세상 돌아가는 것에 대하여 전혀 무관심한 일반 시녀들과는 달리 꽤 무게있는 질문을 한 완냥을 바라보던 오차우가 입을 열었다.

"맹자가 생활하던 때는 시기적으로 역사적인 춘추전국시대요. 복잡다단하고 변화무쌍한 무자비하고 무질서한, 쟁탈과 살육의 현장이었지. 그러니 각 나라 대왕들이 아랫사람들의 목소리에 귀기울일 새가 있었겠어요? 당연히 맹자의 애끓는 진언은 번번이 좌절되고 진실과 정의는 발붙일 곳 없는 여생을 살 수밖에 없었죠. 이것 또한 맹자의 어쩔 수 없는 운명 아니겠소?"

오차우의 이 한마디에 강희를 비롯한 모든 사람들은 갑자기 숙연한 표정이 되었다. 이해가 간다는 듯 머리를 끄덕이던 소마라고는 그러나 또다른 질문을 해왔다.

"스승님은 옛 성현들과 지금 현자들이 남긴 말 가운데서 어떤 말이 제일 기억에 남는지요?"

오차우는 진지한 대답을 했다간 이 아가씨가 끝없이 질문을 퍼부을 것 같아 짐짓 장난을 쳐보기로 했다.

"여자와 소인은 정말 길들이기 힘들다."

오차우는 웃으며 말했다. 점잖고 진지한 오차우의 입에서 이런 농담이 나오자 사람들은 한바탕 웃음보를 터뜨리고 말았다. 마구 터져나오는 웃음을 참느라 안간힘을 쓰던 소어투가 갑자기 담배 연기에 콜록거리며 연신 기침을 해댔다. 강희도 배를 끌어안고 뒤로 넘어질 정도로 깔깔대며 웃었다. 위동정은 아예 바닥에 주저앉아 버렸다. 무안해진 소마라고만 얼굴을 살짝 붉히며 두 손 두 발 다 들었다며 슬그머니 뺑소니를 쳤다.

오차우는 사실 이 당돌하기 그지없는 시녀의 입에서 무슨 말이 나올까 걱정했던 터라 소마라고가 떠나가자 후유! 하고 가벼운 한숨을 쉬었다.

소어투는 어딘가 모르게 어색하고 조심스러웠던 분위기가 오차우의 농담 한마디 때문에 살아나자 마음이 한결 가벼운 듯 웃으며 말했다.

"방금 그 완냥은 시녀이지만 먹물을 좀 먹었고 태부인께서 이뻐해 주시니 버릇이 좀 없는 게 흠입니다. 악의는 없는 아이이니 부디 넓은 아량으로 잘 봐주셨으면 합니다."

오차우는 사라져가는 소마라고의 뒷모습을 바라보며 가볍게 머리를 흔들며 웃었다.

"귀여운데요? 시녀라도 많이 가르쳐 놓은 게 보기 좋아요. 기품 있고 교양있는 가문임이 입증되고도 남네요."

말을 마친 오차우는 책상 위에 놓여있는 문방사구(文房四具)에 눈길이 닿자 즉시 자리에서 일어나더니 붓을 들고 자못 진지한 태도로 뭔가를 써내려 갔다. 붓을 놀리는 자세가 예사롭지가 않다고 생각한 것도 잠시, 어느새 정신이 번쩍 드는 멋진 필체가 사람들의 눈앞에 펼쳐졌다.

霞乃雲魄魂
蜂乃花精神

노을은 곧 구름의 혼백이요,
꿀벌은 곧 꽃의 정신이다.

두 마리의 용이 꿈틀거리며 막 날아오르려는 것 같은 멋진 필체였다. 강희는 말없이 다가가 조심스레 화선지를 둘둘 감아 챙기며 못내 즐거운 표정으로 밝게 웃었다.
"어서 태부인께도 보여주어야지!"
익살스럽고 귀여운 몸짓을 보인 강희는 곧 위동정과 함께 자리를 떴다.

10. 거문고 소리

절기상 하지(夏至)가 가까워오자 새벽 네 시가 채 지나지 않았는데도 벌써 동녘이 희붐히 밝아오고 있었다. 자금성의 아침은 궁내의 모든 등(燈)을 주관하는 태감이 부산하게 움직이며 등을 하나씩 꺼나가는 움직임과 야간 당직을 선 태감이 늘어져라 기지개를 켜며 잠을 자기 위해 뒷방으로 가는 모습에서 시작된다.

어제 소어투의 집에서 오차우를 초대한 강희는 저녁 내내 그리고 이튿날 아침까지 흥분을 감추지 못했다. 아침일찍 일어나 장만강을 데리고 나와 어화원(御花園)에서 몸을 풀던 강희는 맞은편에서 오는 소마라고를 발견하고 웃으며 말했다.

"백전백승을 자랑하던 우리 소마라고께서도 전멸할 때가 있더군! 만만치 않은 상대를 만났던 거지?"

소마라고는 가볍게 인사를 하며 쑥스럽게 웃었다.

"마마의 사전말씀이 안계셨더라면 노비 감히 어디라고 까불겠나이까?"

강희는 기분좋게 웃으면서 장만강에게 말했다.

"가서 어제 오 선생이 쓴 서예작품을 가져오도록 하라."

장만강이 "네, 마마" 하고 대답하는 사이 눈치가 빠른 어린 태감
이 어느새 달려가 가지고 나왔다. 무슨 일인지 모르고 잠깐 어리
둥절해 있던 소마라고는 화선지를 펴보는 순간 말로 표현 못할 감
동이 밀물처럼 밀려왔다. 강희는 벌써 사람들을 데리고 자리를 뜨
고 없었다.

골목을 나와 대문을 나선 소마라고는 두 명의 어린 태감이 구석
에서 수군대고 있는 것을 보고 발걸음을 멈추며 귀를 바싹 기울였
다.

"조씨를 시켜 의정왕한테 가서 한번 통사정을 해 봐. 의정왕 정
도면 네 형 하나쯤이야 빼내줄 수 있지 않겠어?"

"쳇! 뭘 모르는 소리."

다른 한 태감이 머리를 빙빙 돌리며 말했다.

"의정왕도 물건너 간 지 옛날이야."

"그럼 이 일은 누구한테 물어야 해?"

그러자 한 태감이 옆에 있던 청동 항아리를 손가락으로 튕기며
말했다.

"조씨가 그러는데 나더러 시위 나모를 찾아가 보래."

말을 하던 태감이 뭔가 이상한 낌새를 느끼고 머리를 드는 순간
멀지 않은 곳에서 자신들을 곱지 않은 시선으로 쳐다보고 있는 소
마라고를 발견하고 "앗!" 하는 비명 비슷한 소리를 지르며 사태를
수습해 보려고 안간힘을 썼다.

"소마라고 누님이 서 계신 줄도 모르고…… 지금 마마 시중 들

려고 나가시던 참인가요?"

덮어 감춰보려고 버벅거리는 두 태감을 째려보던 소마라고가 차가운 음성으로 말했다.

"날 뭘로 보고 이러는 거야? 내가 귀머거리라도 되는 줄 알았어? 척척 알아서 기어줬더라면 귀엽게 봐줬을 텐데."

다 들었다는 소마라고의 말에 겁에 질린 태감이 비굴하게 웃어보이며 말했다.

"사실 누님도 잘 모르실 수도 있어요. 수커사하가 잡혀가는 바람에 황씨의 형에게도 불똥이 튀어 함께 잡혀갔대요. 그래서 나모를 찾아가 부탁해 보려던 참이에요."

태감의 말에 가슴이 덜컥 내려앉은 소마라고는 그러나 전혀 초조한 기색을 보이지 않고 일부러 웃어보이며 말했다.

"난 또 무슨 큰일이라도 난 줄 알았네! 수커사하 어른은 아직 재직중인데 뭐가 문제야."

소마라고의 말에 한 태감이 뭘 모르는 소리라며 답답하다는 듯이 발을 동동 구르며 입을 열었다.

"아직 모르세요? 형부(刑部) 사람들이 총출동해서 수커사하 어른의 집을 쑥대밭으로 만들어 놓았대요. 뭐라더라? 반역죄……."

흥분한 태감이 뭔가를 말하려 들자 황씨가 옆에서 눈치를 주며 입을 막아버렸다. 소마라고는 점차 얼굴이 창백해지고 머리가 벌집을 쑤시듯 복잡했지만 애써 진정하며 웃음을 잃지 않고 물었다.

"그까짓 거 가지고 뭘 그래? 의정왕이 곧 상주 올리러 올 텐데. 그때 가서 의정왕에게 부탁하면 되잖아."

그러자 황씨가 웃으며 말했다.

"수커사하 어른을 잡아들이라는 명령을 걸서 어른이 내린 걸로 알려졌는데, 그가 이런 부탁을 들어줄 리가 있겠어요."

사태를 알면 알수록 소마라고는 점점 놀라움을 금치 못했다. 더
이상 지체할 수 없다고 느낀 소라마고가 서둘러 말을 맺었다.

"주방의 셋째가 나모의 양자인 건 알지? 개를 찾아가면 안되는
일이 없을 거야. 어서 가봐!"

그렇게 맘에도 없는 말로 대충 얼버무리고는 급히 어화원을 향
해 줄달음쳤다. 그러나 강희는 벌써 어화원 어디에도 없었다. 태감
장만강만이 사람들을 데리고 강희가 무예를 연습하고 떠난 자리
를 수습하고 있었다. 다급해진 소마라고가 가쁜 숨을 몰아쉬며 다
그쳐 물었다.

"마마께서는?"

장만강이 무덤덤하게 대답했다.

"아직 모르시오? 방금 의정왕이 아뢸 일이 있다고 전해와서 마
마께서 육경궁(毓慶宮)에서 기다리라고 하시곤 곧 그리로 떠나셨
는데……."

육경궁에 갔다는 말에 소마라고는 일말의 위안을 얻을 수 있었
다. 그쪽은 원래 위혁이 지키고 있던 안전지대였다. 지금 비록 위
혁은 없지만 그의 옛 부하들이 여전히 제자리를 굳건히 지키고 있
고 낭심(狼瞫)이 대장을 맡고 있었던 것이다. 그리고 경사방의 손
전신(孫殿臣)으로 하여금 임시로 총괄케 하였으니, 이 손전신으로
말하면 비록 겁이 많고 소심한 편이긴 하지만 마음만은 일편단심
이었다.

떨리는 가슴을 눅자치며 소마라고가 다시 물었다.

"경호는 누가 섰는데?"

"그건 잘 모르겠네요. 당연히 당직 서는 시위가……."

장만강이 뒤통수를 긁으며 머뭇거리는 사이 다급해진 소마라고가 그의 말허리를 잘랐다.

　"알았어, 알았으니까 어서 사람을 풀어 위동정을 찾아내어 빨리 육경궁으로 보내. 그리고 장 태감도 이러고 있을 게 아니라 어서 움직여야 해. 누가 물으면 어명 받고 왔다고 딱 잡아떼서라도 마마 곁에 붙어 있어야 한다구! 난 지금 자녕궁으로 빨리 가봐야겠어."

　침착하기로 소문난 소마라고가 이처럼 당황해하는 모습을 처음 본 장만강도 슬슬 마음이 급해지기 시작했다. 그는 소마라고가 시킨 대로 사람을 시켜 위동정을 찾아오게 하는 한편 허겁지겁 육경궁으로 향했다.

　한편 한바탕 칼을 휘두르며 땀을 빼고난 강희는 겉옷을 대충 걸치고 육경궁으로 왔다. 소어투, 웅사이, 태필도 등 각 부서 책임자들이 공손히 서 있다가 강희가 걸어오는 것을 보고 일제히 무릎을 꿇었다. 어제 오늘 기분이 무척 상쾌한 강희는 계단을 오르며 소어투에게 미소를 보냈다. 그러나 소어투는 평소와는 달리 뭔가 걱정어린 눈길로 힐끔 강희를 쳐다볼 뿐이었다.

　심상찮은 분위기를 느끼고 급히 궁전 안으로 들어선 강희는 나란히 엎드려 있는 걸서와 오배를 발견하고 주춤했다. 온갖 의문이 꼬리에 꼬리를 물고 떠올랐지만 가까스로 감정을 추스린 강희는 아무렇지도 않은 듯이 어의(御椅)에 앉으며 보일락말락한 미소를 지어보이며 말했다.

　"두 분 그만 일어나지. 그런데 칠숙(七叔)은 무슨 일로 날 보자했소?"

　걸서는 강희의 예리한 시선에 순간 흠칫하며 머리를 떨어뜨리고 기어들어가는 목소리로 말했다.

"수커사하가 선제(先帝)의 능(陵)을 지키러 가겠다고 한 사건은 소인들이 신중히 처리하기로 하였사오니 마마께서 명령을 내려주시옵소서."

강희는 꼼짝 않고 앉아 입가에 이상야릇한 웃음을 머금고 있는 오배를 쳐다보더니 걸서를 향해 천천히 입을 열었다.

"나는 자네더러 처리하라고 했는데, 소인들이라니? 그건 나중에 묻도록 하고 일단 말해보게. 어떻게 신중하게 처리한다는 건지?"

"네……."

걸서는 머리를 조아리며 말을 이어나갔다.

"소인들이 며칠동안 머리를 맞대고 고민한 결과 수커사하는 보정대신으로서의 직책을 망각하고 선제를 배신했으니……."

"잠깐!"

강희가 순간 떨리는 목소리로 말했다.

"내가 똑똑히 듣게 큰소리로 읽어!"

강희는 이들의 꿍꿍이속을 알 것 같아 경악과 분노를 금치 못하여 이를 악물며 말을 이었다.

"이 크나큰 죄행을 저지른 자를 과연 어떤 형벌로 죄를 물어 마땅하다는 얘긴가?"

걸서는 뼈가 있는 강희의 말에 갈수록 당황하며 오배의 눈치를 살폈다. 껄껄 너털웃음을 웃으며 살기가 번뜩이는 눈으로 자신을 노려보는 오배를 보며 분질러진 술잔의 손잡이를 떠올린 걸서는 만사불구하고 그대로 밀고 나가는 수밖에 없었다.

"군… 군주를… 무… 무시한 것은 반역죄에 해당하다고 봐야 하나이다. 능지처참 중에서도 해… 해체(解體)해야 마땅하며, 가족 모두 처형……."

순식간에 넓디 넓은 육경궁은 마치 한밤의 공동묘지를 방불케 하는 으시시함과 침묵이 흘렀다. 구석에 세워둔 시계소리만 단조롭게 들려왔다. 궁전 밖에 엎드려 숨죽이고 있던 대신들도 놀란 나머지 서로 얼굴을 쳐다보며 어쩔 줄을 몰랐다. 소어투는 터져나올 것만 같은 가슴을 쥐어뜯으며 안에서 들려오는 소리에 귀를 기울였다.

의자 손잡이를 꽉 부여잡고 있는 강희의 손에는 땀이 흥건했다. 입만 열면 황제의 입장에선 도저히 상상할 수도 없는 욕설이 마구 터져나올 것만 같아 강희는 억지로 눌러 참으며 약간 더듬거리며 입을 열었다.

"수…… 수커사하가 비록 표현이 좀 거칠고 행동이 당돌했기로서니 반역죄씩이나 덮어씌울 건 없잖아? 그리고 내가 자네더러 알아보라고 했지 더 이상의 권한은 안 준 것 같은데?"

할 말이 궁해진 걸서는 연신 머리를 조아리며 입을 실룩거렸다.

"그건…… 그게……?"

오배는 대책없이 쩔쩔매는 걸서를 한심하다는 듯이 쳐다보며 자기가 나서서 마무리를 해야겠다는 듯이 성큼성큼 다가와 두루마기 자락을 움켜쥐고 꿇어 앉으며 말했다.

"수커사하는 선제의 유언을 우습게 여기고 마마를 보정하기를 거부한 만큼 반역이나 마찬가지이니 소인들의 처사가 잘못된 것도 없다고 생각하나이다. 노비가 보기에 의정왕은 더도 덜도 아닌 중용(中庸)을 지켰다고 할 수 있나이다!"

우연하게도 어제 수업시간에 오차우가 중용(中庸)에 대해 열변을 토로했었다. 강희는 그 강의내용을 떠올리며 오배를 향해 차가운 음성으로 말했다.

"당신이 모시는 성현은 툭하면 사람을 극형에 처하는 게 중용이라고 가르치던가? 수커사하가 왜 당신한테 걸림돌이 되어 이같은 억울한 죽음을 당해야 하는지 궁금하오!"

오배는 잠시 머뭇하더니 이내 카랑카랑한 목소리로 대답했다.

"맹세코 그런 건 아니옵니다. 법대로 규칙대로 처리하려고 했을 따름이옵니다!"

"알고 보니 법을 무척이나 잘 지키는 모범생이었네!"

강희는 차갑게 웃으며 내뱉듯 말했다. 오배는 그런 강희의 태도엔 아랑곳하지 않고 머리를 뻣뻣이 쳐들고 말했다.

"수커사하를 풀어주면 마마께서는 대신들의 안하무인에 속수무책일게 뻔하나이다. 칼을 뽑았으면 무라도 썰어야 하는 줄로 알고 있나이다."

오배의 말이 끝나기 바쁘게 강희가 눈에 불을 켜고 탁자를 내리치며 "탁!" 하는 둔탁한 소리와 함께 일어섰다.

"안하무인인 대신이 있다면 바로 내 눈 앞에 있어! 수커사하는 그래도 예의나 있지!"

의외로 강하게 나오는 강희를 노려보던 오배는 무슨 수를 써서라도 이 기회를 이용해 강희를 명실상부한 꼭두각시로 만들고 아울러 수커사하를 제거해 버릴려고 작심했다. 그는 갑자기 자리에서 벌떡 일어서며 거친 몸짓과 함께 강희에게 바싹 접근하며 이를 악물고 말했다.

"그럼 마마께서는 내가 수커사하보다 더 안하무인이란 말인가요?"

강희는 막무가내인 난봉꾼을 연상케 하는 오배의 서슬푸름에 깜짝 놀라며 몸을 한껏 뒤로 젖혔다. 경호를 책임지고 있는 손전신도 순간적으로 식은땀을 쫙 흘리며 잽싸게 오배와 강희 사이에 뛰어들었다. 물론 낭심도 어느새 강희 옆에 불쑥 나타났다.

밖에서 귀를 기울이던 목리마와 나모는 재빨리 눈길을 주고받고 허리춤에 손을 갖다댄 채로 살기등등하게 궁 안으로 들어섰다. 엎드려 있던 걸서는 이 둘을 모르는지라 갑자기 크게 소리를 질렀다.

"뭐야? 나가!"

그러자 목리마가 억지웃음을 지으며 말했다.

"건청궁 시위 목리마와 나모가 마마의 안전을 염려해 대령했나이다."

걸서의 허락 따위는 전혀 개의치 않는다는 듯이 이들은 곧 강희를 향해 다가갔다.

강희는 시위란 말에 한숨을 돌리는가 싶었으나 난데없이 목리마가 들어서는 걸 보고 얼굴이 굳어지면서 다짜고짜 소리를 내질렀다.

"누가 자네한테 경호를 부탁했나? 일없으니 어서 나가!"

말 한마디 못하고 엎드려 있던 걸서도 이 기회에 한마디 거들고 나섰다.

"어서들 못 나가? 건청궁이나 잘 지킬 것이지 뭣하러 여기까지 쏘다녀!"

황제와 걸서의 기세에 주눅이 든 목리마와 나모는 어쩔 수 없이 제자리에 멈춰선 채 오배의 눈치만 살폈다.

바로 이때, 밖에서 웅사이가 큰소리로 아뢰었다.

"마마, 시위 위동정이 대령했사옵니다!"

위동정이 왔다는 말에 강희의 눈에서는 순간적으로 안도와 기쁨이 교차했다.

"들어와!"

강희의 부름 소리와 함께 땀투성이의 위동정이 엎어질 듯 안으로 들어왔다. 목리마가 눈에 불을 켜며 가로막았지만 날렵한 위동정은 어느새 한발 앞서 강희 쪽으로 향했다.

오배는 경멸에 찬 눈길로 위동정을 흘겨보며 껄껄 웃어대더니 물었다.

"마마한테 무슨 볼일이라도 있는 거야?"

위동정은 오배의 말을 보기좋게 묵살하고 강희 앞에 엎드리며 말했다.

"늦게까지 무슨 일인지 염려하시는 태황태후와 황태후 마마의 명을 받고 왔사옵니다."

강희는 급히 일어서라는 손짓을 보이며 말했다.

"기왕 왔으니 잠깐 기다렸다가 같이 가는 게 좋겠네."

어명을 받들겠노라고 흔쾌히 대답한 위동정은 그제야 생각난 듯 오배를 바라보며 말했다.

"태황태후의 명을 받고 마마의 신변을 보호하러 소인이 왔나이다."

말을 마친 위동정은 오배의 반응 같은 건 아랑곳하지 않고 곧추 오배의 옆을 지나 강희의 왼쪽에 서서 부리부리한 눈매로 실내의 표정을 예의주시했다.

강희는 위동정이 가세함에 따라 마음의 안정을 되찾고 이 기회에 오배를 제거하려는 욕심도 생겼다. 하지만 목리마와 나모가 죽치고 있고, 그들의 무예가 결코 호락호락하지 않는 실력들인지라

선불리 덤볐다간 상상하지도 못한 큰 화를 자초할 수도 있다는 생각에 오배를 제거해 보려던 욕심을 잠시 접었다. 오배의 살기등등한 얼굴을 일별하며 강희는 천천히 입을 열었다.

"다들 수커사하를 못 잡아먹어 안달인데 그래도 해체(解體)까지 운운할 건 없지 않는가?"

바로 그 시각, 오배 역시 강희와 같은 생각을 하고 있었다. 위동정도 얕볼 순 없지만 손전신을 비롯한 부하 몇십 명이 대기중이고, 게다가 일이 터질 경우 무관 출신인 소어투도 기를 쓰고 덤빌게 뻔했다. 죽일려고 작정하면 기회가 없겠냐고 자위한 오배는 좌우를 힐끔 쳐다보더니 한참 후에야 입을 열었다.

"수커사하의 죄행은 해체를 받아 마땅하나 마마께서 연민의 정을 어쩔 수 없어 하시니 선행을 베푸는 셈치고 시체는 괴롭히지 않기로 하겠나이다!"

오배는 역시 치고 빠지는 데 선수였다. 끝내 수커사하를 제거하려는 의지를 굽히지 않고 있었지만 목소리는 한껏 누그러든 오배의 말에 강희는 일단 신변의 위협에서 벗어났다는 생각에 몰래 안도의 숨을 내쉬었다. 하지만 수커사하를 희생해야 하는 마음은 무겁기만 했다.

수커사하 건에 있어서 오배와 한 배를 탄 걸서는 어서 빨리 수커사하를 없애고 오배의 손아귀에서 벗어나고 싶었는지라 오배의 장단에 맞춰 급히 춤을 추었다.

"소인 생각도…… 그러하오니 그저…… 교수형에 처하는 게 적당하다고 생각하나이다."

강희는 몸을 움찔하면서 이를 악문 채 여전히 침묵을 지켰다. 오배는 그런 강희의 심중을 읽고도 남았다. 그는 곧 징글맞게 웃으며 말했다.

"정 그렇다면 마마와 의정왕의 기분을 헤아려 해체만은 보류하겠나이다!"

무릎을 꿇지도 않고 꼿꼿이 선 채로 말을 마친 오배는 강희에게 건성으로 "더 이상 지체할 것 없이 지금 곧 집행하러 가겠나이다"라고 말하곤 목리마와 나모를 향해 으르렁거렸다.

"바보천치 같은 자식들! 어서 따라나서지 않고 뭘해?"

병 주고 약 주는 척하는 데 이골이 난 오배였다. 활개치며 걸어가는 오배의 뒷모습을 바라보며 강희는 벙어리 냉가슴 앓듯 했다. 화가 나서 후들거리는 몸을 지탱하며 간신히 자리에서 일어나 나가려던 강희는 여전히 엎드린 채 미동도 않는 걸서를 보자 천천히 다가가 이를 악물며 말했다.

"걸서 친왕, 어디 머리 들고 나 좀 쳐다보지!"

걸서는 고양이 앞에 내몰린 쥐처럼 겁에 질린 눈으로 강희를 쳐다보았다. 분노로 이글거리는 강희의 이런 눈길을 처음보는 걸서는 입술만 실룩일 뿐 할 말을 찾지 못했다. 강희는 그렇게 믿고 알아듣게끔 말했었건만 결국에는 뒤통수를 치고 나서는 걸서를 발로 짓이겨 죽이고 싶은 충동을 가까스로 억누르며 긴 한숨과 함께 손을 내저었다.

"자네…… 죽을 때까지 그러고 있어!"

강희 6년의 어느날이었다. 절기상 하지(夏至)인 데다 숨이 막혀 질식할 듯한 먹장구름이 낮게 드리워져 있어 사람들은 너나없이 축 늘어져 있었다. 버들가지들은 미동도 하지 않은 채 수면 위에 드리워져 있고 동네가 떠나갈 듯 소리지르고 다니던 빙과(冰果)장

수도 모기소리처럼 가늘고 늘어진 목소리로 휑한 거리를 외롭게 오가고 있었다.

낮잠에서 깨어난 강희는 습관대로 황태후에게 낮인사를 올리고 여느 때처럼 소마라고와 위동정을 데리고 길을 나섰다. 쥐도새도 모르게 신무문(神武門)을 나와 서직문(西直門) 내에 있는 소어투의 집으로 수업을 받으러 가야 했기 때문이다.

소어투의 집 뒷문에는 전문적으로 강희의 시중을 들기 위해 기용된 하인이 반갑게 강희 일행을 맞아주었다. 2대째 하인으로 일해오다가 노환으로 물러났던 노인이 이번 일로 다시 불려와 일하게 되었던 것이다. 사복차림의 시위들도 동조를 하고 있었기에 다른 사람들을 놀래키지 않고 조용히 공부방으로 들어갈 수 있게 되었다.

강희의 공부방이 있는 뒤뜰의 화원(花園)은 족히 1천 평은 되고도 남을 커다란 화원이었다. 크고 작은 정자들이 연못 주위에 질서정연하게 있었고 작은 아치형 구름다리가 연못과 정자를 이어주고 있었다. 아담하고 정성스레 만들어진 가산(假山)을 에돌아 꼬불꼬불 돌담길을 걸어가면 강희를 위해 특별히 마련된 공부방이 있다. 오차우는 여기서 강희를 가르치게 됐다.

구름다리까지 걸어온 강희 일행은 미풍을 타고 은은히 들려오는 거문고 소리에 약속이나 한 듯 걸음을 멈추었다. 때로는 여인이 조용히 흐느끼듯 때로는 시냇물이 소근대며 흘러내리듯 간간이 들려오는 연주소리와 그림 같은 풍경을 마주한 이들은 황홀경에 들어선 듯 잠시 넋을 잃었다.

시간이 얼마나 흘렀는지 위동정이 갑자기 강희의 옷자락을 잡아당겼다. 강희가 머리를 돌려보니 위동정은 턱짓으로 소마라고를 가리키며 과장된 표정을 지으며 웃었다. 멍하니 한 곳만 바라보며 깊은 사색에 잠긴 듯한 소마라고를 발견한 강희가 조용히 물었다.

"완냥, 무슨 생각을 그리 하오?"

자신의 마음을 들켜버리기라도 한 듯 소마라고는 평소와는 달리 얼굴을 살짝 붉히며 말했다.

"생각은요, 뭐. 거문고 소리가 하도 좋아서 넋놓고 들었던 거예요."

얼굴까지 붉히며 몸둘 바를 모르는 소마라고의 모습을 지켜보던 강희가 의아스럽다는 듯한 눈빛으로 위동정을 바라보았다. 그러자 위동정이 짓궂게 웃어보이며 입을 열었다.

"뻔할 뻔자 아니겠어요? 속에 품고 있던 연정을 들켰으니까 저런 표정을 지었을 거예요. 맞죠? 누나."

위동정의 말에 소마라고는 얼굴이 귀밑까지 붉어지며 위동정을 애교스레 흘기며 나무랐다.

"나빴어! 마마 앞에서 못하는 소리가 없어. 손아주머니한테 이르면 뼈도 못 추릴 줄 알아!"

한편 이제나저제나 용공자 일행을 기다리고 있던 오차우는 밖에서 말소리가 들리자 거문고를 옆에 제쳐놓고 일어나 문을 열었다. 아니나다를까 용공자 일행이 도착해 있는 것을 본 오차우는 반갑게 웃으며 말했다.

"어쩐지 거문고 소리가 오늘따라 이상하더라니까. 알고 보니 누군가 밖에서 엿듣고 있어 얘도 긴장을 했던 모양이군. 어서들 들어오게!"

"선율이 너무 좋은데 무슨 곡인가요?"

강희가 진지한 표정으로 물었다. 그러자 오차우는 아무것도 아니라는 듯이 웃으며 말했다.

"그냥 심심풀이로 하는 거지, 나도 사실은 뭐가 뭔지 잘은 몰라요! 아무튼 좋은 느낌을 받았다니 도망가는 것보다는 기분이 좋네요!"

오차우의 말에 이들은 다 같이 웃어버렸지만 나름대로 속생각은 각각이었다. 용공자와 위동정이 말없이 앉아있는 것을 본 오차우가 빙그레 웃으며 책상 위의 책을 정리하며 말했다.

"오늘은 계속해서 〈후한서(後漢書)〉를 공부해 볼까 하네."

소마라고는 책꽂이에서 〈후한서〉를 꺼내어 강희 앞에 펼쳐놓고는 오차우와 강희에게 차를 따라주고 위동정과 함께 강희의 양 옆에 앉았다.

오차우는 서한(西漢)이 망할 수밖에 없었던 이유를 간단히 설명하고는 웃으며 말했다.

"반씨(班氏)의 〈한서(漢書)〉도 괜찮지만 내가 보기엔 범엽(范曄)의 〈후한서〉 중에도 절묘한 구절들이 많아요. 세월이 아무리 흘러도 빛을 발할 글들 말이오. 애석하게도 저자의 실수로 먼지를 뒤집어쓰고 쥐들의 심심풀이 땅콩 신세로 전락하고 말긴 했지만……"

오차우의 아리송한 말에 강희가 호기심이 발동한 듯 바싹 다가앉으며 물었다.

"책을 써냈으면 그만이지 저자가 책의 운명에도 영향을 미치는 건가요?"

"그럼. 〈후한서〉가 바로 살아있는 증거야!"

오차우가 웃으며 말을 이었다.

"범엽은 너무 자만했던 거야. 옥중에서 조카에게 보내는 편지에 자신의 〈후한서〉는 천하무적이라고 할 만큼 자부심이 강하다 못해 지나쳐 본의 아니게 자신을 비하하는 역효과를 낳았지. 이미 세상 문인들의 극찬을 받고 있는 가의(賈誼)의 〈과주론(過秦論)〉까지 거론하며 〈후한서〉에 비하면 유치하기 그지 없다는 말까지 흘리고 다녔으니 범엽이 얼마나 현명하지 못했던 가를 알 수 있는 거지!"

강희가 심각한 표정을 하고 머리를 끄덕여 보이자 오차우는 차 한모금으로 목을 축이더니 말을 이었다.

"문인이라면 어느 정도의 이기와 거만은 미덕이 될 수도 있어. 하지만 범엽은 좀 지나쳤지. 그래서 결국에는 책 내용과 상관없이 세인들의 외면을 받아 한바탕 비웃음과 함께 범엽의 글쟁이로서 의 삶도 여기서 종지부를 찍고 말았지."

〈후한서〉의 작가 소개를 간단하게 마친 오차우는 곧 제기황제 (帝紀皇帝)에 대해 설명하기 시작했다. 굵직굵직한 사건들은 자신 만의 독특한 해석을 곁들였다. 제기도 여덟 살에 즉위했다는 말을 들은 강희는 초롱초롱한 두 눈에 순간적인 웃음을 담으며 두 손을 무릎에 올려놓은 채로 몸을 앞으로 내밀며 말했다.

"그럼 지금의 황제와 같네요. 둘 다 여덟 살에 황제가 됐으니까."

위동정은 제기황제에 대한 전설을 익히 들어왔는지라 강희를 앞 혀놓고 그다지 들려주고 싶지않아 연신 오차우에게 대충 넘어가 자고 눈짓을 보냈다. 그러나 위동정의 속내를 알 길 없는 오차우 는 팔을 걷어붙이고 차까지 마셔가며 한바탕 열변을 토로할 태세 로 말을 이었다.

"이 제기로 말하자면 여덟 살 어린이라고 보기엔 너무 경이로운 면이 많았어. 뭔가 크게 될 아이였는데 그만……."

오차우가 잠시 머뭇하는 사이 위동정이 재빨리 차를 더 따라주며 어색한 웃음을 지어보이며 말했다.

"오 선생님, 이 부분은 나중에 시간을 내서 천천히 이야기 보따리를 푸는 게 좋을 것 같아요. 워낙에 애기꺼리가 많은 제기라서……."

그러나 옆에 앉은 소마라고는 생각이 달랐다. 필요 이상으로 다급한 기색을 보이면 오히려 눈치빠른 오차우에게 들킬 수도 있다고 생각한 소마라고가 위동정을 가볍게 흘기며 말했다.

"제기 애기를 한다고 누가 잡아갈 것도 아닌데, 위군은 뭐가 그리 두려워? 그리고 스승님 앞에서 감히 건방지게 하라, 말아라 해서야 되겠어?"

강희도 웃으며 거들었다.

"그래 맞아! 뭐가 어때서? 제기황제는 제기황제고, 지금의 황제는 지금의 황제고, 전혀 상관없는 사람들인데 뭘!"

예기치 않게 면박을 당한 위동정은 쑥스러워 얼굴을 붉히며 웃었다.

"문제는 이 어린 제기황제가 너무 거침이 없었다는 거야. 때와 장소를 가리지 않고 아랫사람들에게 상처가 되는 말을 서슴지 않고 원한을 사고도 전혀 무서운 줄을 몰랐다지 뭐야. 급기야 대장군 양익(梁翼)을 폭군이라고 사람들 앞에서 선언을 하다시피 한 후로 양익이 앙심을 품고 독극물을 넣어 궁전 안에서 죽여버렸잖아……."

여기까지 말한 오차우는 깊은 한숨을 내쉬며 한마디 덧붙였다.

"그렇게 가기엔 너무 아까운 인물이었어!"

제기가 암살당했다는 것을 들은 강희는 순간적으로 오배를 떠올리며 둘 사이의 암투가 불러올 피비린내에 소름이 끼쳤다.

갑자기 장내가 조용해지고 어린 용공자가 겁에 질린 듯 넋놓고 먼산만 바라보고 있자 오차우가 웃으며 수습에 나섰다.

"이런 건 몰라도 되는 거니까, 더 이상 말하지 말고 우리 환제 (桓帝) 얘기나 해보세."

그러나 강희가 다급히 오차우를 붙잡으며 말했다.

"그런데요, 양익이 황제를 죽일 정도로 안하무인이고 야심가인 데 왜 황제 자리는 넘보지 않았을까요?"

"넘보지 않은 게 아니라 못 본 거지. 그 당시 목숨을 내걸고 사회정의를 구현하려는 문무백관들이 그나마 힘이 있어 죽기살기로 막은 거지."

강희는 잠시 침묵 끝에 또다시 물었다.

"그렇다면 제기황제가 양익을 먼저 손봐 줄려면 어떻게 했어야 했죠?"

오차우는 유난히 제기황제의 운명에 관심을 가지는 용공자가 이상한 듯 머리를 갸웃했지만 이내 입을 열었다.

"그때 당시에는 양익이 주변세력들에게 너무 많은 원한을 샀고 인심을 깡그리 잃은 상태라 뜻있는 사람들의 지혜를 모아 안팎으로 서서히 목을 죄어가다가 시기가 성숙했을 때 한방에 날려보냈어야 했지."

강희는 끊임없이 머리를 끄덕이며 의미심장한 웃음을 지어보였다.

11. 어명을 받다

수업이 끝났을 때는 벌써 오후 3시가 넘어 있었다. 강희 일행은 왔던 길을 통해 비밀리에 궁으로 다시 돌아왔다. 장만강이 신무문에서 기다리고 있었고, 위동정은 이들이 무사히 궁안으로 들어가는 것을 확인하고서야 말을 타고 돌아갔다.

찜통더위인 데다 날씨가 몹시 흐려 있어 숨이 턱턱 막혀오는 오후였다. 서쪽에서 조금씩 다가오는 먹장구름이 스산함을 더해갔다. 위동정은 호방교(虎坊橋) 동쪽에 위치한 자신의 집으로 돌아왔다. 별다를 게 없는 극히 평범한 가옥에 열몇 명의 하인을 빼면 아무도 없이 조용한 곳이었다. 그는 내무부(內務府)에서도 주위의 사람들과 잘 어울리지 않고 시간만 있으면 자신의 거처로 돌아오곤 했다. 이날도 위동정은 매미소리만 나른하게 들려오는 뜰에서 웃통을 벗어던지고 무예를 연마하였다.

그는 봉천(奉天)에 있을 때부터 유명한 무술인 붕소안(朋少安)의 제자로 있으면서 그 나름대로 어깨 너머로 익힌 무예만 해도 대단한 수준에 이르렀다. 3년 동안 열심히 무예(武藝)를 익히는가 싶었는데 아쉽게도 붕소안이 남쪽으로 떠나는 바람에 그렇게도 좋아하던 무예공부를 접어야 했던 것이다. 꼼짝하지 않고 있어도 땀이 비오듯하는데 격렬한 몸동작을 몇 차례 취하고 나니 위동정의 온몸은 물을 끼얹은 것 같이 후줄근해졌다.

바로 그때 하인이 들어오며 아뢰었다.

"밖에 명주 어른이 누구랑 싸웠는지 피투성이가 되어 위 어른을 만나려고 서 있나이다!"

화들짝 놀란 위동정이 다급하게 뛰쳐나가보니 아니나다를까 옷이 군데군데 볼썽사납게 찢기고 얼굴에는 피딱지가 덕지덕지 붙어 있는 명주가 머리를 약간 옆으로 돌린 채 서 있었다. 과거시험에 합격하여 신사차림을 하고 다니던 몇 개월 전의 명주라고 보기엔 너무나 몰라보게 변해 있었다.

위동정은 걱정보다 웃음이 터져나오는 것을 가까스로 참았다.

"명주, 귀인의 행색이 이게 뭐야?"

위동정이 명주에게 뭐라고 장난삼아 얘기를 하려던 중 명주의 뒤에서 머리가 희끗희끗한 노인이 나타났다. 무릎까지 올라오는 검은 가죽장화를 신고 옷자락을 대충 허리춤에 움켜넣은 차림의 노인이 두 눈에 익숙한 위엄을 담고 위동정을 정감어린 눈매로 바라보았다.

갑자기 두 눈이 휘둥그레진 위동정은 인사할 겨를도 없이 성큼 다가가 노인의 두 손을 꼭 움켜잡으며 흔들어댔다.

"사 어른, 이게 어떻게 된 일이에요. 제가 얼마나 애타게 찾았는데요! 그동안 어디 계셨어요? 감매는요?"

"형, 우리 들어가서 천천히 이야기 보따리를 풀자구요!"

명주가 옆에서 손을 저으며 말했다. 위동정은 알겠다는 듯이 머리를 끄덕여 보이며 하인에게 부탁했다.

"가서 좋은 술이나 받아오게. 오래간만에 회포나 풀어보게."

세 사람이 서상방(西廂房)에 자리하고 앉자마자 명주가 깊은 한숨과 함께 쓴웃음을 지으며 말했다.

"형, 오늘 하마터면 형도 못 보고 하늘나라로 갈 뻔 했다는 거 아니야! 이 어르신이 나서서 도와주지 않았더라면 이 자리에 없었을 거야."

알고 보니 며칠동안 가흥루에서 비취 아가씨의 도움을 받으며 지내온 명주가 손님도 만날 겸 낙우점 식구들이 궁금하기도 해서 낙우점으로 돌아온 이날 오후에 일이 발생했던 것이다.

명주가 나타나자 제일 먼저 반색을 하며 맞아준 건 하계주였다.

"어서 오세요, 어르신. 안에 좋은 자리 남겨두었으니 어서 들어오세요!"

하계주는 평소와는 달리 완전히 모르는 사람 취급을 하며 명주를 맞이했다. 이상하다며 머리를 갸웃하던 명주는 그제야 앞자리에서 불량스레 생긴 사내들 서너 명이 술을 마시고 있는 것을 보았다. 옷차림이나 행색으로 보아 황궁에서 일하는 것 같은 이들이 벌써 무슨 냄새를 맡았는지 눈을 희번덕거리며 명주를 힐끔힐끔 쳐다보고 있었다.

뭔가 이상한 기미를 느낀 명주가 재빨리 자리를 뜨려고 일어나자 어느새 그들이 앞을 떡 가로막고 나섰다. 제일 앞에 선 얼굴이 하얗고 살모사눈을 게슴츠레하게 뜬 자가 두 손을 허리춤에 갖다대며 껄껄 너털웃음을 터뜨렸다.

"명주 어른, 그리고 이집 주인 하씨 두 사람 모두 눈치가 보통은 넘는데? 그 오차우란 사람도 이렇게 눈치가 빠른가?"

옆에 있던 또다른 자가 아첨을 떨며 말을 받았다.

"아무럼 우리 나모 어른보다야 눈치가 빠르겠어요? 척 보고 벌써 이 자가 명주라는 것을 알아보았으니. 나모 어른이 아니었더라면 이 자를 눈앞에서 놓칠 뻔 했네요!"

나모라 불리는 자가 갑자기 음흉하게 웃으며 명주의 멱살을 거칠게 움켜잡으며 물었다.

"어서 말해! 오차우 그 자식, 요새 어딜 그렇게 쏘다녀?"

처음과는 달리 오히려 오기가 발동한 명주는 무섭게 나모를 쏘아보며 말했다.

"당신 누군데 나에게 함부로 하는 거야! 내가 누군 줄이나 알어?"

"누구냐구?"

나모가 하늘이 떠나가라 웃어대며 비아냥거렸다.

"해봤자 말단 진사(進士)밖에 더 돼? 꼴에 어디서 주워들은 건 있어가지고! 어디 가서 명함도 못 내밀 그깟 진사 가지고 까불지 말아, 이 자식아. 아참, 그 진사직급마저 오배 어른이 잘라버린 지 오래됐을 걸!"

명색이 진사라는 사람이 꼼짝 못하고 당하는 것을 구경삼아 보며 낄낄거리던 사람들 사이로 갑자기 어떤 노인이 비집고 나오더니 다짜고짜 험상궂은 얼굴로 나모의 손목을 잡고 비틀었다.

"누, 누구야? 이 손 놓지 못해?"

얼떨결에 놀란 나모가 두 눈을 부릅뜨며 있는 힘을 다해 손목을 빼내려했지만 요지부동이었다. 팔목통증과 수치심에 얼굴이 붉으락푸르락해진 나모가 마침내 고래고래 소리를 내질렀다.

"못 놔? 이 개뼈다귀 같은 놈아, 죽고 싶어?"

명주는 이 위급한 찰나에 나타난 눈앞의 이 노인을 어디선가 만났던 기억을 떠올렸다. 지난번 길가에서 무예를 겨루다가 목리마에게 봉변을 당하던 그 노인임이 틀림없다고 확신한 명주는 다급히 나모를 가리키며 노인에게 도움을 요청했다.

"어르신, 이 자들이 무슨 짓을 벌일지 모르니 저 좀 살려주세요!"

사실 명주가 구태여 말하지 않더라도 사용표는 나모를 알고 있었다. 지난번 오배가 수커사하네 집에 쳐들어왔을 때 병사들을 거느리고 대문을 지키고 있던 자가 바로 나모였던 것이다. 그날 혼란한 틈을 타 겨우 목숨은 부지했지만 앙금은 쉽게 사라질 리가 없었다. 원수는 외나무 다리에서 만난다고, 사용표는 명주에게 시선을 둘 새도 없이 나모에게 물었다.

"허구한 날 힘없는 백성들이나 괴롭히고…… 당신, 대체 뭐하는 사람이야!"

"안 물어주면 어쩌나 했는데 묻길 잘했어. 내가 누구냐 하면 말이야, 듣기만 하면 곧바로 기절할 걸!"

나모는 거들먹거리며 가슴팍을 힘껏 내밀고 말했다.

"장안에서 날 모르면 간첩이지. 황제의 신변이 내 손에 달려있다는 거 알아? 난 천자의 총애를 받는 어전(御前) 사품(四品) 시위라구! 지금 명을 받고 당신을 붙잡으러 가던중인데 고맙군, 다리품을 덜 팔게 해줘서!"

나모의 말에 사용표는 냉소를 머금으며 손을 내밀었다.

"근거 있어?"

나모는 싯누런 이빨을 있는 대로 드러내고 징글맞게 웃으며 기다리기라도 했다는 듯 속주머니에서 뭔가를 홱 잡아채듯 꺼내더니 사용표의 얼굴에 내던지며 뇌까렸다.

"눈깔 제대로 박혔으면 어디 한번 읽어 봐!"

사용표는 나모의 꿍꿍이를 진작에 간파했다는 듯이 그 종잇장을 힐끔 훑어보고는 "탁!"하는 귀청 때리는 소리와 함께 종이를 두 겹으로 접더니 보란 듯이 쫙쫙 찢어버리며 일갈했다.

"이건 가짜야! 네 놈이 누굴 속여 먹으려구? 어림 반푼어치도 없어, 이 자식아!"

"이… 이 새끼가!"

생각보다 세게 나오는 사용표의 태도에 화가 잔뜩 치민 나모는 사용표를 향한 손가락을 부들부들 떨며 말을 잇지 못했다. 화가 동하면 물불을 안가리는 나모는 결국 사용표가 잠깐 한눈을 파는 사이, 열흘 굶은 호랑이처럼 사용표를 덮쳤다.

그러나 난세에 몸을 담고 살면서 눈치 하나로 발빠르게 대응해 오며 자신을 보호할 줄 알았던 사용표는 마치 기다리고 있었다는 듯이 여유있게 웃어보이며 나모의 두 팔을 낚아채 뒤로 꺾었다. 그리고는 아프다고 오만상을 찌푸리는 나모의 등을 힘껏 떠밀어 버렸다. 상대를 너무 만만하게 보고 덤볐던 나모는 마치 만취한 취객처럼 당장 땅에 코를 처박기라도 할 것처럼 비틀대더니 곧바로 저 먼발치에 폭 고꾸라졌다.

"꼴 좋다, 아가야! 불철주야 열심히 더 연습해서 오너라!"

사용표는 병사들 앞에서 체면이 구겨진 채 끙끙거리는 나모를 향해 이같이 말했다. 하지만 그대로 순순히 물러날 위인이 아닌 나모는 엉덩이를 툭툭 털고 일어서며 하나같이 아편중독자 같은 꼴을 하고 있는 병사들에게 고래고래 소리를 질러댔다.

"이 병신같은 놈들아, 어서 덤비지 않고 뭘해!"

나모의 소리가 떨어지기 바쁘게 열댓 명의 사복 군인들이 벌떼처럼 달려들었다. 사용표는 침착하게 몸을 놀려 맨앞에 선 세 놈을 날렵하게 땅에 꽂아버리고는 명주의 손을 잡아끌고 죽어라 인파를 향해 뛰어갔다. 사람들 속에 섞여 천만다행으로 나모의 포위망을 빠져나온 사용표와 명주는 그제야 한숨을 돌릴 수 있게 되었다. 날씨는 어둑어둑 땅거미가 내리기 시작하고 당장 이 밤을 지낼 장소가 변변찮던 두 사람은 고민 끝에 명주가 위동정을 떠올리고 불쑥 찾아왔던 것이다.

명주에게서 자초지종을 들은 위동정은 한동안 말이 없었다. 사용표는 위동정이 둘을 재워주기가 난감해서 그러는 줄 알고 웃으며 서둘러 말했다.

"이보게 조카, 걱정하지 말게나. 여기도 안전지대는 아닌 줄 아니까. 날씨가 완전히 어두워지면 우린 떠날 테니까, 절대로 자네에게 폐를 끼치지는 않겠네."

위동정은 하인이 받아온 술을 큼직한 잔에 철철 넘치게 부어주며 사용표에게 웃으며 말했다.

"아저씨, 그런 말씀 하시면 제가 서운하죠. 그동안 얼마나 찾아다니고 그날 지켜주지 못한 걸 가슴치며 한탄했는지 몰라요. 이렇게 만나니까 잠시 얼이 나갔을 뿐이지 다른 건 아니니 어서 지난 오년 동안 어디서 무엇을 하며 어떻게 살아왔는지부터 말씀해 주세요."

"어휴, 생각하면 마음만 아프네!"

사용표는 깊은 한숨과 함께 결코 다시 떠올리고 싶지 않았던 그날의 상황을 상기시켰다.

"그날 자네가 인력거 구하러 가고 얼마 안 지나 목리마놈이 사람을 데리고 오더니 숲속을 이 잡듯 뒤지기 시작했어. 얼굴이 백지장처럼 창백해진 감매가 나더러 먼저 도망가라고…… 자기가 남아서 유인을 해보겠다고…… 정말 잊을 수가 없어, 그때 감매의 얼굴을. 지금도 꿈에 자주 보인다네……."

사용표는 감매 생각에 코를 훌쩍이며 겨우 말을 이어나갔다.

"한 사람이라도 빠져나가야 한다며 나의 등을 기어이 떠밀던 감매가 나무를 타고 올라가더니 나뭇가지를 소리나게 흔들며 놈들을 유인하더라구. 소리를 들은 놈들이 한 발씩 우리쪽을 향해 움직이고 있는 게 보이더라구. 감매는 자신은 이미 목표가 드러난 게 틀림없으니 나라도 도망가라고 간곡하게 말하지…… 그 정성 때문에 어쩔 수 없이 혼자서 숲속을 빠져 나왔다네. 뒤에서 '저기, 나무 위에 있어!' 하는 고함소리가 들릴 땐 정말이지 내 맘은 찢어질 듯 아팠어."

사용표는 눈물이 그렁그렁한 채로 말을 이었다.

"감매가 포위당했다는 사실을 알고도 혼자서 그 많은 놈들을 당해내기에는 역부족인 게 불 보듯 뻔하더라구. 울면서 뛰어가는데 등 뒤에서 '늙다리 저기 있어, 어서 쫓아!' 하는 소리가 간간이 들렸어. 감매의 희생으로 간신히 부지한 목숨인데 절대 잡혀서는 안 되겠더라구. 살을 에이는 물속에 풍덩 뛰어들어 헤엄을 쳤어. 그러나 언덕에 올라와 보니 길 양 옆에는 끝간데 없는 밭이더라구. 이른 봄이라 곡식들도 자라지 않아 몸을 숨길 데라곤 없었어. 정말 죽겠더라구!"

여기까지 말한 사용표는 목이 타는지 술잔을 들어 누구에게도 권하지 않고 혼자 꿀꺽꿀꺽 입안으로 털어넣고는 소맷자락으로 입을 쓱 닦고 말을 이었다.

"그래도 죽으라는 법은 없는가 봐. 꼼짝없이 잡혔다고 맥을 놓고 있는데 저쪽에서 징소리와 함께 말발굽 소리가 들려오더라구. 높은 사람이 행차하는 징소리가 틀림없었어. 온몸이 흠뻑 젖은 데다 몰골이 말이 아니었지만 목리마에게 잡혀가느니 한번 통사정이라도 해보고 싶었어. 그래서 죽기살기로 소리나는 방향을 향해 뛰어갔지……"

"그 높은 사람이 누구였어요?"

명주가 마치 자신이 그 처지에 놓인 듯 이마에 땀이 송골송골 배인 채 걱정스레 물었다.

"수커사하라는 어른이었어."

수커사하의 이름을 말하는 사용표의 표정에는 감개무량함이 다분했다.

"내 꼴을 유심히 살펴보더니 수커사하 어른이 뭐하는 사람이냐고 묻더라구. 갈 곳 없는 방랑자인데 나쁜 사람들에게 쫓기고 있으니 도와달라고 했어. 그 사이 말을 타고 먼저 당도한 목리마의 병사가 수커사하 어른을 알아보고 인사를 하더니 강도를 잡는 중이라며 나를 돌려줄 것을 요구하는 거야. 누구 밑에서 일하는 누구냐고 상세히 묻던 수커사하 어른이 목리마의 이름을 듣더니 얼굴이 대번에 굳어지며 나를 태우고 가자고 눈짓을 하더라구. 그날 오후, 수커사하 어른댁에 도착하자마자 수커사하 어른이 날 불러다 놓고 이것저것 물으시더니 무인 출신이니 당분간 머물면서 애들 무술이나 가르치고 있다가 기회가 닿으면 적당한 일자리를 찾아주겠다고 말씀하시더라구. 그래서 불행 중 다행으로 수커사하 어른 댁에서 일하게 됐던 거야."

"그럼 감매는 어떻게 된 거예요? 나중에 만나보셨어요?"

위동정이 다급히 물었다.

"못 만났어."

사용표가 한숨을 쉬며 말했다.

"수커사하 어른이 그러시는데 오배가 사사건건 트집을 잡고 뭔가 꼬투리를 잡아 자신을 물먹이려 드니 나더러 웬만하면 바깥출입을 자제하라고 했어. 그래서 나가서 얼쩡거리다가 괜히 폐를 끼쳐드릴까 봐 집에만 있다보니까 찾으러 다니지도 못했지. 몇 번 변장을 하고 나가 알아봤더니 목리마에게 잡혀가 오배네 집에 하녀로 들어갔다는 소문이 들리던데 잘 모르겠네……. 수커사하 어른에게 잘 부탁드려 감매를 어떻게 찾아보려 했는데 그만 수커사하 어른이 그런 봉변을 당해 억울하게 돌아가실 줄이야! 일가족이 거의 다 몰살당하다시피 했지. 참상을 이루 다 말할 수 없어. 다행히 수커사하 어른의 막내도련님 상수(常壽)를 내가 목숨 걸고 빼내 왔지. 어떻게든 수커사하 어른의 은혜를 갚고 싶었거든."

위동정은 사용표의 말에 깊은 감명을 받았다. 북경에 들어온 목적을 묻고 싶었지만 이내 머리를 가볍게 저으며 포기했다.

"그럼 수커사하 어른의 아드님은 지금 어디 있어요?"

명주가 호기심을 참지 못하고 물었다.

"시골에 숨겨놨어."

그 아이에 대해 사용표는 길게 말하고 싶지 않은 눈치였다. 심정을 이해하고도 남는 위동정도 말없이 술만 마시며 더 이상 묻지 않았다. 한참 뭔가 깊은 생각에 잠긴 듯 말이 없던 위동정이 무거운 침묵을 깨며 입을 열었다.

"아저씨, 아팠던 과거는 잠시 접어두고 오늘 명주도 구해주시고 우리 모처럼 해후했으니 좋은 날에 기분좋은 얘기만 합시다."

말은 이렇게 했어도 착잡한 마음을 달랠 수 없는 위동정이었다. 헝클어진 기분을 추스리기엔 무리가 있는 듯한 위동정의 표정을 지켜보던 사용표는 그가 피곤해서 그러는 줄 알고 말했다.

"피곤해 보이는데 오늘은 일찍 쉬는 게 좋을 듯하네!"

그러자 위동정이 급히 웃으며 사용표를 잡았다.

"피곤해서 이러는 게 아니에요. 아까부터 아무리 생각해 봐도 오배가 어떻게 오차우 선생님이 아직 북경에 머무르고 있다는 것을 알고 거기까지 잡으러 간 건지 영 답이 안나오네요."

사용표는 사건의 자초지종을 모르니 뭐라고 해줄 말이 없었다. 머리를 갸우뚱하고 생각에 잠기던 명주가 갑자기 뭔가 떠오른 듯 손뼉을 치며 말했다.

"오배가 수커사하 어른댁을 수색할 때 오차우 선생님의 시험지를 찾아낸 게 틀림없어요. 그러니 눈에 불을 켤 거 아니겠어요?"

명주의 추리에 위동정도 공감을 했다. 충분히 그러고도 남을 일이었던 것이다. 그러나 하계주를 떠올린 위동정은 갑자기 가슴이 쿵쾅거리기 시작했다.

"만약 하계주를 잡아 심문한다면, 혹시……."

여기까지 생각이 미친 위동정은 불안해지기 시작했다. 얼굴이 잔뜩 굳어지고 사색에 잠긴 위동정이 직접 낙우점에 가보려고 몸을 일으킬 때, 하인이 들어서면서 아뢰었다.

"위 어른, 밖에 장만강 태감이 대령하였나이다."

두 사람에게 천천히 앉아 술을 마시고 있으라고 부탁한 위동정은 급히 밖으로 뛰쳐나왔다.

장만강과 위동정은 평소 그리 서먹한 관계가 아닌지라 자질구레한 인사 따위는 생략하는 게 두 사람만 만날 때는 극히 자연스러웠다. 의자에 몸을 기대고 차를 마시고 있던 장만강을 발견한 위동정이 반갑게 웃으며 말했다.

　"뒷방에 친한 친구 두 사람이 같이 술을 마시고 있는데, 같이 가지 그래?"

　위동정의 꾸밈없는 말에 장만강은 그 특유의 오리 목소리로 웃으며 말했다.

　"오늘은 안돼. 다음에 같이 모여 한잔 하자고 해."

　위동정은 점잔을 빼는 장만강을 보고 웃으며 자리에 앉았다.

　"술생각 나서 온 것이 아니면 이 밤에 무슨 중요한 일이라도 있는 게 틀림없군!"

　장만강은 하인이 나가길 기다렸다가 몸을 일으켜 위동정에게로 가까이 오더니 귓속말로 말했다.

　"어명이 있어서……."

　어명이라는 말에 위동정은 순간 흠칫 떨며 재빨리 일어나 장만강 앞에 두루마기 자락을 걷어올리며 무릎을 꿇었다.

　그러자 장만강은 위동정에게 일어서라고 손짓하며 어명을 전하기 시작했다.

　"극비 어명 : 어전 육품 시위 위동정은 어명을 받는 즉시 문화전(文華殿)에 대기하라!"

　위동정은 된방망이에 심하게 뒤통수를 얻어맞은 기분이었다. 그는 얼떨떨한 표정으로 장만강을 바라보며 말했다.

　"이런 경우는 처음이야! 지금 이 시각 궁궐문도 닫혔을 텐데, 혹시 장 태감, 심심해서 장난치는 건 아니지?"

"나도 이상하다고 생각했어."

장만강이 정색을 하며 급히 말했다.

"장난칠 게 따로 있지! 아무튼 사실이니 어서 가보게."

위동정은 다급히 뒷방에서 이제나저제나 기다리고 있는 두 사람에게 양해를 구하고 하인더러 두 사람을 잘 대접하라고 분부하고는 장만강을 따라 말을 타고 자금성으로 향했다

칠흙같이 어두운 밤이었다. 잔뜩 흐린 하늘엔 천둥소리가 저 멀리서 울려오고 있었다. 가끔씩 번쩍이며 주위를 스산하게 비추는 번갯불에 광풍에 휘말려다니는 쓰레기들이 진저리치며 날아다녔다. 식은땀이 등을 적셨던 위동정은 찬바람에 몸을 흠칫 떨었다. 천둥소리가 사그라진 후에 찾아온 밤의 정적을 깨며 저 멀리서 장사치의 쉰 목소리가 간간이 들려오며 밤의 신비를 더해갔다.

하나는 황궁의 힘없는 잔심부름꾼, 하나는 황제의 신변의 경호를 맡은 젊은 시위, 두 사람은 각자의 생각을 품고 말없이 달리기만 했다. 장만강은 수시로 몸을 돌려 위동정의 표정을 힐끔힐끔 훔쳐보려고 했으나 가쁜 숨소리와 함께 볼 수 있는 건 번개가 칠 때 잠깐 비춰지는 석고 같이 희고 무표정한 얼굴 뿐이었다. 말고삐를 꽉 움켜잡고 시선을 앞에 고정시킨 채 추호의 흐트러짐도 없이 달리는 위동정을 바라보며 장만강은 항상 해오던 생각이지만 이 순간 다시 한번 탄복을 금할 길이 없었다.

'역시 위동정은 인물이야! 하늘이 무너진대도 당황하지 않을 침착성과 담대함이 돋보인다고 소어투와 웅사이 두 어른이 입에 침이 마르도록 칭찬을 해댈 만도 하네!'

그러나 장만강이 어떻게 헤아릴 수가 있을까. 내색을 않고 마음을 다잡고 있지만 파도처럼 출렁이는 위동정의 심정을.

위동정은 전혀 추측할 순 없지만 나름대로 이 시간에 자신을 부른 이유를 생각해 보았다.

'굳이 이 어두운 밤에 몰래 부른 걸로 보아 틀림없이 오배와 관련된 일일 거야. 하계주는 마마가 수업받는 장소에 대해 손금 보듯 잘 알고 있으니 만약 그가 오배에게 다 불어버리는 날엔…… 수업장소를 바꾸는 게 나을까, 아니면 하계주를 없애버리는 게 좋을까…… 이 일을 감매가 알게 된다면 어떻게 생각할까? 감매는 지금 어디에서 뭘하며 살고 있을까…… 에이, 나도 참 웃기는 놈이야. 갑자기 무슨 쓸데없는 생각을 하는 거야!'

이런저런 생각을 두서없이 하고 있을 때, 갑자기 앞에서 누군가의 고함소리가 들려왔다.

"거기 누구야! 여기는 특별한 명령이 없는 한 말을 타고 들어올 수 없다!"

그제야 위동정은 자신이 어느새 자금성 앞의 오봉루(五鳳樓) 아래에 다다른 사실을 깨달았다. 마침 하늘에서는 부슬부슬 비가 내리기 시작했다.

위동정과 장만강이 말에서 내리자 소리를 지르던 사람이 초롱불을 들고 다가왔다. 장만강과 잘 아는 사이인 중년 내시였다. 그는 장만강을 보더니 급히 웃어보이며 말했다.

"장 태감님을 몰라뵈었습니다. 소인 유귀(劉貴)가 인사 올리겠습니다. 그런데 이 밤에 어디 다녀오시려는 겁니까?"

장만강은 가슴 속에서 뭔가를 꺼내보이며 태연스레 말했다.

"위동정 시위를 자금성으로 불러오라는 어명이네."

그 중년의 내시는 잘 알겠다는 듯이 공손히 허리를 굽혀 두 사람을 안으로 안내했다.

그런데 생각지도 못했던 일이 벌어졌다. 경운문(景運門)에서 야간 순찰을 돌던 한 무리의 내감(內監) 시위들에게 발목을 잡혔던 것이다.

"이봐! 뭐하는 사람이야. 궁문이 닫혔어. 별볼일없는 사람은 누구도 못 들어가게 되어 있어!"

장만강이 머리를 들어보니 눈부신 유리등불 사이로 2품 시위인 목리마와 나모, 두 사람이 우비를 걸치고 빗길을 가로막고 있었다. 장만강은 급히 다가서며 비굴한 웃음을 지어보였다.

"마마께서 문화전에서 상주문을 열람하고 계시면서 위동정더러 각 부서의 긴급 상주문을 뽑아오라고 하셨는데 비 때문에 그만 이렇게 늦어서……."

말을 마친 장만강은 어명을 전할 때 쓰는 그 중 한 권을 꺼내 흔들어 보였다.

"말도 안돼!"

장만강의 말이 끝나기 바쁘게 나모가 으르렁댔다.

"번데기 앞에서 주름잡는 거야? 문화전 당직인 내가 금시초문인데 어명은 무슨?"

장만강이 급히 말했다.

"마마께서 저녁 진지드실 때 양심전에서 명하신 건데 어찌 거짓말일 리가 있겠사옵니까!"

그러나 막무가내인 목리마가 횡포를 부리며 말했다.

"통행허가증이 없이는 건청문을 통과시킬 수가 없으니 그 사람더러 내일 다시 오라고 하게!"

난감해진 장만강이 쩔쩔매고 있을 때, 옆에서 듣고만 있던 위동정이 앞으로 나서며 차갑게 한마디 던졌다.

"마마께서 나를 보자고 부르시는데도 당신 허락이 있어야 하나요?"

그러자 목리마가 입을 삐죽이며 한마디 받아쳤다.

"말단 심부름꾼인 주제에 마마께서 할 일이 없어서 자네를 보자고 했겠어? 무슨 일이 있으면 내일 내가 직접 마마를 만나 뵙고 말씀드릴 거야."

"놀고 있네!"

위동정이 코웃음을 치더니 큰소리로 말했다.

"어느 누가 감히 어명을 막아? 장 태감, 그냥 들어가!"

말을 마친 위동정은 장만강을 끌고 막무가내로 쳐들어갔다.

"거기 못 서!"

골이 난 목리마가 게거품을 물고 으르렁거리자 십여 명이 넘는 졸병들이 부채모양으로 늘어서더니 위동정의 앞을 막고나섰다. 더 이상 머뭇거릴 수가 없다고 생각한 위동정은 허리춤에서 검을 확 뽑아 겨누며 어디 한번 갈 데까지 가 보자는 자세를 취하고 독기 어린 눈으로 목리마를 노려보았다. 큼직한 빗방울이 후둑후둑 떨어지기 시작하더니 눈부신 번개가 위동정이 들고 있는 칼날을 하얗게 비췄다.

바로 이 위기일발의 시각에 경운문 안에서 누군가의 목소리가 들려왔다.

"장만강, 거기 있어? 무슨 일이야? 마마께서 위동정을 빨리 불러오라고 하셨는데 아직 거기서 뭘 꾸물대는 거야?"

갑자기 들려온 이 한마디에 모두들 어리둥절해 있는 사이, 저쪽에서 손전신이 헐레벌떡 빗속을 달려오고 있는 게 보였다. 손전신은 일촉즉발의 분위기를 전혀 감지하지 못한 것처럼 급히 위동정의 팔을 잡고 순식간에 안으로 들어갔다.

눈을 시퍼렇게 뜨고 위동정을 놓친 목리마는 화가 나서 펄펄 뛰며 나모에게 고래고래 소리를 질렀다.

"개대가리는 왜 달고 다녀? 어서 쫓아가 마마 시중을 안들 거야!"

나모는 끽소리 못하고 "네!" 하고 대답하고 빗속으로 사라졌다.

비는 그칠 줄 모르고 퍼부었다. 자금성 앞의 푸른 빛깔의 대리석 바닥 위로 빗물이 떨어져 커다란 물방울을 튕겼다. 천둥번개는 마치 이 세상의 모든 잘못을 한꺼번에 혼내키듯 숨돌릴 새도 없이 번갈아 호령했다. 무시무시하고 아슬아슬한 밤이었다.

문화전의 대문은 반쯤 열려 있었고 안에는 촛불이 바람에 외로이 떨고 있었다. 평소와는 달리 시위들이 많지는 않았다. 몇 명의 시위들이 두 줄로 서서 꼼짝 않고 비를 맞고 서 있을 뿐이었다. 현관 앞의 붉은 계단 앞에 선 위동정은 우비를 벗어놓고 허리춤에서 칼도 빼어 함께 밖에 놓고 무릎을 꿇으며 큰소리로 아뢰었다.

"육품 시위 위동정이 마마의 부름을 받고 대령하였사옵니다!"

잠시 후에 안에서 강희의 목소리가 들려왔다.

"들어와!"

궁안에 들어선 위동정은 격식을 갖춰 강희에게 아홉 번 큰절을 하고 나서 머리를 들었다.

허리를 곧게 펴고 단상에 앉아 있는 강희의 얼굴에는 숙연함이 감돌았다.

웅 사 이, 소어투가 허리를 굽히고 옆에 엎드려 조용히 강희황제의 입이 열리기만을 고대하고 있었다.

한동안 무거운 침묵을 지키던 강희가 조용히 자리에서 일어나

세 사람 사이를 거닐더니 촛불의 빛을 빌어 땅에 엎드려 있는 위동정을 지켜보았다. 비에 흠뻑 젖어 착 달라붙은 옷이며 머리에서 빗물이 줄줄 떨어지는 위동정을 바라보던 강희가 입을 열었다.

"위동정, 내가 자네를 대함에 있어서 어떻다고 생각하나?"

위동정은 강희의 이같은 갑작스런 질문에 황급히 머리를 쿵쿵 소리나게 세 번 땅에 짓찧으며 말했다.

"마마가 아니었더라면 어찌 소인의 오늘이 있었겠사옵니까. 마마의 높고 크신 은혜 죽어서 가루가 되는 한이 있더라도 마마를 위해 목숨을 바치는 것으로 갚겠사옵니다. 아니, 죽어도 갚을 수 없는 게 한이옵니다!"

"그런데, 나한테 어려움이 닥쳤어."

강희는 가벼운 한숨을 쉬며 물었다.

"자네 죽을 각오로 날 도울 수 있겠나?"

"마마를 위해서라면 천만번 죽어도 영광이옵니다!"

위동정은 갑자기 몸을 반쯤 일으키더니 단호한 어조로 말했다.

"충실한 노예로, 절개있는 충신으로 마마를 섬기겠나이다!"

"그 말이 듣고 싶었어!"

강희는 흡족한 듯 말하며 소어투와 시선을 교환하고 나서 말을 이었다.

"자네라면 난 믿어. 웅사이와 소어투와 더불어 목숨을 걸고 나를 보호하고 받들어 줄 것이라고."

위동정은 무표정한 두 사람을 바라보고 머리를 조아리며 말했다.

"마마와 두 어르신의 기대를 저버리지 않고 죽을 힘을 다해 마마를 위해 싸우겠나이다!"

강희는 뒤돌아서서 웅사이와 소어투를 바라보더니 자신이 지니고 있던 검(劍)을 꺼내어 정중하게 두 손으로 받들어 위동정에게로 다가가며 말했다.

"보도(寶刀)는 용감한 열사(烈士)에게 필요한 것이니 자네 잘 받아두게. 부디 나의 기대를 저버리지 말았으면 하네!"

위동정은 눈물이 그렁그렁한 채 울먹이며 말했다.

"감사하옵니다, 마마!"

뭔가를 말하려고 했으나 입만 맥없이 실룩일 뿐 눈물이 비오듯 흘러 위동정은 조용히 머리를 숙이고 흐느끼기 시작했다.

두 손을 내밀어 검을 받으려는 순간, 강희가 허리를 굽혀 위동정을 일으켜 세우며 직접 보도를 그의 허리춤에 채워주며 자상하게 물었다.

"자네 육품이라고 했나?"

위동정이 미처 대답하기도 전에 자리로 돌아간 강희는 단호한 어조로 명령했다.

"진급이 있겠다! 오늘부로 위동정은 삼품(三品) 어전시위로 승진하고 내가 있는 곳이면 자금성 어디라도 칼을 차고 자유로이 드나들 수 있다!"

강희의 말에 웅사이와 소어투는 감동의 눈물을 흘리며 이구동성으로 "만세!" 하고 외쳤다. 그러자 어느새 3품 시위복장을 받아든 강희는 친히 위동정에게 입혀 주었다.

눈물이 흘러내리려는 것을 꾹 참고 위동정에게 옷을 입혀준 강희는 말없이 머리를 돌리며 빠른 걸음으로 밖으로 나와버렸다. 끝 간데를 모를 정도로 흐려있는 하늘에서는 누구의 눈물인지 그칠 줄 모르고 굵은 빗줄기가 흘러 내리고 있었다. 끊이지 않는 천둥과 번개는 마치 자신의 무능을 질책하는 것 같기도 하고 사악한 탐관오리들을 징벌하려는 움직임같기도 했다. 천근만근 자신을 짓누르고 있는 굵직굵직한 현안들은 하나도 해결된 것이 없는데 설상가상 집안도둑마저 설치니 정말 천둥번개 소리에 파묻혀 속시원히 엉엉 울어버리고 싶은 심정이었다.

청주(靑州)의 농민폭동을 겨우 겨우 잠재워 놓았더니 오삼계(吳三桂) 등 한인(漢人)들이 황궁의 코앞에서 둥지를 틀고 앉아 밥 해 먹고 총 만들고 난리법석을 피우니 그 심보 또한 불 보듯 뻔한 터라 못본 척 무시해버리기엔 꿈자리가 사납고, 정성공(鄭成功) 부자(父子)가 대만섬에 눌러앉아 새살림 차리겠다고 앙탈을 부리질 않나, 강남(江南)의 명나라 유신(遺臣)들은 하나같이 굶어죽어도 청나라가 내주는 밥은 안먹겠다고 뻐기질 않나…… 정말 뜻대로 되는 건 하나도 없었다.

빗속에서 한참을 서 있고 나니 머리가 약간 진정되어 강희는 다시 이를 악물며 뭔가를 결심한 듯 했다.

'오차우와 웅사이는 비록 다른 길을 가는 두 사람이지만 둘 다 나의 마음을 똑같이 읽었어. 처방전도 거의 비슷하고. 눈앞의 간신을 제거해 버리지 않으면 우환이 끊이지 않을 것이고 민심을 깡그리 잃고 말 거라고 했었지.'

강희는 두 사람의 말을 떠올리며 머리를 끄덕였다.

갑자기 찬바람이 세차게 불어닥치자 강희는 소름이 끼쳐 어깨를 움츠렸다. 그때 갑자기 뒤에서 누군가 옷을 걸쳐주는 느낌을 받은 강희가 머리를 돌려보니 다름 아닌 오배의 양자 나모였다.

강희는 순간 몸을 움츠리며 경계조로 물었다.

"자네가 여기는 웬일인가?"

그는 황급히 뒤로 한발짝 물러서며 한쪽 다리를 꿇으며 말했다.

"비가 많이 내리는데 마마께서 감기라도 걸리실까 봐 걱정이 되어서 옷을 가져왔나이다!"

입에 침도 묻히지 않고 태연하게 말하는 나모는 아무리 영악한 척해도 강희의 눈을 속일 수는 없었다. 번갯불을 빌어 칼에 손을 얹어놓은 자신의 모습을 강희가 똑똑히 보았으리라고는 생각지도 못했던 것이다. 강희는 내심 많이 놀랐지만 아무런 기색도 드러내 보이지 않고 나모에게 말했다.

"물러가게. 나도 안으로 들어갈 거니까."

말을 마친 강희는 뒤도 돌아보지 않고 걸어갔다. 그 뒤로 위동정이 보무도 당당하게 따라갔다.

궁 안에 들어선 강희는 회중시계를 꺼내보았다. 벌써 밤 10시가 가까워오고 있었다. 강희는 아직도 무릎을 꿇고 있는 내시들을 퇴장시키고 위동정에게 말했다.

"내가 특별히 부탁한 일이 있으니 곧장 소어투의 집에 가서 의논하도록 하게. 궁내에서는 안전하지 않으니깐."

말을 마친 강희는 곧 건청궁을 향해 떠났다. 위동정이 따라나서려고 하자 강희는 큰소리로 말했다.

"괜찮네. 손전신이 병사들을 거느리고 같이 가니까 걱정 말고 들어가게!"

강희가 떠나가고 궁궐 안은 다시 정적 속에 파묻혔다. 밖에는 여전히 천둥번개를 동반한 비가 쏟아지고 있었다. 마치 아무 일도 일어나지 않았던 것처럼 빗줄기는 요란스럽기만 했다.

12. 모반(謀反)

손전신이 경호를 선다고 했지만 위동정은 끝내 마음을 놓을 수 없어 몰래 건청문까지 뒤를 따라갔다. 전혀 눈치를 채지 못한 강희 일행이 무사히 궁안으로 들어가는 것을 확인한 위동정은 그제야 말을 달려 소어투의 집으로 향했다.

소어투는 아직 귀가 전이었고, 하인이 밖에서 초롱불을 밝히고 목을 길게 빼고 서성이는 걸로 보아 주인을 기다리고 있는 게 분명했다. 위동정이 방문차 왔다는 소식을 들은 하인들은 주인도 없는 밤에 웬일이냐는 듯이 머리를 갸우뚱했다.

하인 중에 제일 우두머리인 조봉춘(趙逢春)이 급히 뛰어나와 웃으며 위동정을 맞았다.

"위 어른, 이 시간에 여기까지 어쩐 일이십니까? 저희집 어르신은 아직 귀가하지 않으셨는데요?"

"괜찮아요. 시간이 많은 내가 기다리면 되니까."

사람좋게 웃으며 이같이 말한 위동정은 곧장 안으로 걸어 들어갔다.

"어르신께서는 오늘저녁 안 들어오실지도 모르는데요?"

조봉춘은 혼자말처럼 이같이 궁시렁대며 위동정을 따라 들어왔다. 어떻게 해서든지 위동정을 따돌려보려고 안간힘을 쓰는 조봉춘을 보며 위동정은 그 엉성함에 웃음을 금할 수가 없었다. 그는 우비를 벗어 물기를 털어내며 말했다.

"안 들어오실지도 모른다며 왜 그렇게 목을 빼고 기다리는 거요?"

위동정의 한마디에 속마음을 들키자 머쓱해진 조봉춘이 할 말이 궁해진 듯 웃으며 말했다.

"기다리실 거면 이쪽으로 오셔서 옷을 갈아입으시고 편히 앉아계세요. 제가 술을 받아올 테니깐요."

위동정은 어쩔 수 없이 그를 따라 서쪽 방으로 들어갔다.

조봉춘이 꺼내주는 옷으로 갈아입고 있을 때 밖에서 말소리와 함께 약간 소란스러운 움직임이 있었다. 대뜸 귀를 기울이던 조봉춘이 웃으며 말했다.

"벌써 오셨네! 늦으신다더니!"

위동정은 거짓말이 들통난 난감함에 어쩔 줄을 모르는 조봉춘을 밉지 않게 쳐다보며 웃었다. 바로 이때, 소어투의 목소리가 근처에서 들려왔다.

"오늘저녁 웅사이 어른과 중요한 얘기를 해야 하니 위동정 시위가 아니면 아무도 들여놓지 마라!"

소어투의 말이 끝나자 위동정은 조봉춘을 보고 웃으며 말했다.

"당신의 진심은 내가 알겠네. 하지만 오늘저녁 나는 초대받은 사람인 걸. 그러니 나더러 어떡하라구?"

조봉춘은 약간 익살스러운 위동정의 말에 악의가 없음을 알고 쑥스럽게 웃으며 말했다.

"소인의 무식함을 용서해 주세요."

소어투, 웅사이, 위동정 세 사람은 곧 상다리가 부러지게 차려진 산해진미를 마주하고 앉아 술을 마시며 비밀회의를 시작했다. 성격이 급한 소어투가 술 한잔으로 목도 축이기 전에 술잔을 잡은 채로 목소리를 낮춰 말했다.

"알다시피 오배의 만행은 더 이상 봐줄 수가 없을 정도에 이르렀네. 마마를 우습게 여기고 충신들을 마구잡이로 죽임으로써 뭔가 꿍꿍이가 있음을 여실히 드러냈소! 마마께서 그동안 과거의 공로를 생각해서 험한 꼴을 보이지 않으려고 그토록 알아듣게 타일렀건만 악습을 고치지 않고 오히려 기어오르려고 하니 손 좀 봐줘야겠네. 모든 수완을 동원해 오배를 제거하라는 마마의 비밀 조서(詔書)가 있었소."

소어투의 말에 웅사이와 위동정은 생각할 겨를도 없이 단호하게 이구동성으로 대답했다.

"뭐든지 어르신께서 시키는 대로 따르겠습니다!"

뭔가 골똘히 생각하는 듯한 위동정이 술 한모금을 마시고 나서 못내 궁금하다는 듯이 물었다.

"마마께서는 왜 명실공히 오배의 죄행을 폭로하고 궁중의 법규에 의해 정면으로 치고 들어가지 않는 거죠?"

위동정의 물음에 웅사이가 머리를 절레절레 흔들며 말했다.

"그건 안돼. 오배는 이미 클 대로 큰 독초라 섣불리 뽑으려 들었다간 상처를 입을 수도 있으니 조심해야 하는 건 사실이야. 어느 부서라 할 것 없이 모조리 자기의 심복을 확실히 꽂아놓았다구. 절대로 무시 못할 세력들이지. 만약에 정면돌파를 시도했다가 그들이 물불을 안가리고 막 나가면 수습곤란일 게 뻔해. 게다가……"

뭔가 중요한 얘기를 하려던 웅사이가 이 대목에서 말끝을 흐렸다. 다급해진 소어투는 어서 말해 보라고 재촉을 했다.

"이보게, 우린 지금 심각한 사명을 안고 목숨 걸고 어명을 받은 몸이라는 걸 명심해야 되네! 서로 마음을 활짝 열어보이고 툭 터놓고 고민해야지 주저하고 눈치나 보면 안된다구!"

소어투의 이같은 간절한 부탁에 웅사이가 일어서며 손가락으로 술을 찍어 탁자 위에 '오(吳), 경(耿), 상(尙)' 세 글자를 휘갈겼다.

그것은 할거세력을 형성하고 있는 세칭 삼번(三藩)의 왕을 의미했다. 운남(雲南)의 평서왕(平西王) 오삼계(吳三桂), 광동(廣東)의 평남왕(平南王) 경정충(耿精忠), 복건(福建)의 정남왕(靖南王) 상지신(尙之信)이 바로 그들. 명나라의 장수로 청나라를 세우는 데 공로가 컸으나 당시로서는 세력화되어 청 조정의 골칫거리였다. 웅사이는 자신이 썼던 글씨를 곧바로 지워버리고는 두 사람에게 물었다.

"저의 생각이 너무 짧지는 않은지요?"

소어투는 연신 머리를 끄덕여 보였으나 위동정은 공감할 수 없다는 듯이 입을 열었다.

"이 세 사람 걱정은 너무 이른 게 아닌가 봅니다. 서평왕 오삼계는 비록 오배와 죽이 맞아 돌아가는 것 같지만 사실 두 사람 관계는 분명한 동상이몽(同床異夢)이에요. 오배가 불이익을 당하거나 심지어 생명에 위협을 느끼게 되면 제일 먼저 환호할 사람이 서평

왕일지도 몰라요. 그렇게 되면 우리는 본의 아니게 서평왕을 돕는 셈이죠. 저는 그게 두려워요!"

위동정의 말에도 일리가 있다고 생각한 웅사이는 머리가 복잡해지기 시작했다. 도대체 어떻게 하면 도랑 파고 가재 잡는 일석이조의 효과를 만들어낼 수 있을까? 말하자면 오배도 제거하고 동시에 반대세력들의 거센 반발도 효과적으로 잠재울 것인가를 고민해 보았지만 당장에 뾰족한 수가 떠오르지 않았다.

한참을 말없이 생각에 잠겨있던 웅사이가 갑자기 웃으며 입을 열었다.

"옛말에 포도밭 너머에서 꼬리 흔드는 여자 따먹으려다가 급한 마음에 포도넝쿨을 타넘는 바람에 포도밭이 작살났다는 것 들어봤소? 하하하."

웅사이의 다소 억지스러운 우스갯소리에 두 사람도 함께 한바탕 웃고 말았다. 누구보다 신이 난 듯, 허탈한 듯 웃던 소어투가 웅사이를 나무라는 척하며 말했다.

"지금이 어느 땐데 농담을 하고 그래? 쯧쯧."

그러자 위동정이 급히 소어투의 말을 받았다.

"그렇긴 하지만 우리에게도 해당되는 얘긴 것 같아요. 우리는 지금 어떻게 하면 여자와 사랑도 나누고 포도밭도 망가뜨리지 않을 것인가 하는 방안을 검토해야 하는 거잖아요."

위동정의 말에 웅사이와 소어투는 또다시 깊은 사색에 빠졌다. 한참동안 침묵이 흐르자 위동정이 자리에서 일어서서 두어 발짝 떼더니 말했다.

"저의 짧은 소견으로는 상·중·하 이렇게 세 가지 대책이 있지 않을까 합니다."

위동정의 조심스럽지만 자신감 있는 말에 소어투는 눈빛이 눈에 띄게 밝아지며 의자 등받이에 몸을 기대며 말했다.

"기대되는데? 소상히 말해보게."

"첫째……."

위동정은 뜸을 들이지 않고 단도직입적으로 말하기 시작했다.

"용맹하고 의리있는 투지파 용사 몇 명을 선발하여 강화훈련을 시켰다가 방심하는 틈을 타 손을 쓰는 게 좋을 듯합니다. 성공하면 마마께서 오배의 죄행을 낱낱이 공포하는 것으로 마무리를 하고, 혹 실패하면 모든 책임은 내가 떠안는 것으로 하는 것이 상책입니다."

그의 말이 끝나기 바쁘게 소어투가 머리를 저으며 말했다.

"그건 위험해서 안돼. 오배가 어떤 놈인데 우리한테 걸려들겠어. 그리고 갑자기 어디 가서 그런 용사들을 찾는단 말인가. 자칫 큰 화를 자초할 수도 있네."

그러자 웅사이가 두 번째 방안을 말해보라고 재촉했다.

"소 어른이 어머님의 생신에 초대한다며 오배를 불러들여 술이나 음식에 독극물을 넣는 겁니다!"

위동정의 두 번째 방안을 들은 소어투가 이마를 살짝 찌푸리며 말했다.

"나도 그런 생각을 해본 적이 있어. 하지만 그건 그놈이 얼마나 교활한지 몰라서 하는 소리야. 자기 마누라가 주는 밥도 냄새를 맡는다고 하던데. 전에 나의 생일 때 두 번씩이나 불렀는데도 안 왔더라구."

웅사이는 가타부타 말은 않고 웃으면서 말했다.

"나머지 방법은 뭔지 어서 말해 보게."

"마지막 카드는 마마께서 직접 나서서 연회를 미끼로 오배를 불러다가 그 자리에서 죄행을 폭로한 후 미리 대기중이던 경호원들이 달려들어 단칼에 보내는 겁니다!"

위동정은 오른손을 힘있게 내리며 칼로 자르는 동작을 보여 주었다. 그러자 소어투는 이번에도 반기를 들고 나섰다.

"누가 누군진 확실히 몰라도 경호원 중에 오배라면 알아서 슬슬 기는 자들이 무척 많다는 게 문제야. 자칫 마마의 생명마저 위협 받을지 몰라!"

어느 정도 자신감을 비췄던 방안이 전부 물거품으로 돌아가자 위동정은 은근히 김이 새는 눈치였다. 한참동안 멍하니 앉아있던 그는 뭔가 결심을 한 듯 단호한 태도를 보이며 입을 열었다.

"마마께서 나서지 않더라도 두 분 가운데 누구라도 용기를 내셔서 신호만 보내주실 수 있다면 나머지 일은 제가 수습을 하겠습니다. 한 번 죽지 두 번 죽겠습니까? 전 이미 각오가 돼 있습니다. 그놈 죽고 나 죽고 한번 결판을 내렵니다!"

그러자 소어투가 웃으며 맞장구를 쳤다.

"같이 해 보세."

소어투의 말에 다급해진 웅사이가 연신 손을 저으며 제동을 걸었다.

"그건 안돼! 잘못하면 마마께서 직권을 남용하여 마음대로 대신을 죽인다는 느낌을 주게 된다구."

이렇다 할 대안은 없으면서 발목만 잡는 웅사이가 불만스러운지 위동정이 심드렁하게 물었다.

"그럼 어른이 보시기에는 어떤 방법이 통할 것 같으세요?"

웅사이는 다급한 위동정의 질문에는 아랑곳하지 않는 듯 생선을 집어 입에 넣고 천천히 씹어 넘기고 술 한모금까지 마시고 나서야 입을 열었다.

"문제는 오배가 반역죄를 저질렀다곤 해도 근거가 미비하다는 거야. 간통죄도 현장을 덮쳐야 되듯이 오배도 흑심을 품은 건 다 아는 일이지만 뚜렷한 증거가 없어. 지금은 무턱대고 없애버렸다 가는 오히려 상상치도 못할 대란을 몰고 올 수도 있소. 벼룩을 잡 으려고 초가삼간을 태울 것까지는 없지 않겠소? 내 생각엔 죽이기 보다는 일단 손발을 꼭꼭 묶어두어 무용지물을 만들었다가 점차 그 죄행증거를 수집하여 백일하에 폭로하는 것과 동시에 처형을 해도 늦지는 않다는 거요. 개구리가 뒤로 주저앉는 것은 더 멀리 뛰기 위함이니까."

역시 경력과 연륜은 결정적인 순간에 무시 못할 힘을 발산하였 다. 웅사이의 노련함에 탄복한 소어투는 연신 머리를 끄덕이며 위 동정에게 말했다.

"마마께선 이미 마음을 굳히셨어. 오배의 운명은 어떤 식으로든 곧 종말을 고하게 돼 있어. 오배도 순순히 당하고만 있진 않을 테 지. 지피지기는 백전백승이라, 자네 생각엔 오배가 지금 마마에 대 해 어떤 주판알을 튕기고 있을 것 같애?"

위동정은 웃으며 대답했다.

"오배가 마마를 어린애 취급을 하며 호시탐탐 기회를 노리는 건 사실이죠."

위동정의 말에 웅사이가 손뼉을 치며 일리가 있다는 듯 말했다.

"맞아! 위군의 말 가운데서 기회를 노린다는 건 두 말 하면 잔 소리고, 어린아이 취급한다는 말은 잘 활용해볼 가치가 있는 거 야."

웅사이의 말에 두 사람이 이구동성으로 말했다.

"무슨 뜻인지 좀 상세하게 말씀해 주세요."

"세상천지에 유아독존을 부르짖으며 다른 사람을 천치 취급하는 것이 오배의 치명적인 약점 중 하나지."

웅사이가 입을 열었다.

"마마를 코흘리개 동네아이 취급하게 내버려 둬. 그게 바로 오배 스스로 파는 함정일 테니까. 우리는 나 죽었소 하고 멍청한 척하며 돌아앉아 칼을 가는 거야!"

웅사이의 설명에 위동정이 정신이 번쩍 드는 양 두 눈을 똑바로 뜨고 물었다.

"구체적으로 어떻게 손을 쓸까요?"

웅사이가 막 입을 열려는 순간, 소어투가 갑자기 흥분하여 벌떡 일어서며 큰소리로 말했다.

"바로 그거야! 이렇게 하는 게 어때? 위군이 미리 엄선한 무술 인들을 지체있는 관리의 자제로 가장시켜 황제와 함께 심심풀이 삼아 총칼을 휘두르며 놀게 하는 거야. 우연을 가장해 오배를 현 장에 불러와서 기회를 봐 손을 쓰는 게 어때? 궁전 안에서도 좋고, 밖에서도 좋고 아무리 날고 긴대도 제까짓 게 독안에 든 쥐 신세 일 테지?"

"좋은 생각이네요."

웅사이가 힘껏 머리를 끄덕이며 웃으며 말했다.

"좀 더 치밀하려면 몇 가지 보완할 게 있어요. 첫째, 궁안에 워낙 잡다한 사람들이 많으니 우리 세 사람부터 비밀을 엄수해야 해요. 하늘이 알고 땅이 알고 우리 셋이 아는 걸로 하죠. 둘째, 사람을 선택함에 있어서 절대로 욕심부리지 말고 적더라도 제대로 된 사

람을 구해야 한다는 거예요. 셋째, 오래 뜸들일 것 없이 속전속결
해야 해요. 혹시라도 상황이 돌변하면 우리 셋은 함께 죽을 각오
로 똘똘 뭉쳐야 해요."

웅사이는 손가락을 하나하나 꼽으며 조리있게 말을 마치고 불타
는 듯한 눈매로 소어투를 바라보았다.

"어르신 생각은 어떠신지요?"

소어투는 웅사이의 말에 흥분을 금치 못했다. 그야말로 찰떡궁
합을 자랑하며 척하면 삼천리를 내다보는 웅사이에게 탄복해마지
않은 그는 신기루라도 발견한 듯 두 눈을 반짝이며 자리에서 벌떡
일어섰다. 탁자 위에 놓인 젓가락 세 개를 잡아 하나씩 나눠 가진
소어투는 두루마기 자락을 펴서 옷매무새를 단정히 하고 나서 무
릎을 꿇었다.

눈빛만으로도 서로를 읽을 수 있는 위동정과 웅사이도 소어투를
따라 숙연한 마음가짐으로 그 뒤에 꿇어앉아 소어투의 결연한 목
소리에 귀를 기울였다.

"우리 셋은 한마음 한뜻으로 황제의 명을 받들어 이 나라의 앞
날을 위해 간신과 숙적을 제거할 것을 다짐한다. 중도하차하는 자
는 이 젓가락 신세를 면치 못하리라!"

말을 마친 소어투는 곧 젓가락을 두 동강 낸 다음 촛불로 불을
붙였다. 세 사람은 말없이 타들어가는 젓가락을 응시하며 서서히
자리에서 일어났다.

한편 강희를 떠나보낸 나모의 가슴은 여전히 심하게 방망이질쳤
다. 빗속에서 한참을 서성거리며 방금 있었던 장면을 돌이켜 보았
지만 아무래도 칼에 손을 올려놓은 자신의 모습을 강희가 눈치챈

건 아닐까 하는 의구심이 뇌리를 떠나지 않았다.

차가운 빗방울이 흠뻑 젖은 그의 몸을 사정없이 때렸다. 찬바람이 불어오자 나모는 흑흑 두어 번 흐느낌 비슷하게 소름을 치며 생각에 잠겼다.

'그럴 리가 없어. 만약 봤더라면 그가 가만 있었을까?'

더 이상 깊이 생각할수록 무서움에 진절머리가 나는 바람에 나모는 급히 경운문 쪽으로 도망치듯 나와버렸다. 기다리다 못해 화가 동한 목리마가 지키고 서 있다가 후줄근한 나모를 보자 대뜸 쏘아붙였다.

"어디 가 뒈진 줄 알았잖아. 어서 말해 봐, 뭘 들었는지."

나모는 겁에 질린 듯 숨을 들이키며 머리를 저었다.

"빗소리가 워낙 큰 데다 천둥까지 쳐서…… 위동정이 공로를 인정받아 삼품 시위로 승진했다는 것밖에."

목리마는 신경질적으로 두 눈알을 마구 돌리며 물었다.

"누구누구 있었는데?"

"그건 확실히 못 봤나이다."

나모가 머리를 저으며 말했다.

"두 사람이 있었는데 하나는 웅사이 어른이 틀림없고 다른 하나는 촛불 뒤에 있어서 누군지 잘 못 봤나이다."

부산스레 두 눈을 껌벅이던 목리마가 말했다.

"여기서 지키고 서 있어. 그들이 이 길목을 지나게 돼 있으니까! 난 오배 어른한테 갔다올 테니 잘 보고 있어!"

나모는 "예!" 하고 우렁차게 대답하고는 목리마가 떠나기 바쁘게 사람들을 데리고 방으로 들어가 비를 피했다. 추워서도 아니고 특별히 지쳐서도 아니었다. 늘 자신을 쥐잡듯 하는 목리마에게 화가 났고, 더 중요한 것은 웅사이와 위동정과 마주칠 자신이 없었기 때문이었다. 사실은 아까 순식간에 강희에게 손을 쓰려고 칼을 꺼내려던 참에 위동정과 웅사이가 나오는 바람에 일부러 강희에게 우비를 걸쳐주는 척했던 것이다. 그 두 사람이 눈치챘는지는 확실치 않지만 번갯불을 빌어 본 위동정의 살기 번뜩이는 두 눈을 떠올리면 소름이 끼쳤던 것이다.

한 시간쯤 지났을까. 그 요란스럽던 빗소리도 약해지고 목리마도 돌아왔다. 그가 나모를 부르며 말했다.

"어서 가. 오배 어른한테 보고 올려야지!"

"그들이 아직 안 지나갔는데요?"

나모가 말했다. 그러자 목리마는 귀찮다는 듯이 손을 저으며 말했다.

"기다릴 거 없어. 오배 어른은 누군지 다 알고 있으니!"

오배네 집에는 오배를 비롯해 반부얼싼, 제세, 새본득, 태필도 등이 기다리고 있었다. 차를 마시거나 담배연기를 뿜어올리며 기다리고 있던 그들은 목리마와 나모가 나타나자 서로 눈빛을 주고 받았다. 그러자 오배가 먼저 입을 열었다.

"이런 날에 하필이면 황제가 위 뭔가 하는 그 자식을 부른 이유가 뭐야?"

오배의 말이 끝나자 목리마는 뚫어지게 나모를 쳐다보았다. 나모는 심하게 요동치는 가슴을 가까스로 진정시키며 간신히 입을 열었다.

"별 다른 일은 없고 진급을 시킨다는 것 같았나이다."

오배는 의외라는 듯 다그쳐 물었다.

"다른 말은 없고?"

나모는 급히 머리를 끄덕이며 말했다.

"확실치는 않지만 다른 일은 없어 보였나이다."

오배는 그제야 안심한 듯 머리를 끄덕이며 말했다.

"알았어. 거기 앉게."

그러나 반부얼싼은 곰방대를 빨아 담배연기를 유유히 내뿜으며 입을 열었다.

"내가 보기엔 그렇게 가벼운 일이 아닌 것 같아. 필시 오 어른과 관련된 뭔가가 있었을 거야."

반부얼싼은 웃으며 좌중을 둘러보더니 말을 이었다.

"곰곰이 생각해 봐요. 무슨 진급을 하필이면 오늘 같은 야밤에 시키냐는 거죠. 셋째가 그럴 위인은 아니거든."

반부얼싼이 내뱉은 '셋째'라는 호칭은 좌중을 무겁게 뒤흔들어 놓기에 충분했다. 황제를 셋째라고 비하해 부를 정도면 더 이상 해석이 불필요했기 때문이다. 사실 강희를 죽이려고 했던 나모는 누구의 명령을 받아서가 아니라 그 당시 기회가 하도 좋아 저도 모르게 살인충동을 느꼈던 것이지 후과 같은 건 생각지도 않았었 다. 그런데 반부얼싼마저 스스럼없이 황제를 셋째라고 낮춰부르는 것을 보고 강희를 없애버리려는 움직임이 진작부터 있었고 다만 시간문제일 따름이라는 것을 알게 되었다. 그러나 석연치 않은 것 은 반부얼싼이 자신도 엄연히 황친(皇親)이면서도 강희를 못 잡아 먹어 안달이 난 이유였다. 오배에게 붙어 얻어먹을 게 뭐가 있다 고 목숨 걸고 이런 일에 끼어드는 걸가? 나모는 은근히 머리가 혼 란스러웠다.

자신이 사람들의 속셈을 떠보기 위해 내뱉은 말에 예측대로 모두들 많이 놀란 눈치였지만 이렇다 할 응답이 없자 반부얼싼은 아예 노골적으로 강희 제거안을 타진하려는 움직임을 보였다.

"자고로 세 가지 경우에 대신은 위기를 자초하게 되는데, 오배 어른은 이 세 가지에 전부 해당되니 발빠르게 선수치지 않으면 꼼짝없이……."

"형, 그 세 가지가 뭔지 상세히 얘기해주실 순 없는지?"

제세가 자리를 고쳐 앉으며 심각한 표정으로 말했다. 오배도 말없이 귀를 기울이며 자못 진지한 태도를 보였다. 반부얼싼은 목소리를 가다듬으며 말을 이었다.

"대신이 공로가 너무 커도 천자는 달리 포상할 방법이 없으니 결국에는 죽음을 줄 수밖에 없다는 게 첫번째구요, 다음은 대신의 존엄과 위상이 천자로 하여금 위험을 느끼게 할 정도면 역시 그 대신은 종국에 가서 위태로워지는 거요. 셋째는 대신의 권력이 지나치게 커버려 천자가 우습게 보이기 시작하면 상대는 온갖 수단을 동원해서라도 그 대신을 없애버릴려고 한다는 거요."

옆에서 경청하던 태필도는 반부얼싼의 말에 은근히 탄복해마지 않았다. 책속에 파묻혀 있더니 뭐가 달라도 다르구나 하는 생각을 하게 된 것이다. 그러나 반부얼싼의 말에 더없는 위기의식을 느낀 태필도는 저도 모르게 물었다.

"해결책은 없을까요?"

"물론 있지."

반부얼싼이 냉소하며 말했다.

"병권을 내놓고 재산을 분산시키고 고향에 돌아가 조용히 살면 천복을 누릴 수도 있지."

반부얼싼의 말에 제세가 한마디 끼어들었다.

"그건 아니라고 봐요. 처음에는 그럭저럭 괜찮겠지만 세상 일은 모르는 거예요. 그러다 어떤 놈이 심심풀이로 과거를 들추고 나자 빠지면 적어도 유배는 면치 못할 게 아니겠어요?"

"두 사람 말대로라면……."

오배가 드디어 억지웃음을 터뜨리며 입을 열었다.

"난 꼼짝없이 죽기만을 기다리는 수밖에 없겠네!"

그러자 반부얼싼이 기다렸다는 듯이 오배의 말을 받았다.

"앉아서 대책없이 뭉개면 죽는 거고 서서 치밀하게 대처하면 반전될 수도 있소. 길고 짧은 건 대봐야 하니깐."

"그래 좋아! 무슨 묘안이라도 있으면 말해 보지."

오배가 반부얼싼의 말에 거의 수긍한 듯 이같이 말했다.

반부얼싼은 오배의 '계략창고'로 불리울 만큼 지혜가 남달랐고 오배가 흔쾌히 인정을 할 만큼 두둑한 배짱을 갖고 있었기에 항상 자신감으로 승부를 걸었다. 그는 책상 앞으로 가더니 붓을 들어 손바닥에 뭔가를 적고 나서 손을 움켜잡으며 말했다.

"난 이미 나름대로 마음을 굳혔으니 여러분들도 손바닥에 적어 나중에 함께 펴보도록 합시다. 각자 평소에 마음에 담고 있었던 생각들을 적으면 되겠소."

오배가 먼저 일어나 붓을 받아들고 왼손바닥에 뭔가를 휘갈겨 버리고는 묵묵히 자리에 앉았다. 이어서 다들 차례로 써내려갔다. 태필도는 부들부들 떨면서 왼손에 뭐라고 적는가 싶더니 이내 머리를 저으며 오른손 바닥에 '은(隱)'자를 적었다.

이윽고 기대되고 떨리는 순간이 돌아왔다. 아홉 사람은 일제히 굳은 표정으로 약속이라도 한 듯 등불 밑으로 걸어나오더니 거의 동시에 손바닥을 펴보였다.

살(殺)!

아홉 개의 손바닥에 동시에 아홉 개의 '殺' 자가 적혀 있었다. 순간 서로를 마주보며 의미심장하게 웃어보인 이들은 한결같이 오배를 쳐다보았다.

오배는 만장일치로 자신의 의사를 따라준 거나 다름없는 여러 사람들을 만족스레 훑어보며 큰소리로 명령했다.

"술상 차려라!"

그러자 역시 주도면밀한 반부얼싼이 다급히 말렸다.

"너무 시끌벅적해서 많은 사람들에게 목표가 드러나도 안좋으니 그냥 조용히 창기(唱妓)들이나 불러 놓고 우리는 차나 마시며 의논하는 게 좋지 않을까?"

반부얼싼의 제안에 이의를 다는 사람은 없었다.

빗줄기가 이어지고 번갯불이 밤의 장막을 가르는 을씨년스러운 바깥 광경과는 무척 대조적으로 방안에는 간드러진 창기들의 신음에 가까운 노래소리와 함께 흐드러진 거문고 소리가 묘한 조화를 이루고 있었다. 여기저기 고관대작들한테만 불려다니며 눈치 하나는 무서울 정도로 빠르고 정확한 창기들이었는지라 노래가사 하나라도 무척 신중을 기하는 눈치였다.

　　……다행히 미인의 연막작전에,
　　용은 족쇄를 끊고 유유히
　　연막 속으로 사라졌다네…….

창기들의 가사는 대충 이러했다. 제세는 다리를 꼬고 의자에 앉아 발을 까딱거리며 박자를 맞추더니 이 대목을 듣는 순간 벌떡 고쳐앉으며 말했다.

"곡은 촌스럽기 그지 없지만 가사는 그런대로 괜찮네. 용이 족쇄를 끊어버렸다, 좋았어!"

"그렇긴 한데, 아쉽게도 미인의 연막작전은 먹히지가 않을 것 같네."

반부얼싼이 제세의 말을 받아 이같이 말했다.

"당연하죠. 셋째 나이 아직 열네 살밖에 안됐는데. 여자냄새를 맡아봤어야 미인계를 쓰든가 말든가 하죠."

단세포인 목리마가 거두절미하고 이같이 떠벌였다.

그러자 오배가 눈을 부라리며 목리마에게 쏘아붙였다.

"이 무식한 자식아, 지금이 어느 때라고 여자타령이냐!"

목리마는 예기치 않게 한주먹 얻어맞은 양 끽소리 못하고 얼굴이 시뻘개진 채 구석자리를 찾아 주저앉고 말았다.

13. 난세의 영웅

　강희는 손전신과 장만강의 앞서거니 뒷서거니 경호를 받으며 양심전으로 돌아왔다. 그곳에는 소마라고가 비를 맞으며 기다리고 있었다. 큰 사고가 있을 뻔했던 방금 전의 일을 떠올리며 강희는 두려움인지 까닭모를 흥분인지 온몸이 달아오르고 떨렸다. 눈치 빠르게 사고를 모면했다는 자부심과 긴장, 초조, 흥분이 적당히 뒤범벅되어 강희로 하여금 묘한 감정에 사로잡히게 했다.

　소마라고가 재빨리 평상복과 신발을 가져다 갈아입혀 주었다. 바람샐 틈없이 탱탱 감긴 황제 의복에서 해방되고 나니 몸과 마음이 한결 여유로워진 강희는 침대에 벌렁 드러누워 두 손을 깍지 껴 손베개를 하고 두 눈을 반짝거리며 천장만 뚫어지게 쳐다보며 명상에 잠겼다.

　옆에서 이 모든 것을 빠뜨릴세라 눈에 담고 있던 소마라고는 내심 탄복을 금치 못했다.

'열네 살밖에 안된 사람이 어쩌면 이렇게 어른스럽고 노련함이 돋보일까? 오차우 선생의 가르침을 받은 후로부터 안팎으로 더욱 훌쩍 커버린 거 같애……'

한동안 나름대로 깊은 생각에 사로잡혀 있던 소마라고는 강희가 부르는 소리도 못 들은 채 멍하니 서 있었다.

머쓱해진 강희가 침대에서 몸을 반쯤 일으켰을 때, 한눈에 안겨 온 소마라고는 여성스러움의 극치를 선보이고 있었다. 황태후가 선물한 노오란 겉옷에 몸에 착 달라붙는 연두색 긴 치마를 받쳐입고 불그스레한 등불 밑에 서 있는 소마라고의 자태는 유난히 우아하고 세련되어 보였다. 쭉 뻗은 몸매에 산봉우리처럼 우뚝 솟은 젖무덤이 오늘따라 더없이 탐스러워 보인 강희는 순간적으로 강한 유혹을 느꼈다. 평소에 나이답지 않은 노련함과 냉철함으로 안팎 살림을 야무지게 챙겨온 소마라고에게서 여성을 느낀 건 처음이었다.

강희는 순간 순수한 남자로 돌아가 엉뚱한 생각에 잠겼다.

'이 세상이 다 나의 것인데, 이 여자라고 내가 소유하지 못한다는 법은 없지 않은가?'

앞뒤를 잴 겨를도 없이 강한 충동에 사로잡힌 강희는 숨소리가 점차 거칠어지고 가슴이 심하게 방망이질치는 걸 느꼈다. 그는 아직도 멍하게 서서 깊은 생각에 잠겨 자신의 감정변화를 전혀 감지하지 못하고 있는 소마라고를 불타는 눈빛으로 응시하며 가까스로 감정을 추스리고 나지막이 불렀다.

"소마라고……"

그제야 제정신이 돌아온 소마라고는 화들짝 놀라며 강희에게로 다가오며 물었다.

"마마, 좀 추우시죠?"

말을 마친 소마라고는 곧 담요를 가져다 강희에게 덮어주려고 했다. 강희는 소마라고의 손을 가볍게 밀어내며 금세라도 불꽃이 떨어질 듯한 두 눈으로 소마라고를 바라보며 속삭이듯 말했다.

"소마, 그러지 말고 여기 앉아."

아무리 눈치가 무딘 여자라도 이런 눈빛을 읽을 줄 모를 리가 없었다. 하물며 이성에 대한 그리움에 가슴 설렐 한창 나이의 풋풋한 봄내음을 간직한 처녀임에야!

소마라고는 애써 강희의 눈빛을 피하며 터져나올 것만 같은 가슴을 부여잡고 끊임없이 마른침을 삼키며 조용히 입을 열었다.

"노비가 어찌 감히……."

강희는 갑자기 이러는 소마라고의 가느다란 손을 덥석 끌어당겨 잡으며 가쁜 숨을 몰아쉬며 말했다.

"우리 둘밖에 아무도 없으니 여기 와 앉기나 해요."

소마라고는 품에 안겨 응석부리며 같이 놀아달라고 울고불고하던 강희가 어느날 갑자기 남성의 소유욕을 보이자 평소처럼 스스럼없이 대할 수도 없고 피할 수도 없는지라 몸둘 바를 몰라했다. 얼굴이 새빨개진 채로 황급히 주위를 살펴보니 궁녀들은 민망한 나머지 벌써 자리를 비우고 없었다.

창밖에는 빗물이 주룩주룩 줄 끊어진 구슬처럼 쏟아져 내리고 있었다. 어색한 기분이 되어 마주하고 앉은 두 사람은 한동안 말없이 창밖을 응시했다. 얼마나 흘렀을까. 어느 정도 감정을 추스린 듯한 강희가 소마라고의 손을 잡으며 조용히 물었다.

"소마, 무슨 생각을 하오?"

소마라고 역시 애써 마음을 진정시킨 뒤라 잠깐 머뭇거리더니 곧 대답했다.

"시 한 수가 떠올랐어요."

"어? 무슨 신데? 기대되는데 한번 들려줄 수 있겠지?"

강희는 몸을 반쯤 일으키며 말했다.

소마라고는 잠시 머뭇거리더니 목소리를 가다듬고 나지막이 읊어내려가기 시작했다

밤새 서성거렸어요, 당신의 그림자가 비추는 창문 앞을.

손 닿으면 만져질 것 같은 당신이기에 목놓아 울었어요.

눈물로 잔을 채워도 같이 할 수 없는 당신이기에 슬펐어요.

가깝고도 멀고 멀고도 가까운 당신 죽도록 사랑해요.

살아서 먼발치에서 볼 수 있고 죽어서 곁에 묻힐 수 있다면,

이내 목숨 한줌 흙이 되어도 여한이 없네!

강희는 느낌만으로 이 시(詩)가 자신을 향한 소마라고의 애틋한 마음이 아님을 알 수가 있었다. 뜨겁게 달아올랐던 강희의 가슴은 뜻하지 않았던 소마라고의 시로 인해 찬물을 끼얹은 듯 차갑게 식어버리고 말았다. 강희는 꼭 잡고 있던 소마라고의 손을 내려놓으며 일어서서 창가로 다가가 오래도록 비내리는 창밖만 바라보았다. 왠지 모를 상심에 눈물까지 흘리고는 소마라고가 눈치챌세라 재빨리 손등으로 눈물을 닦고 물었다.

"그 시는 어디서 들은 누구의 시요?"

소마라고는 자신의 작전이 먹혀들었을지도 모른다는 느낌을 받으며 조용히 입을 열었다.

"오차우 선생님이 그러시는데, 출처가 분명하지는 않지만 사랑

앓이를 하는 여인의 절절한 속내를 너무도 잘 표현해낸 나머지 가슴아린 느낌을 받았다며 한번 읽어보라고 해서요."

"오 선생은 정말 멋진 사내야. 사랑도 뭔가 남다르게 할 것 같아."

강희가 소마라고의 눈치를 살피며 이같이 한숨 섞인 어조로 말을 이었다.

"어쩐지 자네가 오 선생을 좋아하는 것 같은데, 어디 한번 솔직히 나한테 말해줄 순 없겠어?"

소마라고는 갑자기 귀밑까지 발갛게 붉어지며 어쩔 줄을 몰라했다. 입술을 실룩거리며 한동안 망설이던 그녀는 자신의 일거수일투족을 뚫어지게 바라보는 강희의 시선을 주체할 수가 없어 겨우 입을 열었다.

"노비가 무슨 선택권이 있겠나이까. 마마께서 시키는 대로 하겠나이다."

소마라고의 다소곳한 응답에 강희는 머리를 끄덕이며 한숨을 지었다.

"자네 말이 맞아. 아까는 내가 실수했어. 내가 삼천궁녀를 맘대로 요리할 순 있어도 자네만은 존중해주고 싶네. 자네는 오 선생과 좋은 인연을 맺어야 하는 몸이니 아쉽지만 내가 포기해야겠네! 사랑을 억지로 쪼개놓는 것만큼 잔인한 짓은 없을 테니까. 하지만 방금 그런 시는 너무 처량하게 느껴지니 되도록이면 자주 읊지는 말게. 좋은 생각만 하고 좋은 단어들만 골라서 읽어도 너무 짧은 게 인생인데……"

말을 마친 강희는 저도 모르게 깊은 한숨을 내쉬었다.

한편 소마라고는 강희가 막무가내로 나오면 어떡하나 하고 은근히 가슴을 졸이던 차라 강희의 이같은 축복이 담긴 말을 듣고 급히 무릎을 꿇으며 말했다.

"마마의 은혜 죽어도 잊지 않겠나이다. 하지만 오 선생은 한족이고 노비는 아직 만인이라……."

소마라고는 말끝을 흐렸다.

"아니야, 그건 문제될 거 없어."

소마라고가 무엇을 걱정하는지 잘 아는 강희는 어서 일어서라고 손짓하며 그녀의 말허리를 잘랐다.

"조상대대로 정해진 법규라 할지라도 다 사람이 만든 건데 영구 불변하라는 법은 없소. 현실에 맞지 않으면 고치는 거지. 오삼계의 아들은 한인이라도 벼슬만 높잖아! 오늘부터 자네는 소마라고라 부르지 말고 아예 완냥이라 부르게."

강희가 어린 나이에 이토록 상대를 배려하는 마음이 지극할 줄은 몰랐다. 소마라고는 감격한 나머지 눈물을 흘리며 말했다.

"노비, 이 몸이 부서져 가루가 되는 한이 있더라도 마마께 충성을 다할 것을 맹세하나이다!"

"그런 얘기는 안해도 좋으니 아무쪼록 오 선생과 잘 되었으면 좋겠네."

마음을 완전히 비운 듯 이같이 덕담을 하던 강희는 갑자기 뭔가 떠오른 듯 말했다.

"아차, 자네가 한 가지 해야 할 일이 있네."

소마라고는 중요한 어명이라도 있는 줄 알고 습관처럼 무릎을 꿇으려고 했다. 그러자 강희가 웃으며 급히 말렸다.

"별 거 아니니 툭 하면 꿇고 그러지 마오."

스스럼없는 강희의 말에 소마라고는 입을 막고 쑥스럽게 웃었

다. 강희는 천천히 찻잔을 들어 크게 한모금 마시고는 입을 열었
다.

"곧 과거시험이 있는데 오 선생이 다시 한번 도전하고 싶다고
했거든? 그러니 자네가 가서 무슨 수를 써서라도 말려주게. 오배
그 자식이 눈에 쌍심지를 켜고 찾아다닐 테니 아쉽지만 근신하라
고 전해주게."

말을 마친 강희는 또 뭔가 마음이 놓이지 않는지 웃으며 덧붙였
다.

"자연스레 말을 꺼내어 충분히 그 위험성을 깨우치게 유도해야
하네. 만에 하나 나의 신분을 드러내서는 곤란하네. 아무튼 자네
말이라면 잘 들을 것 같아서 특별히 부탁하는 거네."

"마마, 노비가 최선을 다하겠나이다."

소마라고는 머리를 다소곳하게 숙인 채로 또박또박 대답했다.

바로 이때, 장만강이 허겁지겁 들어오더니 정중하게 아뢰었다.

"태황태후께서 이쪽으로 움직이신다고 하나이다!"

강희가 자명종을 보니 벌써 저녁 9시가 넘었다. 늦은 시간에 무
슨 일로 급히 행차하시는지 못내 궁금한 강희가 급히 장만강에게
물었다.

"이렇게 늦고 비까지 내리는데 무슨 일인지 알고 있나?"

"마마, 빗줄기는 많이 약해졌나이다. 방금 자녕궁의 조병정(趙秉
正)이 태감을 시켜 전해왔나이다. 소상한 내막은 소인도 잘 모르겠
나이다."

장만강의 말을 듣고 강희는 머리를 갸우뚱거리다가 급히 마중하
러 밖에 나왔다. 가는 빗줄기 속에서 두 개의 불빛이 점차 가까워
오고 있었다. 소마라고는 두 손으로 우산을 조심스레 받쳐들고 강

희를 따라 움직였다.

태황태후는 눈에 띄게 몸을 떨며 천천히 두 궁녀의 부축을 받으며 가마에서 내려 궁전에 들어와 자리에 앉았다.

무슨 일인지 초조해진 강희가 급히 인사를 올리며 물었다.

"조모께서 부르시면 이 손자가 쏜살같이 달려갈 터인데 이 밤에 무슨 일로 친히 움직이셨습니까?"

그러자 태황태후는 별일 아닌 듯 놀란 강희를 안정시켰다.

"반나절 동안이나 황제 얼굴을 못 봤더니 궁금해서 어디 견딜 수 있어야지? 여태껏 문화전에서 정사를 보고 있다길래 겸사겸사 해서 왔지. 뭐니뭐니 해도 건강이 최고인 줄 알지? 그래, 저녁은 잘 먹고?"

소마라고가 급히 무릎을 꿇으며 아뢰었다.

"태황태후 마마께 아뢰나이다. 마마께서는 저녁진지를 빵 한 조각과 찹쌀밥으로 맛있게 드셨나이다!"

태황태후는 만족스러운 듯 크게 웃으며 말했다.

"잘 됐네. 어서 일어나게! 황제가 입맛이 없어 하는 눈치가 보이면 즉시 사람을 시켜 우리 주방에 와서 음식을 마련해 가도록 하게."

소마라고는 알겠다는 듯이 웃으며 대답했다.

"노비, 명심하겠나이다."

강희는 태황태후의 말을 이어 방금 있었던 일을 알려주었다.

"아까 문화전에서 소어투, 웅사이, 위동정 세 사람을 만났어요. 내친 김에 위군을 삼품 시위로 진급도 시켜주었구요."

황태후는 머리를 끄덕여 보이며 나지막이 한숨을 쉬었다.

"소어투와 웅사이는 틀림없는 사람들인 것 같아. 위군도 의리의 사나이이고…… 근데 내가 보기에 황제 자네는 꼭 필요한 사람이 한 사람 있어!"

강희는 의외라는 듯이 적잖이 놀라며 물었다.

"누군지 조모께서 말씀해 주세요!"

조급해하는 강희를 물끄러미 바라보며 태황태후가 입을 열었다.

"자네 왜 그 구문제독(九門提督) 오육일(吳六一)을 중용할 생각을 않고 있는 거야?"

"오육일!"

강희는 순간 커다란 계시라도 받은 양 가슴이 확 트이는 느낌을 받았다. 구문총독은 3품 벼슬로, 중앙에서 볼 때는 별로 지위가 높은 편은 아니지만 권한은 무시못할 직위였던 것이다. 북경성의 덕승(德勝), 안정(安定), 정양(正陽), 숭문(崇文), 선무(宣武), 조양(朝陽), 부성(阜成), 동직(東直), 서직(西直) 등 9개 대문을 지키고 총괄하는 구문제독은 은근한 실력파인 줄을 모르는 사람이 거의 없었다. 성격이 곧고 불의를 보고는 참지 못하는지라 철인(鐵人)이라는 별명으로 더 잘 알려진 오육일은 유명한 '괴짜'로 통했다. 어지간한 황족, 귀족들과 문무대신들도 눈치를 보며 마주치기 꺼려하는 이 사람을 성공적으로 자기편으로 끌어들인다면 오배의 기를 꺾어놓는 건 시간문제였다.

여기까지 생각한 강희는 저도 모르게 "좋았어!" 하고 소리를 지르다시피 큰소리로 말했다. 하지만 웬일인지 이내 시무룩해진 강희가 천천히 입을 열었다.

"하지만 시국이 워낙 복잡하니 만약 오배가 선수를 쳐서 오육일을 구워 삶았으면……."

"그럴 리가 없어!"

태황태후가 웃음을 거두며 말했다.

"오육일, 그 사람 아무한테나 호락호락 넘어갈 리가 없어. 꺾일지언정 굽히지 않는 자존심을 자랑하는 진짜 사내야. 받았으면 줄 줄 알고 공과 사가 분명한 사람으로 알려져 있어. 게다가 오배와 같이 북경성에 들어와 단지 만인이라는 이유만으로 자신과는 비교가 안되게 높은 자리에 앉아있는 오배에게 좋은 감정을 가지고 있을 리도 없고. 나모가 지난번에 오배를 믿고 까불었다가 오육일에게 걸려들어 곤장을 스무 대나 맞고 초주검된 적이 있어. 북경성이 떠들썩했는데 황제가 그것도 모르고 있었어?"

태황태후가 질책을 하자 강희는 급히 몸을 굽히며 대답했다.

"훈계를 받아 마땅합니다. 하지만……."

강희는 말꼬리를 흐렸다.

"은혜를 아는 사람인 만큼 진심으로 대해주면 마음을 열 거네!"

강희가 뭐라고 말하기도 전에 태황태후는 강희의 생각을 넘겨짚은 듯 자신있게 말을 이었다.

"자네 아버지 순치가 다 그럴 이유가 있어서 오육일의 중용을 미룬 거네. 자네가 적재적소에 인재를 잘 활용하는 법을 배우라는 큰뜻이 있었다네!"

"잘 알겠습니다!"

강희는 순간 뭔가 확 깨달은 듯 공손하게 그러나 단호하게 말을 이었다.

"내일 당장 오육일을 병부시랑(兵部侍郎)으로 발령하겠습니다."

흥분하면 물불을 가리지 않는 열네 살 어린아이의 허점을 남김 없이 드러내는 강희를 보며 태황태후는 웃음을 금할 길이 없었다.

"갈수록 태산이라더니! 침착하게 머리를 좀 굴려 봐. 지금 자네가 필요한 건 구문제독 오육일이지 병부시랑 오육일이 아니잖은가!"

어이없어 하는 태황태후의 이같은 관심어린 꾸지람을 들으며 강희는 갑자기 중심을 잃은 듯 어쩔 줄을 몰라했다.

"그럼…… 그럼 어떡하죠?"

"내가 한수 가르쳐 줄게. 틀림없을 거야."

태황태후가 방금 전까지와는 다른 할머니가 손자를 마주하듯 상냥스런 어투로 말했다.

"당장 명령을 내려 감옥에 있는 그 사람을 풀어주게. 사 뭐랬더라?"

"사리황(査伊璜)이에요!"

머리를 다소곳이 숙이고 서 있던 소마라고가 태황태후의 말에 공감한 듯 생글생글 웃으며 말했다.

"태황태후 마마께서는 역시 혜안이 돋보이나이다!"

"그래 맞아. 사리황 그 사람이야!"

태황태후가 웃으며 말했다.

"사리황 한마디면 오육일을 움직이는 데는 어명보다 빠를 걸!"

아직도 영문을 제대로 깨닫지 못한 듯 오리무중에 빠진 것처럼 어안이 벙벙해 있는 강희를 태황태후가 곱게 흘겨보며 말했다.

"천치바보구나. 아직도 무슨 말인지 몰라? 소마라고가 더 잘 아는 것 같으니 아예 다 맡겨버리든지!"

강희는 태황태후의 말에 무조건 머리를 끄덕이며 말했다.

"좋아요, 소마라고더러 이 일을 처리하라고 할게요."

"노비, 두 발이 닳도록 열심히 뛰겠나이다!"

소마라고가 재빨리 애교스레 웃으며 사뿐히 꿇어앉아 머리를 조 아리며 말했다.

"내일 위군더러 사리황을 찾아가 보라고 하겠나이다."

태황태후는 눈치빠르고 분수를 아는 소마라고가 더없이 만족스 러운 듯 자상하게 웃어보이며 말했다.

"알아서 하게."

말을 마치고 기분이 썩 괜찮은 듯 앉아있던 태황태후가 조용히 입을 열어 물었다.

"요새 황제가 눈에 띄게 어른스러워지고 화술이 늘어보이는데 어때? 그 오 선생이 황제와 궁합이 잘 맞는지, 보는 사람마다 그러 는데 황제의 언변이 이만저만이 아니어서 한림원 수재들조차 혀 를 내두를 정도라며. 오 선생이 수고가 많을 테지?"

모처럼 칭찬을 받게 된 강희가 천진하게 웃으며 말했다.

"조모께서 걱정해주신 덕분에 제가 보기에도 조모의 손자가 보 통내기는 아닌 것 같아요. 오선생님은 워낙 대단한 학자시라 더할 나위없이 훌륭하시고 가끔 웅사이도 사서(四書)같은 걸 가르쳐 주 기도 해요. 매일 소어투가 주문하는 대로 제가 하나씩 질문하고 오 선생님이 머리가 확 트이는 멋진 해석을 곁들이는 거예요!"

태황태후는 만족스레 웃으며 말했다.

"느낌이 좋아. 하지만 사서에는 맹자(孟子)의 글도 있다는 게 좀 께름직하네. 듣자니 그 맹자라는 사람은 어떻게 된 게 황제 흉만 본다던데, 사실인가?"

태황태후의 말에 강희는 정색을 하고 대답했다.

"맹자가 할 일 없이 천자를 힐난하는 게 아니라 일부 손가락질 받을 만한 황제를 과감히 비판하여 진리를 세인들에게 밝히려는 것 뿐이에요. 후세에 길이 남을 천자가 되려는 사람에게는 '맹자왈(孟子曰)'이 보약이에요. 오 선생은 저의 신분을 전혀 모르기에 황실의 무능과 천자의 부도덕을 비난하고 대안을 제시할 때 전혀 거리끼는 것이 없어 제가 오히려 등골에 땀이 흥건할 정도라 피가 되고 살이 되는 말들이 너무 많아요. 세상에 그 어떤 황제가 선생님 입에서 '백성의 목숨이 천자의 목숨보다 중하다[民命重於君命]'는 말을 직접 들어보는 행운을 누렸겠어요."

강희가 대견한 듯 넋을 잃고 부지런히 머리를 끄덕이던 태황태후가 웃으면서 입을 열었다.

"자네 할아버지와 아버지는 그깟 〈삼국지〉만 들입다 읽더니 결국에는 신경질적으로 변하더라구. 현실에 안주할 줄 모르고 어느 떡이 더 큰가 해서 자꾸 일을 벌이려고 들었지 뭐야. 잘 됐다, 자네는 뭐가 달라도 달라져야 하니까 색다른 걸 배워볼 필요도 있을 거야."

그야말로 '말 위에서 만천하를 얻을 순 있어도 말 위에서 만천하를 다스릴 수는 없다[可以馬上得天下, 不可以馬上治天下]'는 도리를 깨달은 강희는 웃으면서 태황태후에게 말했다.

"그러고 보니 조모님도 성인(聖人)이 다 되었네요!"

손자의 환한 얼굴을 보며 태황태후는 나름대로 얻은 게 많아 즐거운 마음으로 손자의 손을 잡고 한동안 신나게 수다를 떨다가 자녕궁으로 떠났다.

태황태후가 떠나간 후, 아무리 생각해도 오육일과 사리황 사이의 함수관계를 알 수 없어 궁금했던 강희는 쑥스럽게 웃으며 소마라고에게 물었다.

"아까 태황태후께서 말씀하신 오육일과 사리황은 무슨 관계요?"

"사리황은 오육일의 대은인인 셈이죠. 죽으라면 죽는 시늉을 하는 정도가 아니라 아예 죽어버릴 오육일인 줄로 알고 있나이다!"

소마라고가 웃으며 대답했다.

도대체 둘 사이에 무슨 사연이 있었길래? 하고 석연치 않은 표정을 짓고 있는 강희를 바라보던 소마라고가 천천히 입을 열었다.

"지금 감옥에 갇혀 있는 사리황은 복건성(福建省) 해녕(海寧) 사람으로서 뼈대있는 가문의 자존심 강한 사내였대요. 선제 때 황실에서 한자리했을 정도로 젊었을 때는 잘 나갔었나 봐요. 폭설이 내린 어느 겨울 날, 서너 명의 부하를 데리고 음식을 장만해 사냥도 할 겸 밖에 나갔던 사리황은 순주(循州)의 어느 낡은 절 앞에서 다리쉼을 하며 흐드러진 매화꽃을 구경하다가 우연히 매화나무 옆에 있는 커다란 종(鐘)을 발견했대요. 종 옆으로 방금 남겨진 듯한 발자국이 눈발에 살짝 가려져 있었는데 유독 종 위에만 눈이 쌓이지 않은 걸 봐서 누군가 와서 쓸어준 것이 틀림없다는 생각이 들었대요……."

"눈을 뒤집어쓰고 누가 거기 가서 뭘 했을까?"

강희가 의아스럽다는 듯이 물었다.

"글쎄요, 사리황도 못내 궁금해서 허리를 굽혀 종 밑을 살펴봤던 모양이에요. 아니나다를까, 그 밑에는 대나무 광주리 하나가 떡하니 놓여 있었대요. 그래서 부하들을 시켜 열어보았다나 봐요."

"안에 뭐가 들어있는 거야?"

"그런데 이상하게도 아무리 종을 밀어내고 대나무 광주리를 꺼내려고 해도 종이 마치 뿌리라도 내린 것처럼 꿈쩍도 하지 않는 거예요. 이상하다 생각하고 궁금증을 멀리한 채 풀썩 주저앉아 술을 마시며 누군가 임자가 나타나길 기다렸대요."

소마라고는 마치 자신도 동행한 것처럼 궁금증을 증폭시키며 상세히 자초지종을 얘기해 나갔다.

"그런데 반시간쯤 지났을까, 고작해야 스무 살 정도 돼보이는 거지가 오더니 한 손으로 종을 들었다 놨다 하며 빌어온 음식을 종 밑의 광주리에 담고는 씽하니 가버리더라는 것이었어요."

강희는 침까지 꿀꺽 삼키며 바싹 다가앉아 두 눈을 반짝였다.

"얼마 후에 다시 돌아온 그 남자는 옆 사람은 전혀 신경쓰지 않고 털썩 주저앉더니 종 밑에서 빵을 꺼내 먹더래요. 꺼냈다 넣었다를 수없이 반복하며 사리황이 젖먹던 힘까지 다해서도 못 움직인 종을 마치 가마솥 뚜껑 열 듯 하더라는 거예요."

"정말 기인이 따로 없구만."

강희가 눈을 동그랗게 뜨며 혀를 찼다.

"그러게요! 깜짝 놀란 사리황이 벌떡 자리를 박차고 일어나 그 사내에게 다가서며 물었대요. '이 같은 괴력을 가진 사람이 왜 하필이면 거지행색을 하고 다니오?'. 그랬더니 '진정한 사내 대장부라면 영웅소리 못들을 바엔 차라리 빌어먹는 게 낫지'. 사내는 뒤를 힐끔 돌아보더니 딱딱한 빵을 거칠게 물어뜯으며 이렇게 말하더래요."

"와, 멋진데!"

강희가 손뼉을 치며 경이로움을 금치 못했다.

"그래, 어떻게 됐어?"

"사리황은 어디서 얼핏 들은 말이 생각나 깊은 한숨을 몰아쉬며 물었어요. '듣자니 해녕에 사흘을 굶어도 꿈쩍 않고 날렵하기가 독수리 같은 철인이라는 별명을 가진 거지가 있다던데 혹시 당신이오?' 라고요."

여기까지 들은 강희는 그제야 알겠다는 듯이 말했다.

"아, 그래서 오육일의 별명이 철인이로구나!"

소마라고의 이야기는 계속됐다.

"사리황의 물음에 그 남자는 '그런데요?' 하고 흔쾌히 대답을 하더라는 거예요. 술을 마실 줄 아느냐는 사리황의 물음에는 '술 못 마시는 사내 대장부도 봤냐'며 반문까지 하더래요. 그래서 사리황은 그 사내와 마주 앉아 권커니 작커니 술을 마시기 시작했대요. 그 남자 한 잔 사리황 한 잔 하며 거의 서른 잔을 마셨을 때 사리황은 차츰 혀가 꼬이고 세상이 콩알처럼 작게 보였지만 그 남자는 얼굴 표정 하나 흐트러지지 않은 채로 떡 앉아 있었대요. 부하들의 부축을 받으며 절로 들어와 한숨 자고 일어난 사리황은 그제야 이 엄동설한을 어떻게 견뎠을까 하고 그 거지 생각이 났대요. 부랴부랴 부하를 시켜 자신의 담비가죽옷과 담요를 가져다 주자 그는 별로 사양하는 기색도 없이 덥석 받더니 고맙다는 말도 없이 누워버리더래요. 이튿날 오후, 사리황이 찾아가보니 그 남자는 여전히 맨발에 여기저기 찢어진 옷에 살이 보이는 채로 차가운 돌 위에 누워있대요. 그래서 깜짝 놀라 '내가 보내준 담요는 왜 안 덮었소?' 하고 물었나 봐요. '술 바꿔먹었네요'. 그 남자의 담담한 대답이었어요. '거지 주제에 그까짓 물건은 해서 뭘하게요'. 사리황은 아무리 봐도 평범한 사람은 아니라는 생각이 들자 꼬치꼬치 그의 과거에 대해 물었대요. 그제야 사리황은 사내의 아버지가 명나라의 관리였고, 억울하게 죽는 바람에 가문이 몰락하여 차라리 걸식을 택했노라는 사내의 진실된 고백을 들을 수 있게 되었나 봐요. 시간을 갖고 이것저것 얘기를 나누던 끝에 사내는 강남의 지형은 산이 많고 험준하여 병력을 배치하기에 유리하다는 얘기를 꺼냈고, 뛰어난 용병술을 선보일 것 같은 그의 말에 깜짝 놀란 사리황이 사람을 잘못 봤노라며 불경스러웠던 점 용서하라며 사죄했다는 후문이 있더라구요."

여기까지 들은 강희는 저도 모르게 혼신의 피가 들끓는 느낌에 사로잡혀 흥분을 금치 못했다.

"당연히 사리황이 이런 인재를 놓칠 리가 없었던지라 집으로 데려다 깍듯이 모시며 난세에 영웅이 설 자리가 없겠냐며 눌러 앉혔지요."

"사실 사리황도 대단한 안목이야. 천리마를 찾아내는 혜안을 가진 사람도 영웅이야!"

강희는 이같이 감탄하며 다그쳐 물었다.

"나중엔 어떻게 되었지?"

"우리 청군(淸軍)이 산해관으로 쳐들어오자 사리황은 발빠르게 이 오육일을 절강성(浙江省)에서 싸우고 있던 홍승주(洪承疇)에게 붙여주었고, 거기서 오육일은 물 만난 물고기처럼 용맹을 떨쳐 거의 백전백승을 이끌어냈으니 그 공로로 따지자면 오배는 저리가라였죠. 이렇게 되자 뜻하지도 않게 오육일은 점차 관운이 뒤따랐고 얼마 안가 구문제독이란 실권을 거머쥐게 된 거예요."

때로는 가슴 졸이며 때로는 통쾌하게 손뼉치며 소마라고의 이야기를 들은 강희는 깊은 한숨을 내쉬며 또다시 물었다.

"그런데 그 사리황은 왜 감옥에 들어간 거요?"

"정말 기막힌 인생유전이었어요. 오육일이 승승장구하며 잘 나가고 있을 때, 해녕에 있던 사리황은 난리통에 가족을 잃고 재물도 깡그리 날려버린 데다가 병까지 걸려 길바닥에서 글이나 써서 겨우 생계를 유지하고 있었대요. 이 사실을 알게 된 오육일은 당장에서 금 삼천 냥을 보내 사리황으로 하여금 가업을 복원하게끔 지원을 아끼지 않았어요. 한번은 사리황이 오육일의 정원에 있는 가짜 돌산이 멋있다고 하자 오육일이 당장 사람을 시켜 그 돌산을 군함에 실어 해녕까지 보내줬다지 뭐예요. 이 정도면 두 사람의 두터운 정분을 알 수가 있죠!"

"관록도 많지 않았을 텐데 오육일은 그 많은 돈이 어디서 난 걸까?"

강희가 의아하게 생각하며 물었다.

"마마께서는 언제나 속속들이 들춰보지 않고는 참지 못하네요. 그런 돈이 어디서 났을까요? 뻔할 뻔자 아니겠어요? 사병들을 거느리고 전쟁터에서 돌아온 사람들이 금은보화를 산처럼 쌓아놓을 수 있는 건 굳이 물을 필요가 뭐 있어요!"

강희는 그럴 테지 하는 태도로 머리를 끄덕이며 물었다.

"사리황이 감옥에 간 게 궁금하네."

"비켜갈 수 없었던 운명이었나 봐요. 자신과는 전혀 무관한 일에 연루되었지 뭐예요. 글쎄, 어떤 사람이 조정을 비난하는 글을 써 놓고 별 반응이 없자 그 당시 한창 유명세를 타고 있던 사리황의 이름을 자신의 책 서론에 적었던 거예요. 그러니 순치황제께서 잡아넣을 수밖에요."

"그런 일이었구나!"

강희는 경악을 금치 못했다.

"당황한 오육일이 자신의 명예와 목숨을 담보로 잡혔고 글깨나 쓴다는 사람을 불러 일곱 차례나 상주를 올린 덕에 다행히 처형은 면했어요."

여기까지 말한 소마라고는 웃으며 말했다.

"마마께서 이번에 사리황을 사면하시면 오육일이 눈물콧물 흘리며 감지덕지하게 생각하지 않겠어요!"

그러나 강희는 소마라고의 마지막 말은 듣는 둥 마는 둥 하고 깊은 사색에 빠졌다.

위동정이 소어투의 집에서 나왔을 때는 이미 자정이 다 되어서였다. 비도 멎고 바람도 한결 수그러져 있었다. 무거운 구름 사이로 수줍은 초승달이 머리를 수줍게 내밀고 행인 하나 없는 한산한 밤거리를 희미하게 비추며 이 밤의 신비를 더해갔다.

세 사람이 지혜를 모은 결과, 강희와 함께 무술을 선보일 '고관대작의 자제'도 위동정이 구해야 했고 현장에서 오배를 생포할 중임은 위동정의 두 어깨에 고스란히 놓이게 됐다. 곧 은혜 망극한 황제를 위해 큰일을 해낼 기회가 닥친다고 생각하니 가슴은 흥분에 떨고 온몸에 기운이 넘쳤다. 하지만 구석구석에 독초들을 심어놓고 있는 오배와 목숨 걸고 일전을 벌인다고 생각하니 가슴 한구석은 납처럼 무거워졌다.

협조해줄 사람을 잘 골라야 할 텐데……. 위동정은 머릿속에 동시에 여러 사람을 떠올렸다. 손전신, 장만강, 명주, 낭심, 조봉춘…… 일일이 그들의 장단점을 비교하고 저울질하는 사이, 어느덧 서직문(西直門) 동북쪽 골목까지 달려온 위동정은 갑자기 낙우점과 그리 멀지 않다는 생각을 하며 그쪽으로 발길을 돌렸다.

하계주를 만나 속마음을 떠볼 생각이었다. 만약 말을 듣지 않고 거부하면 그 자리에서 없애버릴 각오를 하며 위동정은 달리는 말에 채찍을 가했다.

좋으나 궂으나 힘겨웠던 나날에 술상을 차려놓고 자신을 반겨줬던 하계주이기에 최악의 경우까지 가지 말기를 기원하며 말을 달리던 위동정은 갑자기 앞에서 초롱불을 쳐들고 길을 막고 나서는 순찰대에 의해 제지를 당했다.

"말 타고 달리는 자 누구야! 내려오지 못해!"

위동정이 3품 시위 복장을 하고 있는 것을 본 이들은 처음과는 달리 많이 누그러진 태도로 격식을 갖춰 인사까지 했다.

"어르신, 인사 받으십시오. 근데 이 밤에 어르신께선 어디를 행차하시는지 여쭤봐도 되겠죠?"

위동정은 사실대로 얘기하려다가 갑자기 뭔가 뇌리를 때리는 생각에 일부러 거짓말을 하기로 했다.

"알고 있겠지만 난 황제마마의 어전 시위로서 지금 막 오배 어른댁에서 회의를 마치고 나와 바람이나 쐬려던 참이오."

그러자 앞잡이쯤 돼보이는 자가 웃으면서 다가오더니 말했다.

"대단히 실례가 되는 줄 압니다만 형식적일지라도 격식은 차려야 하니 어르신께선 수고스럽지만 패찰을 보여주셨으면 합니다."

위동정은 어둠 속에서 얼굴은 잘 알아볼 수 없었지만 목소리가 어딘지 모르게 익숙하게 들려오는지라 더욱 경계하며 일부러 화난 척 퉁명스레 말했다.

"오배 어른한테 볼일이 있어 갔다오는 길이라고 말했는데 꼭 이렇게 해야겠소?"

그러자 위동정의 말이 끝나기 바쁘게 앞에 선 자가 피식 웃으며 뇌까렸다

"흥, 여기는 천자의 발밑인 북경성이오. 오배 어른이 친히 오신대도 당연히 검사를 마쳐야 지나갈 수 있소!"

화가 난 위동정이 한바탕 소동을 벌이려던 순간, 희미한 초롱불

빛에 드러난 얼굴을 보니 그 자는 다름아닌 옛날에 자신과 의형제를 맺은 무즈쉬였다. 위동정은 반가운 김에 말에서 뛰어내리며 큰 소리로 웃으며 말했다.

"이보게 아우, 날 잡아들여 개고기라도 먹여 보내려는 건가?"

깜짝 놀란 무즈쉬는 눈을 비비며 한 발자국 다가서더니 위동정을 알아보고는 채찍을 던져버리고 무릎을 꿇었다.

"형! 어떻게 된 거지? 꿈이야 생시야?"

위동정은 급히 다가가 무즈쉬를 일으켜 세우며 물었다.

"노새와 넷째는 어디 있어?"

어둠을 타고 자신들의 이름을 들은 두 사람은 급히 병사들 속에서 뛰쳐나오며 애들처럼 안겨와 웃고 떠들며 반가워했다.

카라친에 있을 때, 무즈쉬는 그곳의 유명한 불량배 두목이었다. 하루는 입이 심심했던 터라 위동정이 아끼는 개를 훔쳐다 잡아먹은 것이 좋은 인연으로 엮어져 호형호제하며 의형제까지 맺었던 것이다.

일년여 동안 생사조차 모른 채로 잠깐 잊고 살았던 무즈쉬 일행을 다시 만난 위동정은 기뻐서 껴안고 떠들다가 물었다.

"그런데 어떻게 북경까지 오게 됐어?"

위동정의 물음에 입빠른 넷째가 웃으면서 말했다.

"형도 알다시피 우리야 집도 절도 없는 놈들이 줄 끊어진 연 신세가 아니겠어요? 일자리가 있다고 해서 어쩌다 여기까지 굴러들어왔네요. 그 해, 형이 떠나고 얼마 안 지나 카라친에도 그놈의 빌어먹을 오배란 놈이 들이닥쳐 땅을 빼앗고 무고한 백성들을 쫓아내고 난리도 아니었어요. 빈대 붙을 사람도 없고 해서 열하로 형을 찾아갔는데 벌써 북경으로 떠났다고 하더라구요. 그래서 요행을 바라고 우리도 여기 오게 된 거예요."

"삼천리는 더 될 텐데, 참으로 고생 많았네."

위동정은 자신을 믿고 여기까지 찾아왔다는 말에 깊은 감동을 받았다.

"가진 게 성한 몸뚱아리뿐이니 좀 혹사를 시킨들 큰일이야 나겠어요?"

장난기 섞인 노새의 말에 위동정도 피식 웃고 말았다.

위동정의 근황이 몹시 궁금한 무즈쉬가 웃으며 물었다.

"전에는 내무부에서 일한다고 들었는데 어느새 이렇게 높이 올라가 앉았수, 형? 황제의 시위에다 오배의 측근에다……."

무즈쉬의 말에 위동정은 껄껄 웃으며 입을 열었다.

"황제를 경호하는 건 사실이야. 하지만 후자는 아니야. 하도 세게 나오길래 묵직한 걸로 한번 눌러보려고 했던 것 뿐이야!"

"하마터면 오해할 뻔 했잖아요."

노새가 말을 이었다.

"오배의 집에서 나왔다는 말을 듣고 더 놀려주려던 참이었어요. 별볼일없는 우리지만 충분히 골탕은 먹일 수 있었거든요."

저녁내내 오배와의 싸움에 투입할 적당한 사람을 물색하지 못해 골머리를 앓고 있던 위동정에게 이들은 은인이나 다름없었다.

'이들은 비록 집도 없고 절도 없는 건달이나 다름없는 자들이지만 의리로 똘똘 뭉친 정의로운 인간들임은 틀림없어. 바로 얘네들이야!'

위동정은 나름대로 이같이 생각하며 웃으며 말했다.

"모두 몇 사람이야? 오늘 형이 한잔 살 테니 가자!"

무즈쉬가 사람 좋게 웃으며 말했다.

"형, 전부 열두 명이에요. 자, 자, 빨랑 기어 와 우리 형인 위 어른에게 인사 올려라!"

나머지 9명은 위동정이 이토록 대단한 인물인데다 자신들의 두목이 형으로 받드는 사람이 틀림없음을 한눈에 확인하고 일제히 꿇어앉으며 인사를 올렸다.

"위 어른더러 돈을 쓰게 해서 죄송합니다!"

그러자 위동정은 웃으며 말했다.

"잘하면 꽁짜로 포식할 수도 있어. 낙우점 주인이 나의 친구니까, 어서 가서 한바탕 먹어주고 오자구!"

위동정 일행이 낙우점 골목길에 접어들었을 때, 멀리서 7, 8명의 사람이 초롱불을 들고 누군가를 결박한 채 걸어오고 있는 게 보였다. 그런데, 그들은 위동정 일행을 발견하고 잠시 머뭇거리는가 싶더니 이내 방향을 돌리는 것이었다.

위동정은 큰일을 앞두고 각별히 예민해 있던 터라 급히 무즈쉬를 불러 귓가에 뭐라고 속삭였다. 그러자 무즈쉬가 갑자기 큰소리로 그들을 불러 세웠다.

"앞에 뭐 하는 사람들이야. 게 섰거라!"

그러나 그들은 황급히 발걸음을 재촉하기 시작했다.

"저것들에게 된맛 좀 보여줘야겠다. 셋째, 넷째 아우, 자네들은 말을 타고 북쪽으로 돌아가 길을 차단해 버려. 우리는 양 옆으로 나뉘어 목표를 조여갈 테니까!"

화가 난 무즈쉬가 이같이 작전을 짜고 준비하자 위동정도 노새와 넷째를 따라 말을 타고 쫓아갔다.

그자들은 뒤에서 말발굽 소리가 어지럽게 들리자 죽어라 뛰기 시작했다. 헐레벌떡거리며 골목으로 들어온 그들은 한숨을 돌릴

새도 없이 위동정에게 사방을 완벽하게 차단당하고 말았다. 악에
받힌 노새가 말에서 뛰어내리더니 험상궂은 얼굴을 하고는 다가
가 두 말이 필요없다는 듯이 있는 힘껏 채찍을 날리며 욕을 퍼부
었다.

"짐승보다도 못한 놈아! 귀 먹었어?"

신경을 곤추 세우며 결박당한 사람에게 다가서던 위동정은 저도
모르게 '큰일났군!' 하고 속으로 외쳤다. 두 팔이 꼼짝달싹 못하게
묶이고 입이 흰수건으로 틀어막힌 사람은 다름아닌 하계주였던
것이다.

앞장 선 자는 건장한 체구에 긴 머리채를 목에 둘둘 감고 허리
춤에 칼을 꽂고 있었다. 나머지는 남색 마고자를 입고 있었고, 맨
앞에 선 자의 얼굴에서는 줄줄 피가 흘러내리고 있었다. 앞잡이인
듯한 자가 화를 내며 발악하려는 조짐을 보이자 위동정이 말 위에
서 싸늘한 음성으로 물었다.

"뭐 하는 자들이야? 사람을 붙잡아 어딜 데려가려던 거야?"

앞잡이는 그제야 위동정의 옷차림새를 눈여겨 보고 뒤에 일자로
늘어선 무즈쉬 일행을 곁눈질하며 완전히 꼬리를 내렸다.

"소인 류금표(劉金標)는 현재 반부얼싼 어른 문중에서 일하고 있
소이다. 이 사람은 반부얼싼 어른댁의 하인으로서 물건을 훔쳐 달
아나다가 목덜미를 잡혀 돌아오는 중이었소이다."

위동정은 얼굴색 하나 변하지 않고 뻔한 거짓말을 즉석에서 꾸
며대는 이 자를 차갑게 응시하며 냉소했다.

"신분증 있소?"

그러자 앞잡이가 당황하며 둘러댔다.

"급하게 나오느라 깜빡 하고…… 믿기지 않으시면 지금 절 따라

반부얼싼 어른댁에 다녀오시는 것도 좋구요. 그것도 아니라면 제가 사람을 시켜 지금 당장 가서 가져오게 하겠나이다!"

"순천부(順天府)의 증명서가 없으면 위법이야!"

위동정은 매섭게 쏘아붙이며 일행들에게 큰소리로 명령했다.

"잡아넣어!"

"예!"

무즈쉬가 기다렸다는 듯이 대답하며 손짓을 보냈다. 그러자 대기중이던 병사들이 일제히 칼을 뽑아들고 우르르 몰려들었다. 그러나 류금표는 오히려 당당해지는 듯 두 손을 맞잡고 공손히 인사를 하며 말했다.

"감히 말씀드리지만, 이 사람은 반부얼싼 어른댁의 죄 지은 하인이 분명 하나이다. 그런데 어르신은 어느 문중의 누구신지 성씨라도 가르쳐 줄 순 없겠는지요……."

뜻하지 않은 류금표의 말대꾸에 화가 난 위동정이 고래고래 소리를 내질렀다.

"그따위 소리 듣고 있을 시간이 없어! 억울하면 내일 높은 사람 찾아가 호소하면 될 것 아니야!"

그 순간 갑자기 류금표가 칼을 쫙 뽑으며 악에 받혀 이를 악물고 으르렁댔다.

"정 그렇다면 여기서 피를 볼 수밖에 없겠군요."

바로 이때 류금표의 무례함을 더 이상 봐줄 수가 없었던 무즈쉬가 살금살금 류금표의 뒤로 다가가 잽싸게 팔을 내리쳤다. 앞만 보고 으르렁대며 전혀 무방비상태였던 류금표가 휘청거리며 칼을 떨어뜨리는 순간, 무즈쉬가 류금표의 두 팔을 뒤로 꺾으며 한 손으로 비수를 들어 류금표의 목에 갖다대며 살기등등하게 내뱉었다.

"그렇게도 죽고 싶었어?"

대세가 기울어지자 노새와 넷째가 하계주를 붙잡고 있던 두 사람을 밀치고 하계주를 빼냈다. 그러나 위동정의 의사표시가 있기 전까지는 결박을 풀어줄 수 없다는 듯 옆에다 제쳐두었다.

류금표는 곧 죽게 된 마당에도 머리를 빳빳이 쳐들고 마구 입을 놀려댔다.

"죽여 봐, 어디 한번!"

"사람 죽이는 거 지렁이 밟아 죽이듯 해오면서 살아왔어. 왜 이래, 이 자식! 안그래도 손이 근질거렸는데 잘 됐다."

화가 있는 대로 치민 노새가 앞으로 성큼 다가서며 류금표의 멱살을 잡아흔들며 무즈쉬 손에 있는 비수를 빼앗아 겨누었다. 류금표는 혼비백산해서 얼굴이 파랗게 질렸다. 노새가 막 류금표의 가슴팍에 비수를 꽂으려고 할 때였다.

"그만 해, 노새 아우!"

하계주를 넘겨받는 게 주목적이었던 위동정이 사태를 크게 만들이유가 없다는 듯 급히 말렸다.

"손을 더럽힐 것까진 없어!"

위동정이 후과를 두려워 해 자신을 죽일 수 없다고 생각한 류금표는 아예 대놓고 악다구니질을 했다.

"흥, 반부얼싼 어른이 두렵긴 한가 보네. 자신이 없으면 덤비질 말든가, 꼴 좋다!"

그 말에 완전히 피가 솟구친 노새는 뭔가 결단을 내린 듯 비수를 허리춤에 거칠게 도로 꽂아 넣는가 싶더니 눈 깜짝할 새에 다시 달려들어 두 손가락을 류금표의 눈에 쑤셔 넣었다. 마치 예리한 송곳처럼 꿰뚫고 들어간 손가락 사이로 피가 뚝뚝 떨어지는 류금표의 왼쪽 눈알이 딸려 나왔다.

꼼짝없이 당하고 만 류금표는 얼굴을 감싸쥐고 땅바닥에 나뒹굴며 돼지 멱따는 소리를 내질렀다. 행색이 남루하고 키가 류금표의 어깨 정도밖에 안되는 사내가 이토록 우악스럽게 달려들어 순식간에 건장한 한 사람을 폐인으로 만드는 걸 지켜본 류금표의 병사들도 겁에 질려 얼굴이 백지장처럼 창백해져서 덜덜 떨고 있었다.

그럼에도 여전히 화가 가시지 않은 노새는 피가 낭자한 눈알을 넷째에게 던져주며 말했다.

"술안주로 그만이라더라!"

이런 결과를 피할려고 노력을 했으나 어쩔 수 없이 피를 보게 된 위동정은 신음소리를 내며 땅에 누워있는 류금표에게 다가서며 차갑게 말했다.

"자네, 오늘 운좋은 셈이야, 이 정도로 끝났으니. 정 살기 지겨워지면 언제든 찾아오게. 하지만 한가지는 명심해 둬. 북경성이 반부얼싼이 맘대로 주무를 수 있는 날은 열 번 죽었다 깨어나도 안 돌아온다는 것을."

말을 마친 위동정은 머리를 홱 돌려 하계주를 데리고 자리를 떴다.

14. 덫을 놓다

위동정 일행은 서둘러 반시간 남짓 더 달려서야 멈췄다. 그런 다음에야 하계주의 결박을 풀어주었다. 위동정이 하계주의 입에 쑤셔 박힌 행주를 꺼내주며 웃으며 말했다.

"10년 동안 이를 안닦아도 되겠네요……."

하계주는 연신 숨을 헐떡거리며 발을 동동 굴러댔다.

"위 어른, 하마터면 숨 막혀 죽을 뻔 했네요. 좀 일찍 빼내주지 그랬어요?"

원망섞인 하계주의 말에 위동정이 너털웃음을 웃었다.

"빼내자 마자 큰소리로 나의 이름을 안부르라는 보장이 없으니 나로서는 그렇게 할 수밖엔 없었던 거죠!"

스스럼없이 말을 주고받는 두 사람을 보며 무즈쉬가 어안이 벙벙하여 물었다.

"형, 어떻게 된 거야?"

그제야 위동정은 자초지종을 얘기하기 시작했다.

"이 분이 내가 말하던 낙우점 주인 하계주야. 오늘 저녁 한번 배 터지게 우려먹자고 작정을 했었는데 그만…… 어쨌든 자, 다들 가자구. 내가 거하게 한턱 낼 테니 어디 한번 마시고 죽어보자구!"

호방교에 위치한 위동정의 집에서는 그 시각 사용표와 명주가 각자 심란한 마음으로 자리에 누워 뒤척이고 있었다. 하인이 대문을 열어주자 다른 사람을 깨우지 않으려고 손가락을 입에 대고 쉬쉬 하며 까치발을 들고 거실을 지나 뒷방에 들어오는 사이, 인기척을 들은 명주와 사용표가 어느새 자리를 박차고 일어나 마중 나오고 있었다.

반나절 동안 얼굴을 못본 사이에 어느새 눈부신 3품 무관(武官) 복장을 멋지게 차려입은 위동정을 놀랍고 부러운 시선으로 바라보던 명주가 웃으며 말했다.

"와! 대단하네, 아우! 하룻밤 새에 껑충 뛰어 올랐네. 정말 축하해요."

차림새가 평소와는 뭔가 다르다는 생각이 들었어도 별로 신경을 쓰지 않았던 사용표는 그제야 위동정을 아래위로 눈여겨 보았다. 붉은 산호(珊瑚)로 만든 모자를 쓰고 하단에 금줄을 수놓은 제복을 입고 허리춤에 역사가 깃들어 있는 듯한 고풍스런 장검(長劍)을 비스듬히 차고 있는 위동정의 모습은 그야말로 보무당당(步武堂堂), 그 자체였다.

위동정은 사람들의 시선이 부담스러운지 수줍게 뒤통수를 긁적이며 보검을 꺼내보이며 말했다.

"마마께서 친히 하사하신 보검인지라 혼자서 소유하기엔 너무 아까워. 여러분들도 같이 구경 좀 하는 게 어때요."

성격이 급한 노새가 한발 성큼 다가서며 보검을 잡으려고 하자 위동정은 가볍게 막으며 보검을 두 손으로 받쳐 정중하고 숙연한 표정으로 머리 위에 들어올렸다가 탁자 위에 조심스레 내려놓았다. 한발 뒤로 물러서서 공손히 큰절을 올리는 위동정을 지켜보며 사람들은 저도 모르게 보검에 대한 경외감을 느꼈다.

처음과는 달리 다들 보검을 멀리서 바라보는 것만으로 만족하는 눈치였지만 명주는 꼭 한번 만져보고 싶어 조용히 다가가 조심스레 살펴보더니 천천히 칼집에서 보검을 빼냈다. 순간 눈부신 빛이 실내를 환히 비추더니 섬뜩한 느낌이 방안을 꽉 채웠다. 보검을 찬찬히 훑어보던 명주가 불에 데인 듯 화들짝 놀라며 말했다.

"태조(太祖) 누르하치께서 아끼시던 보검이 어떻게 아우 손에 들어오게 된 거지? 대단한 인연이 틀림없어!"

흥분에 떠는 명주보다 열배 백배로 격동의 물결에 휩싸인 사람이 있다면 단연 수혜자인 위동정이었다. 그는 흥분한 가슴을 억누르며 문화전에서 황제가 보검을 하사하던 정경을 자세히 설명하였다. 비천하고 별볼일없는 자신을 믿어주고 사람 대접을 해준 황제의 은덕을 떠올린 위동정은 어느덧 눈물이 그렁그렁해지면서 황제 앞에서 했던 것처럼 굳은 맹세와 충성심을 다시 한번 다졌다.

"이런 보검을 친히 하사하신 마마의 굳은 믿음을 이 위동정은 용맹과 충성으로 보답해야 마땅할 것이오. 열백 번 죽을 각오로 마마를 향하는 독화살을 막으려고 합니다!"

"하긴 이 난세에 공을 세우려면 몸을 사릴 순 없는 거지."

말없이 구석자리에 앉아 침묵만 지키던 사용표가 한숨을 내쉬며 한마디 던졌다.

"명예에 자존심을 건 사람들은 생각부터가 우리 서민들과는 차원이 다르네."

그 말에는 어쩐지 뼈가 숨어 있는 것 같았다. 경건하고 숙연한 감정에 사로잡혀 있던 사람들은 묘한 여운을 남기는 사용표의 말에 흠칫 놀라며 위동정을 바라보았다. 위기를 기회로 전환시키는 것은 위동정의 특기였기에 그는 사용표의 이런 볼멘 소리가 고깝게 들리지만은 않았다. 모르는 척하고 맞받아치면 오히려 사용표의 속내를 잘 들여다 볼 수 있는 절호의 기회라고 생각하고 웃으며 말했다.

"어르신이 보기엔 제가 공명(功名)에만 목숨 걸고 의리 따윈 털끝만큼도 없는 소인배라고 생각하나요?"

사용표는 복잡한 속내를 드러내듯 성냥개비를 그어 담뱃불을 붙이며 한참 후에야 한숨과 함께 속사정을 토해냈다.

"그런 건 아니고 만주인들이 청나라를 세운 지 이십 년이 넘도록 우리 백성들의 삶이 호전될 기미가 전혀 보이지 않는 건 길 가는 사람 아무나 붙잡고 물어도 공감할 거야. 위 어른처럼 운이 대통한 사람이 몇이나 되겠나. 저 서쪽 지방에서는 아직도 딸자식 팔아먹으려고 길가에 줄지어 서서 눈물샘도 말라버려 얼빠진 사람처럼 서성이는 이들이 얼마나 많은지 몰라. 정말 가슴이 찢어지는 참상이지!"

"어르신 말씀도 구구절절 맞는 말씀이에요."

위동정도 가슴이 무거운 듯 얼굴이 어두워지며 말했다.

"그러나 그들을 죽음에 몰아넣은 장본인은 따로 있지 않나요? 황제는 지금 열다섯 살도 되지 않았고, 무능하고 유능하고를 떠나서 이세까지 제대로 정치 수완을 펼칠 기회조차 없었어요!"

사용표는 즉시 대꾸하지 않았다. 핵심을 제대로 짚었다고 생각한 위동정은 황제와 조정에 대한 사용표의 그릇된 견해를 뿌리뽑아 버리기로 작정을 하고 입을 열었다.

"순치 사년 때부터 시작한 오배의 미친 듯한 땅 쟁탈은 지금까지 이어져 수많은 무고한 생명을 빼앗아갔다는 사실은 저도 잘 알고 있어요. 작년에 마마를 수행하여 지방에 사냥을 갔을 때, 길에서 몇십 구나 되는 굶어죽은 시신을 발견한 적이 있었어요. 황제가 눈물 흘리는 모습을 그때 처음 보았어요. 모든 걸 떠나서 자신의 실정과 무능함을 탓한다며 매장 현장에까지 따라가서 슬퍼하던 모습이 눈앞에 선해요."

여기까지 말한 위동정은 사용표를 힐끔 쳐다보며 말을 이었다.

"그 날도 딸을 앞세우고 팔러 나가는 노인을 보았어요. 우리가 다가서자 사려는 사람인 줄 안 소녀가 겁에 질려 노인의 품에 뛰어들어 목놓아 울면서 넋두리를 하는 거예요. '아버지, 절 팔아먹지 마세요. 전 가마니도 짤 줄 알고, 밥도 많이 빌어올 수 있고, 민며느리로 들어갈 수도 있어요. 아버지가 시키는 대로 다 할 테니 제발 팔아버리지만 말아주세요. 아버지, 제가 불쌍하지도 않아요, 네?'. 여자아이는 울면서 그 노인의 옷자락을 정신없이 잡아 흔들었어요. 보다 못한 황제가 당장 은 스무 냥을 소녀의 손에 쥐어주며 눈길 한번 못 맞추는데, 죄인도 그런 죄인이 없었어요. 이래도 황제가 백성들의 생사는 나 몰라라 하는 무심한 천자예요?"

여기까지 들은 사용표는 은근히 감동을 받은 듯 표정이 처음과는 많이 달라졌다. 어색하게 위동정을 바라보던 사용표가 한마디 덧붙였다.

"한쪽에서는 끊임없이 금지령을 내리는데 대신이라는 자들이 한

귀로 듣고 한 귀로 흘려버리니 어찌 된 거야?"

"그게 바로 당면한 문제점인 건 틀림없어요."

위동정이 머리를 끄덕이며 말했다.

"오늘저녁 황제가 비밀리에 저를 부르신 것도 그 때문이었어요. 황제의 명령에 코방귀 뀌는 자들을 그냥 두어서야 나라 꼴이 뭐가 되겠어요?"

위동정은 겉으론 우락부락하고 강해 보이는 사용표가 마음은 더없이 약한 줄을 잘 아는지라 거침없이 밀고 나가며 상처가 될 말들도 서슴지 않았다.

"어르신은 강호를 주름잡으며 맹위를 떨쳐왔고, 이 바닥에서 엄지손가락 안 내미는 이가 없을 정도로 진짜 사내인 줄은 압니다. 하지만 그러는 어르신은 도대체 불쌍한 사람들을 몇만 명이나 구하셨나요?"

숨죽여 듣고 있던 사람들은 위동정의 입에서 이런 말들이 튀어나올 줄은 전혀 예상하지 못했으므로 사용표가 화를 벌컥 낼까 조마조마해 했다. 그러나 주변의 걱정 따위는 아랑곳하지 않고 위동정은 목소리를 더욱 높여 말을 이어갔다.

"몇몇 탐관오리를 처단하는 것처럼 간단한 것도 아니고 명나라를 다시 복원시키는 것도 아니니 땅 문제를 해결하려면 시일이 걸릴 건 뻔해요. 지금 황제가 정치에 새로운 자신감을 갖고 민심수습에 팔을 걷어붙이고 나섰으니 조만간에 뭔가 새로운 세상이 열릴 것도 같아요. 뿌리깊은 간신들이 독초처럼 번져 있고 지방에서는 제후들이 이 나라 잘 되는 꼴을 못 봐 사사건건 제동을 걸고 있는 게 제일 큰 걸림돌이긴 하지만 말이에요."

말을 마친 위동정은 갑자기 사용표 앞에 꿇어앉으며 큰소리로 물었다.

"어르신 생각에는 제가 지금 처한 위치에서 누구 편이 되었으면 좋을 것 같으세요? 황제? 오배? 아니면 오삼계? 그것도 아니면 다른 누구?"

위동정의 간절한 호소에 깊은 감명을 느낀 사용표는 부끄럽기도 하고 안쓰럽기도 한 듯 급히 두 팔을 벌려 위동정을 일으켜 세우며 말했다.

"더 이상 말이 필요없네. 내가 졸렬하고 무식한 탓에 괜히 청나라 황실에 불만을 품었던 거니 오십 년 세월을 헛살아온 셈이지. 마음에 두지 말게!"

얼굴을 붉히며 이같은 고백을 한 사용표는 낮은 한숨과 함께 말을 이었다.

"솔직히 감매와 함께 자넬 찾으러 북경에 올 때는 명나라를 재건한다는 환상을 품었었지. 물론 지금은 모든 게 물 건너 갔지만. 그리고 감매는 지금 오배네 집에서 하녀로 있으며 나랑 자주 만나고 있어. 단지……."

"그래요?"

깜짝 놀란 명주가 저도 모르게 외마디 소리를 지르고는 이내 목소리를 낮추며 덧붙였다.

"이제보니 어르신은 명나라 영력황제(永歷皇帝)의 충실한 후원자였군요."

"조용히 해요!"

흥분에 떠는 명주를 향해 위동정이 나지막하게 소리질렀다.

"그런 게 어딨어? 영력황제는 죽은 지 옛날이야!"

"명주 말이 틀린 건 아니오. 위군 자네도 이건 인정해야 하네."

사용표는 쓰디쓴 웃음을 지으며 계속 말했다.

"그러나 오늘 자네 말을 듣고보니 영력은 강희에 비할 바도 못 된다는 생각을 하게 되었네!"

"됐어요. 다 지나간 얘긴데 모처럼 만나서 이렇게 시간죽일 거 없네요. 어르신은 워낙 영웅기질을 타고 나셨으니 현명한 군주만 만나면 금상첨화일 거예요!"

인재선발 고시에 합격해 놓고도 이렇다 할 관직도 못 얻고 이 집 저 집 얹혀사는 신세인 명주는 이 시각 착잡한 마음을 금할 길 없었다. 연거푸 술 석잔을 들이부은 명주는 갑자기 실성한 듯 크 게 웃으며 말했다.

"아우만큼 실력이 없어서 그렇겠지만 나도 그렇게 못난 놈은 아 닌데 왜 이렇게 되는 일이 없지? 모든 사람들의 불운을 내가 전부 떠안은 느낌이야!"

갈수록 흥분한 명주는 찔끔 눈물까지 흘리며 슬퍼했다. 사내의 눈물이 다 그렇듯이 귀한 만큼 감화력 또한 엄청났다. 자리에 앉 아 명주의 말에 귀기울이던 사용표, 무즈쉬, 넷째도 어느덧 기분이 착 가라앉은 듯 머리를 숙이고 술만 들이켰다. 심각한 분위기에 적응이 안된 노새만이 살인방화 외에는 관심이 없다는 듯 심드렁 한 표정으로 좌중을 둘러보며 닭다리를 뜯기에 여념 없었다.

"너무 자포자기하지는 마. 사람 일이란 모르는 거니까. 모든 건 자기 하기 나름이야!"

위동정이 명주의 어깨를 감싸안으며 위로했다. 뭔가 암시가 깃 든 위동정의 말에 명주가 금세 어리벙벙해지며 물었다.

"내가 이대로 썩어 문드러질 순 없지. 뭔가 좋은 기회라도 있 어?"

명주의 간절한 눈빛을 일별하며 위동정은 자신만만한 표정에 환한 미소를 지으며 입을 열었다.

"여러분……."

좌중을 둘러보며 이같이 부른 위동정은 이내 웃음을 거두며 숙연한 표정으로 말을 이었다.

"이 위동정을 따라 공명을 이루어 볼 생각들은 없어요?"

"애초에 형을 찾아 북경까지 왔는데 형이 시키는 일이라면 뭐든지 못하겠어요?"

무즈쉬가 넉살좋게 웃으며 말했다.

"그렇다면 좋아!"

위동정이 기분좋게 덧붙였다.

"마마께서 자신과 함께 무예를 배워볼 유능한 젊은이들을 몇 사람 구해보라고 하셨어. 만일의 사태에 대비하려는 마마의 깊은 마음이니까, 만약 여러분들이 합심하여 열심히 움직여 공로를 인정받는다면 출세하는 건 시간문제가 아니겠어?"

위동정의 말에 혹한 무즈쉬와 노새 그리고 넷째는 좋아서 입이 귀에 걸렸다.

"뭐든지 형이 시키는 대로만 하겠으니 형이 잘 이끌어 주세요!"

잠자코 있던 사용표도 입을 열었다.

"이 늙은이도 필요한 곳이 있으면 불러만 주시게."

다들 위동정을 에워싸고 금세 전쟁터에라도 나갈 태세로 흥분하고 있었으나 명주는 왠지 자신이 없어진 듯 조심스레 입을 열었다.

"닭모가지 하나 비틀 힘도 없는 난 아무 짝에도 쓸모가 없을 게 아닌가?"

"그러게 형한테 꼭 맞는 일거리가 생겼다는 거 아니야!"

위동정이 급히 말꼬리를 잡았다.

"형은 마마 옆에 앉아 오차우 선생의 강의만 들어주면 돼. 나머지는 내가 어련히 알아서 하지 않을라구?"

되는 일 없다며 상심에 빠져있던 명주는 순간 어린아이처럼 좋아하며 말했다.

"나라고 죽을 때까지 안되라는 법은 없을 테니까, 잘 되면 아우의 은혜 잊지 않을게."

"이보게, 하 사장!"

하계주가 얼빠진 사람처럼 벽을 마주하고 앉은 채 말이 없자 위동정이 웃으며 불렀다.

"무슨 생각을 그렇게 하오?"

"집 잃은 떠돌이 개가 생각은 무슨?"

하계주가 못내 갑갑한 듯 이같이 대답했다.

"집 잃은 떠돌이 개는 뭐 아무나 하는 줄 아오? 공자도 한때는 자신을 그렇게 비유한 적이 있다오! 내가 돈을 대줄 테니 하 사장은 사 어른과 함께 서편문(西便門) 밖에서 다시 음식점을 내는 게 어떻겠소? 다른 건 신경쓸 거 없이 나와 사 어른이 시키는 대로만 하면 되오. 주인은 여전히 하 사장이 맡고!"

"백운관(白雲觀) 말이오?"

사용표가 놀란 표정을 지으며 물었다.

"그쪽은 이자성(李自成)에 의해 황무지가 돼버린 지 오랜데 하필이면 인적이 드문 그런 델 선택해서 장사가 되겠수?"

"문제될 거 없어요. 가끔 큰손들이 찾아오면 한건씩 하는 게 어중이 떠중이 백명 받는 것보다 나아요!"

이쯤되자 명주를 비롯한 모두는 기분이 그만이었다. 일거리가 생긴다는 말에 기분이 좋아진 하계주는 그제야 뭔가 떠오른 듯 이마를 치며 말했다.

"우리 가게 뒤뜰에 이십 년 된 술이 묻혀있는데 별일 없었으면 오늘 저녁 다 같이 마셔보는 건데."

그러자 위동정이 웃으며 받아쳤다.

"잘난 척 하지 마. 우리집에도 좋은 술은 얼마든지 있어! 아까워서 아무도 안 주던 술이 있는데, 우리 오늘 다 마셔버리자구!"

말을 마친 위동정은 웃고 떠드는 소리에 잠에서 깨어 눈을 부비며 나온 하인에게 분부했다.

"사람들을 불러 그 술을 파내 오게. 두 항아리니 조심하게!"

한편 금방 태필도를 보내고 한숨을 돌리려던 반부얼싼은 피가 낭자한 채 들어선 류금표를 발견하곤 술이 확 깰 정도로 깜짝 놀라 다급히 물었다.

"어떻게 된 거야!"

같이 현장에 있었던 몇 명의 병사들이 한마디씩 떠들며 방금 순찰대에 당했던 사연을 말했다.

'다른 부서도 아니고 평소에 유난히 신경을 써서 대접을 하는 순찰대에 한방 얻어맞다니? 내 체면에 똥칠을 해도 유분수지, 설마 그럴 리가?'

짧은 시간에 그런 생각을 한 반부얼싼은 두 눈을 싸쥐고 신음을 하는 류금표를 혼내줄 수도 없고 하여 아예 위로의 말이나 해줘 인심이나 얻고 보자고 생각했다.

"자네들 잘못한 거 없어. 돌아가서 푹 쉬고 있게. 그 자식 누군지 찾아내는 날에는 통쾌하게 보복해줄 테니!"

그러나 잠자리에 누운 반부얼싼은 도무지 잠을 이룰 수가 없어 심하게 뒤척였다. 평소에 가장 귀여움을 많이 받는 넷째 부인이 귓가에 대고 소곤거렸다.

"오배의 일 때문에 당신이 건강까지 해쳐가면서 고민할 것은 없지 않아요?"

"여자가 뭘 안다고 그래? 잠이나 자!"

반부얼싼은 귀찮다는 듯 부인을 거칠게 밀쳤다.

정말 최근 들어서는 되는 일이 없었다. 하계주를 잡아들여 온갖 심문을 가해 오차우의 행방을 알아낸 후에 오배를 찾아 상의하려고 했었는데 뜻대로 되지 않았던 것이다. 오후에는 그 병신 같이 비실비실한 명주인가 뭔가 하는 자를 끌어가는가 싶었는데 중뿔나게 거지 같은 영감탱이가 훼방을 놓지를 않나, 설상가상으로 마지막 카드라고 생각했던 낙우점 주인을 다른 사람도 아닌 순찰대에서 빼돌렸다니 정말 재수 옴붙은 날이었다.

수커사하의 집을 수색할 때 우연히 오차우의 시험지를 발견한 반부얼싼은 오배의 신임을 얻고 점수를 따는 데는 이보다 더 좋은 건수가 없다는 판단하에 두 팔을 걷어붙이고 오차우의 행방을 백방으로 찾던 중이었다. 시험지에 적힌 주소대로 낙우점을 찾은 반부얼싼은 적이 놀라움을 금할 수가 없었다. 꾀죄죄하고 비좁은 가게였던 것이다. 세 발 막대기를 휘둘러도 걸릴 거라곤 먼지밖에 없는 집구석에서 과거 하나만 바라보고 안간힘을 쏟았을 가난한 서생이 도대체 뭘 믿고 이같은 맹랑함을 저질렀단 말인가? 반부얼싼은 머리를 갸우뚱하지 않을 수 없었다.

분명히 누군가 뒤를 봐주지 않고는 불가능한 일이라고 생각한 반부얼싼은 아랫것들을 풀어 손님으로 가장시켜 몇 날 며칠을 감시하기 시작했다. 급히 오차우를 잡아들이지 않은 것은 혹시 더 큰 물고기가 걸려들지 않을까 하는 기대에서였다. 결국 위동정이 자주 드나든다는 사실을 확인한 반부얼싼은 머지 않아 누군가 어마어마한 인물이 걸려들 거라는 확신 아래 낚싯줄을 당기는 것을 잊고 있었다.

하지만 며칠이 지나자 그렇게도 자주 나타나던 위동정은 아예 발길을 뚝 끊어버리고 말았다. 오차우 역시 그림자조차 잡을 수 없게 되었다. 과욕이 불러온 참담함을 맛보며 반부얼싼은 차선을 선택하기로 했다. 꿩 대신 닭이라고, 명주와 하계주를 미끼로 뭔가를 낚아보려고 고민을 했었다. 그런데 연이어 이런 실패를 하고 말았으니……. 마침내 반부얼싼은 누군가가 자신의 생각을 훔쳐가 선수를 친 게 아닌가 라는 생각을 하게 되었다. 정말 그게 사실이라면 간담이 서늘한 일이 아닐 수 없었다.

사실, 류금표 사건은 절대로 순찰대의 소행이 아님을 반부얼싼은 그의 넋두리를 통해 잘 알고 있었다. 그 젊은 어전시위가 위동정이라고 단정한 반부얼싼은 그러나 한밤중에 떼지어 나타난 이 한무리의, 소위 순찰대의 내력을 알 길이 없어 속이 부글부글 끓어올랐다. 정말 귀신이 곡할 노릇이었다. 심증만 있고 물증은 없으니 무턱대고 황제의 총애를 받고 있는 위동정을 어떻게 할 수도 없는 노릇이었다.

반부얼싼은 고민에 빠졌다. 이리 뒤척 저리 뒤척 밤잠을 설치다가 겨우 창가가 희붐히 밝아오는 아침을 맞은 반부얼싼은 급히 자리를 박차고 일어나 옷을 주섬주섬 입으며 명령했다.

"가마를 대어라! 순찰대로 갈 것이니!"

입을 무겁게 다문 채 굳은 표정으로 순찰대로 향하던 반부얼싼은 무슨 영문인지 갑자기 차를 세웠다. 여러모로 생각을 거듭해 본 결과 욱하는 성미 때문에 순찰대를 찾아갔다가 괜히 소문만 파다하게 퍼져 악성 루머에 시달리게 되면 자칫 큰일을 그르칠 위험이 있다고 판단했기 때문이다. 아무리 생각해 봐도 이렇게 무턱대고 찾아가는 건 별로 도움이 안될 것이 분명했다. 그는 마른기침을 삼키며 나지막하게 명령했다.

"돌려, 오배 어른댁으로!"

전날 저녁에 술을 과하게 마신 오배는 아직도 깊은 잠에 빠져 있었다. 마름은 반부얼싼을 익히 아는지라 오배의 허락없이도 자연스레 반부얼싼을 뒤뜰에 있는 서재인 학수당(鶴壽堂)으로 안내했다. 능숙한 솜씨로 차를 따라 바치며 마름이 말했다.

"잠시만 앉아 계세요, 어르신. 소인 곧 가서 오배 어른께 아뢰겠나이다!"

반부얼싼은 주머니에서 다섯 냥짜리 은전을 꺼내어 마름에게 주며 말했다.

"그럴 건 없어. 별로 급한 일이 있는 건 아니니까 좀더 기다린다고 큰일나는 게 아니야."

마름은 연신 감사하다는 인사를 하면서 허리를 굽혀 뒷걸음쳐 방을 나갔다.

혼자 앉아 한동안 애꿎은 담배만 뻑뻑 빨아대던 반부얼싼은 오늘따라 담배맛이 영 신통치가 않다는 듯 신경질적으로 담배를 재떨이에 짓눌러 꺼버리고는 천천히 일어서서 서재를 나섰다.

학수당의 주변 경치는 이루 말할 수 없이 좋았다. 배산임수라, 진짜를 방불케 하는 가짜 산이 위엄있게 늘어서 있고, 정원 한가운데에는 큰 연못이 있었다. 그 가운데를 관통하는 둥근 다리가 있어 녹음이 우거지고 화초가 만발한 정원 건너편과 통하고 있었다. 때는 삼복더위가 기승을 부리는 때라 불볕 더위에 녹초가 된 버드나무 가지가 힘없이 수면 위에 드리워져 있었고 연못을 장식한 연꽃들이 요염한 자태를 뽐내고 있었다. 나른함을 더해주는 매미의 울음소리만 줄창 들려올 뿐 주위는 쥐죽은 듯 고요했다. 이 풍경 이 느낌에 더없이 어울리는 시구(詩句)가 있어 막 읊조리려던 찰나, 갑자기 저쪽 어디선가 두 시녀의 말소리가 바람을 타고 너울너울 넘어왔다.

"너 모르지?"

한 시녀가 목소리를 낮춰가며 입을 열었다.

"엊저녁에 소추(素秋) 언니가 무슨 일인지 밤새도록 훌쩍거렸다 잖아? 아침에 보니 두 눈이 퉁퉁 부었길래 왜 그러냐고 물었더니 시답잖아 하는 거 있지?"

"난 또 뭐라구? 뻔할 뻔자지 뭐. 오 어른이 또 언니를 겁탈하려고 한 게 아니겠어? 그건 공공연한 사실이잖아. 틀림없어. 엊저녁에도 술이 떡이 되게 마셨더라구. 지난번에도 마님에게 덜미를 잡혔으니 망정이지……."

다른 하나가 감정이 격해진 듯 목소리를 높였다.

"다 늙어가지고 웬 주책바가지야. 시녀 주제에 쫓겨날 얘기지만 오 어른은 너무 호색한이야. 나이가 얼만데, 으윽 징그러워!"

시녀는 바퀴벌레라도 본 듯 몸을 흠칫 떠는 것 같았다.

"조용히 해! 입 건사 잘못했다간 뼈도 못 추리는 수가 있으니! 우린 귀머거리요, 장님이요, 정신박약아야, 알았어?"

다른 하나가 숨을 죽여가며 이같이 꾸짖었다.

한가한 시간이라 공기놀이를 하며 그렇게 입방아를 찧는 게 나뭇잎 사이로 보였다. 호기심이 동한 반부얼싼이 그들 쪽으로 발걸음을 옮기려는 순간 먼저 입을 열었던 시녀의 말소리가 다시 들려왔다.

"엊저녁에 소추 언니가 운 것은 오배 어른하고는 무관한지도 몰라. 네가 몰라서 그렇지, 요새 오배 어른은 무슨 중대한 일을 꾸미고 있는 것 같았어. 저녁마다 다른 어른들을 불러 술 마시며 오래도록 머리를 맞대고 뭔가 심각하게 얘기하는 것 같아. 어제도 뭐라 그러더라? 아, 아, 생각났다! 뭔가를 하는데 '힘들다' 는 것 같았어."

시녀가 머리를 갸우뚱하며 오배네가 술상에서 한 말을 떠올리느라 안간힘을 쓰고 있는 것 같았다.

"걱정도 팔자야. 우리 아랫것들은 그런데 신경쓸 것 없이 잘 먹고 잘 놀고 하는 게 최고야!"

다른 하나가 이같이 면박을 놓았다.

그 말을 들은 반부얼싼은 깜짝 놀랐다.

'힘들다' 는 말은 사실 '제거한다' 는 말과 음이 같았다. 시녀들이 뭘 몰라서 힘들다 라는 뜻으로 받아들였으니 망정이지 다른 누군가가 들었더라면 엄청난 재앙의 불씨가 될 수도 있었다는 생각에 반부얼싼은 놀란 가슴을 부여잡으며 생각했다.

"아무튼 큰일났어! 이 집에서 일하는 사람이 어른아이 합쳐서 삼, 사백 명은 족히 될 것인데 이런 식으로 말이 새나가면 큰일인데!"

두서없이 이런저런 생각에 잠겨있던 반부얼싼은 발길을 두 시녀 쪽으로 옮겼다. 하지만 벌써 인기척을 눈치챈 두 시녀는 재빨리 어디론가 숨어버리고 난 뒤였다.

　못내 아쉬운 듯 입을 쩝쩝 다시며 서 있는 반부얼싼 뒤에서 갑자기 껄껄 웃음소리가 들려왔다.

　"반 어른, 역시 감성이 남다른 서생 출신이군. 아름다운 경치에 넋놓을 수 있는 사람은 언제나 시적인 낭만이 있더라구!"

　오배의 걸걸한 목소리였다. 잠을 푹 자고 깨어난 오배는 기분이 상쾌한 듯 웃으며 반부얼싼 뒤에서 걸어오고 있었고, 그 뒤로 시녀가 오배의 머리 위로 양산을 받쳐들고 뒤따르고 있었다. 반부얼싼은 급히 웃음을 지어보이며 방금 전 오배의 말에 화답했다.

　"이 나이에 낭만이라뇨?"

　오배는 그렇지만은 않다는 듯 손을 저으며 웃으며 부인했다.

　"자꾸 나이타령을 하는데, 황혼의 저녁노을이 오히려 끝내준다네. 게다가 자넨 아직 한창 나인데 뭘 그래?"

　오배는 반부얼싼의 어깨를 감싸며 손을 내밀어 학수당 쪽으로 반부얼싼을 안내했다.

　각자 주인과 손님석에 자리하고 나자 오배가 이맛살을 찌푸리며 입을 열었다.

　"엊저녁에 황제한테 그런 식으로 접근하겠다는 말을 듣고 놀란 내 가슴이 아직도 벌렁벌렁하다네. 생각할수록 끔찍해 잠을 설쳤어. 새벽녘에나 잠들었을 걸."

　오배의 말에 반부얼싼이 정색하고 말했다.

　"오 어르신, 독초는 파버리지 않으면 번져나가기 마련이고, 용단을 내려 과감히 대처하지 않으면 먼저 먹혀버리게 되는 법이오. 목숨과 맞바꾼 진리라고 해도 과언이 아니오! 밀고 들어가느냐, 아니면 물러서느냐 두 갈래 길이니 주저하지 말고 빨리 결단을 내릴 때요."

반부얼싼의 이같은 말에 오배는 어색한 웃음을 흘리며 말했다.

"이미 엎지른 물이니 피를 봐야되는 건 사실인데 선제께 너무 했다는 생각이 드네 그려. 그집 가문이 나에게 못해준 건 없었는데 말이야."

"오 어른은 그게 문제요. 전쟁터에 나갈 사람이 적에 대한 인정을 베풀다니!"

오배의 말에서 자신에 대한 묘한 불신의 씨앗을 감지한 듯한 반부얼싼은 담담하게 웃어보이며 계속 말을 이었다.

"굳이 그렇게 말씀하시면 나 또한 황친이오! 말이 나온 김에 하는 말인데 이번 일이 성사되어 오 어른의 탈궁(奪宮)이 성공리에 마무리되면 역대 황제들을 답습하지 마시고 혼자만의 색깔을 만들어가야 하오. 특히 황친들과의 관계를 원만히 해야 할 것이오. 그렇지 않으면 반드시 만족의 내란이 불가피하게 되고 양측 모두 피투성이가 될 수밖에 없으니 말이오. 지금 당장 급한 것은 모든 수완을 동원하여 셋째의 날개를 잘라버리는 거요."

오배는 교활하게 웃으며 말했다.

"그가 무슨 날개가 있어야 자르든가 말든가 하지 않겠나! 수커사하가 죽은 이후부터 실권은 나한테 있다구. 그깟 어삐룽이야 있는 둥 마는 둥 하는 허수아비가 아닌가?"

"겉으로 나타난 힘쓸 만한 세력은 없는 게 사실이오."

반부얼싼이 냉정하게 말을 이었다.

"문제는 몰래 숨어 뒤통수를 치는 게 더 무서운 법이지."

반부얼싼의 말에 오배는 깜짝 놀라며 윗몸을 반부얼싼 쪽으로 숙이며 다급히 물었다.

"누구 말인가?"

"누구라고 콕 찍어 말씀드릴 순 없지만 여러 상황들을 비추어 볼 때 의문점이 한두 가지가 아니오. 내가 볼 땐 아무래도 목리마네가 봤다는 그 세 놈들이 수상하오."

반부얼싼이 머리를 갸우뚱하며 요즘 자신의 작전이 연이어 실패한 자초지종을 오배에게 설명해 주었다.

오배는 한마디도 빼놓지 않고 유심히 들었다. 사실은 반부얼싼이 자신과 이렇다 할 상의도 없이 너무 독선적으로 나가는 것에 대해 은근히 의심스런 시선으로 바라보고 있었지만 반부얼싼의 말을 들어보니 그런 의심이 해소되는 것 같아 웃으며 머리를 끄덕여 보이며 말했다.

"수고했네! 보아하니 세 사람 가운데서 그 소씨 놈이 주범인 것 같고 웅사이가 잔머리깨나 굴려 위동정을 크게 한몫 바라보는 모양인데…… 그건 그렇고! 자네 말을 듣고 보니 갑자기 생각나는 게 있어. 셋째 말이네. 요즘들어 몰라보게 어른스러워졌더라구. 언변이 장난이 아니어서 웬만한 사람은 그 공자왈 맹자왈을 알아듣지도 못하겠더라구. 한림원의 한다 하는 한인 수재들이 침이 마르게 칭찬을 하더라니깐. 듣자니 간혹 웅사이가 두어 마디 가르치는 것 빼곤 셋째가 혼자서는 별로 책하곤 친하지도 않다던데 참 이상한 일이 아닐 수 없어. 그렇다고 걔가 천재란 말인가?"

반부얼싼은 눈을 지그시 감고 의자에 기댄 채 한참 골똘히 생각하더니 가벼운 한숨과 함께 입을 열었다.

"진작에 눈치챘어야 했소. 틀림없이 그거야!"

오배가 담배에 불을 붙여 물며 말했다.

"소상히 말해보게, 뭔지?"

반부얼싼이 입을 열려는 순간 소추가 먹음직하게 잘 익은 수박을 썰어 쟁반에 받쳐들고 들어섰다.

오배가 다소곳이 머리 숙인 소추를 힐끔 쳐다보더니 웃으며 말했다.

"눈이 퉁퉁 부은 걸 보니 어젯밤에 또 울었던 게로구나. 걱정 마, 내가 사람을 풀어 너의 생부를 찾아줄게."

소추는 말없이 수박을 내려놓으며 다소곳이 대답했다.

"고맙습니다. 마님의 분부대로 얼음물에 담궜던 수박이니 반어르신, 맛있게 드세요."

감매가 나가자 오배가 기다렸다는 듯이 물었다.

"방금 그 얘기를 어서 해보게."

반부얼싼은 조심스레 주위를 두리번거리며 입을 열었다.

"내가 보기엔 십중팔구는 오아무개라는 놈이 북경을 떠난 게 아니오."

"그건 아닌 것 같소!"

오배가 웃으며 말했다.

"오차우 걔가 간덩이가 부어서 밖으로 터져나왔다면 모를까 북경은 떠난 게 틀림없소."

"섣부른 판단일지도 모르오. 한인들 가운데는 강자에 강한 진짜 사내들이 많소. 오삼계 따위처럼 별볼일없는 자들과는 비교도 안되는 사람들 말이오."

반부얼싼의 말에 오배는 잠시 생각에 잠기는 듯하더니 이내 물었다.

"자네 생각엔 그 오차우가 지금 어디에 은신하고 있을 거 같아?"

안그래도 반부얼싼은 요즘 오차우의 행방을 찾는데 열을 올리고 있는 참이었다. 그는 오배를 일별하며 분명한 어조로 입을 열었다.

"모르긴 해도 어느 대신의 집에 은둔하는 게 틀림없소. 셋째의 학식이 놀라울 정도로 느는 것과도 무관하지 않을 거요!"

오배는 급히 머리를 절레절레 흔들어대며 말했다.

"그건 어불성설이오. 천자의 체통에 어찌 그런 천한 서생을 스승으로 모실 수 있겠소?"

반부얼싼은 말없이 웃으며 말했다.

"그렇다면 더 기다려보는 수밖에. 조정에 난다긴다 하는 학자들이 많아도 오 어른의 마음에 들면 셋째가 못 미더워하고, 그럴 바엔 아예 스승을 모시지 않는 게 낫다고 하지 않소."

반부얼싼의 말에 오배는 갑자기 책상을 탁 치며 말했다.

"내가 선생님을 찾아줄 거야. 싫어? 싫어도 어쩔 수가 없어!"

"그건 안 되오! 지금 만인과 한인 수재들 사이에서는 셋째가 천재라고 소문이 났소! 스승이 필요없는 총명한 성군(聖君)이라고 말이오. 이런 마당에 오 어른이 막무가내로 선생님을 찾아주면 그게 먹힐 것 같소? 오히려 주위의 반감만 살 것이니 생각을 고쳐보는 게 어때요?"

자신이 꾸민 계략이 빛도 못 보고 억눌리자 오배는 착잡한 심정을 감추기라도 하듯 수박을 한 입 크게 떼어 먹으며 물었다.

"그럼 자네 생각엔 어떻게 하는 게 좋을 것 같소?"

"지금은 셋째가 제아무리 날고 긴다고 해도 세력을 형성하지는 못했으니 아무 것도 모르는 척 굿이나 보고 떡이나 먹으면서 기회를 엿보는 거요."

반부얼싼이 자신있게 대답했다.

"이런 일일수록 화끈하게 해버리는 게 뒤가 깨끗하다구. 괜히 뜸 들이다가 뒤통수를 얻어맞는 수도 있으니까!"

그러자 반부얼싼이 웃으며 말했다.

"적들과 세력이 균등하거나 적이 강하고 우리가 약세면 선수치는 게 유리할지 몰라도 지금으로선 우리가 한참 강세니 경계심만 늦추지 않으면 되오. 서두를 건 없소. 셋째가 오 어른의 말대로 정말 어느 대신 집에서 글공부를 한다면 우리에겐 천재일우의 기회요. 자기 딴에는 머리를 쓴다고 한 것이 오히려 치명적인 결과를 불러오게 될 거란 말이오! 사복차림으로 어느 대신의 집에서 쥐도 새도 모르게 죽으면 우릴 의심할 사람은 하나도 없소!"

오배는 베어문 수박을 땅바닥에 떨어뜨리며 흥분에 떨었다.

"좋았어! 역시 자네야!"

오배는 벌떡 자리에서 일어서더니 무의식적으로 손을 허리춤에 갖다 댔다. 칼이 만져지지 않자 그제야 사복을 입은 사실을 알고는 그냥 말했다.

"자네한테 부탁하네. 일거양득이니 잘 알아보게."

"별볼일없는 나를 여기까지 이끌어주신 오 어른의 은혜를 갚을 기회로 생각하고 열심히 뛰겠소!"

"이 일만 성공하면 자네는 곧 개국공신인 셈이네! 나, 오배 결코 은공을 모르는 사람은 아니지!"

오배는 크게 웃으며 말했다.

15. 구문제독(九門提督)

태황태후와 강희의 은밀한 논의가 있은 지 사흘 째 되던 날 위동정은 특별지시를 받고 감방에 갇혀 있던 사리황을 석방시켰다. 만나본 적은 없지만 세인들에게 알려진 그의 과거만으로 위동정은 막연히 사리황이 우람한 체구에 번뜩이는 카리스마를 가졌으리라고 생각했었다. 허나 그의 앞에 나타난 사리황이란 사람은 보잘것없다 못해 하찮게까지 여겨졌다.

위동정은 크게 실망하고 말았다. 마른 나뭇가지를 방불케 하는 작고 왜소한 체구에 맥없이 드리워진 몇 개 안되는 흰 턱수염이 우스꽝스럽게 양옆으로 갈라져 있었다. 게다가 악취를 풍기는 옷차림은 오갈 데 없는 거지를 떠올리게 했다. 감방에 있는 동안 오육일의 도움으로 영양가 있는 음식을 충분히 섭취한 덕에 혈색만 괜찮았을 뿐 행색은 영락없는 걸인이었다.

강희의 지시대로 위동정은 사리황을 몰래 빼내어 가마에 앉혀

구문제독부로 향했다. 제독부의 문지기들은 위동정을 힐끔 쳐다보
더니 건방지게 말했다.

"제독님은 지금 여러 장령들과 회의를 하고 계시는 중이니 두
분 아쉽겠지만 내일 다시 오도록 하세요."

말을 마친 문지기는 아예 먼산만 바라보았다.

구문제독부의 사람들이 콧대가 높기로 소문났다더니 과연 듣던
대로였다. 위동정은 비록 어전시위 제복은 입지 않았지만 내무부
에서 일할 때 입는 제복을 입고 있었다. 다른 부서에는 이 복장이
면 자기집 드나들 듯 하였는데 여기선 예외였다. 이대로 물러갈
순 없다고 생각한 위동정은 웃는 얼굴로 다가가 속주머니에서 은
전을 꺼내 그 문지기의 손에 얹어주며 말했다.

"수고하시는데 이걸로 목이나 축이시고 한번만 도와주시오. 내
무부 위동정이 어르신을 만나뵈러 왔다구요."

"내무부에서 온 건 아는데……."

그 사람은 어이가 없다는 듯 위동정을 쳐다보며 웃었다.

"우리 제독부엔 처음 와보는 거죠? 미안하지만 우리한테는 이런
게 안 통하오! 제독님이 워낙 상벌이 분명하시고 손이 크셔서 한
번 상을 주면 몇 천 냥씩 주시는데 이깟 은전 몇 닢 받아 경을 칠
건 없지 않소?"

"전할 것도 없소!"

옆에 있던 사리황이 갑자기 무표정하게 입을 열었다.

"오육일의 문턱이 이 정도로 높으니 나 같은 거지가 굳이 들어
가려고 아등바등할 것도 없이 그냥 갈 거요. 북경에 다른 친구들
도 많으니 말이요!"

말을 마친 사리황은 도로 돌아가려고 했다.

"사 어른!"

다급해진 위동정이 급히 달려가 붙잡으며 말렸다.

"아랫것들 말에 화를 낼 것까지는 없잖아요? 이러시지 않기로 했잖아요? 그럼 먼저 저의 집으로 가셔서 얘기나 나눠 봅시다!"

두 사람이 이렇게 옥신각신하는 사이 사 선생이란 말을 들은 구문제독부의 문지기는 멈칫하며 뒤통수라도 맞은 듯 어정쩡한 자세로 다가오더니 무작정 무릎을 털썩 꿇으며 물었다.

"사 선생이라구요? 그럼 사리황 어른은 당신과 어떻게 되는 사이요?"

바싹 다가서며 간절한 눈빛으로 물어왔지만 사리황은 화가 안 풀린 듯 먼산만 바라보고 있을 뿐이었다. 그러자 참다 못한 위동정이 한발 나서며 말했다.

"이 분이 바로 방금 특사를 받아 풀려나신 사리황 어르신이오!"

"네?"

위동정의 말에 초풍할 듯 놀란 문지기는 대경실색하며 사리황의 발치에 쓰러지듯 무릎을 꿇으며 말했다.

"죽을 죄를 지었사옵니다. 그 이름도 유명하신 사 어르신을 몰라 뵙다니요! 백번 죽어 마땅한 이 놈을 한번만 봐주시옵소서!"

말을 마친 문지기는 급히 몸을 일으키더니 종종걸음으로 안으로 들어갔다. 문지기의 언행에서 위동정은 또 한번 눈앞에 구부정하게 서 있는 볼품없는 이 노인의 위력을 온몸으로 느낄 수 있었다.

문지기가 들어간 후 불과 몇 초도 안 되어 어지러운 발자국 소리와 함께 난데없이 세 발의 총포가 울려퍼지더니 제독부(提督府)의 중문(中門)이 요란한 소리를 내며 있는 대로 활짝 열리면서 몇십 명은 족히 될 것 같은 병사들이 두 줄로 뛰어나와 대문 양옆에 위풍당당하게 줄지어 섰다.

이름만 귀 아프게 들었지 친견할 기회가 없었던 위동정은 그러나 오육일이라는 사람을 한눈에 알아볼 수가 있었다. 작고 다부진 체구에 팔자수염을 보기 좋게 휘날리며 사복차림으로 급히 걸어나오는 사람은 거동부터가 남달랐다. 그 뒤로 대여섯 명의 장령들이 평소와는 달리 얼굴 가득 웃음을 머금고 따라나오고 있었다.

마음이 무척이나 급한 듯 오육일은 사리황에게로 단숨에 다가가더니 털썩 무릎을 꿇으며 황소 같은 울음을 터뜨렸다.

"은인이시여! 언제 자유로워지셨길래 미리 저한테 알려주시지도 않으시고?"

언제나 한결같은 오육일의 진심을 읽은 사리황은 급히 다가서서 그를 부축해서 일으켜 세웠다.

"자네가 힘써 주지 않았다면 꿈도 못 꿀 일이지. 이 아우가 내 마중을 나왔었어."

오육일은 놀란 눈빛으로 위동정을 향해 돌아서며 공손히 인사를 올리고 말했다.

"어디 사는 뉘신지 여쭈어봐도 되겠소?"

갑작스런 오육일의 불타는 듯한 시선을 주체할 수 없었던 위동정은 당황한 나머지 급히 맞인사를 하면서 말했다.

"어르신을 뵙게 돼서 일생일대의 크나큰 영광입니다. 소인 성명 위동정(魏東亭), 천자(賤字)가 호신(虎臣)이옵니다!"

"몰라뵈었소!"

그러면서 오육일은 위동정의 이름을 들어본 듯 웃으면서 말했다.

"천자근신(天子近臣)! 맞죠?"

말을 마친 오육일은 사리황과 위동정을 안으로 안내했다. 양옆에 줄지어 선 병사들은 사리황이 자기 앞을 지나칠 때마다 머리를 숙였다. 오랫동안 서 있었음에도 전혀 흐트러짐이 없는 이들 병사들을 바라보며 위동정은 속으로 찬탄을 아끼지 않았다.

'건청궁 앞의 엄선된 병사들 뺨치겠네! 오육일 장군이 군대를 지휘하는 데 일가견이 있다는 소문이 과연 헛소문은 아니었구나.'

두 번째 대문까지 들어서자 갑자기 안에서 호탕한 웃음소리와 함께 누군가가 마주 걸어오며 말했다.

"오 어르신, 오늘 최고로 행복한 날인데 내가 옆에 없었으니!"

시원시원하게 웃으며 이같이 말한 남자는 사리황과 위동정을 향해 정중하게 인사를 올렸다. 위동정은 급히 맞인사를 하며 잠시 생각에 잠겼다.

'이 사람은 또 누구길래 이토록 거침없는 걸까?'

궁금증을 못 이겨 막 물어보려던 찰나, 오육일이 웃으며 그 사내를 소개했다.

"이 분은 우리집의 귀한 손님이고 나의 오랜 지기예요. 성은 하씨(何氏)고, 그냥 편하게 지명(志銘)이라고 부르면 돼요."

"오 어른이 좋을 때나 궂을 때나 늘 떠올리며 정신적인 지주로 여기던 사 어르신이 오늘 자유로운 몸이 되셨으니 우리 맘껏 회포나 풀어봅시다!"

하지명이 사람좋게 웃으며 옆에 있던 하인에게 명령했다.

"어서 술상이나 푸짐하게 봐 와!"

주인이 따로 없었다. 위동정은 싱글벙글 웃으며 하지명이 하는 대로 말없이 따르는 오육일을 바라보며 두 사람의 관계가 못내 궁금해지기 시작했다.

평소에 부하들을 다스림에 있어서 친소(親疎)를 막론하고 상벌에 엄격한 오육일을 부하들은 신적인 존재로 여기며 무서워하고 또 존경했다. 호랑이처럼 무섭고 엄한 오육일이었지만 유독 문인들에 대해선 예외였다. 언제나 한결같이 관대했고 지위고하를 막론하고 깍듯했다. 그는 열몇 명도 더 되는 학문과 문장이 뛰어난 학자들을 철저히 자신의 품안에 끌어안고 모든 지원을 아끼지 않았다. 이들 학자들 또한 오육일의 인간 됨됨이에 반한 나머지 성심성의껏 자신들의 재능으로 오육일에게 화답을 해왔던 것이다. 이 하지명은 바로 이런 학자들 중의 한 사람으로서 오육일의 절친한 친구로 발전하면서 그의 최측근이 됐던 것이다. 관직을 맡지 않았다 뿐이지 사실상 장령급에 준하는 대우를 받고 있었다.

술상이 마련되자 오육일은 억지로 사리황을 앞에서 잡아끌고 뒤에서 밀어 상석에 모셨다. 하지명과 위동정이 양옆에 앉고 오육일은 아랫자리에 털썩 앉았다. 다른 술상에는 여러 명의 장령들과 각 부서의 책임자들이 앉았다.

오육일은 스스로 큰 대접에 술을 철철 넘치게 부었다. 흥분한 얼굴은 붉게 달아올랐고 강철의 사나이로 통하는 그였지만 오늘만은 카랑카랑하긴 해도 떨리는 목소리로 부하들을 향해 입을 열었다.

"여러분! 왕년에 나를 따라 순주(循州)에서 온 사람들은 다 알 거요. 이 분이 바로 내가 오매불망 그리던 사리황 어른이시라는 걸 말이오. 이렇게 좋은 날에 우리 함께 사 어른을 위해 건배합시다!"

여러 장령들은 오육일의 말이 끝나기 바쁘게 거의 동시에 일어서더니 술사발을 높이 들며 이구동성으로 말했다.

"제독님, 사 어르신! 잘 받들어 모시겠습니다!"

오육일이 가장 싫어하는 것 중의 하나가 아부와 비굴함의 근성에서 비롯된 마음에도 없는 장황한 사탕발림이었다. 오랜시간 동안 생사고락을 같이 해오면서 눈빛 하나만으로도 오육일의 의중을 잘 알아맞히는 장령들인지라 오늘 같은 좌석에서도 추호의 흐트러짐이 없이 꼭 필요한 말 외에는 함구하고 있었다.

"오 장군님!"

술기운이 알딸딸하게 오르자 위동정이 기다렸다는 듯이 웃으며 말했다.

"장군님의 영웅기질에 대해 익히 들어오고 더없이 존경해오던 터였는데, 오늘 이렇게 뵙고 보니 과연 듣던 대로 천하무적이실 것 같습니다. 술 드시는 자세를 보고 저는 벌써 기가 팍 죽어버렸습니다!"

오육일은 껄껄 웃으면서 말했다.

"이건 새 발에 피요! 처음 해녕(海寧)서 사 어른을 만났을 때는 손바닥만한 눈꽃을 마주하고 미칠 듯 솟구치는 주흥을 주체할 수가 없어 연신 서른 대접을 마시고도 성에 차지 않았던 기억이 나오. 그때 사 어른은 벌써 취하셨구."

오육일이 두 눈을 반짝이며 추억을 더듬자 사리황이 웃으며 물었다.

"오늘 한번 보여주지 그래?"

"몸이 전 같지가 않네요."

오육일이 사리황을 정겨운 눈매로 바라보며 이같이 말했다.

'사내들의 의리란 바로 이런 기로구나. 너무 멋져!'

위동정은 이 의리의 두 사나이를 지켜보며 탄복을 금할 길 없었다.

　조용히 자리를 지키며 뭔가를 골똘히 생각하는 위동정을 바라보던 오육일이 술대접에 손을 올려놓으며 불렀다.

　"호신(虎臣), 내가 일곱 번째 상주를 올려 겨우 사 어르신을 구해낸 것 같지만 아무래도 이번 사면에 결정적인 역할을 한 사람이 있는 것 같소. 그 사람이 바로 호신(虎臣) 아니요?"

　"아닙니다. 황제의 뜻입니다."

　위동정은 앞뒤 잴 것도 없을 것 같아 솔직하게 털어놓았다. 깜짝 놀란 하지명이 숨을 들이마시며 경련을 일으키기라도 하듯 온몸을 부르르 떨었다. 사리황과 오육일 역시 놀란 기색이 역력했다. 위동정은 말을 꺼낸 김에 서둘러 설명을 덧붙였다.

　"뿐만 아니라 태황태후의 배려이기도 합니다. 오 장군의 충성심을 높이 산 마마께서 사 어른의 억울한 사연을 전해 들으시고 장군님의 일편단심에 화답하고자 태황태후 마마께 상의를 드려 이번 특별사면이 이루어진 걸로 알고 있습니다."

　위동정의 나지막한 이 한마디에 당사자를 포함한 여러 장령들은 눈이 화등잔만해져 서로 번갈아 바라만 볼 뿐 한동안 말을 잃었다. 충격, 그 자체였던 것이다!

　오육일은 숙연한 표정으로 일관하고 있었지만 사리황은 어느새 흐트러졌던 자세를 추스르고 아무 일도 없었다는 듯 홀로 술잔을 기울이고 있었다. 위동정은 말을 이었다.

　"태황태후 마마께서 진실을 토로하였습니다. 사 어른, 이 사건은 당시 나라 안팎이 혼란을 거듭할 때라 지나치게 민감하게 받아들여진 것 같은데 지금 시국에서는 인재를 중용하고 아끼는 게 급선무이니 얼른 잘 모시라구요."

위동정에게서 황제와 태황태후의 뜻을 전해들은 사리황은 모든 것을 체념한 듯 깊은 한숨을 토해내며 말했다.

"늦었어. 다 늙어 낼모레 가게 생겼는데 무슨!"

이같이 낙심하는 사리황을 오육일이 급히 위로를 하고 나섰다.

"마마께서 이처럼 성원을 보내주시는데 어르신의 명예회복은 금명간 해결이 날 겁니다. 이제부터 다시 분발해도 늦지 않습니다."

"아니, 아니!"

오육일의 말이 끝나기 바쁘게 사리황은 도리질하며 손을 저었다.

"여기서 며칠 푹 쉬다가 고향 해녕에 내려가야지. 늘그막에 관직이 무슨 소용이 있겠어. 자나깨나 다만 고향생각뿐이니 농사나 지으며 조용히 살다가 가야지. 자네, 내 성격을 잘 아는 만큼 날 설득하느라고 괜히 헛수고 하지 말게."

"알겠습니다!"

오육일이 웃으며 흔쾌히 대답하며 말을 이었다.

"어르신께서 심사숙고한 결과라고 생각하고 그게 최선이라면 따르겠습니다. 오늘은 통쾌하게 술독에나 푹 빠져 봅시다!"

말을 마친 오육일은 술대접을 들어 좌중을 향해 머리를 끄덕여 보였다.

그날 새벽녘에야 술자리를 파한 이들은 각자 헤어져 집으로 돌아갔다. 위동정으로서는 뜻밖에 오육일과 하지명이라는 거목들을 알게 되어 더없이 마음 설레는 하루였다. 그 뒤로 서로 속마음을 털어놓는 지기지우(知己之友)로 다가서게 된 오육일과 위동정은 몇 개월 후엔 호형호제하면서 사내의 우정을 다져갔다.

지난번 반부얼쌴과의 밀회가 있은 후로 오배는 많이 조심스러워지고 수그러드는 눈치였다. 집에서 자기 측근들과 있을 때는 여전했지만 적어도 건청궁에서는 눈에 띄게 어른스러워졌다. 말수도 적어지고 인사도 공손하게 했다. 특히 강희에 대한 태도가 여간 부드러워진 게 아니어서 마치 환골탈태를 거듭한 것 같았다. 이러는 오배를 바라보는 강희도 기분이 썩 괜찮았다.

　위동정은 고심 끝에 선발한 20여 명의 소년들의 명단을 강희에게 넘겨주었다. 이들 소년들은 각종 명의로 육경궁에 들어오게 돼 있었던 것이다. 강희는 이들 소년들의 이름을 훑어보던 중 갑자기 푸우~ 하고 웃음을 터뜨리며 말했다.

　"노새, 이름 한번 끝내준다!"

　위동정도 웃으면서 말했다.

　"얘는 소인이 관동(關東)에 있을 때 의형제를 맺은 놈이옵니다. 워낙에 성격이 외곬으로, 거친 노새 같아서 붙여진 별명이옵니다."

　"아무튼 좋아."

　강희가 만족스럽게 웃으며 말했다.

　"일단 내일부터 그 중 세 명만 먼저 들여보내도록 하게. 나머지는 얼마간의 간격을 두고 수시로 들여보내면 전혀 눈치채지 못할 테니까."

　강희의 기분이 좋은 틈을 타 위동정이 말했다.

　"마마, 벌써 이틀째 수업을 안 받으신 것 같은데요? 오차우 선생님이 뵙고 싶어하셨어요. 오늘 다녀오시는 것도 괜찮을 듯 하옵니다."

　강희는 담담히 웃으며 머리를 끄덕였다.

　"그러지."

점심시간이 지나자 강희는 재빨리 사복으로 갈아입고 모자도 쓰지 않은 채 여유있는 표정으로 마차에 올랐다. 소마라고가 뒤따랐고 그 뒤로 위동정이 세 명의 시위들을 데리고 먼발치에서 따라오고 있었다. 평소와 별다를 게 없는 행차였다.

이제나저제나 기다리고 있던 오차우는 이들 일행의 인기척을 듣고 급히 주렴을 걷어젖히며 반색을 했다.

"이보게 아우, 족히 사흘은 안왔을 거네. 보고 싶더라구!"

강희는 웃으면서 말했다.

"전들 왜 안오고 싶었겠어요. 날씨가 하도 유난을 떠는 바람에 조모께서 더위 먹을까 염려하시어 일부러 안보내신 거예요."

오차우는 알았다는 듯이 웃으며 이들을 서재로 안내했다.

"요 며칠 비록 여기 안왔지만……."

강희가 자리에 앉으며 입을 열었다.

"책은 그런대로 몇 권 읽었어요. 〈춘추(春秋)〉같은 경우에는 통 이해가 되지 않더라구요. 주(周)나라가 어쩌다가 하루아침에 그 지경까지 이르러 눈깜짝할 새에 쪽박차고 나앉았는지 말이에요."

오차우는 강희의 이런 질문이 반가운 듯 시원스레 웃으며 말했다.

"아우는 팔고문은 질색이면서도 제왕의 흥망성쇠에는 관심이 대단한 것 같은데, 관록을 무시한 채 무슨 재주로 단숨에 제왕자리까지 오른단 말이오?"

정색을 한 오차우의 모습에 강희는 그만 깔깔 웃어버리고 말았다. 소마라고도 손수건으로 입을 살짝 가리고 웃음을 참기에 여념이 없었다.

강희는 필요이상으로 흥분하는 자신의 실수를 감추기 위해 일부러 책상 위에 놓인 자기(瓷器) 찻잔을 만지작거리며 물었다.

"내가 제왕의 뜻을 가지고 있다고 쳐요. 그럼 스승님은 관심이 없다는 얘긴가요?"

"나야 뭐 물 건너간 지 옛날이지."

오차우가 부채를 부치며 웃으며 대답했다.

"스님이 자기 머리 깎는 거 봤어? 배운 대로 모든 걸 다 행할 수 있는 게 아니니까. 가르칠 때는 제후며 천자들의 잘잘못을 주제넘게 많이 떠드는 편이지만 그렇다고 내가 무슨 재주로 제왕이 되겠나. 세상이 혼란하고 혼전을 거듭하던 이십오 년 전쯤이라면 혹 천자의 점수를 딸 기회가 생겼을지 몰라도 지금 같은 태평성세에는 나같은 서생이 한림원이나 들어가면 출세한 거요."

오차우의 말에 강희가 급히 입을 열었다.

"스승님의 글재주와 성품이라면 충분히 가능할 거예요."

"방금 아우가 춘추 때 주나라의 난(亂)에 대한 원인을 물었었는데……."

그 말에 오차우는 얼른 화제를 돌렸다.

"역사적인 사건들에 대한 해석은 어찌 보면 코에 걸면 코걸이, 귀에 걸면 귀걸이인 경우가 많소. 하지만 주나라의 멸망은 제후들이 천자를 우습게 여기고 정치강령을 제멋대로 발표하고 황실을 존중하지 않은 게 치명적인 원인이라고 생각하오!"

오차우의 말은 강희의 마음에 돌풍을 일으키기에 충분했다. 언제 튀어나올지 모르는 오차우의 여과없는 말에 적응될 법도 했지만 오차우의 이같은 말은 진흙탕 한가운데 서 있는 강희의 마음을 여지없이 뒤흔들어 놓았다.

강희는 재빨리 헝클어진 감정을 수습하느라 어색하게 웃으며 말했다.

"현 정권도 정치강령을 황제가 직접 내놓지는 않는데, 그럼에도 잘 돌아가고 있지 않나요?"

오차우는 냉소하며 말했다.

"겉으론 마치 태평한 것처럼 보이지. 하지만 폭풍전야의 숨막히는 고요일지도 몰라. 우환이 많은 집안이지. 집안도둑이 살림살이를 자기 멋대로 주무르는 것도 모자라 밖에서는 잔뼈가 굵었노라고 제후들이 딴주머니 차고 설치지, 이 나라는 내가 보기에 언제 터질지 모르는 화약고와 같소. 그런데 잘 돌아가다니 웬말이오?"

간신히 추스렸던 기분은 또다시 낭떠러지에 추락하고 말았다. 강희는 갑자기 안색이 눈에 띄게 변했다. 보다 못한 소마라고가 다급히 말길을 돌렸다.

"오배가 많이 어른스러워졌다던데요."

오차우는 강희의 심경의 변화를 전혀 의식하지 못한 채 얼굴을 돌려 소마라고를 바라보며 말했다.

"말로만 하라면 별이라도 따오지. 역사 저편에서 멀어져가는 간신들을 보면 하나같이 말재주가 뛰어난 사람들이오. 오배가 진정으로 반성을 했나 안했나는 번드르르한 말이 아니라 행동으로 보여주느냐 마느냐에 달렸소. 말하자면 권력을 이양해야 한다는 거요. 황제가 집정한 지 두 해가 지났는데 뭣 때문에 자기가 여태껏 권력을 틀어쥐고 야단이냔 말이오. 그럴 만한 명분이 추호도 없는데 말이오. 얼마나 천자를 우습게 봤으면 군국대사(軍國大事)를 자기 집에서 사사로이 밀의할 수가 있겠소? 마치 자기 집이 군부(軍府)라도 되는 양 말이오. 그런 충신도 있소?"

강희는 들을수록 경이로움을 금치 못했다. 바늘방석에 앉은 것처럼 안절부절 못하던 강희는 당장 혼자가 되고 싶었다. 그는 겨우 가슴을 진정시키며 억지로 웃음을 지어냈다.

"흙탕물이든 똥물이든 자기네끼리 다 해먹으라고 해요. 우리 같은 백성들이 그까짓 충신이니 간신이니를 논해서 뭐하겠어요!"

이렇게 말하며 자리에서 일어선 강희는 위동정을 잡아끌며 말했다.

"실내가 너무 더운 것 같지 않아? 완냥더러 스승님을 잠시 뫼시라 하고 우리 둘은 밖에 나가 잠시 거닐다 오는 게 좋을 것 같아."

강희의 속내를 잘 아는 위동정은 머리를 끄덕이며 따라나섰다.

방안에 단둘이 남겨진 오차우와 소마라고는 한동안 서먹서먹한 분위기 속에서 말없이 침묵만 지켰다. 소마라고는 자리에 앉고 오차우는 창가에 뒷짐지고 선 채로.

소마라고가 침묵을 깨보려고 일어서서 차를 따라 오차우에게 가져다 주었다. 오차우는 황송스러운 듯 가볍게 수인사를 하며 조심스레 찻잔을 받으며 "고맙소" 하고 말했다. 또다시 어색한 침묵이 흘렀다. 이번에는 소마라고가 입을 열었다.

"과거시험 날이 다가오는데 오 선생님은 시험준비 안하시나요?"

과거시험이란 말에 오차우는 찻잔을 뚫어지게 바라보며 잠시 생각에 잠기는 듯하더니 조용히 입을 열었다.

"과거시험에 미련이 남아 여기까지 왔는데 포기할 순 없소."

소마라고는 오차우를 마주하고 다소곳이 앉아 부채를 부치며 웃으며 말했다.

"외람되지만 저 완냥의 권유를 들어볼 생각은 없으신지요?"

완냥과 단둘이서 남겨지는 게 어색해서 은근히 위동정과 용공자를 기다려왔던 오차우는 그녀가 아무렇지도 않게 자신에게로 다가앉자 당황한 나머지 몸둘 바를 몰라했다. 어느새 이마에는 식은 땀이 송골송골 배어 있었다. 할 얘기가 있다는 말에 오차우는 창 밖에 시선을 고정시키며 말했다.

"무슨 얘긴지?"

소마라고는 의외로 쑥스러움을 많이 타는 오차우의 안절부절 못 하는 모습을 그윽한 눈매로 지켜보며 속으로 피식 웃었다. 자리에 서 일어나 찬물에 수건을 적셔온 소마라고는 땀을 닦으라는 시늉과 함께 오차우에게 수건을 건네주며 입을 열었다.

"이번 과거시험은 포기하시는 게 어떨까 해요."

오차우는 자신의 추측과는 정반대의 얘기를 꺼내는 소마라고가 의아스럽다는 듯 은근히 놀라며 소마라고 쪽으로 얼굴을 돌리며 미소를 머금은 얼굴로 물었다.

"왜요?"

항상 자기 주장에 강하고 당당한 소마라고였지만 오랜시간 동안 평소에 사모하던 남자와 마주앉아 대화를 나누어 보는지라 오차우의 눈길에 얼굴이 화끈 달아오르기 시작했다. 하지만 그녀는 마침내 용기를 내어 본론을 말했다.

"오배가 실권을 잡고 있는 한 선생님의 뜻한 바는 실현불가능한 게 현실이에요. 이번에도 선생님이 의지를 굽히지 않는 날에는 시험장에서 신상이 위태로울 가능성이 크다고 생각해요."

소마라고의 간절한 어투에 감화된 오차우는 씨익 웃으면서 말했다.

"지난번에도 그런 걸 써냈어도 별로 반응이 없었잖아요!"

"지난번과는 상황이 달라요. 수키사하 어른이 어느 정도 바람막이가 되어 주었지만 이번에는 우리편에 서서 막아줄 사람이 없다는 게 문제예요. 솔직하게 말씀드리면 오배가 지금 선생님을 찾으려고 혈안이 돼 있는 상태예요!"

소마라고가 간곡하게 말했다.

"기밀에 속하는 그런 사실들을 완냥은 어떻게 알았소?"

오차우가 정색을 하며 물었다.

순간 소마라고는 잠시 어정쩡한 표정이었다가 이내 순발력을 발휘했다.

"소어투 어른과 마님께서 얘기하시는 걸 귀동냥했을 뿐이에요. 하지만 틀림없는 사실이에요."

말이 길면 꼬리가 밟히기 마련이었다. 소 어른 댁에서 일한다면서 말끝마다 '우리집 어르신'이라는 표현이 자연스러워야 할 시녀가 난데없이 소어투 어른의 이름을 거명하다니? 절대로 있을 수 없는 일이 벌어진 것이다. 하지만 다행히도 오차우는 워낙 털털해서 말꼬리를 잡고 늘어져본 적이 없는지라 그렇거니 하고 넘어가기로 했다. 잠시 석연치 않았던 생각을 뒤로 하고 오차우는 이내 사람좋게 웃으며 말했다.

"자네 말대로라면 난 과거시험과는 담을 쌓아야겠네?"

익살스런 오차우의 표정에 소마라고가 웃으며 말했다.

"선생님께서 읊으신 시구(詩句) 가운데서 가장 인상에 남는 한마디가 있어요. '저 바다에 외로이 떠도는 쪽배여, 환한 달빛이 반겨주는데 고독함이 다 무엇이더냐?' 하는 거요. 너무 좋아요. 선생님도 마찬가지로 우리집 소어투 어르신이 계시는 한 공명을 이루는 건 시간문제예요."

"그게……"

오차우는 갈수록 오리무중이라는 듯 머리를 갸웃하며 되물었다.

"지금으로선 딱히 뭐라고 할 순 없어요."

소마라고가 웃으며 말을 이었다.

"선생님 같이 성품이 고결하신 분이 공명을 얻겠노라고 권세가에게 굽신거리실 분이 아니라는 걸 제가 왜 모르겠어요. 난감하게 만들진 않을 거예요."

오차우는 잠자코 완냥의 말을 곱씹어 보더니 기분이 상쾌한 듯 웃으면서 말했다.

"완냥 말대로 한번 따라보지! 과거는 오배놈이 죽은 후에 천천히 보지 뭐."

두 사람이 가까이 앉아 도란도란 이야기를 나누고 있을 때 갑자기 창밖에서 누군가가 웃으며 말을 걸어왔다.

"완냥, 정말 대단한 수완이오. 그새 오 선생님을 설득하다니!"

소마라고는 쑥스러운 듯 얼굴을 붉히더니 밉지 않게 흘겨보며 말했다.

"버릇없이 누나한테! 근데 이 날씨에 공자님이 건강을 해치면 어떡할려구 이제야 들어오는 거야, 위군. 마님께서 아시는 날엔 혼쭐이 날 테니 조심해!"

소마라고의 진심을 잘 아는 위동정은 헤벌쭉 웃으며 뒤통수를 긁적일 뿐이었다. 그러자 어느새 다가온 강희가 밝은 음성으로 말했다.

"완냥, 사실은 내가 위군을 시켜 엿듣게 한 것이니 위군에게 너무 뭐라고 하지 말아요."

강희의 말에 소마라고는 머리를 다소곳이 숙이고 말이 없었다.

어린 나이에도 불구하고 사태를 무마하는 능력이 돋보이는 강희를 지켜보던 오차우는 다시 한번 이 천진난만함 속에 영악함을 감추고 있는 소년에게 매료되고 말았다. 시종 흐뭇한 표정으로 자신을 바라보는 오차우의 마음을 아는지 모르는지 강희는 웃으면서 말했다.

"방금 밖에 나가보니 성큼 다가온 가을이 새삼스레 느껴졌어요. 며칠 후에 스승님을 뫼시고 천고마비의 진수를 맛보러 야영을 떠나고 싶은데요?"

오차우는 문제될 게 없다는 듯 두 팔을 벌리며 익살스레 말했다.

"용공자가 하자는 대로 따르는 게 신상에 유리하겠지?"

만족스레 웃으면서 머리를 끄덕여보인 강희는 그제야 주위가 어둑어둑 땅거미가 지기 시작함을 느끼고 소마라고에게 말했다.

"완냥, 우리 여기서 이렇게 죽치고 있다간 조모님에게 쫓겨나는 게 아닌지 모르겠네요. 어서 가요."

위동정은 뼈대가 있는 강희의 말뜻을 알아듣고는 히죽 웃으며 소마라고를 바라보았다. 마음을 도둑맞은 느낌에 사로잡힌 소마라고는 괜스레 얼굴을 붉히며 변명을 했다.

"누구 놀려주는 게 취민가? 죽치고 있긴 누가 죽쳤다고 그래요? 용공자가 자리를 뜨지 않는데, 그럼 시녀가 돼 가지고 맘대로 가버려요?"

16. 천하제일의 용사

강희가 자금성으로 돌아오자 신무문에서 초조하게 기다리고 있던 장만강이 엎어질세라 종종걸음으로 다가와 큰절도 하지 않은 채 발을 동동 구르며 말했다.

"마마! 이러고 계실 시간이 없사옵니다. 큰일 났사옵니다!"

강희는 온통 땀투성이가 되고 누렇게 뜬 장만강의 얼굴을 일별하며 급히 물었다.

"무슨 일인데?"

장만강은 습관처럼 부산스레 주위를 살핀 후 수상한 사람이 없는 것을 확인하자 그제야 목소리를 낮춰가며 말했다.

"오배가 마마를 뵙겠다며 문화전에 떡 버티고 앉아 있나이다. 하늘이 두 조각 나도 오늘 꼭 마마를 만나뵈야 한다고 해서 일단 마마께서 낮잠을 주무시고 계신다고 둘러댔나이다. 무슨 일이 있더라도 마마의 행적을 들켜서는 안된다는 황태후 마마의 특별지시가 계셨나이다. 조금만 늦었더라면 큰일날 뻔 했나이다."

순간 강희는 으스스한 느낌에 몸을 부르르 떨며 생각했다.

'무슨 냄새를 맡은 게 아닐까? 낮시간에 찾아오는 경우는 거의 없었는데?'

이같은 생각을 한 강희는 잠시 머뭇거리더니 입을 열었다.

"내가 낮잠에서 깨어 어화원에서 몸을 풀고 있다고 볼일 있으면 그리고 오라고 전해."

장만강에게 이같이 말한 강희는 위동정을 의미심장하게 바라보며 덧붙였다.

"자네도 날 따라오게. 같이 몸이나 풀어보자구."

어화원에서 오배를 만나는 것은 극본에 없는 강희의 임기응변이었다. 낮잠 잔 흔적도 없이 황급히 상서방(上書房)에 가서 오배를 만나 괜한 트집만 잡히느니 오배더러 다리품을 조금 더 팔아 어화원으로 오게 하는 게 좋을 듯 싶었기 때문이다. 오배가 목리마와 나모를 데리고 현장에 나타났을 때 강희는 활시위를 팽팽하게 당기고 있었다.

한편 어화원에 들어선 오배는 일부러 인기척을 내지 않고 미소를 지으며 조용히 지켜보고 있었다. 그러나 직감적으로 오배가 도착해 있는 것을 눈치챈 강희는 갑자기 몸을 홱 돌리더니 오배가 있음직한 방향을 향해 시위를 당겼다 놓아버렸다.

순간 오배의 얼굴을 향해 화살이 빠르게 날아갔다. 목리마가 비명을 지르며 오배를 막고 나섰으나 괜한 객기를 부려본 데 그쳤다. 불과 몇 초 사이에 일어난 일이었다.

사람들이 대경실색하여 우왕좌왕했다. 하지만 정작 당사자인 오배는 침착하기 그지 없었다. 붙박힌 듯 제자리에 선 채 눈앞까지 날아온 화살을 여유있게 손가락 사이에 사로잡았다. 그러나 오배의 손가락에 끼인 화살은 끝을 솜으로 단단히 묶은 것이었다.

활을 땅바닥에 내던지고 놀라게 해서 미안하다는 듯이 크게 웃으며 다가가는 강희와 아무렇지도 않은 듯 애써 분노를 드러내지 않는 오배가 하늘이 떠나가라 마주보며 웃었다. 여전히 놀란 가슴이 진정되지 않은 위동정과 목리마, 나모 세 사람도 된방망이에 뒤통수를 얻어맞은 얼떨떨함 속에서 어색하게 웃어보였다.

강희가 손바닥에 배인 땀을 엉덩이에 쓱쓱 문질러 닦으며 웃음을 머금고 다가가자 오배가 껄껄 웃으며 말했다.

"마마의 활 실력이 놀라우신데요? 하마터면 이 늙은이 심장병이 발작해 비명에 갈 뻔 했나이다!"

강희도 웃으며 말했다.

"내 창[矛]이 아무리 날카로워도 자네의 방패[盾]를 못 당하겠던데? 웃자고 한 일이니 많이 놀랐다면 미안하게 됐고…… 아무튼 이리 와서 앉게."

말을 마친 강희는 정자로 올라가 나무의자를 오배 앞에 당겨놓으며 물었다.

"무슨 급한 일이 있나본데?"

오배는 소매자락 속에서 둘둘 말려있는 종이를 급히 꺼내 두 손으로 받쳐 공손히 내밀며 말했다.

"평서왕(平西王) 오삼계가 무호(蕪瑚) 지역의 이백 만 석의 식량을 군량으로 내어달라는 상주문을 보냈사옵니다."

"난 전명(前明)의 신종대제(神宗大帝)를 본받아 편안한 태평천자가 되고 싶소. 웬만하면 보내주도록 하오. 그리고 앞으로 이런 일은 자네 선에서 알아서 처리하게."

강희가 대수롭지 않은 듯 웃으며 이같이 덧붙였다.

"이것보다 더 크고 중차대한 일도 자네가 처리했을 텐데, 하물며 이런 사소한 일로 날 반나절이나 기다릴 건 없지 않은가?"

"워낙 천문학적인 숫자라서 능력있는 대신을 무호 현지에 파견하여 감시하는 게 바람직하지 않을까 하나이다."

오배가 조심스레 입을 열었다.

"자네 생각엔 누가 적격인 거 같소?"

강희가 넌지시 물었다.

"소인 짧은 소견으로는 소어투 어른이 적임자가 아닐까 하옵니다."

오배가 미리 연습이라도 해둔 양 거침없이 대답했다.

강희는 겉으론 무지와 무관심의 극치를 드러내 보였지만 속으론 당장 짓밟아버리고 싶을 정도인 오배의 축 늘어진 볼따귀가 가증스러웠다. 그러나 강희는 이미 이 정도로 흥분하지 않을 수 있는 노련함을 소유하고 있던 터라 여유작작 입을 열었다.

"며칠 전 봉천(奉天)의 장군(將軍)이 육백 리 밖에서 급전을 보내왔는데, 나찰국(羅刹國)이 외흥안령(外興安嶺) 일대에서 대거 불법침입을 일삼는다고 했소. 그래서 우리 대청제국의 위엄을 보이기 위해 내가 소어투를 그 쪽에 파견하려던 참이오. 우선 좀 지켜보다가 나찰국이 물러가지 않으면 어쩔 수 없이 소어투가 투입되어야 하오. 그쪽 지리와 형세에 소어투만큼 밝은 사람이 없으니까 말이오"

오배는 두 눈을 부산하게 굴리며 생각했다.

'외흥안령은 살인적인 추위가 끊이지 않는 만큼 얼어죽거나 패망하여 객사할 가능성도 높으니 오히려 소어투를 그 쪽에 보내는

게 잘된 일인지도 몰라.'

언뜻 여기까지 생각이 미친 오배는 다짜고짜 물었다.

"그럼 마마께서는 무호엔 누굴 보내실 건지요?"

"자네 보기엔 반부얼싼이 어때?"

강희는 반부얼싼을 거명하며 결코 물러설 수 없다는 의지를 내비치듯 두 눈을 똑바로 뜨고 오배를 노려봤다. 그것은 마치 선언과도 같았다.

"그건 절대 안되나이다. 업무상 반부얼싼이 자리를 비워선 곤란하옵니다."

오배가 뜨거운 물에 덴 듯 화들짝 놀라며 급히 제동을 걸고 나섰다. 강희는 속으로 코웃음을 치며 말했다.

"그것도 아니라면 하는 수 없이 어삐룽이 수고해줘야겠네. 건강이 좋지 않아 반년 동안이나 집에서 쉬고 있는 것으로 알고 있는데 자네가 가서 전해주게. 경치좋은 곳에 가서 요양도 할 겸 일석이조인 것 같아 다행으로 생각하네."

오배는 어삐룽을 미끼로 희생시키는 데는 이의가 없다는 듯 흔쾌하게 대답했다.

"오늘 중으로 어명을 전하겠나이다."

상의를 마친 오배가 자리를 털고 일어서자 강희가 말했다.

"소문대로 천하제일이라는 오 어른의 뛰어난 무예실력을 오늘 내 눈으로 확인했네. 참 대단하더군. 하지만 이대로 보내기엔 어쩐지 서운하네. 온 김에 한번 눈이 번쩍 뜨이게 시범이나 보이고 가지 그래?"

강희의 말에 오배가 웃으며 대답했다.

"그것도 재주라고 감히 마마 앞에서 추태를 보일 순 없나이다."

"내가 괜찮다는데 뭐가 문제요. 어서 실력을 발휘해 보게!"

강희가 무작정 등을 떠밀었다.

"황송하옵니다."

그 한마디와 함께 오배는 어느새 육중한 관모(官帽)를 벗어 모자에 달렸던 치렁치렁한 구슬과 함께 목리마에게 던지듯 넘겨주고 학무늬 제복과 아홉 마리 맹수의 모습이 수놓여진 두루마기를 벗고 비단으로 만든 헐렁한 속옷을 드러냈다. 보기만 해도 무척이나 더워 보이는 길게 땋아내린 머리채를 목에다 감는 것도 잊은 채 오배는 목표물을 발견한 독수리처럼 열 손가락을 날카롭게 펴보이며 불빛이 이글거리는 두 눈을 매섭게 치떴다.

이어 온세상이 떠나갈 정도로 우렁찬 기합소리와 함께 두 다리를 힘껏 구르던 오배는 옆에 있던 족히 이백오십 근은 넘을 바위를 번쩍 쳐들었다. 그리고는 그걸 머리 위까지 가져가는 것이었다. 그가 기합을 넣고 발을 구른 곳은 빗물이 한 양동이는 족히 고일 정도로 움푹하게 패여 들어갔다.

이 모든 것이 너무 순식간에 일어났는지라 강희를 비롯한 사람들이 놀라움을 금치 못하는 사이 오배는 이번에는 바위를 한 손으로 머리 위에서 받쳐들고 마치 가짜 바위로 요술이나 부리듯이 몸을 몇 바퀴 돌렸다.

강희의 입은 크게 벌어져 다물어질 줄 몰랐다. 그러나 오배의 묘기의 진수는 이제 막 시작이었다. 여유만만한 오배는 갑자기 한 손으로 머리 위에 치켜든 바위를 힘껏 위로 던지더니 잽싸게 달려가 땅바닥에 두 손을 펴서 붙이고 있는 것이었다. 사람들이 어안이 벙벙해 있는 사이 그 육중한 바위는 오배의 손등을 겨냥하며 낙하하고 말았다. 너무나 끔찍한 상상을 하며 사람들은 손으로 얼굴을 감싸쥐었다. 하지만 오배는 곧 멀쩡한 두 손을 홱 잡아빼더니 눈깜짝할 사이에 그 돌을 세 조각 내는 것이었다.

오배의 무예가 신의 경지에 이르렀다는 소문은 익히 들었었지만 이 정도일 줄은 몰랐다. 위동정은 연신 들숨을 쉬며 경악을 금치 못했다. 반면 위동정의 표정과는 아주 대조적인 사람들이 있었으니 그들은 다름아닌 목리마와 나모였다. 그러나 눈이 화등잔만해져 있을 법한 강희는 그 순간 표정관리를 잘하고 있었다. 흥미롭다는 듯 웃는 얼굴로 단향목(檀香木)으로 만든 부채를 부치며 침착하게 지켜보고 있었다. 마무리 동작으로 오배는 땅에서 잡히는 대로 두 개의 돌멩이를 집어 손아귀에 넣고는 표정 하나 흐트러짐 없이 순식간에 가루로 만드는 것으로 끝을 맺었다.

박수갈채 속에서 손으로 옷을 툭툭 털며 겉옷을 챙겨 입고는 강희에게로 다가온 오배는 웃으며 말했다.

"마마께 실례가 안됐는지 모르겠나이다."

강희는 부채를 접어 소매 속에 집어넣으며 껄껄 웃었다.

"실례라니! 나라에 자네 같이 문무 겸비한 장령이 있으니 난 오늘부로 잠자리 걱정을 말끔히 해소했네. 자네만 곁에 있으면 신변도 보장되고 너무 좋은 걸."

말을 마친 강희는 얼굴을 돌려 위동정을 바라보며 말했다.

"자네 시간을 내서 치고 박는 데 소질 있는 열댓 살 되는 소년을 몇 명 불러와야겠네. 개네들과 같이 나도 무예연습을 좀 해야지, 몸이 뻣뻣해서 애늙은이라는 소리 들을까 두렵네."

"네, 마마."

위동정이 재빨리 대답했다. 힐끔 오배를 쳐다보고 그가 이상한 낌새를 눈치채지 못한 게 분명해 보이자 위동정은 그제야 입을 열었다.

"소인, 내일중으로 불러오겠나이다."

그러자 오배가 웃으며 말했다.

"소인은 일곱 살 때부터 유명한 스승을 모시고 무예를 연마했는데도 아직까지 별로 신통치가 않은데 마마께선 지금 시작하셔서 좀 늦은 게 아닌지 모르겠사옵니다."

그러자 강희가 웃으며 말했다.

"그럼, 그럼. 생명이 오락가락하는 전쟁터에선 당연히 자네가 요긴하게 투입되는 거고 난 그냥 심심풀이로 몸을 푸는 것에 지나지 않는 거지. 자네와 응수해 보겠다는 생각은 감히 못하지!"

한편 병석에 누워있던 어삐룽은 무호(蕪瑚)로 파견된다는 어명을 받아들고는 흥분을 가누지 못했다. 이게 꿈인가 생시인가 수시로 팔을 꼬집어보기도 했다. 공문을 받은 날 저녁 뜬눈으로 밤을 하얗게 새운 어삐룽은 소풍을 앞둔 어린이를 방불케 했다. 짐을 쌌다 풀었다를 여러 번 반복하는가 하면 하인들에게 돈을 후하게 줘서 내보내고 고문(顧問)을 청하고 뱃사공을 구하는 등 잠시도 가만 있질 못했다. 날이 밝아올려면 아직 시간이 많이 남았건만 그는 안절부절 못하며 오늘따라 지지리도 느리게 가는 시간이 원수같았다. 그만큼 어삐룽의 눈에는 북경성이 시한폭탄 같은 존재였고 하루 빨리 떠나고 싶은 말썽 많고 탈 많은 '사람 살 동네가 못 되는' 곳이었다.

반년 동안 아프다는 핑계로 집에서 누워 있던 어삐룽은 어느 누구 편도 아닌 냉정한 제3자의 입장에서 시국을 먼발치에서 지켜보아 왔다. 조용한 전쟁터를 방불케 하는 숨막히는 암투가 벌어지는 자금성에서 줄 한번 잘못 섰다가 경을 치르는 건 자신과 같은 어중간한 대신들임을 그는 누구보다 잘 알고 있었다.

강희와 오배 두 세력은 마치 거대한 돌풍과도 같았고, 자신은 심심하면 한 대 후려갈기고 지나가는 돌풍의 중간에 놓여있는 힘없는 나무와도 같았다. 어느 쪽도 가볍게 볼 수 없고 그렇다고 어느 누구에게도 속할 수 없는 자신의 처지가 비관스럽기까지 했었다. 그러면서 어디에도 속하지 않는 게 자신에게는 이롭다는 것을 그는 진작부터 알고 있었다. 두 갈래의 돌풍이 만나는 날에는 집채마저 뽑혀 날아갈 게 불보듯 뻔했으니 말이다.

그런 생각을 하기만 해도 소름이 끼친 어삐룽은 세차게 머리를 흔들었다. 그가 병을 핑계 삼아 누워있는 사이, 오배와 반부얼싼이 두 차례 병문안을 왔었다. 강희도 웅사이와 위동정을 두 번 보냈었다. 사람들이 왔다 갈 때마다 어삐룽은 없던 병도 생겨날 것 같이 착잡하고 불안했다. 애매모호한 말들을 던지고 표표히 사라지는 그들을 바라보며 어삐룽은 칠흑 같은 밤에 거친 바닷바람에 맞서 싸우는 외로운 뱃사공을 떠올리며 가슴이 천리 낭떠러지로 추락하는 두려움을 느꼈다. 그런데 이 시점에서 식량관계로 자신을 무호로 보내준다면 당당하게 북경을 떠날 수 있는 명분이 주어진 거나 다름없는데, 그가 어찌 흥분에 떨지 않을 수 있었으랴!

이튿날 아침 일찍 업무정리를 위해 건청궁으로 간 어삐룽은 양심전으로 나오라는 어명을 받았다.

기운없이 축 늘어진 흰 머리칼과 희끗희끗한 턱수염 사이로 드러난 초췌하고 누렇게 뜬 얼굴의 어삐룽이 강희 앞에 무릎을 꿇었다. 마른나뭇가지를 방불케 하는 잉상한 어삐룽의 어깨를 내려보며 강희는 순간 가슴이 찡해왔다. 몇 년 새에 폭삭 늙어버린 어삐룽이었다.

'그래, 여기서 간사하고 교활한 오배에게 비참하게 먹히느니 수커사하의 전철을 밟지 않으려면 보내는 게 천만 번 잘하는 것일지도 몰라.'

강희는 이런 생각을 하며 어삐룽이 최소한 자신과 오배 사이에서 중립을 지켜준 것만 해도 양심은 있다고 평가했다. 그는 꿇어앉아 머리를 숙이고 있는 어삐룽을 향해 입을 열었다.

"그만 일어나 앉게!"

머리를 소리나게 땅에 조아리고 어삐룽은 뒷걸음질쳐 자리에 엉덩이를 반쯤 붙이고 앉았다. 그제야 강희의 뒤에서 늠름하게 지키고 서 있는 위동정을 발견한 어삐룽은 그 아래에 육경궁에서 온 낭심 등 몇 명의 경호원들이 보무도 당당하게 떡 버티고 서 있는 것에 기가 질린 듯 눈길을 떨구었다.

바로 이때 강희의 목소리가 들려왔다.

"사람을 몇 번 보냈었는데, 그래 건강은 어떤가?"

어삐룽은 당황한 김에 얼굴까지 붉히며 일어서서 허리를 구부정하게 굽히고 대답했다.

"마마께서 염려해주신 덕분에 원기를 완전히 회복하였나이다!"

강희가 알겠다는 듯이 머리를 끄덕이며 입을 열었다.

"군량미 관계로 무호에 가는 걸 어떻게 생각하는가?"

어삐룽이 황급히 대답했다.

"이 일은 결코 소홀히 할 수 없는 중대한 일이오니 소인이라면 잘 처리할 수 있다고 자신하나이다."

"아니야!"

강희가 전혀 의외로 무서운 표정과 단호한 어투로 말했다.

"자네는 식량을 한 톨이라도 오삼계에게 줘서는 안 되오!"

깜짝 놀란 어삐룽이 몸을 흠칫 떨며 물어보려는 순간, 강희가 덧붙였다.

"오삼계가 왜 군량이 부족하다는 거야? 말도 안돼! 소금, 무기, 심지어는 화폐까지도 자체생산한다면서 뭐가 부족하다는 거야. 서남(西南) 네 개 성(省)의 비옥한 땅에서 그깟 몇십 만 석의 식량을 마련하지 못한단 말인가?"

아무 반응이라도 보일 줄 알았던 어삐룽이 어정쩡한 자세로 있자 강희가 억양을 강하게 넣으며 말했다.

"오히려 식량이 부족한 곳은 북경이야! 북쪽 지방은 해마다 홍수피해로 수많은 양민이 굶어죽어가는데, 무슨 당치도 않은 소리!"

어삐룽은 안팎으로 많이 노련해진 강희에게 속으로 탄복을 금할 길 없었다. 평범한 여느 집의 아이로 태어났더라면 이 나이에 참외서리에나 열을 올렸을 텐데! 매일 공부하고는 담을 쌓고 노는 것에만 탐닉한다는 비난이 빗발치던 것에 비춰보면 강희는 뭔가 심상치 않은 구석이 있었다. 겉으로 드러난 것에 현혹되지 않고 강한 투시력으로 진실을 탐지하는 능력이 이만저만이 아니라고 어삐룽은 생각했다. 이런저런 생각을 하며 힐끔 강희를 쳐다보던 어삐룽은 강희의 강한 눈빛을 주체할 수가 없어 급히 "네, 마마!" 하고 대답해 버렸다.

"배불뚝이들이 더 거둬먹으려고 오히려 야단이야! 배 터져 죽으려고 환장을 한 모양이군!"

화가 난 강희는 마지막으로 덧붙였다.

"자네, 이번에 무호로 가되 일년 내에 반드시 육백 만 석을 만들어 운하(運河)를 통해 비밀리에 북쪽으로 보내줘야 하네. 나머지는 나의 지시하에 움직이고. 만약 운하가 막혔으면 돈을 들여서라도 뚫어야 하네."

어삐룽이 자리에서 일어나 허리를 굽히며 말했다.

"보정대신들이 물고 늘어지거나 평서왕이 직접 사람을 무호까지 파견하여 막무가내로 나오면 어쩔 건지 마마께서 명시해 주셨으면 하나이다."

"그거야 자네가 알아서 해야 할 일이 아닌가?"

강희가 웃으면서 말했다.

"자고로 장군이 밖에서 일을 볼 때는 천자의 눈치를 안봐도 된다고 했네!"

강희의 말에 어삐룽은 말문이 막혀 버렸다. 강희는 어삐룽의 속내를 짚어낸 듯 싸늘한 음성으로 말했다.

"내가 뒤에서 힘껏 밀어줄 테니 다른 걱정 말고 팍팍 밀고 나가게. 단 하나 명심할 것은 만약 그렇지 아니하고 딴생각을 했다간 내가 자네를 그냥 놔두지 않을 테니 그리 알게!"

말을 마친 강희는 용안(龍案) 앞으로 걸어가더니 붓을 휘날렸다.

어삐룽은 특별어명을 받고 군량 해결차 무호로 떠나니 어느 누굴 막론하고 간섭해서는 안된다!

거기까지 단숨에 써내려간 강희는 어삐룽에게 그것을 던져주며 덧붙였다.

"어때? 이 정도면 훨씬 수월하겠지? 자네는 머리가 비상한 사람이니 나머지는 알아서 하게!"

강희가 더 이상 할 말이 없다는 듯 입을 다물어버리자 한참을 망설이던 어삐룽이 마지막으로 한마디했다.

"마마의 말씀을 명심하겠나이다. 시국이 겉으론 평온한 것 같아도 남쪽은 뒤숭숭하니 마마께서 이 점을 고려하셨으면 하나이다."

"듣던 중 괜찮은 얘기군."

강희가 머리를 끄덕이며 미소를 지었다.

"잘 알아 들었다니 다행이오. 그만 가보게!"

-②권에 계속